Georg Meier

Mit dem Gibbon und John Lennon nach Ancona

Roman

Dittrich Verlag

Bibliografische Information der Deutschen Bibliothek
Die Deutsche Bibliothek verzeichnet diese Publikation in der Deutschen Nationalbibliografie; detaillierte bibliografische Daten sind im Internet über >http://dnb.ddb.de< abrufbar.

ISBN 978-3-937717-40-1

Lektorat: Marita Gleiss
Umschlaggestaltung: Guido Klütsch

www.dittrich-verlag.de

Don’t let them fool you with dope and cocaine
Can’t do you no harm, if you feel your own pain

John Lennon

Tod am Tresen

Seit einigen Tagen quietscht die Wohnungstür. Ein langgezogener Ton, wie ein Alarmsignal, dem Warnschrei eines Hähers ähnlich, der sofortige Anspannung hervorruft. Muss die Türangeln ölen, denkt Willi Windhorst nicht zum ersten Mal. Er schließt von innen ab, schiebt die drei Riegel vor, atmet tief durch und zieht sich den vertrauten, so nur in seiner Wohnung wahrnehmbaren Geruch in die Nase. Zu Hause. Vorerst in Sicherheit.

Er hängt seine Jacke auf einen Bügel, zieht im Bad das Hemd aus, wäscht sich unter den Achseln, taucht das Gesicht in kaltes Wasser, schlüpft in ein frisches T-Shirt, pflügt mit einem Kamm durch graues Haar. Er achtet auf sich, möchte seinen früher nur als Werkzeug wahrgenommenen und mit unbedachter Selbstverständlichkeit benutzten Körper verstehen. Im Gegensatz zu früher erkennt er jetzt die Alarmzeichen. Es gibt für jede Region unterschiedliche Warnsignale, die er alle zu deuten weiß. Und er fragt sich manchmal, ob es diese Hinweise aus dem Magen, dem Kopf oder der Herzgegend schon in seiner Jugend gegeben hat, oder ob sich dieses Alarmsystem gleichzeitig mit dem körperlichen Verfall entwickelt. Disziplin, sagt er sich jeden Tag wie ein Mantra, Disziplin ist das Scharnier des Alltags, der Nachweis des Überlebenswillens. Ohne Disziplin und Struktur verkommt das Denken zu einem Brei aus blubbernden Emotionen, der jegliche Ratio verkleistert, der Körper wird mit der Zeit zu einer unförmigen Masse, die auf dem Sofa vorm Fernseher verfault oder, womöglich noch schlimmer, zu einem Teil des Sofas wird. Disziplin hat nichts mit Coolsein zu tun, das ist schon mal klar. Man muss sich einigermaßen kennen und seine destruktiven Neigungen, wenn man sie schon nicht eliminieren kann, zumindest fest verschnüren. Sonst gerät man leicht in Situationen, denen man nicht gewachsen ist. – Neulich dieses beschissene Erlebnis, das vermutlich, nach dem Prinzip der Domino-Theorie, eine Kette von unangenehmen Situationen ausgelöst hat.

Bei der Erinnerung an dieses Neulich beschleicht ihn das Friedhofsgrauen, das er an einem nassen Herbstabend 1959 kennengelernt hatte, als er, zwölfjährig und mutig wie Gustav mit der Hupe, in Husum über die Friedhofsmauer kletterte, weil er sich fatalerweise eingeredet hatte, auf so einem kleinen Provinzfriedhof könne es nur kleine Provinzgespenster geben. Er war dann ja auch nach vierzig Sekunden, wie sein in Husum lebender Cousin behauptete, wieder auf der sicheren Seite der Mauer und für den Rest des Abends sehr schweigsam.

Neulich, einen Tag nach seinem sechzigsten Geburtstag, begann die Serie dubioser Ereignisse. Die Sechzig haute ihn übrigens nicht vom Hocker, denn der Altersschock hatte ihn bereits in jener Silvesternacht getroffen, als die übliche Knallerei anfing und auf dem Fernsehschirm die Zahl 2000 strahlte und funkelte wie ein großspuriges Versprechen. Seit seiner Kindheit betrachtete er diese Jahreszahl als Synonym für die letzte Runde, für Alter, für körperliche und geistige Unbeweglichkeit, für Verwesungsgeruch. Dann würde er dreiundfünfzig sein, einer von denen aus dem letzten Jahrhundert – und so aussehen, wie die meisten dreiundfünfzigjährigen Männer in seiner Kindheit aussahen: Verdauungsmaschinen, aufgedunsen, steif, zerknittert, kahlköpfig, aus dem Mund nach Zigarre, fettem Fleisch und Krankheit stinkend. Morgens rochen sie alle nach achtlos ins Gesicht geklatschtem Rasierwasser, abends lagen sie wie gestrandete Wale in ihren Lieblingssesseln oder hockten wie Sandsäcke auf Barhockern und machten sich wichtig – der Vater, Onkel Paul und Onkel Richard, die Freunde des Vaters, die Freunde der Onkels. Alle rauchten, tranken Alkohol und redeten über Fußball, über den Krieg und über irgendwelche Arschgesichter, die irgendwelchen Scheiß gebaut hatten. Seit seinem fünfzehnten Lebensjahr, als ihm dämmerte, wie orientierungslos die Erwachsenen der Zukunft entgegentaumelten, wusste Willi, dass diese alten Männer um ihn herum gescheiterte Existenzen waren. Nicht in beruflicher Hinsicht, denn im Vergleich zu den 1945 verkündeten Prognosen war jeder von ihnen ein Gewinner. Doch Willi kamen sie vor wie Schiffbrüchige, metaphorisch gesehen, die am Ende des Krieges an den Strand einer weltanschaulich verwüsteten Insel gespült worden waren und sich mit primitiven Mitteln ethisch-moralisch über Wasser hielten.

In diesen ersten Minuten des Jahres 2000 stellte Willi zwar mit Erleichterung fest, dass er sich optisch wie mental wohltuend von den alten Schreckensgestalten abhob, aber dennoch assoziierte sein Unterbewusstsein die Jahreszahl mit *Verfallsdatum*. Was hat er jetzt noch groß von der Zukunft zu erwarten?

Und tatsächlich harmoniert sein Verfall ausgezeichnet mit dem allgemeinen Verfall. Er ist nicht zu retten – und die übrige Welt auch nicht. Diesen Satz würde er einem ARD-Reporter ins Mikrofon raunen. So sieht er die Dinge, auch wenn seine Ansichten natürlich weitaus komplexer sind. Die Renaissance des Religiösen bereitet ihm Übelkeit, den Trend zu Fundamentalismus und kultureller Seichtheit, eingebettet in schwindelerregenden technischen Fortschritt, findet er obszön, und manchmal schämt er sich sogar, dieser brutalen Spezies anzugehören. Al Kaida, Roland Koch, die Neokonservativen, Skinheads und 50 Cent, Geiz ist geil, Russenmafia, psychisch verwahrloste Unterschicht, zynische Oberschicht, Klimawandel, Guantánamo, ein Idiot im Weißen Haus – und über allem, wie die Wunderwaffe eines genialen Bösewichts, das Kommerzfernsehen.

Dazu passt der dezente Aasgeruch, der seit einer Woche in der Wohnung hängt, sich auch rigorosem Lüften widersetzt, mal deutlich, manchmal nur als Detail des Gesamtgeruchsteppichs erkennbar, ein Geruchsmenetekel, von niemandem außer Willi wahrgenommen.

Nicht jeder sieht die Dinge so cool wie Epikur:

Das schauerlichste Übel also, der Tod, geht uns nichts an; denn solange wir existieren, ist der Tod nicht da, und wenn der Tod da ist, existieren wir nicht mehr.

Ja, von wegen. Neulich saß der Tod neben Willi. In dieser tristen, von allen guten Geistern längst verlassenen Kaschemme am Rand der Zivilisation. Eine typische Apostroph-Kneipe: *Erika's Klönstube*, montag's Ruhetag, Steak's und kalte Drink's. Normalerweise hätte eine derartige Verachtung der Grammatik zur Abschreckung ausgereicht, aber Willi befand sich in der urbanen Wildnis von Billstedt. Er hatte einen Kunden beliefert, sich, der Vernunft trotzend, einen Dezimeter Kokain in die Nase gezogen, und auf dem Weg zum Auto wurde sein Mund so trocken, als hätte ihm jemand den Rachenraum geföhnt. Heller Nachmittag. Schönes Frühlingswetter. Ein Tag wie viele andere. Die letzten Tage, so schien es ihm, hatte er schon einmal, wenn nicht gar mehrmals erlebt – eingedellte Second-Hand-Tage, die kraftlos vorbeigeweht wurden, um sich, Plastiktüten gleich, im Geäst der Bäume zu verfangen. Eintönige Tage – bis zu diesem Nachmittag.

Der Schankraum war dämmrig, als könne ein Sonnenstrahl die natürliche Ordnung in dieser Kneipe empfindlich stören. An einem Tisch würfelten Arbeitslose um die nächste Runde *Küstennebel*, am Tresen saß ein Rentner, dessen linker Unterarm mit der Tresenplatte verwachsen war. In der rechten Hand hielt er einen Löffel, mit dem er sein Glasauge aus dem Bierglas fischte. Willi ließ sich neben ihm nieder und bestellte bei der Wirtin ein Alsterwasser. Argwöhnisch beobachtete er den Rentner, der die glitschige Prothese ablutschte und in die Augenhöhle drückte. »Na«, sagte er, seinen Ekel überspielend, »da haben Sie Ihrem Auge mal was Gutes tun wollen, nehme ich an.«

»Es hält nicht mehr richtig. Macht sich manchmal selbständig.«

Willi starrte auf den zahnlosen Mund und versuchte einen Witz: »Hey, tummelt sich Ihr Gebiss etwa auch im Bierglas?«

»Mein Gebiss liegt seit zehn Jahren in der Nachttischschublade.«

»Sie besitzen einen Nachttisch mit Schublade? Wissen Sie, dass vier Fünftel der Menschheit keinen Nachttisch mit Schublade besitzen?«

»Der hat schon meinen Eltern gehört.«

»Was Sie nicht sagen …«

Drei korpulente Männer betraten den Raum, Stammgäste, wie ihrer lauten Ungezwungenheit zu entnehmen war. Sie ließen sich auf die Barhocker plumpsen, dann entledigten sie sich wie auf Kommando ihrer Anzugjacken. Unter den Achseln und zwischen den Schulterblättern blühten große Schweißgewächse. Sieht nach einem Scheißschweißfleckenwettbewerb aus, dachte Willi fasziniert. Die Männer begrüßten den Rentner mit freundlicher Herablassung.

»Erika, mein Täubchen, mach doch mal ne Tresenrunde fertig!«, posaunte der dickste Schwitzer. Die vier Würfelspieler erhoben sich wie ein Mann und schnellten zum Tresen, doch der Dicke bellte sie zurück an ihren Tisch. Willi war allerdings eingeladen. Er kippte den spanischen Brandy hinunter, stellte sich, immer auf der Hut, mit falschem Namen vor und bestellte gleich die nächste Runde. Dann gab Erika einen aus, und nach drei weiteren Runden war Willi nicht nur auf Koks, sondern zudem ziemlich angetrunken. Er wusste, dass er von nun an besser die Klappe halten, sich so neutral wie möglich verhalten sollte, um die Tretminen auf diesem fremden Terrain zu meiden, aber schon passierte es. Einer der Männer stammte aus Leipzig und fing an, mit einer Routine, die ahnen ließ, dass er seit siebzehn Jahren an jedem Tresen dieses Thema auspackte, von den Montagsdemonstrationen zu schwärmen. Willi konnte gar nicht anders, er wartete eine Atempause ab, um das Wort zu ergreifen. Die Montagsdemonstrationen, sagte er, seien anfangs von ihm sehr begrüßt worden, sie hätten ihn »interessiert«, wenn nicht gar »gerührt«, aber nach einiger Zeit, sagte er, hätten sie ihn richtiggehend »angekotzt«. »Ja«, sagte er, dabei auf den

Tresen hämmernd, »die Montagsdemonstrationen haben mich schon bald angeekelt. Und noch mehr haben mich die Demonstranten angewidert, diese bananengeilen Speckbäuche in ihrer Stone-washed-Uniform, rudelorientierte Helmut-Brüller, die den Westen für eine riesige Wundertüte hielten und alle hofften, demnächst mit richtigen Autos wie die gesengten Säue nach Rimini brettern zu können.«

Damit war er für die drei Schweißproduzenten natürlich erledigt, sie steckten angewidert ihre Köpfe zusammen und ignorierten ihn, waren eigentlich genau solche Typen, wie Willi niemals hatte sein wollen. Der Rentner hielt ein Zwiegespräch mit seinem Bierglas. In Willis Körper hatte sich der Alkohol mittlerweile mit dem Koks verbunden, sein Hirn schrie nach Selbstbestätigung, oh ja, es wollte sich mitteilen, ein Lebenszeichen aussenden, den anderen in dieser Gruft, diesen Kleingeistern, einen Hinweis auf seine innere Größe zukommen lassen. Ihm fiel allerdings nichts Besseres ein, als sich vorzubeugen, der Wirtin, einer gigantischen, etwa zwei Meter großen Kartoffel, in die Augen zu glotzen und einen unüberlegten Satz über den Tresen zu schicken: »Sie haben einen schönen Körper.«

Erika klemmte seine Nase zwischen Daumen und Zeigefinger und drückte zu. »Ich weiß, wie ich aussehe, du Scherzkeks.«

»Das war kein Scherz«, näselte Willi. Tränen traten ihm in die Augen. »Ich mag keine halbverhungerten Models, ich, äh, ich mag Masse, große, stattliche Frauen mit Grübchen im Speck.« Sein Herz pumpte, als wolle es die Arbeit von zwei Tagen in einer Stunde erledigen. Gleich kollabiere ich, hämmerte sein Gehirn, was mach ich eigentlich hier? Ein Scheiß, Mann. Besaufe mich am helllichten Tag in einer dieser Horrorkneipen, die ich seit meiner Kindheit mit Verwesung und schlechtem Geschmack assoziiere. Gleich wird mir Erika zwei oder drei meiner Vorderzähne ausschlagen oder mich unter dem Gejohle der Gäste kastrieren.

Aus dem Mund des Rentners floss Speichel, und schon knallte sein Kopf auf den Tresen.

»Uwe?«

Plötzlich rüttelten alle an Uwe, der offenbar soeben das Zeitliche gesegnet hatte, was sich allerdings positiv auf Willis Nase auswirkte, denn nun hatte Erika richtigen Stress. Bevor sie die 112 wählte, kippte sie einen doppelten Jägermeister – und wurde daraufhin endgültig von Willis Sexliste verbannt. Er konnte noch nie mit Frauen, die nach Jägermeister riechen.

»Kein schlechter Tod – so auf'm Barhocker«, sagte er, vor den anderen den harten Hund markierend.

»Er ist vor drei Tagen sechzig geworden«, murmelte der Dicke ergriffen, und nach diesem Satz fühlte sich Willi Windhorst wie ein hundertmal gewaschenes, aus der Form geratenes, zerschlissenes T-Shirt. Er bezahlte und taumelte, als habe er die eiskalte Hand des Todes auf seiner Schulter gespürt, ans Tageslicht.

Das war, wie gesagt, neulich. Und danach folgten, aufgereiht wie Perlen an einer Kette, weitere widerwärtige Ereignisse, als habe ihn jemand verwünscht – zum Beispiel Frau Maul, die Wahrsagerin im Parterre rechts. Aber vielleicht hatte Willi auch einfach nur an irgendeiner Kreuzung, deren Bedeutung ihm entgangen war, den falschen Weg eingeschlagen – was jedoch nach seiner Ansicht kompletter Humbug ist, denn das hieße ja, dass der richtige Weg, wo und wann auch immer, letztendlich doch zu einem Ziel führen würde. Nein, es ist eher so, dass Willi sich seit vielen

Jahren auf einer leicht abschüssigen Straße befindet, die sich vor allem durch Schlaglöcher und fehlende Hinweisschilder auszeichnet.

Er beugt seinen Kopf über den Handspiegel, auf dem eine Linie Kokain glitzert. Die Nasenlöcher erscheinen im Spiegelbild wie Blütenkelche, die auf Bestäubung warten. Der Rest seines Gesichts wirkt seltsam welk, verbraucht, erschlafft. So wie die ganze Menschheit seit einiger Zeit welk, verbraucht, erschlafft wirkt, ausgeplündert, als sei ihre geistige Substanz auf zynische Weise mittels infantiler Fernsehprogramme und dümmlicher Werbung dezimiert worden. Trotz zunehmender Schnelligkeit aller Abläufe, trotz immer schnellerer Autos, Züge, Flugzeuge, Computer, Filmsequenzen, Waschmaschinenprogramme, Geldtransfers und Regenwaldvernichtung, hockt in den meisten Gehirnen der Verursacher und Nutznießer dieser rasanten Abläufe, ein kleiner schwarzer Kobold, dessen einzige Beschäftigung darin besteht, Angst zu schüren, diffuses Unwohlsein zu schaffen, allgemeine Apathie zu fördern.

Aber es gibt auch hochaktive Minderheiten, die sich dem unseligen Trend zum Pessimismus kühn verweigern: hyperaktive Kinder, die ihr Ritalin nicht schlucken, sondern an Abiturienten im Prüfungsstress verkaufen, aggressive, in Testosteron-Schwaden gehüllte Knaben, die Mehmed, Orhan oder Sascha heißen, schwerbewaffnete Albaner und Tschetschenen, die ein Menschenleben so wenig respektieren wie einen Behindertenparkplatz, Islamisten mit umgeschnallten Sprengstoffgürteln, Skinheads und Hooligans, Kreationisten – und natürlich der unsterbliche Johannes Heesters.

Willi blickt in seine sechzigjährigen Augen, zwinkert sich zu, nimmt den verkürzten Strohhalm und saugt das Pulver weg. Neue Lieferung. Soll ziemlich guter Stoff sein. Kurz danach klingelt es in seinem Kopf. Er schnellt aus dem Sessel. Das Rauschen in seinem Kopf erinnert ihn an die gute alte Zeit, als die Fernsehsender nachts Sendeschluss hatten. Starke Unruhe, Bewegungsdrang, erhöhter Augendruck.

Verdammte Scheiße. In das bange Gefühl mischt sich Zorn. Seit Monaten gibt's nur Dreck, und wenn es korrekten Stoff gibt, wird man nicht mal gewarnt. Fehlt nur noch, dass ich mir an meinem kokainfreien Tag eine Überdosis reinpfeife, denkt Willi, und der Gedanke, dass seine Schwester die Wohnung, die Plattensammlung, die Bücher und DVDs erben würde, breitet sich in ihm aus wie eine weitere toxische Substanz.

Leichte Atembeklemmung. Er unternimmt eine kurze Wanderung durch seine Eigentumswohnung. Drei Zimmer, Küche, Bad, Balkon, vor etwa fünfundzwanzig Jahren günstig erworben, heute das Doppelte wert – mindestens.

In der Küche trinkt er ein Glas Orangensaft, stellt die Saftflasche wieder in den Kühlschrank, spült das Glas unter fließendem Wasser, trocknet es ab und wischt mit dem Trockentuch über seinen Mund. Jede seiner Handbewegungen vollführt er mit der Rastlosigkeit eines Akkordarbeiters – oder eines älteren Herrn, der befürchtet, zu spät zu kommen. Obwohl, wie er zuweilen denkt, ohnehin alles zu spät ist.

Wie spät? Fünf Uhr nachmittags. Schon fünf? Herrgott, gleich wird Achterbahn-Arno auf der Matte stehen, mit seinen langen Gibbon-Armen herumwedeln und dabei den üblichen Brei aus schlampig artikulierten Sätzen ohne Sinn und Verstand in meine Ohren löffeln. Ein treuer Kunde – daran gibt es nichts zu rütteln. Seit Jahrzehnten. Ich sollte versuchen, meinen Kunden mit etwas mehr Empathie zu begegnen, dem Häuflein Kunden, das mir noch geblieben ist. Früher, mein Gott, musste ich doch mit niemandem über die Qualität meiner Ware diskutieren. Heutzutage wird einfach mehr gestreckt. Ist leider so. Der Stoff kommt ja schon gestreckt in Europa an. Kann ich auch nicht ändern. Ich habe noch nie Kokain gestreckt. Berufsethos. Heutzutage ein veralteter Begriff, wie Hawaii-Toast und Kolonialwarenhändler. Aber früher hatte ich einen Namen, ja ich war wer, damals, als Fernsehleute, Hostessen, Börsenmakler und deren gelangweilte Frauen danach lechzten, mich tätscheln und Freund nennen zu dürfen. Ich hätte sie alle demütigen, verarschen und ausnehmen können, wenn ich so veranlagt wäre. Vielleicht war es ein Fehler, es nicht getan zu haben, denn dann würde man mich heute zumindest als das widerliche Arschloch von damals in Erinnerung haben. Das sind ja die Gedanken eines potentiellen Amokläufers, wenn ich das richtig sehe. Na, ich bin nicht der Typ, der sein Leben damit verbringt, die Welt mit seiner Duftmarke zu bespritzen. Was soll das Gegreine. Ganz unschuldig am schlechten Geschäft bin ich ja nicht. Ich bin zum belächelten Tante-Emma-Laden geworden. Unflexibel und zögerlich. Man muss präsent sein, neue Kontakte knüpfen, mitmachen. Ich habe den Anschluss verpennt. Die meisten der heute angesagten Bars, Clubs und Restaurants kenne ich nicht mal mit Namen. Mir ist das Vokabular nicht geläufig, die Dresscodes finde ich lächerlich, die Musik ist im allgemeinen so aufregend wie das Fernsehprogramm des MDR. – Noch einmal eine ganz große Sache. So ein Ding wie 1982. Schon gut, schon gut, alles klar, eine dieser frustrierenden Warten-auf-Godot-Varianten, weiß ich doch – aber trotzdem. Wenn diese Hoffnung stirbt, habe ich mich aufgegeben.

Er spricht mit sich selbst, murmelnd, maßvoll gestikulierend, manchmal den Ton verschärfend. Seit Jahren spricht er, durch die Wohnung wandernd wie ein Fürst in seiner belagerten Burg, die drängenden, in vorderster Reihe drängelnden Gedanken aus. Das heißt, im letzten Herbst gab es eine Zeit des Schweigens. Redeverbot. Er hegte mit einem Mal den Verdacht, abgehört zu werden. Einer seiner Kunden, Jan Holthusen, ein Elektronik- und Computerfreak, nahm sich der Sache an und durchstöberte aus reiner Freundlichkeit und, nun ja, in der Hoffnung auf eine Linie Koks, die Wohnung und sämtliche technischen Geräte nach Wanzen – erfolglos oder erfolgreich? Es wurden zwar keine Abhöranlagen gefunden, doch Willi war mit Holthusens Arbeit unzufrieden, da dieser eine Überwachung von außerhalb – etwa mit Richtmikrofonen und Infrarotkameras – nicht ausschließen konnte. Daraufhin fühlte sich Holthusen gröblichst beleidigt, ja er sprach sogar von einer »Vernichtungskampagne«, die schon seit Jahren gegen ihn von höchster Stelle geführt werde, »von den Herren im abhörsicheren Bunker in der Eifel«, outete sich damit als fortgeschrittener Paranoiker, und Willi hatte wieder einen Kunden weniger.

Alles bröckelt ab, denkt er, das Leben war nie gefährlicher. Schon der Gang zum Bäcker kann im Krankenhaus enden, wenn man just in diesem Moment einem durchgeknallten Fahrradkurier in die Quere kommt.

Er sitzt in einem ehemals cremefarbenen Sessel. Die Flamme seines Zippo-Feuerzeugs beleckt die filterlose Gitane. Aus dem Feuerzeug schwebt Benzingeruch. Ein tiefer Zug und kurzes Röcheln. Die

Bronchien fühlen sich wieder belästigt. Sein Daumen drückt die winzigen Tasten der Fernbedienung so routiniert, als wäre er genetisch dafür bestimmt. *Woke Up This Morning* von Alabama 3 ist das erste Stück auf der selbstgebrannten CD. Willi besitzt alle Scheiben von Alabama 3. Seit Ewigkeiten hat ihn keine Gruppe so tief beeindruckt.

»You woke up this morning –
got yourself a gun –
Mama always said –
that you're the chosen one ...!«

Aber keine Zeit, keine Chance, völlig zu relaxen. Wieso habe ich mir nichts zu trinken hingestellt?, fragt er sich ohne Hoffnung auf eine Antwort. Mein Gott, warum ist Zufriedenheit ein so scheues, flüchtiges Wild? Oder ist es eine Worthülse, nichts weiter als ein Knochen, den man uns zum Abnagen hingeworfen hat, wohl wissend, dass die Zufriedenheit, die wir als Säuglinge, frisch gewindelt und gestillt, erfahren haben, im Geröll der Zeit begraben liegt, geheimnisvoll wie Shangri La – und genauso unerreichbar. Ich habe in meinem ganzen Leben keinen rundum zufriedenen Menschen kennengelernt, wenn ich's mir recht überlege. Nicht einmal Gott ist zufrieden, der Blutsäufer, eifersüchtig, seltsam starr und spießig. Und all die Hoffnungsträger auf Erden? Nichts weiter als Projektionen: Der alte Sadhu ist des Daseins müde und ersehnt die Mokscha, das für kurze Zeit gemeinsam blühende Liebespaar, der erfolgsgesättigte Schriftsteller – sie alle haben Wünsche auf dem Zettel, nicht selten unerfüllbare Wünsche, die in der Kindheit, als alles möglich zu sein schien, mit einer gewissen Berechtigung skizziert wurden und mit den Jahren vergilben, aber weiterhin zum Überleben unentbehrlich sind. Die Nachdenklichen wissen ohnehin, dass alle Beschreibungen des Seins, alle mystischen, philosophischen, romantischen, religiösen Erklärungen der Welt nichts weiter darstellen als billige Partydekoration in einem tristen Hinterhof, Plastikgirlanden und lustige Lampions an grauen Mauern. Wir hatten trotz Lessing, Kant und Heine einen Herrn Hitler. Das sollte man nie vergessen. – Verdammt, noch drei, vier Songs, dann wird Achterbahn-Arno zappelnd und grinsend wie Eddie Murphy als Snoop-Dogg-Imitator vor der Tür stehen und rücksichtslos zu quasseln anfangen – wenn er nicht schon vorher damit angefangen hat – und so'n Scheiß wie »total perfekt«, »absolut total« oder »zweihundertfünfzig pro« in jeden zweiten Satz klemmen. Eigentlich, denkt Willi, hätte ich schon einen Rotwein verdient, nach dem Scheißnachmittag, dem verkackten. Aber klar: So leicht, vor allem so automatisch, darf man sich nicht belohnen. Darf man schon, logisch, wenn man das verantworten kann. Und wenn man es nicht verantworten kann, darf man es natürlich auch. Die Sache sieht allerdings ganz anders aus für den, der sich entscheiden muss – oder besser: entscheiden will – zwischen Disziplin und Untergang, für den Durchblicker also, für mich. Wenn die gesellschaftlichen Regeln zerfransen oder zu unverbindlichen Vorschlägen verkommen, muss man die eigenen ethischen und psychohygienischen Regeln dagegen halten als Schwert und Schild der Vernunft – und sei es nur, um sich von der Spaßgesellschaft abzugrenzen. Man darf nicht aufweichen, weil das die anderen sofort mitbekommen. Du bekennst dich zu deinen Schwächen, hast Angst zu versagen, trägst No-Name-Klamotten und dein Konto ist überzogen, du findest nicht nur Stefan Raab, sondern auch die Werbung dazwischen scheiße und weißt nicht, wer die Formel-1-Boliden von Ferrari fährt? Dann bist du in dieser Gesellschaft ein Miesmacher und somit ein subversives Subjekt. Übrigens steht Härte wieder hoch im Kurs. – Diese kleinen Stinker letzte Woche. Pubertierende Machos mit – wie heißt das noch? – Migrationshintergrund, drei Türken, ein Araber, alle in Basecaps und weißen Jogginganzügen. Auf jedem Kleidungsstück prangt das Nike-Logo wie ein religiöses Symbol. Vier wandelnde Werbeträger mit vergoldeten Halsketten und gegelten Haaren. Um Mitternacht kommen sie mir breitbeinig auf dem zementierten Hohlweg zur S-Bahnstation Neuwiedental entgegen. Ich will den letzten Zug erreichen, habe ziemlich viel Haschisch geraucht, die Graffiti und der Uringeruch erinnern mich daran, dass ich mich zu einer ungünstigen Tageszeit in einem problematischen Stadtteil befinde. Ich weiß, dass es hier keine No-Go-Areas wie in Paris oder New York City gibt, und für die vier Spinner, die mir mit plötzlich angeschwollenen Schultern den Weg versperren, bin ich wohl kaum das ideale Opfer, doch in der Not frisst der Teufel Fliegen.

»Was kucksu, Alter, bissu verliebt in mich?« Der Sprecher, offenbar der Älteste, lässt sich vom anerkennenden Grinsen der Kumpels umschmeicheln. Ich wahre Distanz, um einer eventuellen Kopfnuss keine Chance zu geben, und sage so ruhig, wie es das THC in meinem Gehirn zulässt: »Ich kuck dich nicht an, ich hab auch nix gegen dich, Nike finde ich sowieso voll geil, und außerdem verehre ich die ostanatolische Kultur. Bleib cool, Mann.«

»Willst du mich verarschen, du Penner? Was weißt du, was cool ist, ey! Wenn du schon das Wort cool sagst, du Mumie, weißt du, wie sich das bei dir anhört? Wie Scheißschweinekotelett, weißt du.«

Die Kumpels lachen entzückt. Einer versetzt der Wand ein paar Karatetritte, ein anderer spielt mit seinem Butterfly-Messer. Sie haben nicht die leiseste Ahnung von den Signalen, die klar und deutlich hinter ihren Gangsta-Rapper-Posen aufleuchten, um ihren Mangel an Selbstwertgefühl, ihre Orientierungslosigkeit und erschreckende Unwissenheit wie ein Leuchtfeuer in den Hohlweg zu blinken. Aber das macht sie natürlich auch gefährlich. Sie wissen noch nicht genau, was sie mit mir anstellen sollen, denn, das ist ihnen klar, ich hebe mich nicht nur altersmäßig von ihren üblichen Opfern ab. Sieht so aus, als hätte der Chef mich aus reiner Verzweiflung auserkoren, einfach um dem bisher beschissenen Abend doch noch einen Kick abzutrotzen. Und ausgerechnet an diesem Abend habe ich mit meinem Freund Ömer zwei Joints geraucht. Das erste Haschisch seit Wochen. Ist nicht meine Droge. Ich bin Kokser.

Aus ihren Augen ist das Lauernde verschwunden. Sie wirken verspielt. Auf unangenehme Weise verspielt.

»Du glotzt immer noch wie ne Schwuchtel, Mann, hier ist für Arschficker verboten, weißt du!«, sagt der Chef. Und die anderen rufen, begeistert von der verbalen Eskalation: »Scheiß-Schwuler, Spacken!«

»Schade«, sage ich achselzuckend, »schade, dass ihr eure jugendliche Energie so ziellos verspritzt. Warum füllt ihr nicht den Tag mit Liebe und solchen Sachen? Helft alten Damen beim Einkaufen, teilt eure Döner mit den Bettlern, übernehmt Patenschaften für bedrohte Telefonzellen …«

Raues Gelächter, begleitet von dummen Sprüchen, ist die Antwort. Wieso kommt hier kein Bulle vorbei? Haben die alle Feierabend?

»Sollen wir ihn Hose ausziehen und kucken, ob seine Arsch Hakenkreuztattoo hat?« kräht der Jüngste mit arabischem Akzent. Schwarzer Flaum täuscht ein Oberlippenbärtchen vor. Seine Gestik ist noch sehr unausgereift. Ich weiß natürlich, belesen, wie ich bin, dass Aggressivität, Respektlosigkeit und Beschränktheit in erster Linie kein ethnisches, sondern ein soziales Problem darstellen, aber was hilft mir dieses profunde Wissen in einer solchen Situation? Mal sehen. Ich versuche es mit dem erhobenen Zeigefinger und sage: »Bist noch nicht lange in Deutschland, was? So viele Fehler in einem Satz. Was sagt denn dein Lehrer zu diesem sprachlichen Saustall?«

Na, jetzt ist aber was los, sie rücken mir auf die Pelle, Empörung in den Kindergesichtern, schreien mir Texte entgegen, die schon vor ihrer Geburt so schal waren wie abgestandenes Bier: »Bist du psycho, du Spast, ey!«, »Scheißnazi!«, »Bist du schon scheintot, verstehst du!«, »Scheiß auf deutsche Mutterfickersprache, Mann!«, »Kriegst du krass auf die Fresse, weißt du, was ich meine!«

Ich antworte, um einen harten und gleichzeitig Verständnis signalisierenden Gesichtsausdruck bemüht: »Ey, Männer, ich will euch echt nicht anmachen. Ich meine nur, ihr habt mit besserem Deutsch in Deutschland bessere Berufsaussichten. Bessere Umgangsformen könnten auch nicht schaden …«

»Was laberst du für eine Scheiße, Alter …«

»Ihr seid doch clevere Typen, ey, eure Klamotten sind cool, und dass ihr den Mut habt, in euren schneeweißen Anzügen durch die Abgase zu laufen, finde ich echt stark. Ich will helfen, versteht ihr? Zwei von euch könnte ich locker in der Puma-Werbung unterbringen. Dich und dich.« Mein Finger zeigt auf den Chef und den Jüngsten. »Ihr seht am besten aus.«

»Scheiß auf Puma!« Das klingt schon weniger aggressiv.

»Ist doch egal, ist doch nur ein Job. Ich habe Connections zur Werbebranche – Film- und Fernsehwerbung und so. Die suchen ständig neue, unverbrauchte Gesichter, coole Fressen, wie die Werbefritzen sagen, junge, optimistische Gesichter mit großen, unschuldigen Augen.«

»Willst du uns verarschen, du Gonokokke?«, sagt einer der beiden, denen ich keinen Job angeboten habe.

»Wie schreibt man Gonokokke?«, rufe ich, allmählich in meine Rolle hineinwachsend, nicht ohne eine gewisse Erregung, als befände ich mich an einem Roulettetisch, fasziniert vom Klackern der Kugel. »Ich wette, du weißt es nicht. Fünfzig Scheißeuro!«

»Scheiße, ey, weißt du überhaupt, wie Fünfzig-Euro-Schein aussieht, Nullchecker? Hast du fünfzig Euro dabei?«

»Nee, hab ich nicht. Aber ein Gramm Kokain, beste Ware. Wenn du gewinnst, leg ich ein paar Linien, und wir saugen das ganze verdammte Gramm weg, danach gehen wir ficken. In meinem Stammpuff. Kann ich anschreiben lassen, weißt du, Alter.«

Wildes Stimmengetröte, Wörtersalat, der Kleine mit dem Flaumbärtchen kräht was in seiner Muttersprache, worauf der Chef ihn anraunzt, arabisch könne er zu Hause quatschen, und sich dann wieder mir zuwendet: »Was machst du mit Scheißkoks, Mehlsack? Kriegst du Herzkasper, bumm, fertig, Scheintoter is ganz tot.« Das finden die anderen extrem witzig. Klasse Dialoge, alles im Griff – und morgen können alle ausschlafen, weil Scheißschule sowieso scheißegal ist. »Zeig dein Koks, ey!«

»Zeig deine fünfzig Euro.«

»Machst du jetzt Stress, ey? Glaubst du, Türken bescheißen wie Deutsche? Ich fick deine Schwester, Alter!«

Ich schicke ein überlegenes Grinsen in die Runde. »Wenn du meine Schwester fickst, schenke ich dir mein Auto, einen vollgeilen Opel Omega. Meine Schwester sitzt nämlich in Alaska im Knast. In der Scheißtodeszelle. Weil sie einen miserabel fickenden Holzfäller an einen Bären verfüttert hat, wenn du weißt, was ich meine, ey.«

Sic starren mich an, als hätten sie plötzlich den Alien in mir entdeckt. »Was laberst du für eine kranke Scheiße, Alter ...?«

»Wisst ihr überhaupt, wo Alaska liegt?«

»Achtung, ey, checkt das mal, Leute, russische Mutterficker!«

Ich drehe mich um und sehe den Trupp blasser Pickelgesichter. Russlanddeutsche, mit Schraubenschlüsseln und leeren Wodkaflaschen bewaffnet.

»Ja, Leute«, sage ich so locker wie möglich, »dann mache ich mich mal auf den Heimweg, wenn ihr mich entbehren könnt.« Aber sie haben ihr Interesse an mir einfach abgestreift, ich bin für sie nicht mehr existent. Obwohl ich normalerweise sehr leide, wenn ich so völlig ignoriert werde, als wäre ich ein vergilbtes Werbeplakat an der Wand, bin ich diesmal alles andere als traurig.

Wieso, frage ich mich später in der S-Bahn, während ich durch die zerkratzte Fensterscheibe in die Nacht starre, wieso muss mein Freund Ömer Özdemir in dieser unwirtlichen Gegend wohnen? Dämliche Frage, weiß ich ja, da könnte ich ebenso gut fragen, wieso ist die Welt so, wie sie ist. Kommt davon, wenn man sich nachts zu weit von zu Hause entfernt. Diese Demütigung. Diese rigorose Verachtung allgemein akzeptierter Grundregeln ... Da wird noch was auf uns zukommen. Gut, dass ich meinen Revolver nicht eingesteckt hatte. So stoned und adrenalingesättigt hätte ich womöglich so ne Clint-Eastwood-Nummer gebracht und die Sache eskalieren lassen. Ich habe meine Angst cool kaschiert – was wissen diese Terrier schon vom Coolsein. Vielleicht hätte ich Ömer Özdemir erwähnen sollen.

Ömer Özdemir gehört zu dem kleinen Kreis von Leuten, mit denen Willi außerhalb seiner schrumpfenden Kokainwelt mehr oder weniger regelmäßigen Kontakt pflegt. Der Türke, mittlerweile über siebzig, kam 1966 aus Ostanatolien nach Hamburg, malochte bei Blohm und Voss, rauchte nach Feierabend mit ein paar Landsleuten allerfeinstes Haschisch aus der Heimat, und irgendwann, 1967, fiel ihm auf, dass in dieser merkwürdigen Riesenstadt Hamburg immer mehr junge Männer die Frisöre boykottierten und, damit einhergehend, ein starkes Interesse an Haschisch zeigten, ausgerechnet an dem besten Produkt, das seine Heimat zu bieten hatte. Er kaufte einen zerbeulten Ford Taunus und holte aus Anatolien zwanzig Kilo, sorgfältig hinter der Türverkleidung und den Rücksitzen verstaut. Willi wurde einer seiner ersten Kunden. Trotz der dazwischen liegenden halben Ewigkeit erinnert er sich detailliert an den ersten Besuch bei Ömer, der damals in Wilhelmsburg wohnte. Der Türke saß hinter einem Schreibtisch, und auf dem Schreibtisch lag ein matt glänzender Revolver. Ömer, wortkarg, unrasiert, mit finsterem Blick und einem riesigen Schnauzbart, der wie ein Propeller unter der Nase hing, machte den Eindruck eines Mannes, mit dem nicht zu spaßen war. Ein Joint wurde geraucht, es gab starken Tee, und als Willi, plattgebügelt von dem erstklassigen Stoff, erwähnte, er habe noch nie so gutes Zeug geraucht, weichte das Gesicht seines Gegenübers auf, die Zähne kamen zum Vorschein, und Willi dachte, Mann oh Mann, der Typ hat ja für 10 000 Mark Gold im Mund. Ömer legte den Kopf schief und fragte: »Was deine Auto?«

»Ich keine Auto.«

»Meine Auto Ford Taunus.«

»Gutes Auto.«

»Scheißeauto. Immer kaputt.«

»Das Haschisch ist sehr, sehr gut.«

Der Türke erhob sich, umrundete den Schreibtisch und küsste Willi auf die Stirn.

In den 80er Jahren kaufte Ömer das Haus in Neuwiedental. Er lebt recht komfortabel von seiner Rente und dem Verkauf von holländischem Marihuana, mit dem sein ältester Sohn ein Heer von mehr oder weniger hoffnungsvollen Kleindealern beliefert. Der jüngere Sohn, ein wenig aus der Art geschlagen, ist Polizist in Berlin.

Willi raucht nur gelegentlich Cannabis. Zum Beispiel wenn er Ömer besucht, um mit ihm über alte Zeiten, Weltpolitik und Filme zu reden – manchmal auf türkisch, denn Willi hatte in einem türkischen Gefängnis Gelegenheit, die Sprache zu erlernen –, DVDs zu tauschen, Kichererbseneintopf zu essen und anschließend gemeinsam zu furzen. Furzen macht Spaß, darin sind sie sich einig, es erleichtert und hebt die Stimmung. »Furz von Moslem ist nicht anders als Furz von Christ oder Jude«, pflegt Ömer dann weise zu bemerken.

Zu Willis Beunruhigung war der Zwischenfall in Neuwiedental nur ein Glied in der Kette deprimierender Vorfälle, die ihn seit der Jahrtausendwende darin bestärken, möglichst selten vor die Haustür zu treten. Er fragt sich, ob die angenehmen Seiten des neuen Jahrhunderts – riesige Flachbildfernseher, phantastische Weinjahrgänge, intelligente Fernsehserien, GPS und Google Earth – die zunehmend düsterer werdenden Schattenseiten in irgendeiner Form kompensieren können. Zwar wird die Erde bis in den letzten Winkel mit Elektronik bestückt, überwacht und vermessen, doch ist die Welt keineswegs sicherer geworden. Nein, die Leute von heute sind weder sanfter und gebildeter als vor vierzig Jahren, noch sind sie vernünftiger geworden. Das Vulgäre präsentiert sich in Siegerpose – raumgreifend und schamlos, springt einem von den Titelseiten der *Bild*-Zeitung ins Gesicht, brüllt aus den Fußballstadien, dampft faulig aus Fernsehgeräten. Es kommt Willi vor, als habe er stets einen metallischen Geschmack im Mund, er empfindet die Welt als metallisch, rasend schnell, brutal, verlogen, vernetzt, verloren. Schöne Momente in letzter Zeit? Keine Ahnung. Ach ja, ein Highlight, fast vergessen: Man hat Pluto den Planetenstatus aberkannt, endlich, diesem Leichtgewicht am Rande des Sonnensystems, mit einem Durchmesser von nicht einmal 2 400 Kilometern. Seit Jahren war Willi der Ansicht, dass dieses Würstchen, kleiner als der Erdtrabant, nichts weiter sei als ein fetter Asteroid. Die überaus erfreuliche Entscheidung wurde von der Generalversammlung der International Astronomical Union am 24.8.2006 in Prag getroffen. Naturgemäß war die kleine Gemeinde der Pluto-Fans erzürnt bis zur Raserei; es soll Selbstverbrennungen gegeben haben, Attentatsversuche und wüste Drohungen, Mahnwachen, Demonstrationen – manche Redner verstiegen sich gar zu der Behauptung, dies sei der Anfang vom Ende, denn ebenso leichtfertig habe man 1938 die Tschechoslowakei preisgegeben.

So richtig zum Lachen gab es eigentlich nichts mehr, seit Möllemann vergessen hatte, seinen Fallschirm zu öffnen. Dabei ist Willi alles andere als ein sauertöpfischer Typ, ja er sehnt sich danach, herzhaft abzulachen, vergnügt zu schmunzeln, kindlich zu kichern, und er fragt sich an manchem, wenn nicht gar an jedem vergrübelten Abend, warum er kaum noch etwas zum Brüllen komisch findet – von Eva Herman und Markus Söder einmal abgesehen, aber auch die bereiten inzwischen einen schalen Beigeschmack. Ist das der Preis für Lebenserfahrung und Erkenntnis? Ist er auf seinem schlecht ausgeschilderten Lebensweg versehentlich in der freudlosen Zone gelandet? Oder ist der Zeitgeist einfach witzlos, bräsig und abgefuckt? Auf den Gedanken kann man kommen, wenn man sich dazu überwindet, sogenannte Comedy-Shows anzusehen.

Der heutige Nachmittag hat Willi erneut gezeigt, wie hinterhältig, wie unberechenbar die Welt jenseits der Wohnungstür sein kann, überall da draußen, zu jeder Tageszeit, gedankenlos, unbarmherzig, selbst an einem so herrlichen Apriltag. Kein Wölkchen, weiße Segeldreiecke über königsblauem Wasser. Willi saß auf einer Parkbank an der Außenalster, beschirmt vom zarten Grün und dem Blütenschmuck eines Baums. Der See, die Erde und die Pflanzen, die Luft, selbst die Hunde rochen nach Frühling, nach Aufbruch, Zukunft, Sex und Erlösung. Der Winter war mild, so gut wie schneefrei, fast mediterran, könnte man ohne Übertreibung behaupten, aber natürlich laublos, grau, zwielichtig, klamm – bis vor etwa zwei Wochen. Zu spät für die Fleischereifachverkäuferin Edith Bornhöft aus dem Supermarkt um die Ecke, die sich Ende Februar umgebracht hat. »Winterdepression«, sagt ihr Kollege, und es klingt verächtlich, klingt wie »Verrat«.

Nun sieht alles wieder nach Ansichtskarte aus. Was für ein schöner Planet, dachte Willi ergriffen, und nichts dergleichen im Umkreis von Lichtjahren, möglicherweise nirgendwo sonst, das Ergebnis einer Kette von einzigartigen Zufallskonstellationen.

Auf der etwa zwanzig Schritte entfernten Nachbarbank setzte sich ein jüngeres Paar zu dem älteren Herrn, der daraufhin seine Lektüre, die *Metamorphosen* von Ovid, beiseite legte. Man kam sogleich ins Gespräch, lachte frühlingslocker, gestikulierte entspannt, während die Tochter des Paares Enten und Tauben mit Erdklumpen bombardierte. Noch gab es keinerlei Anzeichen für einen Krieg.

Willi, der seinen kokainfreien Tag hatte (wie jeden Dienstag, der Disziplin gehorchend), fummelte still fluchend am Drehverschluss einer Piccolo-Sektflasche herum. Ein Kunde hatte ihm vor Wochen diesen Sekt – alles andere als eine Nobelmarke – in den Kühlschrank gestellt, um sich für den Carlos Primero, den Willi ihm seit Jahren großzügig einschenkt, zu revanchieren. Na gut, hatte Willi gedacht, nachdem er das Preisschild abgekratzt hatte, macht ja nix, kommt ja auf die Geste an. Das Sinne und Gemüt umschmeichelnde Wetter schien an diesem Tag perfekt zu einem kühlen, wenn auch halbtrockenen Sekt zu passen.

»Sommer, ich bin bereit für dich!« hatte er nach dem ersten Schluck ausrufen wollen, mit ausgebreiteten Armen, Schwingen gleich, erwartungsvoll, euphorisch, die Welt und diesen friedlichen Moment gleichsam umarmend. So war es geplant.

Knack! Der Schraubverschluss löste sich, kühles, prickelndes Nass sprudelte auf Willis hellbeige Armani-Hose, verklebte den Stoff mit der Haut – und Willi verwünschte, jegliche Logik klug vermeidend, das

Wetter, das ihn zum Sekttrinken animiert, den Arsch, der ihm die Flasche unerlaubt in den Kühlschrank gestellt hatte, den Schraubverschlusshersteller sowie den kokainfreien Dienstag. Er trank einen Schluck. Für einen Moment füllte die schäumende Flüssigkeit seine Mundhöhle, winzige Bläschen zerplatzten am Gaumen. Süße Plörre. Was für Arzt-Romane lesende Hausfrauen. Er fragte sich, wie die Spaziergänger ihn wohl einschätzten, mit seiner nassen Hose, der Flasche in der Hand und dem blauen Auge, das ihm unlängst ein *Bild*-Zeitungs-Käufer in einem Zeitungsladen verpasst hatte, als Antwort auf Willis »Oho, ein Schöngeist«. Ein läppisches Grinsen hing in seinem Gesicht wie Spinnengewebe. Ein tragikkomischer Held zwar, doch immerhin Mitglied des exklusiven Klubs der tragikkomischen Helden, dem so große Gestalten wie Don Quijote, Karl Valentin, Karl Roßmann und Monaco Franze angehören. Er fischte eine Gitane aus der Packung, steckte sie an und spuckte ein paar Tabakskrümel aus. Das Mädchen stand vor ihm, hatte die Enten und alle anderen Vögel vertrieben und suchte offenbar ein neues Opfer. Es war acht oder neun Jahre alt, skandinavisch-blond, das Gesicht erinnerte an einen Pekinesen. Seine dreisten Knopfaugen starrten auf ihn, als wäre er Chemical Ali oder ein zerlaufener Brie de Meaux, musterten ihn mit kindlicher Distanzlosigkeit. Die Kleine hatte sowieso bei ihm verschissen – wegen der Entenvertreibung. Er blies ihr eine Rauchwolke entgegen und knurrte: »Was glotzt du kleine Nutte? Willst du mich anbaggern?«

»Du hast in die Hose gemacht.« Ein hellrosa Finger zielte auf seinen Unterleib.

»Hab ich nicht.«

»Hast du doch. Sieht man ja.«

»Das ist kein Pipi, das ist Sekt.«

»Ist es nicht. Sekt ist zum Trinken da – und dann wird man betrunken. Wie du. Mein Papi sagt, wenn alte Männer auf einer Parkbank sitzen, dann sind das oft Mitschnacker, traurige Kommunisten oder Trinker, die keine Wohnung haben.«

»Dein Papi ist ein Dummschnacker, einer von denen, die glauben, der Mond würde jeden Abend per Knopfdruck zum Leuchten gebracht.«

»Ist er nicht. Er ist Geschäftsführer. Und du bist ein Mitschnacker. Du willst kleinen Mädchen deinen Penis zeigen.«

Fiese kleine Kakerlake. Der Mann mit der Sektflasche, der nassen Hose und dem blauen Auge sah mit Entsetzen die Bosheit in den Pekinesenaugen, ein tückisches Glitzern, das Böse, wie er mutmaßte, so alt wie der Homo sapiens, ein Teil des Menschen, der Preis, den die Menschheit seit der Morgendämmerung des Bewusstseins zu zahlen hat, so robust wie Bakterien, alltäglich wie die Hundescheiße und die Einwegspritzen auf Kinderspielplätzen. Er senkte seine Stimme zu gruftigem Grollen: »Wenn du nicht sofort verschwindest, gieße ich dir den Sekt über den Kopf.«

»Du bist ein Terrorist«, sagte das Mädchen, sprang zur Nachbarbank und sprengte dort die Konversation. »Der Mann da drüben hat in die Hose gemacht und will mich mitschnacken. Und, Papi, er hat gesagt, du bist ein Dummschnacker!«

Drei von Abscheu verzerrte Gesichter drehten sich zu Willi, der ihnen zuprostete. »Glauben Sie dem Biest kein Wort«, rief er grimmig hinüber. »Verlogener als George W. Bush und Berlusconi zusammen!« Seiner Ansicht nach redete und verhielt sich das Kind bewusst wie eine Fünfjährige.

Der Papa erhob sich, um Willi einen Besuch abzustatten. Bodybuilder, stellte Willi fest. Straff gespanntes T-Shirt, Bluejeans und Cowboystiefel. Auf den Oberarmen sah man die Ausläufer großflächiger Tribal-Tattoos. Willi trat die Zigarette aus, legte beide Arme auf die Rückenlehne und fragte sich, ob er den Abend wie geplant verbringen oder ob seine Freundin Carmen ihm im Krankenhaus mit vorwurfsvoller Miene die Hand halten würde. Gehört der Fleischberg zu den schnell ausrastenden Anabolikasüchtigen, überlegte er, soll ich ihm in Putativnotwehr mein Schweizer Messer in die Hoden rammen? Er blinzelte in das Gesicht über der Muskelmasse und gab sich gelangweilt.

Eine kratzige Stimme. Als würden die Stimmbänder täglich mit Schmirgelpapier oder Schnaps behandelt: »Was hast du Penner mit meiner Tochter vorgehabt?« Aggressiver Zeitgenosse. Aber Willi gehört nicht zu den Leuten, in denen angesichts aggressiver Muskelmänner mit kratzigen Stimmen sogleich ein Unterwerfungszwang aktiviert wird. Nicht, dass er zu stolz wäre und noch immer als Gockel durch die Welt stolzierte. Es ist einfach nur die Wut, die ein Ventil braucht.

»Erstens duzen wir uns nicht, zweitens sind Sie der Penner, und drittens hat Ihre Tochter mich angequatscht und beleidigt …«

»Und das blaue Auge hat Ihnen auch meine Tochter …«

»Mein blaues Auge geht Sie meiner Meinung nach einen Scheiß an.«

Das Kind hüpfte, vor Erregung glühend, an die Seite des Geschäftsführers (Geschäftsführer von was, rätselte Willi). »Papa, er hat gesagt, er möchte einen Finger in meine Scheide stecken!«

Willi lachte gequält auf. Er wünschte, er hätte statt der Pfütze Sekt eine Gallone Rotwein im Bauch. »Jetzt habe ich die Faxen aber dicke. Sie sollten sich ernsthaft um das psychische Wohlergehen …«

»Haben Sie das zu ihr gesagt?« Der Papa ballte seine Hände zu melonengroßen Fäusten, und nun gesellten sich seine Frau und der ältere Herr zu der Runde – nervös die fitnessgestählte Mama, kühl und skeptisch der weißhaarige Freund der Dichtkunst. Mein Gott, dachte Willi, welche Gemeinsamkeiten haben denn die beiden Körperfetischisten und der Ovid-Fan entdeckt? Politische Übereinstimmung? Wenn ja, welche? Frühling auf Mallorca? Etwa in El Arenal? Die Literatur? Sehr witzig.

Jedenfalls wurde es ein wenig eng um Willi.

»Sie sollten sich in Grund und Boden schämen!«, schrillte die sonnenbankgetoastete Mutter, bückte sich zur Tochter und entblößte dabei ihr Arschgeweih. Willi triumphierte verhalten – hatte er doch mit sich gewettet und gewonnen. Sollte sie kein Arschgeweih haben, hatte er zu sich gesagt, werde ich morgen, falls ich diesen Tag überleben sollte, den Kühlschrank ausräumen und putzen.

»Guter Mann, Sie rütteln mit Ihrem Verhalten an den Säulen der abendländischen Grundregeln«, rügte der Schöngeist, gönnte sich aber auch einen Seitenblick auf das Steißtattoo und die Fäden des Stringtangas.

»So, danke schön, es reicht.« Mit dem Mut der Verzweiflung stemmte Willi sich empor, was einiger Verrenkungen bedurfte, denn der Bodybuilder, mit verschränkten Armen und vorgeschobenem Kinn einer realsozialistischen Heldenskulptur ähnelnd, bewegte sich keinen Millimeter zur Seite. Bevor Willi losbrüllte, checkte er sich im Stillen durch: Habe ich Kokain oder andere Sachen dabei, die mir später auf der Polizeiwache zum Verhängnis werden könnten? Nein. Also los: »Was erlauben Sie sich eigentlich? Wo bin ich denn hier gelandet? Ein bösartiges Gör macht sich einen Spaß daraus, mich in die schlimmste Situation seit meinem letzten LSD-Trip vor dreißig Jahren zu stoßen, mein Ansehen zu ramponieren, mir den Nachmittag zu versauen – und der Vater, auf seine grässlichen Muskelwülste vertrauend, behandelt mich wie einen Straßenköter! – Und Ihnen, verehrter Ovid-Freund ...«, Willi schenkte dem Weißhaarigen einen weniger feindlichen, eher ermahnenden Blick, »... möchte ich mit Horaz zurufen: nunc est bibendum!«

»Nunc est bibendum? Jetzt muss getrunken werden?« Offenbar sagte dem Angesprochenen diese Botschaft im Moment nicht viel, doch es schien ihn zu beeindrucken, dass Horaz ins Spiel gebracht wurde. »Dass Sie Horaz erwähnen ...«, murmelte er und zog, nachdenklich geworden, ein Handy hervor. »Wir sollten den vorgeschriebenen Weg einhalten und die Aufklärung der Polizei überlassen.«

Mittlerweile hatten sich einige schweratmende Jogger, eine südkoreanische Reisegruppe, drei ältere Damen, mit Nordic-Walking-Stöcken bewaffnet, und zwei rumänische Straßenmusikanten um die Streitenden geschart.

»Unsinn«, bellte der Körperfetischist, »das regeln wir selbst.«

»Oh nein, ich rufe die Polizei. Das riecht mir hier zu sehr nach Hexenverbrennung. Ich würde es mir ja niemals verzeihen, wenn dem Mann unrecht geschähe. Horaz, mein Gott, wissen Sie überhaupt, wovon wir hier reden?«

»Ich verpasse dem Saukerl zwei Ohrfeigen, und der Fall ist abgehakt – mit oder ohne Horaz – oder wie der Knilch heißt.«

Willi deutete auf den nassen Fleck und rief, zum Publikum gewandt: »Das ist kein Urin, sondern Sekt.« Ein paar Leute lachten, der Weißhaarige schoss einen vernichtenden Blick auf den Geschäftsführer und warf sich, wie Cato einst Cäsar die Stirn geboten haben mochte, in Pose. »Aus welchem Jurassic-Park sind Sie denn ausgebrochen? Selbstverständlich rufe ich jetzt die Polizei!«

Die Pratze des Sauriers umschloss Handy und Finger des Alten wie ein Schraubstock. »Habe ich mich undeutlich ausgedrückt? Wir brauchen keine Bullen!«

»Das ist ja wohl die Höhe!« Mit unvermuteter Listigkeit rammte der Attackierte dem Rohling eine Ecke der *Metamorphosen* (Hardcover) ins Auge, und der Felsblock taumelte aufheulend zur Seite, drückte seine Hände auf die Wunde, stöhnte, sog zischend Luft ein, krümmte sich. Fauchend stürzte sich die Frau auf den Mann mit der gefährlichen Waffe, beide stürzten, ineinander verkeilt, auf die Wiese und versuchten sich gegenseitig zu würgen. Das Kind blieb relativ gelassen. Auf Willi deutend, erklärte es dem Publikum, dies sei ein besoffener Kommunist, der in Parks kleinen Mädchen seinen Penis zeige. Alle Augen peilten wie auf Befehl das blaue Auge, die Sektflasche und die nasse Hose an. Bis zu diesem Moment hatte sich Willi, überrascht von der unerwarteten Wendung des Dramas, in einem leicht zum Albernen tendierenden Hochgefühl befunden – als hätte er Äther geschnüffelt, kam sich vor wie ein eleganter Schlittschuhläufer, der alleine auf einem großen, zugefrorenen See seine Runden dreht. – Satanisches Kind. Es wollte das Drama kontrollieren, Regie führen, schon in diesem zarten Alter berechnend und wissend.

Die Musikanten – Gitarre und Akkordeon – spielten ein flottes Django-Reinhardt-Stück, bis ein gellender Schrei die allgemeine Aufmerksamkeit wieder zur Wiese lenkte. Dort hatte der ältere Herr, auf dem Rücken liegend, die Frau von sich gestoßen und dem über ihn gebeugten Eisenstemmer einen Fuß ins Skrotum gerammt. Die Zuschauerwoge rauschte zum Ort der Action, alle Koreaner zückten Digitalkameras (und erinnerten auch sonst stark an Japaner), erneut bearbeiteten die Musiker in der aberwitzigen Hoffnung auf Trinkgeld ihre Instrumente. Willi schlug die andere Richtung ein, mit ausholenden Schritten und der Angst vor dem Kind im Nacken. Er vermied es, sich umzusehen. Der anschwellende Lärm hinter ihm ließ auf eine Massenschlägerei schließen.

Sein betagter Opel Omega döste auf dem Parkplatz vor sich hin wie ein ausgelaugter Lastesel. Willi fühlte einen Flash der Erleichterung, als der Motor ohne zu murren ansprang. Rückwärtsgang, leicht aufs Gas getippt, dumpfer Knall – das Geräusch, das jeder Autofahrer, der nicht auf Versicherungsbetrug aus ist, fürchtet. Der Mercedes hatte nach ihm seinen Parkplatz verlassen – eindeutig. Willi Windhorst, angegrauter Kokaindealer mit angegrautem Kundenstamm, benötigte ein paar Sekunden, um festzustellen, dass es nicht seine langjährigen mysteriösen Beschatter waren, die ihn auf so rabiate Art gestoppt hatten. Er stieg, dieser Stadt und der gesamten Menschheit so überdrüssig wie schon lange nicht mehr, aus seinem Wagen, machte ein *Dirty-Harry*-Gesicht und widmete sich der Mercedes-Fahrerin, die etwa in seinem Alter sein mochte und von den Schuhen bis zum Königin-Beatrix-Hütchen in Pink gekleidet war. Sie torkelte ihm in einer Dunstwolke aus Cognac und Chanel entgegen.

»Keine Polisei«, säuselte sie, unkontrolliert grinsend.

Schon wieder keine Polizei, dachte Willi. Es gab außer ihm offenbar noch andere, an sich rechtschaffene Leute mit einem zwiespältigen Verhältnis zur Staatsgewalt. Was ist das für ein Tag, dachte er entsetzt.

Die Dame in Pink schwenkte den Zeigefinger und lallte: »Is ne Bagatelle, können wir wie zwei kullivierte Menschen regeln, nöch? Ich habe nämlich ...«, sie reckte ihm verschmitzt ihr Vogelgesicht entgegen, »... in dem besaubernden Gartenlokal da hinten mit meiner Freundin Wiedersehn gefeiert. Hat in Amerika im Krankenhaus gelegen, die Ärmste. Fragen Sie mich nicht, in welcher Stadt. – Aber ich sehe gerade ...«, ihr Blick klebte auf Willis Hose, »... dass auch Sie feuchtfröhliche Stunden hinter sich zu haben scheinen. Oder sind Sie eins von den armen Schweinen, die ihre Blase nicht kontrollieren können? Wie? Ein genetischer Defekt, oder was? Soll ja weit verbreitet sein. Ich sage Ihnen jetzt mal ganz brutal die Wahrheit: Die oberirdischen Atombombentests in den 50er Jahren haben uns alle verseucht. Alle. Und nicht nur uns, sondern auch die anderen, wenn Sie mir folgen können.«

»Sie sollten Ihr Auto heute nicht mehr fahren.« Willi wunderte sich über die Ruhe, die beinahe altväterliche Stimme, mit der er das sagte.

Ihr schrilles Gelächter endete mit einem Schnarchton. »Junger Mann, ich kann doch das Auto nicht einfach hier stehenlassen, ich muss es doch zumindest wieder einparken. Wo haben Sie denn Ihren Führerschein gemacht? In der Wüste Gobi?«

Betrunkene, rosa kostümierte ältere Damen mit bizarren Hüten waren Willi, wie er sich erinnerte, schon immer ein Greuel gewesen. Er sehnte sich nach seinen vier Wänden mit den zwei Sicherheitsschlössern und den drei Sicherungsriegeln an der Tür, dennoch bewahrte er in eigenem Interesse den beherrschten Gesprächston. »Nun, dann geben Sie mir jetzt hundert Euro für das kaputte Rücklicht und parken Ihren …«

»Ich gebe Ihnen fünfzig Euro und lade Sie zu mir nach Hause ein. Sturmfreie Bude, hahaha, nein, im Ernst, vielleicht kommen wir uns ja näher. Was haben Sie für ein Sternzeichen? Wassermann, was?« Krächzendes Lachen, ein dürrer Finger zeigte auf die Hose.

»Herrgott, das ist kein Urin.«

»Was denn?«

»Sperma.«

»So viel? Dann sollten wir uns nachher eine Plastikplane unterlegen.« Sie lachte gellend und presste dabei ihre Hände zwischen die Beine, schreckte aber zusammen, als der Ton einer Polizeisirene lauter wurde. »Oh Gott, meinen die etwa mich? Ich muss ganz, ganz dringend meine Blase entleeren. Sie entschuldigen mich?«

Während Madame orientierungslos zwischen geparkten Autos herumstolperte, fuhr Willi kurz entschlossen ihren Mercedes in die Parklücke, sprang in seinen Opel und verließ den Ort des Grauens. Ein prüfender Blick in den Rückspiegel. Na bitte! Der signalrote Golf, der ihm vor einer Stunde hierher gefolgt war, klebte wieder hinter ihm. Nach einer halben Ewigkeit konnte er die Klette endlich abschütteln.

Alles in allem ein Scheißtag, ein wunderschöner Scheißtag. Von wegen Paranoia. Der Golf hatte ihn eindeutig verfolgt. Er wird beschattet – manchmal professionell, mit mehreren Wagen oder Fußgängern, die sich ablösen, selten so dilettantisch (oder demonstrativ?) wie an diesem Nachmittag. Nicht zum ersten Mal schiebt sich die Vorstellung, eine Echse in einem Terrarium zu sein, in den Vordergrund, ein Leben hinter Glas, genug zu fressen, hübsche Miniaturlandschaft, aber doch arg begrenzt. Und vor allem sind da diese Weiß- Kittel, die ihn von jenseits der Glaswand mit wissenschaftlich-distanziertem Blick beobachten. Was haben sie mit der Echse Willi vor? Seit Wochen oder, weiß der Teufel, seit Jahren beschäftigen sie sich mit ihm – und, Herrgott noch mal, warum? Und wieso muss mir, nachdem ich mit Müh' und Not einer Schlägerei entkommen bin, gleich darauf eine besoffene Frau das Auto demolieren? Ich glaube nicht an Gott, bin allerdings Woody-Allen-Fan, und vielleicht drängt mich mein Unterbewusstsein aus Verehrung in solche Stadtneurotiker-Situationen, was weiß ich, vielleicht will ich in diesen Momenten Woody Allen huldigen. So gut kenne ich mich ja gar nicht.

Alabama 3: »... when you woke up this morning – everything you had was gone ...!«

Willis rechtes Bein wippt zur Musik. Der Postbote, überlegt er, der Postbote mit seiner kalkweißen Pockenvisage und dem Ziegenbärtchen sieht aus wie ein Denunziant. Vom Hausmeister ganz zu schweigen. Ein Aasfresser, eine orwellsche Kontroll-Kreatur, Blockwart. Mit den Bullen hat das nichts zu tun. Ich bin eine kleine Nummer, ein Fliegenschiss. Und den großen Dealern, den Raubtieren, komme ich seit Ewigkeiten nicht mehr in die Quere. Nachdem ich damals die weiße Fahne geschwenkt und den obligatorischen Kotau vollzogen hatte, war meine Zeit vorbei. Vor allem blicke ich nicht mehr durch. Das ganze Raubgesindel macht sich auf den Weg zu uns, als sei hier das El Dorado. Wahrscheinlich ist es El Dorado für all die skrupellosen Machos aus Russland, Albanien, Rumänien und wer weiß woher noch, die außer ihrer Gier und ihrer Brutalität zu allem Überfluss auch noch ihre skurrilen steinzeitlichen Ehrbegriffe mitgebracht haben, ein Sammelsurium archaischer Verhaltensregeln, deren Verletzungen im allgemeinen so unangenehme Folgen wie zerschmetterte Kiefer oder gar den Tod nach sich ziehen.

Die Pokerrunde vor etwa zwölf Jahren, in einem Kneipenhinterzimmer in St. Georg, hatte Willi nachhaltig beeindruckt. Er spielte mit einem Serben, einem Albaner, einem Türken und einem Litauer. Von Anfang an waberte in dem verqualmten Raum der Geruch von Aggressivität und plumper Protzerei. Willi gab sich cool inmitten dieser Ansammlung primitiver Gewaltanbeter, obwohl deren zur Schau gestellte Verehrung von Kraft und Härte an seinen Nerven sägte. Als der Serbe einen typisch serbischen Albaner-Witz in die Runde warf, sprang der Albaner, innerhalb von Sekunden zum Werwolf mutiert, dem Witzbold an die Kehle, und bei der darauffolgenden Schlägerei wurde das Mobiliar des Zimmers in unglaublicher Geschwindigkeit zerschreddert. Willi, nur mäßig lädiert, taumelte ins Freie, hielt noch immer sein Blatt, ein schönes Full House, in der Hand, war traumatisiert wie ein Erdbebenopfer und machte sich auf die Suche nach seinem Auto.

Seitdem sind Glücksspiele in testosterongeschwängerten Hinterzimmern für ihn tabu, von der Liste der Vergnügungen gestrichen – wie so manches andere. Er ist bescheidener geworden, demütig, wie er es nennt, ist heilfroh, nicht zu den Spinnern zu zählen, die aus irgendwelchen kryptischen Gründen davon ausgehen, in allen angesagten Lokalitäten als interessante Erscheinung wahrgenommen zu werden. Willis

Kneipen- und Partyhochzeit war Ende der 70er bis Mitte der 80er Jahre. Natürlich war er auch schon in den Sixties fast jede Nacht unterwegs gewesen, stoned und mitteilungsbedürftig, aber später, als jeder, der sich für modern und dynamisch hielt, in Kneipentoiletten die weißen Linien legte, als Willi zur Liga der gefragten und umworbenen Kokaindealer gehörte, als kräftiger, spendabler, agiler, immer noch junger Mann, der zahllose Kontakte knüpfte und, da seine Ware kaum gestreckt war, mit Fernsehleuten, derben Kieztypen und gestressten Brokern verkehrte, kam er sich vor wie ein Hauptdarsteller in einem endlos langen, bonbon-bunten Film. Die Angst vor Herzinfarkt, Vereinsamung, Prostatakrebs oder durchgeknallten Terroristen schlummerte noch, unscheinbar und grau, in der hintersten Ecke seines Hirnlabyrinths. Da lag die Zukunft ja noch jenseits des Horizonts – und das Altwerden war nichts weiter als ein abstraktes Thema für philosophisches Geplänkel im Zwielicht der Morgendämmerung.

Dingdong! Die Türglocke. Mehr ein Säuseln als ein Glockenton, eine weiche, nervenschonende Message, ein Wirtschaftswunderjahre-Retro-Sound, passend zu einem 50er-Jahre-Bungalow mit verkupfertem Briefkasten und Musiktruhe mit Hausbar. Gleich nach seinem Einzug in die Eigentumswohnung hatte Willi Dutzende Türglocken, -klingeln und -summer geprüft, bis er den Ton fand, der an das Dingdong in seinem Elternhaus, einem Bungalow mit Kupferbriefkasten und Musiktruhe mit integrierter Hausbar, erinnerte – und an all die anderen Bungalows und Nachkriegsvillen in Poppenbüttel und Sasel. Sein Vater, ein Gebrauchtwagenhändler aus Barmbek, hatte die Säuselglocke in seiner Ahnungslosigkeit als »Steinway unter den Türglocken« bezeichnet. Achterbahn-Arno hingegen spricht von einem »schwulen Sound.«

Durch die Linse des Türspions wirkt Carmens lachender Mund so breit wie der Kühlergrill eines Jeep Cherokee. Sie sagt etwas, das er nicht versteht, und streckt die Zunge heraus. Mit geübten Handgriffen entriegelt er die Tür. Der gequälte, für Arno reservierte Gesichtsausdruck hat sich bereits verflüchtigt, doch die Anspannung nistet weiterhin in ihm, von den Haarwurzeln bis zu den Zehennägeln, die Begleiterscheinung einer Körper und Geist allmählich zerbröselnden Krankheit, deren Namen er nicht kennt, die in seinem Kopf entstanden ist und seit ein paar Jahren darin wütet wie ein Marder im Hühnerstall.

Carmen, seine Freundin, drückt ihm einen oberflächlichen Kuss auf die Nase und windet sich an ihm vorbei in den Flur. »Hallo, mein Pirat«, sagt sie beiläufig. Sie ist achtzehn Jahre jünger als Willi, trägt mit Vorliebe weite, wehende, indisch angehauchte Sachen und hat, möglicherweise weil ihr diese weiten, wehenden Sachen Sicherheit versprechen, in den vergangenen zwei Jahren um gute zwölf Kilo zugenommen – das heißt, zwölf Kilo gibt sie zu, was Willi allerdings für eine Untertreibung hält. Seit letztem Sommer sieht es so aus, als entferne sie sich peu à peu von Willi. Er beobachtet ihren schleichenden, unentschlossenen Rückzug mit einer Mischung aus Belustigung und kühler Neugierde. Bin mal gespannt, wann und wie sie den entscheidenden Schritt vollzieht, denkt er, sie wird fett und mürbe wie eine Gänsestopfleber, ich werde immer ungeselliger, und meine Tränensäcke werden mir bald bis zum Kinn runterhängen; sechs Jahre hat sie's mit mir ausgehalten. Alle Achtung.

Carmen schwebt durch das Wohnzimmer und breitet sich auf dem Sofa aus, sagt mit der gleichgültigen Freundlichkeit einer Aldi-Kassiererin: »Du siehst heute sehr unvorteilhaft aus. Bist du von einem Barhocker gestürzt?«

»Mit dir habe ich gar nicht gerechnet. Ich habe Achterbahn-Arno erwartet«, sagt er unkonzentriert. »Ja, ich weiß selbst, dass ich heute nicht allzu frisch aussehe. Stress ohne Ende, sobald ich mich aus dem Haus wage, sage ich dir, heute Nachmittag, an der Außenalster, ein Alptraum.«

»Hat dir dort der Wind deine Kokslinie weggepustet?« Sie lässt ihre Augenlider flattern.

»Extrem witzig.« Ihr Desinteresse enttäuscht und ärgert ihn. »Was führt dich denn heute zu mir? Was Bestimmtes? Sehnsucht nach einem Kerl, der's dir richtig besorgt?«

»Dieses Thema solltest du besser dort lassen, wo es seit langer Zeit in Frieden ruht: in der Gruft.«

»Was selbstverständlich meine Schuld ist.«

Sie kuschelt sich in eine Sofaecke, schlägt die Beine übereinander, lächelt dünn. »Für einen stinknormalen Geschlechtsakt braucht man eine feuchte Möse und einen steifen Schwanz. Ich bin für die feuchte Möse zuständig.«

Insgeheim bewundert er ihre lockere Zunge – und früher, als ihr Spott überwiegend anderen Personen galt, konnte er ausgiebig darüber lachen. Er lässt sich in einen der chintzbezogenen Sessel fallen, legt die Ellenbogen auf die Armlehnen, und erneut fällt ihm auf, wie speckig der Bezug geworden ist. Als er vor fünfundzwanzig Jahren hier einzog, sollte alles so sein wie in den Appartements, die man aus den Hollywood-Filmen der 50er Jahre kannte, in denen Rock Hudson mit einem Whiskyglas in der Hand in einem cremefarbenen Sessel lümmelte, als wäre er darin (und mit dem Whiskyglas) geboren worden, und Marilyn Monroe bis zu den Knöcheln in türkisen Teppichen versank. Aber was bereits Anfang der 80er Jahre nur noch mäßig originell war, ist heute nicht bloß unzeitgemäß, was für ein souveränes Individuum kein Diskussionsthema wäre, sondern verbraucht, verschlissen, fleckig und dem Siechtum anheimgegeben. Für Carmen war dieser Möbelfriedhof einer von drei oder vier Gründen, ihre kleine Wohnung in Eimsbüttel zu behalten. Andererseits achtete Willi stets darauf, dass keine seiner Äußerungen als Einladung zum Einziehen missverstanden werden konnten. Er wechselt das Thema: »Möchtest du was trinken, mein Vögelchen? Einen Espresso?«

»Ganz lieb von dir, aber ich will gleich wieder los. Du brauchst sicher Ruhe nach deinem strapaziösen Ausflug. Ich bin nur gekommen, um das Buch von Krishnamurti, das seit einem halben Jahr wie festgewachsen neben deinem Bett liegt, abzuholen. Wie ich dich kenne, hast du es einmal für zehn Minuten in der Hand gehabt und dir dann ein kompetentes Urteil gebildet.«

Willis Grinsen offenbart einen Hauch von Herablassung. »Oh, ich habe es mehrmals und länger in der Hand gehabt – und ja, ich gebe es zu: Meine Vorurteile sind wie so oft bestätigt worden. Mich öden solche allwissenden, geistig scheinbar kerngesunden Lebensberater unsagbar an.«

Mit einem sanften Lächeln, das sie eigens für diese Art Windhorstscher Statements kreiert hat, hebt sie den Kopf, streicht mit beiden Händen über ihr langes, blondes Glatthaar und flötet: »Ach, du kannst mir doch einen Espresso machen, und dann bleibe ich noch zehn Minuten, in denen ich dir ein paar

Sätze von Krishnamurti vorlese, die du wahrscheinlich nicht gelesen hast.«

»Kaffee gibt's nur, wenn du mir nichts von Krishnamurti vorliest. Mich dürstet nicht nach den schalen Weisheiten ätherischer Überväter, sondern nach Jugend ... beziehungsweise nach dem jugendlichen Optimismus, der mir vor langer Zeit gestohlen wurde. Viel lieber würde ich dir in diesen zehn Minuten erzählen, was ich vorhin an der Alster erlebt habe.«

Carmen spielt die Nachdenkliche. »Lass mich raten... Du hast wieder einmal einem *Bild*-Zeitungsleser offen und ehrlich gesagt, was du vom Gehirn eines *Bild*-Lesers hältst – wie letztens, als du für deine Offenheit mit einem blauen Auge belohnt wurdest. Oder hast du etwa schon wieder neben einem Toten gesessen?«

Typisch Carmen, denkt er, und versucht, den sanft köchelnden Groll zu deckeln; sie zeigt keinerlei Verständnis, sondern das stets spöttische pseudo-objektive Verhalten einer abgebrühten, nahkampferfahrenen Grundschullehrerin. Als habe sie den Durchblick – wie ein Feldherr, der die Schlacht von einem Hügel aus überblickt, mit der kühlen Distanz des Strategen, der nicht mit den Blutenden, Verstümmelten und Sterbenden da unten weinen darf, weil er um das große Ganze weiß.

»Nein, Carmen«, sagt er, mit den Händen über die Armlehnen streichend. »Jemand hat *mich* angemacht – ein kleines, moralisch völlig verwahrlostes Mädchen.«

»Ein kleines Mädchen, das politisch anderer Meinung war? Ich hoffe, diesmal hast *du* zugeschlagen.«

»Du scheinst nur gekommen zu sein, um einige deiner ganz alten Witze bei mir zu entsorgen.«

»Na, gleich wird Achterbahn-Arno seine Proll-Witze bei dir abladen, was dich zwar nervt, aber andererseits zur Stärkung deines Selbstwertgefühls beiträgt, weil du bei jedem dummen Spruch deine intellektuelle Überlegenheit spürst und vermutlich auch noch genießt – krank wie du bist.«

Willi hat eine Zigarette angezündet und den vollen Aschenbecher zu sich herangezogen, schweigend, obwohl er, wie ihm ein vorbeihuschender Gedanke signalisiert, das mit dem Selbstwertgefühl so nicht stehenlassen sollte. Merkwürdige Beziehung, sagt der andere, der dominierende Gedankenkomplex. Sein Blick ruht teilnahmslos auf ihrem weichen Körper, der sich unbehindert in den dünnen, weiten Schlabberklamotten ausbreitet. Sie kennt mich gut, ohne mich zu verstehen – ich verstehe sie, ohne sie allzu gut zu kennen. Sie wird von Tag zu Tag, und heute sogar von Minute zu Minute sarkastischer, ich steigere mich in wehleidige Überheblichkeit. Was soll das? War doch nicht alles schlecht mit uns. Das erste Jahr war sogar super. Damals hätte man meinen können, wir wären richtig verliebt. Und nun? Hat sie einen anderen? Einen filigranen zwanzigjährigen Meditationspartner mit eingemeißeltem Wohlfühlgrinsen und Mutterkomplex? Eifersucht? Leiste ich mir solchen Plunder wie Eifersucht, Verlustangst? Ach, wenn ich tiefer grabe, kommt vermutlich nichts als narzisstisches Gekränktsein zum Vorschein, ein weiteres Häuflein schmutziger Wäsche.

Carmen hat einen kleinen Laden an der Mundsburg. Sie ist Philatelistin und Buddhistin. Willis gelegentlicher Hinweis auf die Unvereinbarkeit dieser beiden Faibles (»Briefmarkensammeln bedeutet leidenschaftliches Anhäufen und Festhalten, Buddhismus hingegen ist leidenschaftsloses Loslassen, Carmen, ein Buddhist hat zu einer Briefmarke eine leidenschaftslose Einstellung – er beleckt ihre Rückseite und drückt sie auf den Brief, den er verschicken will, verstehst du, er verliebt sich nicht in die Briefmarke.«) wird von ihr stets mit sanftem Lächeln abgeblockt. Das sei nicht weiter tragisch, sagt sie dann, da sie ohnehin noch nicht vorhabe, die Kette der Wiedergeburten zu beenden, nein, im Gegenteil sei sie schon sehr gespannt auf die nächste Reinkarnation, und vor allem genieße sie es, als eine der wenigen weiblichen Philatelisten auf jedem Philatelistentreffen umschwärmt zu werden wie eine seltene Briefmarke.

Willi streckt die Beine aus und legt den Hinterkopf auf die Rückenlehne. »Was du immer mit Arno hast. Du tust gerade so, als habe mir der Umgang mit ihm peinlich zu sein. Arno ist einer meiner ältesten Kunden.«

»Und dein Freund.«

»Als Freund würde ich ihn nicht bezeichnen.«

»Ach ja, ganz vergessen. Du hast ja keine Freunde mehr. Du ziehst es seit Jahren vor, dich in deiner Ego-Festung zu verschanzen, kleine Scharmützel mit anderen Verkehrsteilnehmern, Abteilungsleitern bei Karstadt, frechen Kindern und Nachbarn auszufechten und deinen Verfolgungswahn zu düngen, zu gießen und ab und zu in ein größeres Gefäß umzutopfen. Dein Kundenstamm schrumpft, deine Lieferanten bescheißen dich – und wenn du so ganz gemütlich mit dir alleine bist, hältst du dir brillante Vorträge über beschränkte amerikanische Kreationisten und die zunehmende Infantilisierung der Fernsehzuschauer. Alles schön und gut. Ist deine Entscheidung. Aber du musst diesen Weg nicht gehen. Die meisten Eremiten sind nicht etwa abgeklärte Durchblicker, sondern Wirrköpfe, die sich selten waschen und mit Eichhörnchen und Tannenzapfen reden.« Sie hebt die Augenbrauen, ihr Zeigefinger klopft zum Takt der Musik (R. L. Burnside, *It's Bad, You Know*) auf die Sofalehne. »Wann hast du dich denn in letzter Zeit mit Fremden unterhalten? Ich meine, ohne Streit, ohne deinem Gegenüber zu erklären, dass er ein psychischer Krüppel ist, weil er immer noch im Stehen pinkelt.«

Willi verändert seine Sitzposition, indem er den Oberkörper aufrichtet und die Beine anwinkelt. »Was weißt du denn über die Hygiene der Eremiten? Außerdem habe ich mich, ob du's glaubst oder nicht, gestern ausgezeichnet unterhalten …«

Carmen lächelt lau. »Mit der Verkäuferin im Käseladen? Über reifen Tilsiter?«

»Ach, Carmen … Ich war auf einen Espresso in einer Kneipe bei der Uni. Ich saß an der Theke. Neben einer Brust. Wir haben uns sehr intensiv unterhalten, die Brust und ich.«

»Eine Brust? Weiblich, nehme ich an. Saß auf einem Barhocker? Nur die Brust? Nur zwei große, nackte Euter?«

»Eine vollständige Frau, alles dran, mit ruhiger, etwas rauchiger Stimme, sehr erotisch – aber ich habe vor allem auf die Brüste geglotzt, die sich, von keinem BH beengt, unter dem T-Shirt wie träge, laszive Tiere bewegten, große, stramme Möpse, die sich mir mehrfach entgegenreckten, als wollten sie sagen: ›Fass zu, Willi, spritz uns voll‹.«

»Und worüber hast du dich mit dem Kopf unterhalten? Über Melkmaschinen und Milchpreise?«

»Ist das wichtig? Sie hat mich gefragt, ob ich den Latte Macchiato empfehlen könne, ich habe gesagt, ich könne meine Latte empfehlen, dann habe ich über Brüste im allgemeinen geredet, was sie offenbar amüsiert hat.«

»Hat sie dabei frivol gelächelt, deine Frisur zerzaust?«

»Auf jeden Fall blieb sie länger als beabsichtigt – und als sie ging, sah ich, dass sich in ihrer hautengen Stretchhose ein herrlicher Arsch bewegte.«

»Schöner zwischenmenschlicher Kontakt.« Carmen erhebt sich gähnend. »Aber ich habe das Thema ernst gemeint. Deine zunehmende Abkapselung.«

»Glaubst du mir nicht? Du denkst, ich habe mir das ausgedacht?«

»Dummerchen, kleines, dickes Dummerchen.« Sie rauscht aus dem Zimmer, und Willi wundert sich wieder einmal, denn er hält sich weder für klein noch für dick oder gar dumm. Er hört, dass sie im Schlafzimmer nicht nur den Krishnamurti-Schinken an sich nimmt, sondern nebenbei das Oberlicht auf Lüftung kippt und die Wäschestücke vom Boden aufklaubt und in den Wäschekorb wirft. Während er den Aschenbecher anstarrt, verbunden mit der Überlegung, ihn demnächst, am besten gleich, auszuleeren, schiebt sich eine vertraute Assoziation auf die innere Leinwand: der volle Aschenbecher als Synonym; so wirst du auch bald aussehen, lieber Willi, wie der Inhalt dieses Aschenbechers – Überbleibsel, formlos, Flocken, Asche. So wird jeder enden, bald, demnächst, verbrannt und zu Asche geworden die Hülle wie der Kern, das Ich. Und so wird, wenn die Sonne ihr Wasserstoffreservoir verbrannt hat und sich vor ihrem Ende gigantisch aufbläht, die Erde aussehen, wie ein deformierter unausgeleerter Aschenbecher – und dann ist aber endgültig Schluss mit Karma und Wiedergeburt und all dem Scheiß.

»Ach, ehe ich's vergesse ...« Carmen tänzelt heran mit einem wichtig aussehenden Papier in der Hand. Sie reicht es ihm. »Würdest du das bitte unterschreiben?«

»Was ist das? Ein Antrag auf Sterbehilfe?«

Nein, sagt sie peinlich berührt, es handele sich lediglich um eine Liste der wertvollsten Langspielplatten aus Willis Sammlung, der Erstpressungen in Originalhüllen, die Beatles-Autogramme und die Erlaubnis, all diese Kostbarkeiten im Falle von Willis Ableben mitzunehmen, da sie ansonsten Willis Schwester in die Hände fielen, was zwangsläufig die Vernichtung dieser Raritäten zur Folge hätte.

Willi starrt sie mit schmal gewordenen Augen an. »Auf welchem Trip bist du denn? Siehst du an mir etwa irgendwelche Symptome einer zum Tode führenden Krankheit? Carmen, mir graut vor dir.«

Sie setzt sich auf die Armlehne des Sofas. »Das wirkt jetzt sicher sehr unpersönlich und egoistisch. Aber da ich ja nun mal mitbekomme, wie du immer häufiger mit schlafwandlerischer Sicherheit in heikle Situationen gerätst, und wie du weiterhin Kokain konsumierst, als wärst du ein verantwortungsloser Zwanzigjähriger, mache ich mir außer um deine Gesundheit auch Sorgen wegen dieser Raritäten. Du hast eine kulturelle Verantwortung. Die *Sergeant-Pepper*-Erstausgabe mit einem Autogramm von George Martin – willst du das deiner Schwester überlassen? Den Fehldruck des ersten Pink-Floyd-Covers diesem amusischen Kontrollfreak schenken? So was gehört in eine Glasvitrine! Mal ganz abgesehen von den Beatles-Autogrammen, die dir dein Freund Arno, der angeblich nicht dein Freund ist, geschenkt hat. Du und Arno habt wahrscheinlich mehr Gemeinsamkeiten, als du dir eingestehen willst. Immerhin kennt ihr euch aus dem *Star-Club*.«

Er unterschreibt achselzuckend, ohne ihr zu antworten. Für ihn gibt es keine Heiligtümer. Nicht einmal das erste Foto, das ihm als Wichsvorlage diente,

1961 von ihm selbst aufgenommen und entwickelt – Frau Strube, die Nachbarin, nackt am offenen Fenster –, ist ihm heilig, obwohl einige seiner allerersten Spermien darauf haften.

Carmen beugt sich über ihn. Ihr Mund streift flüchtig seine Stirn. »Danke, Willi, ich ruf dich morgen an.«

»Ja, mach das. Hast du einen anderen? Vielleicht einen Plattenhändler?«

Während sie geht, sagt sie: »Das ist typisch. Du hast eine Bunkermentalität, du siehst die Welt nur durch Sehschlitze. Vielleicht solltest du die Droge wechseln. Valium zum Beispiel würde dich quasi in eine Daunendecke hüllen.«

Ratsch, ratsch, ratsch, die Riegel werden zurückgeschoben, klapp, die Tür fällt zu. – Und genau in diesem Augenblick hätte Willi eine rhetorisch exzellente Antwort parat gehabt. Eine Sekunde zu spät, wie so oft. »Valium macht lasch und lässt die Dinge verschwimmen!« hätte er sagen sollen, genau, er hätte sie zwingen müssen, sein vernichtendes Urteil über das Scheiß-Valium anzuhören. Grübelnd leert er den Aschenbecher, spült ihn ab und wischt ihn mit einem Papierhandtuch aus. Carmen liegt ja nicht völlig falsch, denkt er, ich sollte mich wirklich nicht dauernd über mittelmäßige Politiker und ihre 30-Sekunden-Statements in oberflächlichen Nachrichtensendungen aufregen. Vor vierzig Jahren ging ich ja noch davon aus, irgendwann – sofern mir ein früher Tod durch Drogen, Atomkrieg oder Krebs erspart bliebe – ein abgeklärter, erfahrungsgesättigter Weiser zu sein, dessen Rat gerade von jungen Leuten ehrfürchtig gesucht und beherzigt würde. Zu meinem Leidwesen weiß ich bis heute nicht, wie sich Altersweisheit bemerkbar macht. Altersborniertheit findet man häufig, mein Gott, mit welcher Selbstgerechtigkeit haben Enzensberger und Biermann den Krieg des George W. Bush gegen das irakische Volk befürwortet. Von der Eitelkeit der ehemaligen Bundeskanzler ganz zu schweigen, oh ja, man glaubt, aus ihren ständig in irgendein Mikrofon plappernden Mäulern Urin zu riechen.

Seufzend legt er eine selbstgebrannte CD ein, »Klassiker der guten alten Zeit«. Und schon singt, nach dem dunklen Gitarrenintro, Grace Slick mit klarer, wahrhaftiger Stimme *White Rabbit* – und dann dingdongt die schwule Türglocke sanft, aber unerbittlich einmal, zweimal, dreimal. Alles klar: Achterbahn-Arno.

Willi kommt sich vor wie ein trauriger Eremit, der das Tor zur Hölle der Spaßgesellschaft öffnet. Arnos schmales Faltengesicht verschwindet fast hinter seinem breiten Grinsen. Arno scheint guter Dinge zu sein. Er zappelt und zuckt wie ein pubertärer Gangsta-Rapper-Imitator und versprüht trotz seiner einundsechzig Jahre die Unbekümmertheit eines sechzehnjährigen Graffiti-Sprayers. »Yo, Alter, was geht ab, Mann?« Seine rechte Hand klatscht auf Willis lustlos hingehaltene Handfläche – und schon hat er das Sofa erobert. Er ist klein, drahtig und zäh wie ein Gibbon, hat so lange Arme wie ein Gibbon, und selbst sein Gesicht mit den eng zusammenstehenden Augen und der platten Nase hat was von einem Gibbon. Neuerdings trägt er XXL-Jeans, zeltartige T-Shirts, Sneakers, groß wie Kanus, und fährt auf HipHop ab. Den kleinen Kopf krönt eine Basecap aus dem FC St. Pauli-Fanshop. Aus den Kopfhörern rotzt irgendein Gangsta-Rapper den üblichen vulgären Brutalo-Wortmüll, Grace Slick singt, als gelte es, die Welt zu retten, aus Willis Bose-Boxen »... feed your head – feed your head ...!«

Arno schaltet den iPod ab und entkorkt seine Ohren. Diese Ohren: gewaltige Muscheln mit putzigen Haarbüscheln. Er fuchtelt mit den Händen herum und lässt den Oberkörper pendeln. »Alter, Alter«, hechelt er, »wenn du mir'n Bier oder was anderes mit Alkohol und Kohlensäure hinstellst, erzähl ich dir'n ganz heißen Text, voll krass, Alter, weißt du, wo ich war? Ich wollte es dir am Telefon nicht sagen, wegen der Überraschung, weil ich dein verdutztes Gesicht sehen will. New York City! Yo, Mann, ich schwör's dir, echt cool, ey, geil, geil, geil. Aber die Motherfucker haben mich nach zwei Tagen aus den USA abgeschoben. Und vorher haben sie mir noch ne Menge Kohle abgenommen, kein Spruch, ey, warte ...«

»Ich hole nur das Bier.«

»Yo, Mann, cool. Ich habe die Amis zugerappt!« brüllt er Willi hinterher. »Ich habe alle möglichen Cocksucker zugetextet mit fuck und piss off und Nigger und so ... Ah, danke ...« Er trinkt aus der Flasche, wischt mit dem Handrücken über seine Lippen, zündet sich mit atemberaubender Geschwindigkeit eine Zigarette an, inhaliert. »Weil ich dachte, diese Schwuchteln Snoop Dogg und 50 Cent sagen, was da drüben Sache ist – aber fuck, ey, die fühlten sich alle total angepisst, voll krass, ey. Ich sag noch zu dem einen Nigger, das sei nicht feindlich gemeint und so, aber gleich Prügelei, Bullen, Knast. So schnell wie du da im Knast landest, kannst du gar nicht gucken. Knast in New York City. Das hätte ich vor vierzig Jahren erleben sollen – da hätte ich wahrscheinlich noch mehr Spaß an der Sache gehabt.«

Van Morrison singt *Bright Lights, Big City*, Willi nippt an seinem Bier. «Wie lange warst du ...«

»Zwei Tage – aber scheiß drauf, war'n Erlebnis. Eigentlich wollte ich vier Wochen bleiben. Ich musste'n ganzen Schuhkarton voll Kohle rüberschieben, damit ich aus dem Knast kam. Die Hälfte der Knete war die Strafe dafür, dass ich in einer Kneipe geraucht habe – kein Dope, ey, ne Scheißzigarette. Hör zu, ey, ich sitze in einer Bar, bestelle ein fucking Bier, zünde mir ne Kippe an – und alle glotzen mich an, als hätte ich ne Scheißhandgranate ausgepackt. In deren Augen war ich ein verdammter Terrorist. Ein Aufstand! Und später frag ich die Bullen, komme ich gleich in die Todeszelle, oder machen wir vorher einen Abstecher nach Guantánamo?«

Mit einer Mischung aus Unbehagen und Faszination starrt Willi auf das sehnige Energiebündel. Arnos schlecht einstudierte Rapperposen öden ihn an, die geschmacklosen Schlabberklamotten stimmen ihn traurig. Irgendwann sollte man aufhören, juvenile Modetrends mitzumachen. Aber Arno hatte schon damals im *Star-Club*, als Willi ihn kennenlernte, eine Vorliebe für Rollenklischees. Er entschloss sich stets um Jahre verspätet zum Rollenwechsel – nicht etwa, weil er die Trends verschlafen hätte, sondern weil er sich eigentlich in jeder Szene wohlfühlt. Dabei entstammt er einer höchst authentischen Randgruppe, einer Schaustellerfamilie. Seine Kindheit spielte sich in Wohnwagen und auf Rummelplätzen ab. Als er und Willi sich kennenlernten, arbeitete Arno auf der Achterbahn. Er war ein kleiner, drahtiger Rocker mit der dazu passenden Frisur, hatte bereits die erste Tätowierung – eine Bierflasche und eine Zigarettenpackung – auf dem Oberarm und prügelte sich am liebsten mit Kerlen, die ihn an Größe und Breite weit übertrafen. Anders als die üblichen Rocker, hatte Arno keinerlei Vorbehalte gegen Studenten, Schwule, Schriftsteller und ähnliche Exoten. Er lud Willi, der es damals trotz erbitterten Widerstands der Eltern geschafft hatte, die Haare bis über die Ohren wachsen zu lassen, zu einem Bier ein, um die Ansichten dieser Langhaarigen, von denen es immer mehr zu geben schien, kennenzulernen (»Ich hab nix gegen lange Haare, das wär ja beknackt, verstehst du, weil ich ja Beatles-Fan bin, ich hatte als einer der ganz wenigen Sechszehnjährigen die Chance, im *Kaiserkeller* und im *Star-Club* rumzuhängen und den Beatles und Tony Sheridan die Hand zu geben, aber was wollt ihr Studenten eigentlich?«), und nebenbei bekam er Ärger mit einem schwedischen Seemann, den er mit drei Schlägen auf die Bretter schickte. Drei Jahre später wurde er Hippie und einigermaßen friedlich. Gegen Ende der 70er Jahre schlüpfte er in einen moosgrünen Samtanzug und kümmerte sich ums Geldverdienen; er wurde Taxifahrer, nahm bei seinem Onkel, dem Achterbahn-Besitzer, einen Kredit auf, kaufte Zug um Zug eine Flotte Taxis, drei LKWs für Umzüge, einen Getränkegroßhandel, nebenbei verhökert er Schmuggelzigaretten an Wiederverkäufer, seit zwei Jahren besitzt er eine Stretch-Limousine, die er stundenweise mit Chauffeur vermietet. Es geht ihm nicht schlecht, obwohl, na ja, das Taxigeschäft ist in den letzten Jahren knochenhart geworden, die Umzugs-LKWs sind nicht immer ausgelastet, den Getränkegroßhandel hat er verkauft, im letzten Jahr hat ihm, wie er sich ausdrückt, »das Finanzamt die Eier gequetscht«. Willi, ebenfalls Beatles-Fan und zu seinem bis heute anhaltenden Bedauern erst 1963, also in der Nach-Beatles-Zeit, zum ersten Mal im *Star-Club* gewesen, bewunderte das ungebildete kleine Energiebündel damals nicht nur, weil Arno schon vor ihm ein rigoroses Freiheitsempfinden in sich trug, sondern weil dieser Typ im *Star-Club* tatsächlich backstage gewesen war, den Beatles die Hände geschüttelt hatte und eine mit Cola-Rum bekleckerte *Star-Club*-Getränkekarte besaß, auf der John, Paul, George und – allerdings nicht Ringo, sondern der damalige Drummer – Pete Best ihre Autogramme hinterlassen hatten.

Sie trinken Bier, füllen den Aschenbecher, Willi schaufelt einen Kokshügel auf den Spiegel, zerhackt ihn mit dem dafür vorgesehenen Brieföffner und formt zwei Linien – mit flotten Handbewegungen, die den Fachmann erkennen lassen. Arno reckt den Truthahnhals. »Yo, Mann, wie ist das neue Koks? Ich hab Bock auf was voll Korrektes, weißt du. Nicht nur total korrekt, sondern totaler als total – hypertotal.«

Willi hasst genau diese, mit der Genügsamkeit des Unbedarften geäußerten Beispiele schludrigen Denkens. »Totaler als total? Das ist so unmöglich wie toter als tot oder bekloppter als Arno.«

»Wieso, Mann? Total ist krass, totaler ist krasser – voll krass. Du checkst nix, Nigger, ich fick deine …«

Willi unterbricht ihn verärgert: »Scheiße, Arno, ich hab keinen Bock auf dieses dämliche Ich-fick-deine-Mutter-Gebrabbel. So kannst du mit fünfzehnjährigen Schulschwänzern kommunizieren, aber nicht mit mir, du einundsechzigjähriger Narr! Mal ganz abgesehen davon, dass man das Wort Nigger nicht in den Mund nimmt, auch wenn schwarze Neandertaler wie 50 Cent das für cool halten.«

Überrascht von der Lautstärke, hebt Arno beschwichtigend beide Hände. »Okay, okay, bleib cool, Alter, bei dir muss man jedes Wort auf die Goldwaage legen. Scheinst ja mächtig Stress gehabt zu haben, was? Erzähl mal, wo du dir das Veilchen eingefangen hast.«

»Das Veilchen? Am Samstag. In einem Zeitungsladen.« Lustlos erzählt Willi die Geschichte zum zehnten Mal. Es ist nicht so, dass er maulfaul wäre, doch er redet lieber über andere Dinge, über wichtige und komplexe Themen. Leider stellen die wenigen ihm zur Verfügung stehenden Zuhörer im allgemeinen ihre Ohren auf Durchzug, wenn er gesellschaftspolitische Brandreden hält oder kulturpessimistische Zynismen ausspuckt. Carmen ist da anders. Sie stimmt ihm in vielem zu, gelegentlich widerspricht sie überlegt und nicht ohne Witz. Doch sie kennt inzwischen jeden einzelnen von Willis politischen Entzündungsherden und die davon abgeleiteten Merksätze so genau, als wären sie auf allen Werbeflächen der Stadt zu lesen. Nicht jeden Satz und jedes Wort, natürlich nicht, aber sie kennt die Grundmelodie: eine Gesellschaft, die mit ihrer Freiheit nicht umzugehen weiß, Politiker, die für ihre egoistischen Pläne die Demokratie missbrauchen, die Legion der wahlberechtigten Idioten …

»Ich war in einem Zeitungsladen und verlangte die *ZEIT*, und da hielt mir ein Kunde – so'n Typ im Brioni-Anzug – seine beschissene *Bild*-Zeitung hin und sagte, ich könne sie haben, er habe sie ausgelesen. Na ja, ich antwortete etwas unhöflich, ich sei psychisch noch immer in der Lage, eine richtige Zeitung von einem Dreckblatt zu unterscheiden. Der Typ schlug sofort zu und rannte aus dem Laden. Ich hätte nie damit gerechnet, dass ein Typ im Brioni-Anzug gleich zuschlagen und dann so schnell rennen würde.«

Arno lacht meckernd und schüttelt sich. »Yo, Mann, du bist echt nicht sehr locker. Aber trotzdem cool, Alter, da gibt es nichts dran zu rütteln. Ziehst dein Ding durch. Solltest dich aber besser wappnen, wenn du aus dem Haus gehst – Helm mit Visier, Panzerweste, Hodenschützer …« Er bricht ab und verbeißt sich das Lachen, tut so, als habe er jetzt erst die

Musik registriert. »Coole Mucke, Alter«, sagt er, mit den Fingern schnipsend. Im Moment läuft *The Word* von den Beatles, und es klingt wie der Nachhall eines wunderbaren, aber verlorengegangenen soziokulturellen Entwurfs. »Echt lange nicht gehört, Alter. Die Kids von heute würden sagen, da braucht man Kenntnisse in Archäologie, um so was auszugraben. Ist doch so.« Er stiert auf den Spiegel und mault: »Ist ja nicht gerade die Mörderlinie.«

»Du wirst dich wundern. Sei bloß vorsichtig, alter Mann.«

»Quatsch, ey, ich bin zäh wie eine Ratte. Total kompakt.«

»Total kompakt? Was habe ich mir darunter vorzustellen? Einen Neutronenstern?«

»Yo, Willi, wenn du solche Witze machst, denke ich immer an einen Tasmanischen Teufel.«

»Weil ich dann so aussehe?«

»Weil du auch so einen satanischen Humor hast.«

»Sieh an, sieh an, du hast dich also in letzter Zeit eingehend mit dem Tasmanischen Teufel beschäftigt und herausgefunden, dass dieses Tier einen abartigen Humor besitzt?«

»Ich hab die neulich im Fernsehen gesehen. Die sind ziemlich clever und lachen teuflisch. Daher der Name. Aber die sterben jetzt alle weg. Wegen irgendeinem Scheißvirus.«

»Ich weiß noch immer nicht, was das mit mir zu tun hat.«

»Nun reich mir schon den Strohhalm. Gleich werde ich dir erzählen, weshalb ich vor allem gekommen bin. Es geht ums Geschäft, um die große Sache, auf die du seit Jahren wartest, verstehst du, um den fetten Coup.«

Vier Nasenlöcher nähern sich dem Spiegel, vier schwarze Löcher mit großer Sogwirkung, vier schnüffelnde, schniefende Gräber für riesige Mengen Kokain.

Kurz darauf wirft Arno den Kopf zurück, springt auf, schreit: »Fuck, Alter, ich könnte jetzt ein Schaf ficken! Was ist das für ein Stoff, der mich geil auf ein Schaf macht? Das hab ich ja noch nie …!« Dann läuft irgendwas schief. Sein Gesicht wird grau wie Asche, er sinkt auf das Sofa, atmet flach, röchelt, die Pupillen zittern – genau wie im letzten Jahr.

Willi greift sich das Telefon und bestellt einen Krankenwagen. Ein Scheißtag.

Die alten Gespenster

An diesem frühen Dienstagabend wirkt die Ambulanz ungewohnt beschaulich. Als wäre jeder – das Personal, die Lädierten und ihre Begleiter, die beiden Polizisten mit ihrem blutenden Gefangenen und selbst der Taxifahrer, der eine bandagierte Blondine abholt – in einer sonderbaren, durch das ungewöhnlich schöne Wetter erblühten Vorurlaubsstimmung. Willi hat vorsorglich die *Frankfurter Rundschau* mitgenommen. Während er die erste Seite überfliegt, fällt ihm auf, dass er die Berichte über Greueltaten im Irak, in Afghanistan, Darfur, Gaza, Nigeria, Somalia, Kolumbien und Algerien ohne Schluckbeschwerden oder gar Entsetzen aufnimmt. Es ist die Regelmäßigkeit der Horrornachrichten, sagt er sich, der unablässige Zustrom solcher Berichte. Man stumpft ab und ärgert sich stattdessen über fehlende Parkplätze oder Hundescheiße auf dem Gehweg. Aber das kann es nicht sein. Meine Fresse, wer hätte denn vor vierzig Jahren gedacht, dass die Menschen eines Tages zu wandelnden Werbeträgern und dumpfen Konsumenten abstoßender Fernsehsendungen degenerieren würden? Klar, ich meine, vor vierzig Jahren war die Welt weit davon entfernt, ein idyllischer Ort zu sein, keine Frage, deshalb gingen wir ja auf die Straße, demonstrierten für eine bessere Gesellschaftsordnung. Aber die Atmosphäre – besonders innerhalb unserer

Subkultur – war irgendwie gemütlicher. Die Mädchen fingen an, die Pille zu nehmen, man rauchte Haschischsorten, die heutzutage kaum einer kennt, die beste Musik aller Zeiten entstand, und selbst politisch schien sich eine positive Entwicklung anzubahnen … Wie es Arno jetzt wohl gehen mag? Ob sie gerade mit allerlei technischem Krimskrams seine Pumpe stabilisieren? Ich bin tatsächlich besorgt. Vielleicht ist er doch mehr ein Freund als ein gewöhnlicher Kunde. Mehr als ein gewöhnlicher Kunde ist er sowieso. Bestimmt habe ich in den vierzig Jahren über tausend Stunden mit ihm verbracht. Aber ich weiß tatsächlich nicht, ob ich zu einer echten Freundschaft überhaupt noch fähig bin. Meine Bindungsfähigkeit scheint sich verflüchtigt zu haben wie so manche Eigenschaft, die zur Jugend gehört und allmählich verschwindet wie die Farbe aus den Jeans. Carmen hat das erkannt. Sie beobachtet scharf. Ich will jedoch kein Eremit werden, der sich mit Eichhörnchen unterhält. Meine zunehmende Isolation ist kein bewusst gewählter Weg. Was ist es denn? Habe ich mich einfach nur verlaufen? Ist mir die Welt zu laut geworden, und ich habe auf der Suche nach einem stillen Örtchen nichts weiter gefunden als eine mehrfach verriegelbare Toilette? Ich besitze eine Eigentumswohnung in der Roonstraße. Bürgerliche Gegend mit renovierten Gründerzeit- und Jugendstil-Häusern. Meine Plattensammlung birgt einige Raritäten. Manchmal stecke ich meinen Revolver ein, den 38er Smith & Wesson Chief's Special, wenn ich das Haus verlasse, obwohl Carmen meint, das sei keine gute Idee, womit sie vermutlich schon wieder recht hat – aber ich bin ängstlich und ein wenig paranoid. Ich bin Gott sei Dank kinderlos, und mein Bankguthaben beträgt 40 000 Euro, die man sofort als Drogengeld konfiszieren würde, sollte ich je beim Dealen erwischt werden. Nicht gerade das Paradies für einen, der nie Rentenbeiträge eingezahlt hat. Diese beschissene Fehlentscheidung vor zwanzig Jahren: eine halbe Million Mark in eine Disco gesteckt und alles verloren. Meine Schwester hat mir nach dem Tod unserer Eltern meinen Anteil an dem Haus in Sasel ausbezahlt und verspürt keine übermäßige Sehnsucht nach mir. Ich hätte auch keine Zeit für sie – denn ich werde verfolgt. Verdammt, das hab ich ja in den letzten zwei Stunden völlig vergessen!

Jemand steht neben ihm und räuspert sich. Ein Krankenpfleger. Die Blutspritzer auf seiner Brust geben ihm einen interessanten, heroischen Touch. »Sie können Ihren Freund jetzt mitnehmen. Und sagen Sie ihm auch noch mal, dass man in seinem Alter etwas vorsichtiger mit Drogen umgehen sollte.«

Willi deutet auf das Blut. »Ist das von meinem Freund?«

»Nein, die Oberfläche Ihres Freundes ist unversehrt – wenn man die Tattoos außer acht lässt.«

»Soll das eine Kunstkritik sein?«

»Also mal ganz unter uns: Ich bin kein Kunstexperte, aber so geschmacklose und handwerklich miserable Tätowierungen habe ich seit Monaten nicht gesehen.«

»Sprechen Sie von der Bierflasche und der Zigarettenschachtel?«

»Nein, ich meine erstens das Feuerwehrauto vor der Ampel, das auf dem Rücken, und zweitens das Helmut-Kohl-Porträt auf der Brust. Ich frage mich echt, wer das verbrochen hat.«

»Die meisten Sachen hat er selbst gemacht.«

»Auch die auf dem Rücken?«

»Muss ich ihn mal fragen. Aber das Porträt hat nichts mit Helmut Kohl zu tun.«

»Sondern?«

»Es soll den Dalai Lama darstellen.«

»Im Ernst? Oh Gott, das tut weh! Wirklich witzig finde ich die Ananas und die Kaffeetasse auf seinem Gesäß. Hat wohl eine tiefere Bedeutung.«

Willi wundert sich. »Heißt das, Sie mussten ihn völlig entkleiden?«

Der Pfleger grinst. »Das war seine Idee. Er wollte uns alle Tattoos zeigen.«

Arno schlurft heran, bleich wie Schafskäse; die schwarzen Bartstoppeln lassen das Gesicht alt und eingefallen aussehen. Schlaff hebt er die Grußhand. »Yo, Mann, geil, dass du auf mich gewartet hast. Die Motherfucker, die mich behandelt haben, sind voll korrekt.«

»Sag mal, hast du das Tattoo auf dem Rücken selbst angefertigt?«

»Welches? Feuerwehrauto in Einbahnstraße mit Ampel?«

»Einbahnstraße?«

»Yo, Mann, der Nigger hat in seinem Scheißdelirium das Einbahnstraßenschild vergessen. Ich hab nur die die Vorlage gezeichnet. Gestochen hat das die Filzlaus, der beschissene Penner.«

»Du hast dich von der Filzlaus tätowieren lassen?« Wie jeder, der von der Filzlaus einmal heimgesucht wurde, verspürt Willi bei der bloßen Erwähnung dieses Menschen eine leichte Übelkeit. Der Typ, der angeblich ein knochenharter Straßenkämpfer in der Frankfurter Hausbesetzerszene und Kumpel von Joschka Fischer war, geistert seit dreißig Jahren durch Hamburg und nistet sich bei jedem ein, der den Fehler begeht, ihn in seine Wohnung zu lassen.

»Das ist doch eine Ewigkeit her, Mann.« Arno winkt erhaben ab. Der Arsch hat damals drei Monate bei mir gewohnt – du musst dich doch daran erinnern –, und er wollte sich irgendwie revanchieren. Na gut, dachte ich, der Penner ist völlig bekloppt, aber manchmal hat er eine kreative Phase, weißt du.«

»Und?«

»Nix und. Mir gefällt das Tattoo, obwohl das Einbahnstraßenschild die Symbolik verstärkt hätte.«

Der Pfleger hebt die Augenbrauen. »Ihnen gefällt das Bild?«

Arnos Blick verspricht Ärger. Willi schiebt ihn vorsichtshalber aus der Kampfzone. »Komm, Arno, ich war lange genug hier.«

Während sie draußen auf das Taxi warten, dreht Arno den Kopf in alle Richtungen, dann sagt er gedämpft: »Weißt du überhaupt, warum ich dich heute besucht habe?«

Willi verstößt abermals gegen die Regeln der Disziplin (keine Zigarette ohne Getränk) und zündet sich eine Gitane an. »Na, ich denke, du wolltest eine Linie ziehen und fünf Gramm Koks kaufen – wie jeden Monat.«

»Auch. Logisch. Aber ich hab doch vorhin, vor dem Zusammenbruch, eine Andeutung gemacht. Der große Deal. Kapierst du das?«

»Nicht einmal ansatzweise.«

Das Taxi hält vor ihnen.

»Darf man rauchen?« fragt Willi den Schwarzen, der in einem blauen Boubou hinterm Steuer sitzt.

»Tut mir leid, das ist ein Nichtraucher-Taxi.«

Willi wirft die Zigarette weg und kriecht, gefolgt von Arno, auf den Rücksitz. Arno lacht bitter. »Yo, Brother, was bist du? Preuße oder Afrikaner?«

Der Fahrer dreht sich kurz um, bevor er startet, zeigt seine makellosen Zähne und sagt: »Weder noch, Brother, ich bin aus Bayern – Fürstenfeldbruck.«

»Und da haben sie diese Tracht?«

Der schwarze Bayer nickt kichernd. »Die hat ein afrikanischer Missionar eingeführt.«

Nachdem Willi das Fahrtziel genannt hat, murmelt ihm Arno ins Ohr, er habe einen Bolivianer kennengelernt, der seit einer Woche mit sechs Kilo Kokain in einem Hotel in St. Georg logiere. Beste Ware, so gut wie rein. Der Typ sei ein Landei, kenne in Deutschland keine Sau und fühle sich extrem unwohl. Er verlange 100 000 Euro. Arno habe ihn vor seiner Amerikareise in einem türkischen Lokal auf dem Steindamm kennengelernt und heute wiedergetroffen. Sie hätten dann im Café *Gnosa* Kaffee getrunken, und da habe der Bolivianer ihn wohl als vertrauenswürdig eingestuft und ihm die Story erzählt.

Der Fahrer schiebt eine CD von Udo Lindenberg ein. »Das ist echt die Härte«, stöhnt Arno. »Meinst du nicht, du übertreibst deine Integrationsbemühungen, Brother?«

»Ich brauche mich nicht zu integrieren, Brother, ich bin hier geboren.«

»Nein, bist du nicht. Du kommst aus Bayern – was ein kleiner Unterschied ist.«

Zahlen flattern durch Willis Kopf, leichter Schwindel – wie damals, als das Glück ihn ansprang wie eine liebestolle Frau, sanftes Fiepen im linken Ohr.

Er steigt in der Roonstraße aus, winkt dem Wagen flüchtig hinterher – da schält sich eine Gestalt aus der Dunkelheit. Jeansjacke, Bluejeans, T-Shirt mit Che-Guevara-Konterfei, Turnschuhe, Halbglatze, die verbliebenen Haare sind zu einem dünnen Pferdeschwanz zusammengebunden und grau wie der Vollbart.

»Willi? Willi Windhorst?«

»Wieso?« Willi, sofort in Alarmbereitschaft, blickt sich um. Der Mann scheint allein zu sein. Etwas an ihm kommt Willi vertraut vor. Seine Generation – das ist nicht zu übersehen.

»Ich bin Bodo – Bodo Schott.«

»Ach du Scheiße, was machst du denn hier?«

»Ich habe schon bei dir geklingelt und wollte gerade gehen. Als du aus der Taxe gestiegen bist, habe ich dich sprechen gehört. Deine Stimme hat sich kaum verändert, dieser knarzige, helle Ton. Immer wenn ich Edmund Stoiber höre …«

»… musst du an mich denken. Du hast mich gesucht, um mich zu beleidigen?«

»Herrgott, nein, ich wollte dich nicht … Aber gesucht schon, ja.«

»Warum? Willst du mir einen Satz geklaute Reifen verkaufen?« Willi spürt, wie rohe Finger auf seinen Nerven herumklampfen, als wären sie die Saiten einer Wandergitarre. Fotografien, zum Teil sepiabraun, tauchen vor ihm auf, ungeordnet, als habe jemand eine Schublade aufgezogen und umgekippt. Durst. Die Mundhöhle ist trocken wie ein heißer Pizzaofen.

»Geklaute Reifen? Was soll das …? Hältst du mich …? Nein, ich muss mit dir reden. Es ist wichtig.«

»Du willst die zwei *Playboy*-Hefte, die ich mir 1971 von dir geliehen habe, wiederhaben? Was machst du eigentlich? Gehst du wirklich nachts los, um Autoreifen zu klauen?«

»Das ist doch absurd. Ich verdiene mein Geld als Taxifahrer.«

Willi zeigt ein schmales Lächeln. Der gute Bodo. Hat noch nie Zugang zu irgendeiner Art von Humor gehabt und glaubt offensichtlich immer noch, ein humorfreier Mensch sei per se ein nachdenkliches, tiefgründiges Wesen. Natürlich, nun fällt Willi alles wieder ein – in schnellen Sequenzen wirbeln die Bilder von damals durch sein Kopfkino, die verkorksten, verbissenen Diskussionen; Bodo war der Jakobiner, eifernd, intolerant, borniert, nicht einmal das DDR-Fernsehen fand er komisch. Wenn alle, stoned von Willis Haschisch, bei Erich Honeckers Reden oder Karl Eduard von Schnitzlers Agitprop-Sendung Tränen lachten, sagte er so unfreiwillig komische Sachen wie: »Ich finde es sympathisch, dass man in der DDR auch als schlechter Redner politisch relevant sein kann, wenn man einfach nur sachlich und schlicht auftritt.«

»Du bist Taxifahrer? Das finde ich beruhigend, dass wenigstens einer von uns seinen Kindheitstraum verwirklicht hat.«

Bodo verzieht das ohnehin angespannte Gesicht. »Als Kind hatte ich den Wunsch, Missionar zu werden. Aber wenn das eben witzig gemeint war – ich bin nicht zum Witzemachen gekommen.«

»Das hätte mich auch sehr irritiert.« Willi nestelt seinen Schlüsselbund aus der Tasche. Er ist nicht allzu scharf auf eine Unterhaltung mit dem ehemaligen Mitbewohner.

»Lass uns doch kurz in eine Kneipe gehen.«

»Hm, nein, lieber nicht. Das ist mir zu öffentlich, verstehst du, wegen der fiesen Erfahrungen, die ich in letzter Zeit in der Öffentlichkeit, also draußen, in der urbanen Wildnis, gemacht habe.«

Bodo schaut ihn prüfend an. »War das jetzt auch wieder witzig?«

»Nein, Bodo, das war so unwitzig wie mein blaues Auge.« Er zögert. »Ich müsste dich in meine Wohnung bitten – was ich allerdings sehr ungern täte. Nicht wegen deiner Glatze, des Bierbauchs und der anderen Veränderungen, die der Zahn der Zeit an dir vorgenommen hat – ach was, du warst noch nie eine Schönheit. Und damals, 1972, haben wir sogar einmal zusammen in einem Bett gepennt. In Rijeka, auf unserer Jugoslawien-Tour. Mit dem VW-Käfer, dessen Heizung sich nicht abstellen ließ. Aber seit 1974 sind wir Fremde füreinander, wie du sicher mitbekommen hast. Aufgrund meiner Paranoia zeige ich Fremden nur unter Magenschmerzen und im Falle eines gewichtigen Grundes meine Räumlichkeiten. Ich habe immer das Gefühl, mich zu sehr zu entblößen, wenn dubiose Gestalten durch meine Wohnung tapsen und womöglich die Toilette benutzen wollen – alleine natürlich, um sich im Bad einzuschließen und dort die Schubladen zu filzen.«

»Du bist echt ganz schön paranoid.«

»Das sagst ausgerechnet du – meines Wissens warst du bereits im Krabbelalter paranoid. Du kennst die Welt ausschließlich durch das Periskop eines Paranoikers. – Na gut, was soll's, komm mit hoch.«

»Ich war im Krabbelalter keineswegs paranoid.«

Sie betreten das Treppenhaus.

»Deine Mutter hat mir unter dem Siegel der Verschwiegenheit erzählt, dass du ein paranoides, misstrauisches, mit seinen Exkrementen spielendes Kind warst.«

»Das soll meine Mutter dir erzählt haben?«

»Woher sollte ich das sonst wohl wissen?«

»Meine Mutter lügt nicht.«

»Das habe ich auch nicht behauptet.«

In der Wohnung im zweiten Stock endet diese, nach Willis Ansicht idiotischste Unterhaltung des Tages. Befangen, mit schlaff herunterhängenden Armen, sieht Bodo zu, wie die Tür verriegelt wird. »Du scheinst tatsächlich große Angst zu haben«, sagt er. Sein besorgter Blick lässt vermuten, dass er sich eingesperrt fühlt. Willi lacht verhalten und führt seinen Gast ins Wohnzimmer. »Andere Erstbesucher sagen üblicherweise, dieses Sicherheitssystem sei eher ein Zeugnis naiver Unbekümmertheit, aber solche Scherze habe ich von dir wohl kaum zu erwarten. Setz dich.«

Bodo sinkt in einen Sessel. »Hast du schon mal an eine Therapie gedacht? Angstneurosen sind in der heutigen Gesellschaft …«

»Was willst du trinken?«

»Ich weiß ja nicht, was du hast.«

»Würde mich auch sehr misstrauisch machen, wenn du wüsstest, was ich an Getränken habe. Willst du Bier, Rotwein, Espresso?«

»Bier. Bezahle ich natürlich.«

»Sieht das hier nach einer Kneipe aus?«

»Ich hab mich einfach hier reingedrängt …«

»Vergiss es.«

Während Willi in der Küche ist, betrachtet der ungeliebte Gast die drei Bilder von Neo Rauch, gerahmte Poster, bunt, unruhig und intensiv, doch für Bodo, der außer den Heartfield-Collagen und vielleicht noch ein paar realsozialistischen Gemälden keine Kunstwerke akzeptiert, ohne Aussagewert.

Sie prosten sich halbherzig zu. Willi lässt den Rotwein im Mund schwappen, ehe er ihn hinunterschluckt. Er fühlt sich erschöpft, es kommt ihm vor, als stecke sein Kopf in einer maßgezimmerten Kiste. Er muss aber fit sein, die Kiste sprengen. Wer weiß, was dieses taxifahrende Gespenst vom Schrottplatz der Erinnerungen ihm gleich mitteilen wird. Sicher nichts, über das man so richtig lachen kann, nein, eher etwas, das mit dem Dreck der Vergangenheit verknüpft ist. Die weiße Linie ist flugs gelegt. »Willst du auch ne Nase?«

»Was ist das? Koks? Nee, danke. Dann bist du also bei den Drogen hängengeblieben. Ausgerechnet

Kokain. Das ist politisch völlig inakzeptabel. Die internationalen Drogenkartelle … Bist du nicht mehr politisch?«

Willi saugt das Zeug ruckzuck weg, zündet sich eine Zigarette an, trinkt von dem Wein, einem Rioja, lehnt sich zurück und betrachtet den Gast mit schmalen Augen. »Du machst dich mit solchen Äußerungen nicht gerade beliebt bei mir. Woher nimmst du die Frechheit, mich politisch belehren zu wollen?«

»Ich habe nur meine Meinung gesagt.«

»Deine Meinung kannst du dir morgens aufs Brötchen schmieren. Hast du etwa vergessen, dass ihr Wichser mich damals ermorden wolltet? Dem bewaffneten Kampf hast du ja wohl mittlerweile abgeschworen. Fragt sich nur, ob aus politischer Einsicht oder aus Angst vor dem Knast.«

Bodo dreht sich eine Zigarette. Er raucht den gleichen Tabak wie damals. Er sagt: »Ich war zehn Jahre lang Sozialarbeiter in Jenfeld. Dann hatte ich die Schnauze voll. War ja alles vergebens. Wir Sozialarbeiter haben doch nur ne Alibifunktion. Ich bin seit Anfang der 90er Jahre Mitglied der PDS. Ist nicht meine Traumpartei, aber die einzig relevante linke Partei.«

In Willis Koksgehirn schäumt und perlt die Empörung wie der Sekt heute Nachmittag an der Außenalster. Es ist, als habe Bodo den roten Knopf an Willis Kopf gedrückt, neben dem in fetten Buchstaben die Warnung »Auf keinen Fall zwischen 18 Uhr und 10 Uhr betätigen« steht. »Soso, die PDS. Chapeau. Dann scheinst du ja das Mitregierenwollen nicht mehr zu verteufeln. Und dass ihr jetzt unter dem neuen Firmennamen *Die Linke* den ehemaligen *Bild*-Zeitungs-Schreiberling Oskar Lafontaine als Obermacker habt, nimmst du, wenn auch möglicherweise murrend, in

Kauf und redest dir vielleicht sogar ein, dieses Dreckblatt habe sich seit 1968 positiv entwickelt. Du biegst dir wohl immer noch, wie damals, die Wahrheit zurecht, bis sie einigermaßen passt. Aber scheiß drauf. Du musst mit deinem Selbstbetrug leben. Also was willst du?«

»In unserer Partei gibt es noch andere …«

»Das interessiert mich jetzt nicht. Komm zur Sache!«

»Ja, äh, wo fange ich am besten an?« Der grauhaarige Taxifahrer drückt die Zigarette aus, lutscht an der Bierflasche und verändert mehrmals seine Sitzposition, bis er vorgebeugt, mit den Händen auf den Knien, in Willis Richtung starrt. Der runzelt ungeduldig die Stirn und knurrt: »Ist das eine rhetorische Frage, oder weißt du nicht, dass man üblicherweise am Anfang anfängt?«

»Du hast doch das Grundstück an der Dove-Elbe, in Curslack …«

»Hab ich verkauft.«

»Hast du nicht.«

»Was? Woher willst du das denn wissen?«

»Wir haben uns erkundigt.«

»*Ihr* habt euch erkundigt?«

»Erik, Wibke, Klaus, Torsten und ich.«

Willi hat die Erwähnung dieser Namen irgendwann im Laufe des Gesprächs erwartet, aber nun, da sie alle auf einmal – und nicht etwa in Verbindung mit alten Zeiten – genannt werden, schockiert es ihn; seine Wohnung schrumpft, wird zu einer Blechdose, in der er und Bodo eingeschlossen und dem endlosen Echo dieser Namen ausgesetzt sind. Sie werden sichtbar, die Träger dieser Namen – hässliche kleine Spießer mit ein paar alternativen Attributen und linksradikalem Vokabular. Vor seinem inneren Auge sehen sie aus wie damals, vor dreiunddreißig Jahren, Bodo ausgenommen – doch so entstellt wie Bodo, so unbarmherzig vom Alltag deformiert dürften auch die anderen heute aussehen. Zwei Namen fehlen jedoch. Mit einem Zug leert Willi sein Glas und schenkt nach. »Willst du damit sagen, ihr habt all die Jahre eng aneinandergeschmiegt in Hamburg verbracht wie die Eskimos im Winter in ihren Iglus?«

Bodo dreht sich eine neue Zigarette. Er sieht aus wie einer, der um diese Tageszeit gewohnheitsmäßig an einem Kneipentresen sitzt, Zigaretten dreht, über Fußball und Radarfallen redet und Bier trinkt, bis er breit genug ist, um seine Zwei-Zimmer-Wohnung ertragen zu können. Er schüttelt den Kopf. »Gott bewahre. Nur Wibke und Klaus sind zusammengeblieben, haben Ende der 70er Jahre geheiratet. Da war das Kind schon da. Erik hat Physik studiert. Irgendwo in Süddeutschland. Lebt aber seit was weiß ich wieder hier. Hat seinen Doktor gemacht und eine gute Stelle bekommen. Ich glaube, bei einem Airbus-Zulieferer. Torsten ist seit dreißig Jahren Sozialhilfeempfänger, war heroinsüchtig, saß im Knast und ist jetzt Alkoholiker und, wie ich vermute, Gelegenheitsfixer. Wibke betreibt mit zwei anderen Frauen ein Café im Schanzenviertel. Klaus, ihr Mann, schmeißt den Haushalt. Sie hat uns übrigens neulich zusammengetrommelt.«

»Und was ist mit Jens und Herbert?«

»Tot. Jens ist vor über zwanzig Jahren in Griechenland mit dem Motorrad verunglückt. Und Herbert …«, Bodo inhaliert hastig, sein Blick schweift unruhig durch den Raum, bis er an einem der Neo-Rauch-Bilder hängenbleibt, als ob dort, wenn man nur lange genug hinstarrt, eine Lösung sichtbar würde. »Ja, der ist angeblich damals in den Libanon gegangen, in ein palästinensisches Ausbildungslager, und gilt als verschollen. Aber das stimmt nicht. Wir, hm, haben ihn ... hingerichtet. Weil er ein V-Mann war. Zumindest nahmen wir das damals an. Es gab Indizien.«

Es dauert einen Moment, bis Willi die Ungeheuerlichkeit dieser Aussage begreift, bis er versteht, womit ihn sein Gegenüber soeben konfrontiert hat. Er verspürt Durst. Er trinkt und raucht, bläst den Rauch aus, Bodo bläst Rauch aus – beide Rauchjets treffen sich über dem Tisch, verwirbeln miteinander wie zwei kollidierende Galaxien. Willis Stimme klingt kratzig. »Ihr habt Herbert ermordet?«

»Ermordet. Wie sich das anhört. Nach unserer Auffassung war es natürlich kein Mord. Wir waren ja die Guten. Wir befanden uns im Widerstand – genauer gesagt: Wir wähnten uns im Krieg. Herbert war von den Bullen oder vom Verfassungsschutz weichgekocht worden. Dafür gab es Anzeichen: merkwürdige Anrufe, ein Typ mit Hut und Trenchcoat. Einmal war er die ganze Nacht bei den Bullen, angeblich wegen einer Haschischsache. – Diese Tat hat keinem von uns Spaß gemacht.«

»Das wäre ja noch schöner.«

»Wir haben ihn erschossen und vergraben.«

»Was für ein gottverdammter Scheißdreck!« Zwei Gedankenstränge gleichzeitig. Der eine sagt: Wieso in aller Welt lasse ich mich wie ein zugedröhnter Morphinist in diesen Sumpf hineinziehen, was geht mich die unaufgeräumte Vergangenheit dieser Psychokrüppel an? Und der andere, das Unheil im Kern der Sache ahnend, fragt: Sollte dieser Mord etwas mit mir und meinem Grundstück an der Dove-Elbe zu tun haben? Gerate ich durch Bodo, Erik, Wibke, Klaus und Torsten nach dreiunddreißig Jahren abermals in Schwierigkeiten? Ein dritter Gedanke breitet seine Schwingen aus und erhebt sich über die beiden pflügenden, grimmig-ernsten Überlegungen: Stereodenken auf einer astreinen Hirnanlage, klar und deutlich – das hat was.

Willi beugt sich vor, stemmt die Hände auf die Sessellehnen. Es sieht aus, als wolle er sich über den Tisch katapultieren, und Bodo lehnt sich schon schutzsuchend zurück. Aber Willi sucht lediglich nach Worten, nach dem passenden Tonfall. Ihm fehlt die Erfahrung mit Mördern. »Bodo Schott, du bist ein noch größerer Idiot, als ich damals angenommen habe. Du bist bekloppter als Bommi Baumann, Holger Meins und Horst Mahler zusammen. Ihr seid im Grunde Reptilien. In jedem Gehirn sind Reste unserer Reptilienvergangenheit vorhanden, aber du und alle anderen, denen das Töten so notwendig erscheint und so leicht von der Hand geht, werden von den Reptilienresten gesteuert. Alles andere – die Weltanschauung, die tausend gelesenen Bücher, die tägliche Empörung beim Zeitunglesen – nur Zierrat! Ich sollte dich eigentlich bedauern, aber ich spüre nur Verachtung für dich. Mein Gott, welchen Scheißdreck schleppst du da in meine Wohnung? – Wer hat ihn denn erschossen? Wibke oder Erik?«

Jeder hat einen Schuss abgegeben.«

»Wer hat zuerst geschossen, wer hat den Anfang gemacht?«

»Das darf ich nicht sagen.«

»Die Solidarität? Obwohl: Wenn es eng würde, wäre Torsten, für'n Kasten Bier und ein günstiges Urteil, sofort bereit, seine Spießgesellen zu verkaufen. Das wisst ihr doch. – Und warum soll ich diesen Scheiß jetzt auf einmal erfahren? Warum zum Henker streckt ihr nach über dreißig Jahren eure klebrigen Pfoten nach mir aus?«

»Weil dein Grundstück demnächst bebaut werden darf.«

»Ach ja? Ihr seid besser informiert als ich. Und soll ich dir jetzt die Würmer einzeln aus der Nase ziehen?«

»Seine Leiche liegt dort.«

Willi hat es bereits geahnt. Zwar noch nicht lange, aber als Bodo »erschossen und vergraben« gesagt hat, ist sogleich die Verbindung zu dem Grundstück in Willis Kopf aufgetaucht wie der Schatten eines Verfolgers. In der Nachbarwohnung werden wieder einmal die Möbel umgestellt. Jeden zweiten Abend scheinen Burmesters ihr gesamtes Mobiliar zu verrücken. »Ihr verdammten Arschlöcher habt ihn auf meinem Grundstück entsorgt? Warum? Stand in eurem Handbuch für Hobbyrevoluzzer geschrieben, *eventuell anfallende Leichen sind auf dem Grundstück von Willi Windhorst zu begraben?*«

Bodo saugt verzweifelt an der leeren Bierflasche, was Willi mit einer Spur von Sadismus registriert, saugt an seiner Zigarette, stiert auf seine Fingernägel. »Wir haben Herbert zwei Tage nach deinem Ausscheiden verhört und dann exekutiert. Eine Woche zuvor waren wir ja alle in deinem Garten, auf deiner Grillparty, wenn du dich erinnerst ... Wir hatten gesehen, dass du einen neuen Bootssteg bauen wolltest. Die morschen Bretter des alten Stegs lagen auf der einen, das neue Holz lag auf der anderen Seite, und dazwischen war bereits das Erdreich zu einem ansteigenden Damm für den an Land befindlichen Teil des Stegs aufgeschüttet. Wir wussten, du würdest in den nächsten Tagen nicht daran arbeiten, also vergruben wir den Toten in dem Damm. Falls du doch irgendwann auf die Leiche stoßen solltest, überlegten wir, würden wir dich schon davon abhalten können, zur

Polizei zu gehen, denn Erik hatte auf der Grillparty reichlich mit seiner Superacht-Kamera gefilmt – unter anderem die Szene, in der du Herbert deine Kanone an den Kopf ...«

»Das war Spaß, der Revolver war nicht geladen ... Man wird auf dem Film erkennen können, dass Herbert und ich herumgealbert haben.«

»Aber man sieht, dass die Waffe echt ist. Und selbst wenn die Bullen herausfinden, dass die Kugeln in der Leiche aus einer anderen Waffe stammen, hast du Probleme. So war unsere Überlegung. Der Film existiert übrigens noch.«

»Willst du mir drohen?« Willi versucht noch immer, sich auf diese makabre Situation einzustellen. Er sitzt nicht nur einem unangenehmen Bekannten gegenüber, sondern einem Feind. Der Feind in seiner Wohnung.

»Ich will dich bloß warnen. Vor allem vor Erik. Der ist nämlich ziemlich schräg geworden: rechtsradikal, antisemitisch, bösartig ...«

»Na und? Früher war er linksradikal, antisemitisch und bösartig.«

»Antisemitisch?«

»Nun komm – wir haben dem Arsch doch schon 1969 gesagt, sein Antizionismus sei verbrämte Judenfeindlichkeit.«

»Jedenfalls hat sich Wibke in all den Jahren immer wieder mal bei der Behörde nach dem Grundstück erkundigt – ob du noch der Besitzer seist, ob man mittlerweile darauf bauen dürfe. Und dann, neulich, der Schock: Die Seite, auf der dein Garten liegt, darf demnächst bis zur Gärtnerei bebaut werden. Es gibt ein paar Auflagen, aber klar ist, dass sich irgendwann jemand an dich wenden wird, um dir ein Angebot zu machen. Und dann wird wahrscheinlich der Steg abgerissen. Ich sag dir, die haben heute ganz andere kriminaltechnische Möglichkeiten – DNS-Tests und so weiter … Deshalb haben wir beschlossen, dir das Grundstück abzukaufen.«

Gedankenfetzen wirbeln wie trockenes Laub durch Willis Kopf. Er stellt sich vor, wie sie in einer der letzten Nächte dort gewesen sind und festgestellt haben, dass der an Land befindliche Teil des Stegs auf einer Zementfläche ruht. Ich sollte zur Polizei gehen, sagt eine Stimme in ihm. Die andere Stimme rattert Zahlen herunter – sechs Kilo Kokain für 100 000 Euro, 40 000 Euro sind vorhanden, 10 000 steuert Arno bei, fehlen noch 50 000. Und 20 000 zum Abhauen, falls der Deal im Chaos enden sollte. Wohin abhauen? Irak, Somalia, Pakistan? Sehr witzig.

»Ich will 80 000, bar auf die Hand, und zwar bis spätestens übermorgen. Wir unterschreiben einen Standardvertrag, der Gang zum Notar kann dann irgendwann in der nächsten Woche stattfinden. Aber das Geld brauche ich bis übermorgen. Das ist die Bedingung. Sollte das nicht möglich sein, bin ich nicht mehr interessiert.«

Bodo wirkt geradezu erleichtert. »Darüber lässt sich reden. Am besten kommst du übermorgen zu Klaus und Wibke, so gegen 20 Uhr. Klaus kocht was.«

»Klaus kocht immer noch?« Abwehrend hebt Willi die Hände. »Dann komme ich nach dem Essen. Ich kann mich noch gut an früher erinnern. Wenn Klaus gekocht hatte, waren alle stinksauer, bis auf Torsten, der womöglich sogar Eriks verstunkene Perlonsocken gefressen hätte, wenn sie ihm, mit Ketchup, Majo und ein paar Gurkenscheiben dekoriert, serviert worden wären.«

Bodo nickt, nicht ganz bei der Sache, hebt die Bierflasche in Augenhöhe, stellt sie zögernd wieder ab. Er ist zweifellos durstig. Willi wendet seinen Blick von ihm, betrachtet müde und melancholisch sein Wohnzimmer, das abgenutzte Mobiliar, die vergilbte Tapete, den fleckigen Teppich, den Staub auf Lampenschirmen, Heizkörpern und Regalen. Nur die Neo-Rauch-Gemälde sind neu – relativ neu. Letzten Winter hat Willi in einem Moment verzweifelten Tatendrangs die alten Poster abgehängt – das vergrößerte Cover der LP *Freewheelin' Bob Dylan* und das berühmte James-Dean-Foto: Kippe im Mund, Kragen hochgeschlagen, nachts im Regen am Times Square – und zerstört. Mit einer Lust, die ihn überraschte. Zwanzig Jahre hatte er angeödet auf diese beiden Bilder geglotzt, deren Ausstrahlung längst von der Konsumindustrie absorbiert worden war – ein ähnliches Schicksal wie das des Che-Guevara-Posters, der Mona Lisa und des Peace-Zeichens –, ausgeschlachtete Träume, ausgeweidete Kadaver, jeglichen Sinnes beraubt. Vielleicht ist Neo Rauch die falsche Wahl, überlegt er, hat nichts mit mir zu tun, eine weitere Nichterinnerung in diesen Räumen. Doch, doch, es gab ja großartige Stunden hier in meiner Wohnung, meiner Burg. Sie sind nur zu alt, um noch zu schimmern, sind zerbröselt, eingeebnet worden wie Gräber, für deren Erhalt keiner mehr bezahlt. Was wächst und blüht wie Hausschwamm, ist die Einsamkeit. In zwanzig Jahren, denkt er, werde ich vermutlich meinen Führerschein freiwillig abgegeben haben, täglich hundert Meter am Isebekufer spazierengehen, mich mit den Enten unterhalten, und im Winter, wenn sie weg sind, werde ich vorm Fernseher sterben, mit einer Kippe zwischen den Lippen, die mir dann auf die Brust fällt und mich verbrennt – der große Aschenbecher wartet.

»Mit welchen revolutionären Taten habt ihr denn damals aufgewartet? Ich habe ja ne ganze Zeitlang damit gerechnet, irgendwas von euch in der Presse zu lesen.«

Bodo schüttelt den Kopf und schürzt die Lippen. »Wir haben unsere Pläne endlos hinausgeschoben und sie dann, wie soll ich sagen, versickern lassen. Es gab einen müden Annäherungsversuch an die RAF. Wir kannten einen, der angeblich eine von Christian Klars Kontaktpersonen kannte, aber das war alles ziemlich halbherzig. Eigentlich hatten wir uns da schon von der Revolution verabschiedet. Wir hatten alle ständig Herberts Gesicht vor Augen. Erik natürlich nicht. Der ist eiskalt.«

»Das hört sich an wie die primitive Imitation einer griechischen Tragödie.« Willis Auflachen soll spöttisch klingen, doch es ist nur ein Verlegenheitsreflex. In seinem Inneren glimmt schaler Triumph, den er keineswegs für angemessen hält, den er sich eigentlich verbieten müsste. Auf einmal spürt er die Leere in sich. Er erhebt sich. Bodo versteht und stemmt sich aus dem Sessel.

»Ich werde einen Freund mitbringen«, sagt Willi.

»Keine Waffen«, sagt Bodo, Bodo der Killer.

Nachdem er den ungeliebten Gast verabschiedet hat, kramt Willi den Revolver aus dem Kleiderschrank, zieht ein mit Maschinenöl getränktes Gazetuch durch die Patronenkammern und den Lauf, schiebt Patronen in die Kammern, streicht mit den Fingerkuppen über das Metall. Hat Bodo angenommen, mit seinem Freund habe er die Waffe gemeint? Bodos Freund ist der 38er Special mit Sicherheit nicht, denn sein Lauf zielte damals auf Bodos Kopf. Der 38er ist Willis Freund. Willi fettet ihn ein, poliert ihn, führt ihn manchmal spazieren, spricht mit ihm. Ein Schutz versprechender Freund – oder zumindest das Gefühl, nicht allein zu sein. Er weiß es nicht genau. Nichts ist eindeutig. Eigentlich hegt er für Waffen aller Art keine übermäßige Sympathie. Diesen Revolver hat ihm 1969 in Frankfurt ein amerikanischer Soldat für zehn Gramm Haschisch gegeben. Grundsätzlich hält er Leute, die sich eine Waffe einstecken, wenn sie ihre Wohnung verlassen, für krank. Er besitzt diesen Revolver noch immer, weil er ihm einmal für fünf Minuten Macht verliehen und vermutlich sein Leben gerettet hat. Die Momente, in denen er sich vorstellen kann, den Abzug tatsächlich durchzudrücken, häufen sich allerdings in letzter Zeit.

Am nächsten Morgen steht Willi um neun Uhr auf. Früh für seine Verhältnisse, aber Geschäft ist Geschäft. Zwei Kunden haben SMS-Hilferufe geschickt. Er kauft die üblichen zwei Brötchen und ein Croissant, fischt die *Frankfurter Rundschau* aus dem Briefkasten, gießt heiße Milch auf den doppelten Espresso, belegt die Brötchenhälften mit Käse und Schinken, räumt schmutziges Geschirr vom Küchentisch in die Spüle zu dem anderen schmutzigen Geschirr, nimmt sich vor, am Nachmittag abzuwaschen und – Hut ab – den Staubsauger durch alle Räume zu schieben. Die Stimme aus dem Radio berichtet über die Vorbereitungen zum G8-Gipfel in Heiligendamm, doch die Sätze wehen an ihm vorbei, ohne Spuren zu hinterlassen, auch die Zeitungsartikel, die er überfliegt, dringen nicht in sein Bewusstsein. Er wünscht, es würde regnen, damit wieder normales Wetter herrscht, über das man fluchen kann, das einen nicht beunruhigt. Wie taumelnde Falter tummeln sich Orte, Jahreszahlen und Gesichter in seinem Kopf. Da ist das Haus in der Bundesstraße, in dem es damals fünf Kommunen gab. Eine davon, im ersten Stock links, war die von Willi, Bodo, Erik, Wibke, Klaus, Torsten und Jens. Dass der Frauenanteil so gering war, störte Willi keineswegs, da er damals kein Interesse an einer festen Beziehung hatte und in den umliegenden Kneipen, im *Madhouse* oder im *Grünspan*, jede Menge Frauen abschleppte. Da flattert Herbert, der schmale, schüchterne Romantiker, der noch bei den Eltern wohnte, stürzt ab, tot, mit neunzehn Jahren. Und die anderen, die Mörder? Haben alles falsch verstanden; die waren doch 1968 alle noch einigermaßen intakt, als sie sich kennenlernten. Willi überlegt: Wibke und Klaus lernte er im SDS-Gebäude kennen, Torsten und Jens traf er auf den Essener Songtagen, Bodo war ein Bekannter von Wibke, mit Erik hatte er am Tresen des *Cosinus* gesoffen und ihn anfangs als brillanten Rhetoriker missverstanden.

Morgen wird er die verblühten Rosen der Revolution also wiedersehen. Er wird seinen Revolver dabei haben. Wie damals, als die Waffe ihm das Leben rettete. Nein, er glaubt keineswegs, dass eine Schusswaffe Probleme lösen kann; die Waffe sagt: Ich diene dir, benutze mich. Sie kennt weder gute noch böse Benutzer, und genau das macht sie anziehend. Willi ist ihrer dunklen Faszination nie erlegen, aber schon damals nahm er die Welt – die Kneipen, die er betrat, die Straßen, deren Härte er durch die Schuhsohlen spürte, die hallenden U-Bahnstationen, die geheimnisvollen Gehirne hinter den Gesichtern der Passanten – als unberechenbare, potentiell gefährliche Orte wahr. Er hatte sich früh angewöhnt, auf Zeichen zu achten, stets zu wittern und mit dem Schlimmsten zu rechnen, mit jeder Spielart des Horrors, mit dem plötzlichen Zusammenbruch seiner momentanen Lebenssituation, dem Crash, der einen hundsgewöhnlichen Tag entgleisen lässt. Wie der Schuss, der Herberts Tag und damit Herberts Existenz beendete.

Zu der Zeit dealte Willi mit Haschisch und Trips. Er hatte in der Szene einen guten Ruf, da er nur erstklassige Ware verkaufte, großzügig war und keinen übermäßigen Respekt vor Geld oder Statussymbolen zeigte. Eines Tages forderte Wibke ihn auf, die Hälfte seines Gewinns in eine zwei Stunden zuvor aus der Taufe gehobene »Revolutionskasse« abzuführen, denn man habe in Willis Abwesenheit beschlossen, sich endlich, nach jahrelangem Theoretisieren, am bewaffneten Kampf zu beteiligen, der RAF und dem 2. Juni zuzuarbeiten und andere konspirative Gruppen zu motivieren. Sogar um einen Waffenhändler, der ihnen in zwei Tagen zwei Pistolen liefern werde, hätten sie sich schon gekümmert.

»Was soll ich?« krächzte Willi schwerfällig. »Ich soll diesen unpolitischen Quatsch finanzieren? Habt ihr nie richtig zugehört, wenn ich meine Ansichten zur revolutionären Situation in Westeuropa geäußert habe, ihr Spinner?« Am Vorabend hatte er mit einer Frau in *Gibi's Hard Rock Café* um die Wette gesoffen und verloren. Es ging ihm nicht gut. Wettsaufen hatte er schon zehn Jahre zuvor beschissen gefunden. Davon mal abgesehen vermisste er einige Geldscheine und einen Brocken Shit. Die Torte hatte ihn beklaut. Oder ihr Freund, der sich irgendwann dazugesetzt hatte. Oder der Taxifahrer. Scheißegal. Auf jeden Fall Kopfschmerzen und all der andere Scheiß, der zu einem fetten Kater gehört wie der Senf auf die Bratwurst. Er blaffte in die Runde: »Es wird keine Revolution geben, ihr infantilen Onanisten, kein Denkmal für Holger Meins, keine Guillotinen, keine Verstaatlichung der Brauereien ...«

»Wieso Brauereien?« fragte Torsten, der von einem Heroinschuss gezeichnet war und gerade die Kopfhörer, aus denen sich ein Gitarrensolo von Peter Frampton schraubte, von seinen Ohren gezogen hatte. Wibke keifte, dies sei der letzte Schuss, den er sich gedrückt habe, ansonsten müsse die Gruppe ihn bestrafen, denn man könne als Junkie nicht in den Untergrund gehen und Aktionen durchführen.

Willi verfolgte Wibkes Kampf um die Rolle des Alphatiers mit einem Anflug von Belustigung. Er fragte sich, welche Art von Bestrafung die Gruppe in so einem Fall für angemessen halte, und wollte sich gerade danach erkundigen, aber nun richtete die kleine Frau mit den großen Brüsten und dem prallen Hintern ihre Dackelaugen abermals auf ihn. »Was willst du eigentlich, Willi? Immer so weitermachen als Dealer, vor den unerträglichen gesellschaftlichen Verhältnissen die Augen verschließen, nichts als konsumieren und ficken?«

Klaus mischte sich ein: »Trotzki hat mal gesagt …« Weiter kam er nicht, da seine Freundin ihn anblaffte: »Wir sind Leninisten, du verdammter Trottel!«

»Aber 1969 …«

»… waren wir noch von Ernest Mandel beeindruckt, ja, du Schnarchsack. Das ist fast fünf Jahre her, mein Gott!« Sie verdrehte die Augen. »Hört euch den an.«

Erik, feingliedriger Physikstudent, schob den schrägen Vogelkopf vor und sagte mit diesem näselnden, schleppenden Tonfall, der Besonnenheit und Wissen suggerieren sollte: »Die Geschichte gleicht einem Kaleidoskop, um eine saloppe Metapher zu verwenden. Sobald man es dreht, entsteht ein ganz anderes Bild. Ihr ahnt, worauf ich hinaus will? Nein? Ich will damit sagen, dass man in zwanzig Jahren möglicherweise eine positive Meinung von Stalin haben wird. Nur die eiserne Hand Stalins hat der Sowjetunion den technischen Fortschritt und den Sieg über Nazideutschland ermöglicht.«

Durch Willis Kopf schwappte eine Welle der Verachtung. Er fragte sich, wieso er jahrelang mit diesen oberflächlichen Kindern verkehrt hatte, nächtelang an Kneipentresen, am Wohngemeinschaftstisch, selbst im Urlaub mit ihnen über selbstbestimmtes Leben, politisches Bewusstsein und heterosexuellen Analverkehr diskutiert hatte.

Torsten öffnete mühsam die Augen und nuschelte: »Ey, Erik, dein Stalin ist der letzte Arsch. Der Sack mit seinen Scheiß-Gulags, nee, du ... Weißt du, wer geil ist? Mao. Der lange Marsch und so ...«

»Seit wann stehst du denn auf Stalin?« fragte Jens, der bullige Schriftsetzer, mit irritiertem Blick auf Erik.

»Ich kann mich nicht erinnern, so was behauptet zu haben. Was ich lediglich angedeutet habe, ist Folgendes – und bitte hör genau zu, Jens, auch wenn es dir schwerfallen sollte: Joe McCarthy hat es damals geschafft, der westlichen Welt ein Denk- und Diskussionsverbot bezüglich Stalin aufzudrücken, das bis heute in Kraft ist. Stalin darf nur als Dämon wahrgenommen werden. Andernfalls wird man sofort als Gulag-Befürworter angeprangert. Und in dem Zusammenhang möchte ich noch bemerken, dass die Gulags, ob unappetitlich oder nicht, einen wichtigen Beitrag zur Eroberung der sibirischen Wildnis geleistet haben.« Erik grinste so blasiert wie selbstgefällig, und Willi fragte sich, ob diese kleine Lektion in Zynismus Eriks Anspruch auf die Führerrolle untermauern sollte.

Sie saßen im Partykeller von Bodos Eltern, in einem weiß verputzten Einfamilienhaus zwischen weiß verputzten Einfamilienhäusern am Rande von Jenfeld. An den Wänden schlängelten sich Plastikweinranken, an denen blaue Plastikweintrauben baumelten; auf den Korbtischen dienten bauchige Chianti-Flaschen als Kerzenhalter. Der Kühlschrank war so leer wie Willis Bankkonto. Willi verspürte erstens Durst und zweitens anschwellende Wut.

»Ich geh jetzt und wünsch euch noch einen schönen Abend«, sagte er, während er sich erhob.

»Du bleibst!« Mit ausgestrecktem Zeigefinger beugte Wibke sich in Willis Richtung, sie sprang förmlich von ihrem Stuhl, blickte ihre Mitstreiter an und schrie: »Er kann nicht aussteigen! Er …, er weiß alles! Wir müssen jetzt vollkommen hart sein – wie Ulrike, Gudrun, Andreas und Holger. Wenn wir es ernst meinen, wenn wir nicht nur Kaspertheater spielen, müssen wir gleich zu Anfang zeigen, wozu wir wirklich bereit sind! *Uns* müssen wir das zeigen, um die letzten Zweifel an unserer Entschlossenheit zu beseitigen! Jeder muss jedem von uns beweisen, wie ernst es ihm ist!«

Diese Hommage an Josef Goebbels fanden alle bis auf Willi ziemlich gut. Selbst Erik hob anerkennend eine Augenbraue. Herbert, nun ja, er hüstelte, war noch nicht lange in der Gruppe und versuchte, möglichst stromlinienförmig zu sein. Nun standen die anderen ebenfalls auf und bewegten sich auf Willi zu – Erik und Jens voller Tatendrang, Klaus, Bodo und Herbert eher zögernd. Es war deutlich zu sehen, wie die Zögernden sich vor den Tatendurstigen wegen ihres Zögerns schämten – und das beunruhigte Willi.

»Schön, dass wir uns ausgesprochen haben«, sagte er so locker wie möglich, obwohl seine Muskeln und selbst die Innereien vor Anspannung schmerzten.

»Dann werde ich euch jetzt also verlassen und sicherlich manchmal mit Wehmut an euch denken.« Er ging zur Tür. Wibkes Stimme traf ihn wie ein Rammbock im Rücken. »Du bleibst und beteiligst dich!«, dröhnte sie. »Oder wir müssen dich liquidieren!« Die letzten Worte hatten etwas unbeholfen Theatralisches, aber dennoch fand Willi, es sei an der Zeit, seinen Freund einzuschalten. »Und wie wollt ihr das anstellen?«, fragte er, während er die Smith & Wesson aus seiner Lederjacke zog und, den Hahn spannend, auf Bodo richtete. »Habt ihr auch so was?«

Nein, hatten sie nicht – wie gesagt: erst in zwei Tagen.

Wie ein alter Schmalfilm, zerkratzt, an manchen Stellen unscharf, doch nichts außer acht lassend – so kommt ihm die Erinnerung vor. Ganz deutlich sieht Willi die Szene, spult im Kopf zurück, lässt sie noch einmal passieren, sieht wieder, wie er sich rückwärts, den Revolver langsam von rechts nach links schwenkend, zur Tür bewegt wie die Helden in den Hollywood-Filmen, dann die Kellertreppe emporhastet, aus dem weißen Einfamilienhaus flüchtet, wie ihm auf der Straße siedendheiß einfällt, dass er noch immer die Waffe in der Hand hält ... Er kann unzählige Episoden aus seinem Leben mühelos abrufen, viele davon auf den Tag genau, und dazu die entsprechenden politischen Ereignisse, das Wetter, die Beschaffenheit des Stuhlgangs – alles ist im Kopf miteinander vernetzt, akribisch dokumentiert, ja, er hat seine Vergangenheit wohlgeordnet verpackt. Die Dekaden bestehen aus geräumigen Schubladen mit je zehn Fächern für die einzelnen Jahre. Das Tagebuch in seinem Kopf. Keine Sentimentalitäten. Nichts als Fakten, Zahlen, Bewertungen. Aber einige Fächer waren lange Zeit versiegelt.

Er steht im Flur vor dem großen Spiegel, betrachtet sein Ebenbild mit spöttischem Wohlwollen: geföhnte halblange Haare, Dreitagebart, schwarzes T-Shirt, hellgraues Sakko, Bluejeans, schwarze Stiefeletten – alles paletti.

Er geht einmal um den Block, um die Beine zu bewegen und etwaige Beschatter aufzustöbern, steigt in den Opel Omega, schiebt eine Kassette ein, James Brown, *›Live‹ At The Apollo*, steckt sich eine Zigarette ins Gesicht. »Cold sweat – hit it …!« Er fährt los.

Kein Wölkchen, warm wie im Sommer, der Aschenbecher ist randvoll.

Sein Kunde, ein glatzköpfiger Modefotograf, residiert in der Hafencity. Alles strahlt neu und kaum benutzt. Beeindruckende Aussicht auf den Hafen und die riesige Baustelle. Das Büro ist karg und teuer eingerichtet. Bis auf die Espressomaschine alles japanisch – schwarz, weiß, rot lackiert, klare Linien.

Mit der bekannt grimmigen Miene sitzt Marcel Krampe hinter seinem weiß lackierten Schreibtisch, ein gereiztes Frettchen, mit gebleckten Zähnen, den schmalen Kopf angriffslustig vorgereckt, unruhig, spricht schnell und verwaschen. Krampe lacht nur, wenn er etwas geschenkt kriegt. Willi hat nichts zu verschenken. Er wirft den Zehn-Gramm-Beutel auf die Tischplatte, schiebt die zehn Hundert-Euro-Scheine in seine Jackentasche und ist vorerst wieder flüssig.

Marcel Krampe verliert keine Zeit: silbernes Tablett, silbernes Löffelchen, silbernes Röhrchen, goldene Kreditkarte. »Willst du auch?«, fragt er, ohne aufzublicken und wohl wissend, dass dies nicht die richtige Tageszeit für Willi ist. Mit hingebungsvoller Konzentration zerhackt er die weißen Kristalle, formt er die Linie, wie mit dem Lineal ausgerichtet, so ästhetisch wie die klaren Kanten des Mobiliars, der Fensterfront, des Hauses, der ganzen Hafencity.

Mit wachsendem Interesse verfolgt Willi den Vorgang. Es wäre sicher reizvoll herauszufinden, in welchem Ausmaß die Drogen in den letzten vierzig Jahren an der Gestaltung der Welt beteiligt waren, überlegt er. Drogen aller Art – dieser Gedanke durchfährt ihn auf einmal wie eine Erleuchtung, wie die lange gesuchte Lösung eines vertrackten mathematischen Problems – haben in den letzten Jahrzehnten den Lauf der Dinge beeinflusst, auf gute und schlechte Weise, in allen Gesellschaftsschichten, politisch, sozial, kulturell, sie haben zerstört, manipuliert und erniedrigt, aber auch kreiert und erhöht. Verbrechen und Tristesse auf der einen, Kunstwerke und Erkenntnis auf der anderen Seite.

Er stellt die Espressotasse ab und erhebt sich. »Ich mach mich auf den Weg, Marcel. Du meldest dich?«

Marcel, mit achtunddreißig Jahren Willis jüngster Kunde, saugt die Linie weg. »Alles klar, Willi, fahr vorsichtig, grüß Karin von mir.«

»Karin? Ich soll deine Frau von dir grüßen?«

»Wir haben uns getrennt. Du siehst sie doch manchmal.«

»Ich? Deine Frau habe ich ein einziges Mal gesehen. Vor fünf Jahren. In deinem alten Büro. Ehrlich gesagt weiß ich gar nicht mehr, wie sie aussieht.«

»Heißt deine Frau nicht auch Karin?«

»Ich bin nicht verheiratet.«

»Das ist verdammt clever von dir.«

Das Treppenhaus riecht nach Waschpulver, Deospray, verbranntem Fett und verschmortem Plastik. Es ist über viele Jahre hinweg respektlos behandelt worden. Ab und zu hat jemand Erbarmen gezeigt und die größeren Wunden mit Gips verspachtelt. Willi klingelt im ersten Stock bei Arno Schuster. Wie jedesmal, wenn er vor dieser Wohnungstür steht, auf der noch immer die Atomkraft-nein-danke-Folie aus den 70er Jahren klebt, drehen sich die Jahreszahlen surrend wie die bunten Walzen eines Geldspielautomaten in seinem Kopf, die Walzen stoppen, klick, klick, klick, klick, um jedesmal, wie einen Jackpot, die Jahreszahl 1977 anzuzeigen. Seit dreißig Jahren hinterlässt er Fußabdrücke auf diesen Treppenstufen, Fingerprints auf diesem Klingelknopf.

Elfie, Arnos Exfrau, öffnet. Sie ist fast doppelt so groß wie Arno, dreimal so breit und viermal so schwer, phlegmatisch, immer noch blond und sehr gastfreundlich, aber nicht wesentlich intelligenter als ihr Kanarienvogel. Obwohl die beiden seit gut zwanzig Jahren geschieden sind, ist es immer Elfie, die Arnos Wohnungstür öffnet. Sie trägt den üblichen weinroten Jogginganzug und türkise Flipflops. Mit der Würde einer Regentin hält sie einen Schneebesen in der Hand, derb riechender Dampf wallt aus der Küche, begleitet von eiernder Musik aus einem Kassettenrekorder – irgendeine Beatband aus dem *Star-Club*. Elfi war damals Groupie, und Arno behauptet, sie habe sich damals vom Sperma britischer Musiker ernährt.

»Ach, Willi, das freut mich, komm rein. Willst du mit uns essen? Ich mache Putensteaks mit Jägersauce. Du siehst so zufrieden aus. Es ist immer schön, ein strahlendes Gesicht zu sehen.«

Geschickt windet er sich aus der massiven Umarmung. Er war schon als Kind kein Freund von Umarmungen, und überdies riecht Elfi nach altem Schweiß und nach der Jägersauce von Knorr. Zudem ärgert es ihn ein klein wenig, dass sie seine verkniffene Miene als »strahlendes Gesicht« interpretiert. Ein strahlendes Gesicht! Das fehlte noch. Obwohl es ihm fern liegt, aller Welt die in ihm glimmende Unzufriedenheit mit der intellektuellen Entwicklung der Spezies Mensch zu zeigen, ständig seine tiefe Skepsis gegenüber jedem neuen Tag zu demonstrieren, möchte er keinesfalls als Strahlemann gelten, um womöglich in einen Topf mit Thomas Gottschalk und Stefan Raab geworfen zu werden.

»Hallo, Elfi, mein Schatz. – Ich strahle nicht. Weiß gar nicht, wie du darauf kommst. Wundert mich ein wenig, weil ich eher in der Stimmung bin, den Dammtorbahnhof in die Luft zu sprengen, freche Kinder zu vergiften – so diese Schiene, verstehst du? Aber sonst geht's mir nicht schlecht, ja, danke für die Einladung. Ich muss leider gleich wieder weg. Ist Arno da?«

»Sitzt vorm Fernseher und zieht sich die DVD über den 11.9.2001 rein, der Verrückte. Seit zwei Monaten glotzt er sich ständig die brennenden Türme und die Menschen, die da runterspringen und das ganze Zeug an. Du weißt, wovon ich rede, Willi? Ich meine, so schön war das damals ja nun nicht, dass man sich das täglich angucken muss. Oder bist du anderer Meinung?«

»Nein, so schön war das nicht.«

Elfi heftet sich an seine Fersen. »Glaubst du an Gott?«

»Nein, im Moment nicht. Aber ich glaube, ein Getränk würde mir gut tun.«

»Orangensaft ist da, von Aldi.«

»Das hört sich verlockend an.«

Arno liegt, nur mit Unterhose und Socken bekleidet, in seinem steinalten Fernsehsessel. Graue Brusthaare, faltiger Hals, doch der Körper ist muskulös, denn Arno trainiert immer noch zweimal wöchentlich in einem Box-Gym in der Thadenstraße. Eines der beiden Fenster ist weit geöffnet, vor dem anderen hängt ein schwarzer Samtvorhang. Gerade stürzt der erste Tower ein. Arno hebt die Hand mit der Fernbedienung, der riesige Plasmabildschirm wird dunkel. Willi hat den Opiumgeruch bereits wahrgenommen. Dieser Irre, denkt er. Ein trübes Augenpaar richtet sich auf ihn.

»Yo, Mann, kommst du jetzt schon? Ich muss noch ne Stunde abchillen, weißt du, dieses Opium ist einfach saumäßig heavy. Auf Koks ist die Zeit mehr so, na, wie ein fröhlich vor dir herrennender Dackel, den du einzufangen versuchst, weil an seinem Halsband der Schlüssel hängt, weißt du, der Schlüssel zum Tresor der Erkenntnis. Und auf Opium, ja, auf Opium ist das anders – da kommst du dir vor wie ein Huhn auf dem Rücken einer Schildkröte.« Er spricht langsam wie ein steinalter Weiser, ist zu einem der letzten Druiden geworden, ein steinalter Druide in Unterhosen und Socken, in einem steinalten Fernsehsessel.

»Und diese klugen Sachen hast du in den vergangenen zwei Stunden vor der Glotze ganz ohne Hilfe ausgebrütet?« Willi lässt sich auf das Ecksofa fallen, das aussieht, als habe in den letzten Jahrzehnten jeder Besucher seine Hände daran abgewischt. Dankend nimmt er Elfi den Orangensaft ab. Wenn ich nicht so verdammt diszipliniert wäre, denkt er, würde ich mir jetzt eine fette Linie reinziehen. Er schimpft: »Letzte Nacht mit Tatütata ins Krankenhaus, ein paar Stunden später im Opiumtran. Bist du völlig von der Rolle? Wir haben heute was vor!«

»Bleib cool, Mann, ich bin doch aus Gesundheitsgründen auf Opium – um runterzukommen, um zu relaxen. Time is on my side, hey, weißt du noch? Die alten Stones? Pass auf, ich schiebe ne andere DVD rein, Knut, der Eisbär, echt niedlich. Wir glotzen ne Stunde, fressen Putensteaks, alles supertotal locker ...« Er grinst nicht einmal.

Willi steckt sich eine Zigarette an. »Arno, mein Täubchen, wieso hängst du schon mittags vom Opium gedimmt vor der Glotze, um dir diesen Nineeleven-Irrsinn reinzupfeifen? Ist das deine Rache für die Abschiebung?«

»Ich hab nix gegen Amis. Was kann George Clooney dafür, dass mich ein paar Faschisten aus Amerika rausgeschmissen haben?«

Willi drückt sein lärmendes Handy ans Ohr. »Ja?«

Günter Schneverding. Die tremolierende Stimme des bekannten Psychologen und Suchtberaters, die selbst den banalsten Sätzen ein Häubchen pathetischer Bedeutungsschwere aufsetzt, fließt wie kaltgepresstes Olivenöl in Willis Gehörgang. »Okay«, sagt Willi, seine Tagesplanung kurzentschlossen umstoßend, »ich bin in einer Stunde bei dir.«

Günter Schneverding gehört zur Sorte der koksenden Egomanen, die alle Rücksicht fallen lassen, wenn ihnen das weiße Pulver ausgeht. Und 500 Euro sind auch nicht ohne weiteres zu ignorieren – trotz der Qualen, die zwangsläufig jedes Treffen mit dem Suchtberater Doktor Schneverding begleiten. Willi lernte ihn Anfang der 80er Jahre auf einer dieser aufgeblasenen Neonpartys in den gekachelten Räumen einer ehemaligen Schlachterei kennen. Blasierte New-Wave-Musik, außer Willi und Schneverding trugen alle Gäste schwarze Kleidung und schwarzgefärbte Haare, hatten alle schon mal ein, zwei Worte mit Rainald Goetz und Blixa Bargeld gewechselt, waren vor kurzem über Rimbaud gestolpert und suhlten sich, blass und leidend, in dem Glauben, sie hätten als erste den Zusammenhang zwischen Weltschmerz und Erkenntnis entdeckt. Willi und Schneverding trugen damals noch lange und natürlich ungefärbte Haare, Klamotten in freundlichen Farben, langweilten sich und rümpften die Nase. Ihre leicht arroganten Blicke trafen sich mehrfach, vertraulich fast, zwei Wissende unter Schafen, zwei Originale zwischen plumpen Fälschungen. Zu jener Zeit hatte Günter Schneverding, vital, locker und eloquent, bereits mehrere Talkshow-Auftritte und Zeitungsinterviews hinter sich und eine psychologische Praxis mit Suchtberatung in Othmarschen, die, vor allem für Privatpatienten gedacht, auf Anhieb florierte. Willi, der seit den 60er Jahren redlich, wenn auch mühselig mit Haschisch gehandelt hatte, war einige Wochen zuvor dank einer Laune des Schicksals in der Dealerhierarchie einige Stufen emporgestiegen: Ein ihm nur flüchtig bekannter Drogenkurier hatte vier Kilo Kokain aus dem Freihafen geholt und nicht etwa ordnungsgemäß abgeliefert, sondern bei Willi, den er als korrekten Menschen einschätzte, deponiert. Er wollte seinen bestellten falschen Pass abholen und dann mit der Ware aus Hamburg verschwinden, um »ganz neu anzufangen«, wie er sagte. Allerdings machte er noch einen kleinen Abstecher in einen Puff, ging mit zwei Nutten aufs Zimmer, zog sich großspurig einen Berg Kokain in die Nase und starb auf dem Weg ins Krankenhaus. Willi verhielt sich extrem vorsichtig, er ging davon aus, dass der Kokainmarkt in nächster Zeit sehr genau beobachtet würde. Vier Kilo waren alles andere als eine Lappalie. Er musste sich peu à peu einen Kundenstamm abseits der Koksszene schaffen.

Aber den Besuch dieser Party, das erkannte er schnell, hätte er sich schenken können. Verkrampfte Bohemiens, die sich gegenseitig in ihrer Wichtigkeit bestätigten und sich einredeten, die Philosophie sei erst neuerdings, nachdem sie angefangen hatten, sich die Haare schwarz zu färben und Kafka zu begreifen, in ein intellektuell relevantes Stadium getreten. Alles war wie früher, vor zehn, fünfzehn Jahren, als Willi, von anderer Musik beschallt, mit seinen Beatnikfreunden die Welt definierte, scheinbar erleuchtet, auf jeden Fall tief beeindruckt von der eigenen Größe. Wer hier auf Koks scharf war, gab kein Geld dafür aus, sondern wartete auf den wohlhabenden Künstler, der eine Linie über die ganze Breite des Tresens legen würde.

Als Willi in einer Ecke seine Linie legte, blickte ihm Günter Schneverding interessiert über die Schulter.

»Soll den Geschlechtsakt würzen, hab ich mir sagen lassen. Als Suchtberater halte ich mich üblicherweise fern von solchen Sachen. Nicht weil ich etwa grundsächlich gegen illegale Drogen wäre, sondern weil ich es mir nicht leisten kann, am nächsten Tag in einem Boulevardblatt einen Augenzeugenbericht über meine Freveltat zu lesen, aber, mein Gott, hier scheint ja wirklich niemand auf mich zu achten, was mich einerseits ein wenig schmerzt, jedoch andererseits in Versuchung führt.«

Kurz darauf war der Suchtberater ziemlich angeknallt, und als später besoffene Punks aufkreuzten, um ihre Böse-Buben-Nummer abzuziehen, flüchteten die beiden Kokser in den *Holzwurm*, eine winzige, nach Haschisch und Knoblauch riechende Spätkneipe, in der sie bis zum Morgengrauen bei optimaler Musik den wahren Zustand der Welt erörterten. Sie trennten sich, nachdem der Suchtberater Willi zwei Gramm Koks abgekauft hatte. Irgendwann in den 90er Jahren wurde Schneverdings Gehirn infolge exzessiven Alkohol- und Kokainkonsums zu einem porösen Baiser. Der einst so ausgeglichene Psychologe und Porschefahrer hatte sein Suchtpotential, wie er feststellen musste, sträflich falsch eingeschätzt. Nach drei Entzugsversuchen akzeptierte er seinen Verfall und beschloss, als abstoßendes Arschloch, aber mit wehenden Fahnen unterzugehen.

»Ich muss zu Schneverding«, sagt Willi, »aber vorher habe ich dir noch was mitzuteilen. Ich hoffe nur, du begreifst auch alles.«

»Ey, was soll der Scheißtext?« Arno richtet sich auf, seine Gibbon-Arme wedeln. »Hältst du mich für Ronald Reagan im Endstadium, oder was? Schneverding, der Zombie, Mann, lass den ruhig ne Stunde köcheln. Der Sack, ey. Ist schon ne Zumutung, dass der Scheißname in dieser Wohnung erwähnt wird. Der geisteskranke Wichser, Mann ...«

»Krieg dich wieder ein, Arno, er ist ein Wichser, weiß doch jeder. Aber Elfi hat ihm *nach* eurer Scheidung einen geblasen. Allerdings frage ich mich bis heute, wieso er bei Elfi einen Ständer kriegte.«

»Elfi bläst super.«

«Weiß ich doch.«

»Wie bitte?«

»Kleiner Scherz, Arno.«

»Hör zu, Alter, es gibt sensible und unsensible Scherze, wenn du weißt, was ich meine.«

Willi schildert die Begegnung mit Bodo in kurzen Sätzen. »... wir hätten die Kohle für den Deal mit dem Bolivianer, schön und gut, aber andererseits beschleicht mich ein ungutes Gefühl bei dem Gedanken, mit diesem Pack geschäftlich verbunden zu sein. Viel lieber möchte ich eigentlich den Mord an dem eher sanften, ein bisschen verwirrten Herbert gesühnt wissen. Du hast Herbert gar nicht gekannt, glaube ich.«

Mit gefurchter Stirn und unsagbar trägen Bewegungen kriecht Arno in seine XXL-Klamotten. »Lass dir die Kohle geben, Alter, und anschließend machen wir die Asseln platt. Du hast ne Wumme, ich hab ne Wumme. Wo ist das Problem?«

Willi erhebt sich belustigt von dem Schmuddelsofa. »Verlockender Vorschlag. Aber wir können nicht einfach Leute erschießen. Fest steht nur, ich brauch die Knete nötiger als alles andere. – Mensch, Arno, früher war diese Summe ein Klacks für mich, weißt du noch?«

»Früher war so manches ein Klacks, Mann, früher konnte ich durchschlafen, ohne morgens um fünf pissen zu müssen. Früher hab ich mich mit jedem Gerüstbauer angelegt, der konnte gar nicht groß und breit genug sein – du erinnerst dich?«

»Das wollen wir aber jetzt nicht weiter erörtern.«

»Wieso nicht?«

Willi lächelt matt. Er fühlt sich auch ein wenig matt – und sein Kopf steckt wieder in dieser verdammten Holzkiste, was, wie er vermutet, daran liegen mag, dass sich die ganze Stadt da draußen zu einem komplizierten Labyrinth verschoben hat. Im Prinzip ist er bereit, gegen die Regeln der Disziplin zu verstoßen und jetzt schon eine Linie in die Nase zu saugen. »Hast du Koks?«

»Null. Ich wollte dir gestern was abkaufen und bin stattdessen in der Notaufnahme gelandet. Schon vergessen?« Arno gibt sich einen Ruck. »Pass auf, Alter, du belieferst jetzt den Schwanzlutscher, dann holst du mich ab, und wir fahren zu deinem Grundstück, um uns die Sache mal anzusehen. Wann warst du eigentlich das letzte Mal dort?«

»Im Herbst. Die Feuerwehr hatte mich angerufen. Nach dem Sturm. Ein riesiger Ast war abgebrochen und auf den Geräteschuppen geknallt.«

»Warum fahren die Bettnässer nicht einfach nachts dorthin, buddeln das Skelett aus und sparen die achtzig Riesen? Ich würde sogar ganz frech tagsüber reingehen und einen auf Handwerker machen.«

»Ich nehme an, sie waren bereits dort und haben zu ihrem Entsetzen festgestellt, dass der liebe Herbert unter einer Zementhaube ruht.«

»Um so besser, Mann, dann holen wir Herbert raus und entsorgen ihn und seine Verpackung. Vielleicht liegt da ja was bei, das man dir zuordnen könnte. Wibke und Erik sind doch Drecksäue. Ich habe dich schon damals vor denen gewarnt.«

Willi hebt als Antwort die Schultern, lässt sie müde wieder sinken. »Ich hole dich in zwei Stunden ab.«

»Check it out, Brother.«

Zu Hause füllt Willi fünf Gramm für den Suchtberater ab und zieht sich, die strengen Regeln der Disziplin für einen Moment außer Kraft setzend, eine fette Linie in den Riechkolben. In seinem Kopf klingelt der Wecker, und schon sieht die Welt viel klarer und recht überschaubar aus. Er fischt eine Gewürzgurke aus dem Glas. Sie knackt, als er zubeißt. Aus den Boxen schwebt Jewels Stimme: *Fragile Heart*. Ein Orangensaft und eine Zigarette. Das Handy lärmt in die Gedanken hinein. »Ja?« Willis Zähne zermalmen den Rest der Gurke, Asche fällt in den Orangensaft.

»Hier ist Mike. Ich würde dich gerne treffen. Heute noch. Wie üblich.«

»Was heißt wie üblich? Treffen wir uns üblicherweise heute? Wie soll das gehen? Ich meine, wie oft ist heute? Das heutige Heute ist einmalig. Üblicherweise ist heute zwischen gestern und morgen. Man kann sich nicht üblicherweise heute treffen, es sei denn, heute wäre ein bestimmter Wochentag oder ein bestimmtes Datum, an dem wir uns üblicherweise träfen. Aber wir treffen uns meines Wissens üblicherweise nur nach einem Anruf von dir.«

»Sag mal, hast du zu viel Brause gesoffen? Du laberst so eine Scheiße. Du weißt doch, was ich meine, Klugscheißer.« Mikes Stimme klingt mürrisch. Jeder in dieser Stadt scheint schlecht drauf zu sein, und Willi überlegt, ob das allgemeine Unbehagen durch die Kombination von Terrorismus, steigendem Benzinpreis und Klimakatastrophe in den Köpfen der Menschen gewachsen ist, oder ob die uralte Furcht vor Verdammnis und Untergang nur in ein zeitgemäßes Kostüm gestiegen ist. Treibhauseffekt, der Kampf um Öl, Wasser und die Sonnenliegen an den Pools der Urlaubshotels, Millionen zerlumpte Habenichtse aus verrotteten Regionen stürmen die Festung Europa – und Mike, Kneipenbesitzer in Eimsbüttel, balanciert seit drei Jahren am Rand der Insolvenz. Natürlich weiß Willi, um was es geht: um die üblichen zwei Gramm Koks.

Später auf der Straße fühlt er sich von einem schwarzen Kia Sorento verfolgt, kann ihn jedoch relativ leicht abhängen. Anfänger!

Der Stadtteil Othmarschen, behäbig und mit großzügigen Gründerzeit-Villen gespickt, wirkt an diesem Frühlingstag wie ein Kurort. Grauhaarige Villenbewohner führen ihre Rassehunde aus und lassen den Kot ihrer Lieblinge umweltbewusst in Plastikbeuteln verschwinden.

Günter Schneverding besitzt eines dieser Häuser in der Nähe des S-Bahnhofs. Im Erdgeschoss ist die Praxis, die beiden oberen Etagen bewohnt er, seit seine Frau ihn fluchtartig verlassen hat, allein. Die Praxis ist heute geschlossen – wegen Krankheit.

»Mensch, Willi, du bist echt zuverlässig. Immer zur Stelle, wenn Not am Mann ist. Schöner Zug von dir, im Ernst, Zuverlässigkeit gehört zu den wichtigsten Bestandteilen unserer Kultur, doch leider haben das viele vergessen. Du hast schon immer Edelmut und Klasse ausgestrahlt. Für dich ist Freundschaft keine bloße Floskel.«

Nach dieser schleimigen Ouvertüre wächst die Skepsis in Willi. Günter Schneverding sieht verwahrlost aus. Das rötliche Rundgesicht ist unrasiert, die blonde Thomas-Gottschalk-Frisur ungewaschen, auf dem weißen Hemd tummeln sich Fett- und Rotweinflecken. Willi folgt dem kleinen Dicken in die Küche. Sie lassen sich auf unbequemen spanischen Bauernstühlen nieder.

»Es geht mir nicht gut, Günter«, seufzt Willi. »Eben, vor zwei Minuten, ist unten auf der Straße eine Taube plattgefahren worden. Vor meinen Augen. Von einem Range Rover. Brei. Ein paar Federn schwebten mir entgegen. Früher hätte mich das zwar auch schockiert, aber in den letzten Jahren bin ich so dünnhäutig geworden, dass ich dabei in eine tiefe Trauer stürze. Ich bringe es nicht mehr fertig, mir im Fernsehen Tierfilme anzugucken, in denen Raubtiere andere Tiere reißen. Ich nehme dann Teil an der Angst, dem Schmerz und dem Ende der verblutenden, zerrissenen Opfer, erkenne, dass sich ihr Leid kaum von dem Leid eines misshandelten Menschen unterscheidet.«

»Ja, ja«, sagt Günter kopfnickend, während er kalifornischen Rotwein in zwei Kaffeebecher gießt, »die Welt ist alles andere als ein idyllischer Ort – sie ist roh und ungerecht …«

»Günter, bitte! Erspar mir solche Plattheiten, wenn du nicht möchtest, dass ich dir in die Tasse kotze.«

»Du bist dünnhäutig geworden, weil du auf der Schwelle zum Altsein stehst, weil deine Kräfte schwinden – und eventuell vorhandener Optimismus macht so nach und nach einem allgegenwärtigen Gefühl der Bedrohung, des Ausgeliefertseins Platz. Doch das geht fast allen in deinem Alter so.«

»Im Gegensatz zu den meisten Europäern meines Alters, die trotz Tsunami, Terrorwarnung und hohem Cholesterinspiegel ihren nächsten Urlaub auf Teneriffa buchen und sich auf die anstehende Darmspiegelung freuen, trage ich mich mit dem Gedanken, mir eine Grabstätte auf dem Ohlsdorfer Friedhof zu kaufen.«

»Du versteckst deine Ratlosigkeit hinter glatten Scherzen. Eine Therapie …«

»Wieso trinken wir Rotwein aus Kaffeebechern? Hat deine Haushaltshilfe die Spülmaschine nicht eingeräumt?«

»Ich habe weder eine Haushaltshilfe noch Gläser. Wie das im Leben so ist, kommt eins zum anderen. Nachdem der Geschirrschrank, ein wunderschöner spanischer Bauernschrank aus dem 19. Jahrhundert, zusammengebrochen war und meine Haushälterin die Trümmer und Scherben weggeräumt hatte, verlangte sie für die Mehrarbeit dreißig Euro extra. Ich sagte irgendwas wie geldgeile Fotze oder so. Das war's dann. Eine Polin. Was die sich einbilden. Aber kommen wir zum Wesentlichen, dem inspirierenden Pülverchen, das meinem Gehirn neue Impulse geben wird. Ich habe, wie dir sicher aufgefallen ist, meine Praxis momentan geschlossen, da mir die Motivation abhandengekommen ist. Ich sollte ein paar Wochen pausieren – Kontemplation, richtiges Atmen … Ich habe die Absicht, meine intellektuellen Kräfte zu sammeln, zu bündeln und wie einen Laserstrahl unmittelbar in das Zentrum des Weltgeistes hineinzuschießen …«

»Und du hast natürlich die 500 Euro für mich bereitliegen?«

»Kriegst du in drei Tagen. Vielleicht auch schon morgen. Was soll's. Geld sollte in unserer jahrzehntelangen Freundschaft keine Rolle spielen. Wäre ja gelacht, was, Willi?« Günters Lächeln, bemüht locker eingesetzt zur Unterstützung des vertraulichen Augenzwinkerns, vibriert ein wenig, die Hände, gepflegte weiche Hände, legen sich um die Kaffeetasse, und Willi fragt sich, ob der Psychologe sich dabei beobachtet, ob er seine eigene Körpersprache wahrnimmt und sich fragt, ob Willi die Signale zu deuten weiß.

»Ich habe die Bank gewechselt, und nun herrscht da ein unglaubliches Chaos. Die neue Kontonummer stimmt nicht und so weiter … Aber wenn du so klamm bist, gehe ich da heute noch hin und mach den Pennern Feuer unterm Arsch. Das krieg ich hin.«

Er kriegt schon lange nichts mehr hin. Vor Jahren lösten sich die Schalen vom Kern seiner Kokserpersönlichkeit und ließen ihn unverhüllt zurück. Es gibt verschiedene Typen von Koksern. Und Günter Schneverding – das war inzwischen nicht mehr zu übersehen – ist einer von den problematischen Typen, die irgendwann glauben, man könne den Herausforderungen des Tages am besten mit einer Linie Kokain zum Frühstück begegnen.

Willis Körpersprache ist so eindeutig wie seine verbale Botschaft: Zurückgelehnt, mit verschränkten Armen und schiefgehaltenem Kopf, seiner Stimme einen kühlen, festen Klang beimischend, erläutert er den alten Dealergrundsatz »Ware gegen Kohle«. Ich muss das jetzt durchziehen, sagt er sich. Auf seiner

Zunge liegt ein metallischer Geschmack. Während der süchtige Suchtberater teils flehend, teils aggressiv ein pathetisches Wortgewitter auf ihn loslässt, wünscht Willi, es wäre zehn Minuten später und er stünde wieder auf der Straße, im Sonnenlicht, in relativer Sicherheit. Schade um den alten Kunden, ja, schade um Günter Schneverding, aber es war absehbar. Er zog nicht selten vor seinen Klienten eine Linie weg, »bewusst und provokativ«, wie er behauptet. »Therapeutische Maßnahme, riskant, aber sinnvoll«, wie er ohne eine Spur von Ironie zu sagen pflegt.

Willi verteidigt sich lustlos und wortkarg – selbst Günters Drohung, notfalls zur Polizei zu gehen, um »reinen Tisch zu machen«, bereitet ihm weniger Furcht als er glaubt, empfinden zu sollen, ja sie bereitet vielmehr den herbeigewünschten tiefen Graben zwischen den beiden sowie das mit Erleichterung aufgenommene Gefühl der Empörung, den Grund, sich schroff erheben und zum Gehen wenden zu dürfen.

Doch Günter Schneverding ist nicht nur als Verräter gefährlich. Er reißt die Tischschublade auf, seine Hand greift hinein und kommt wieder zum Vorschein – mit einer Walther P38. Er entsichert die Pistole und zielt auf Willi, der auf das flackernde Licht in den trüben Augen seines Gegenübers starrt und denkt: So sieht also der Wahnsinn aus – ein flackerndes kleines Licht in den Augen.

»Das ist Plan B«, sagt Günter mit schrecklichem Tremolo. »Ich habe mir fast gedacht, dass du geldgeile Sau mich kaltschnäuzig auf dem Trockenen sitzenlassen würdest. Los, rück den Stoff raus und verzieh dich – aber ganz schnell!«

Obwohl Willi nicht zum ersten Mal in die Mündung einer Schusswaffe blickt, empfindet er die Situation keineswegs als langweilig oder gar amüsant. Wie Flipperkugeln rasen Gedanken durch die entsprechenden Hirnregionen: Ich werde sterben. Das ist sowieso klar – jeder wird sterben. Aber so früh? Und heute? An diesem schönen Frühlingstag? Wäre denn ein schöner Herbsttag zum Sterben okay? Einfach das Plastiktütchen hinwerfen und gehen? Scheiß auf die fünf Gramm? Nichts da. Zur Tür gehen und hoffen, dass der Irre mir nicht so ohne weiteres in den Rücken schießen wird? Oder in den Hinterkopf? Bitte nicht in den Kopf. Woher stammt wohl die Pistole? Hat heutzutage jeder Verrückte eine Handfeuerwaffe?

»Du brauchst Hilfe, Günter. Siehst du denn nicht, in welche Lage du uns bringst? Pass auf, ich gebe dir jetzt die Hälfte, und wenn du in drei Tagen bezahlst ...«

»Du leerst jetzt deine Taschen aus! Ich will alles! Auch dein Geld! Und deine Armbanduhr. Das ist die Strafe ...« Mit dem Rücken der Pistolenhand wischt Günter den Schweiß von seiner Stirn – und Willi rammt ihm die Tischkante in den Bauch. Es knallt unerträglich laut, die Kugel klatscht an die Zimmerdecke, Schneverding kippt mit dem Stuhl nach hinten, sein Hinterkopf schlägt auf das Fensterbrett, ein zweiter Schuss löst sich und zerstört die Deckenlampe. Als stünde er neben sich, beobachtet Willi, wie er in unkontrollierter Wut den Tisch auf Günter stürzt, einen Stuhl hinterherwirft, dann die Kaffeemaschine, den Toaster, den Wok, einen Stapel Untertassen. Es ist kein Kampf, denn der Psychologe rührt sich nicht mehr, verbirgt seinen Kopf zwischen den Armen, keucht und weint. Willi nimmt ihm die Waffe ab, will noch einmal richtig zutreten, in die Rippen oder in den Bauch, doch er zügelt sich.

Auf der Straße empfängt ihn die Sonne wie einen guten Freund. Überwiegend gutgekleidete Menschen kreuzen gelassen und angenehm distanziert seinen Weg – und alles an ihnen scheint Arglosigkeit auszustrahlen, als könne einem nichts geschehen, sofern man in einer Villa in Othmarschen wohnt.

»Ein Glas Rotwein, weich und kräftig«, bestellt er auf der Terrasse des Lokals neben dem S-Bahnhof. Die Bedienung lächelt freundlich, hat nicht die geringste Ahnung von der aufgewühlten See im Inneren ihres neuen Gasts. Sie ist jung, drall, ihre Bewegungen suggerieren Lust und ständige Sexbereitschaft. Willi schiebt das hässliche Erlebnis von eben beiseite, lässt dafür einen kurzen Film ablaufen – er und die Bedienung, sie beugt sich vor, reckt ihm ihr Vollmondgesäß entgegen, er zerreißt ihre Strumpfhose mit beiden Händen, als befreie er eine große, reife Frucht aus ihrer Hülle. Er stoppt den Film, eilt zu den Toilettenräumen, sperrt sich ein, zerhackt auf dem Klodeckel eine Portion Koks, sinkt auf die Knie, rollt einen Geldschein zu einem Röhrchen, saugt die Linie weg, erhebt sich, malt sich aus, wie der üppige Hintern aus der Strumpfhose quillt, und während er verbissen und unterdrückt schnaufend masturbiert, horcht er beklommen auf Geräusche jenseits seiner engen Kabine.

Der Typ am Waschbecken grinst herablassend, als Willi aus der Klokabine tritt – und empfängt dafür einen grimmigen Kokainblick.

Auf seinem Tisch steht bereits der Rotwein. Er probiert ihn. Nicht übel. Vielleicht ein Spanier. Er raucht eine Zigarette, blinzelt ins Nachmittagslicht und überlegt, wann er zuletzt in einem Kneipenklo gewichst hat. Muss Jahrzehnte her sein. Mit leichtem Hüftschwung nähert sich die Bedienung, fragt, ob der Wein okay sei. Er nickt mit steifem Lächeln, schämt sich ein wenig, weil er sie vorhin so schnöde benutzt hat. Was für ein Tag. Ein Tag? Seit Tagen ist nichts mehr so, wie es sein soll, wie es seit Jahren, stoisch vor sich hin welkenden Jahren, gewesen ist – unspektakulär, oft am Rande der Langeweile, geordnet, spießig: zwei Brötchen und ein Croissant zum Frühstück, *Frankfurter Rundschau*, Fitnesscenter, ein paar Deals, im Hinterkopf stets auf kleiner Flamme simmernde Angst vor den Bullen, vor dem Knast und vor Krebs, abends zwei Linien Koks, Rotwein, DVD oder Kneipe, Bücher, Schlaf.

Da schlendert der Typ aus dem Klo mit wissendem Grinsen an ihm vorbei. Willi rümpft nur die Koksnase. Der Arsch ist doch nur ein Fliegenschiss, denkt er, ganz Othmarschen ist ein Fliegenschiss im Vergleich zu mir, dem sechzigjährigen Kneipenklowichser. Schöner Bahnhofsvorplatz. Da drüben der kleine Park. Wie ein Kurort. Meine Wohnung ist auch ein Kurort. Mein Kurort. Am Nebentisch essen sie Steaks, Salat, Ofenkartoffeln mit Sour Cream. Hunger! Wenn ich Mike beliefert habe, werde ich mir bei Burger King einen Cheeseburger reinziehen.

Später schlendert er durch das Sonnenlicht, das die Häuser, die Bäume und den Himmel so hoch erscheinen lässt, und fühlt sich mit einem Mal so aufnahmebereit wie vor vierzig Jahren, im legendären Summer of Love, der prall gefüllt war mit Aha-Erlebnissen und alltäglicher Lebenslust, in dem er seine bewusst wahrgenommene Existenz als Glücksrausch erfahren und sich gesagt hat, dass allein diese flüchtige Begegnung mit der Schwerelosigkeit dem Dasein Tiefe, wenn nicht gar eine gewisse Existenzberechtigung verleihe.

Heute passieren solche Sachen nicht mehr. Sie geschehen einem in den Jahren, in denen die Zukunft noch wie ein riesengroßer, unerforschter Kontinent aussieht.

Im Hippocampus und im mittleren Schläfenlappen brodelt es: dieser swimmingpoolblaue Himmel, das froschgrüne frische Blattwerk, signalrotes Stopschild. Willi ist froh, das Auto ein paar Straßen entfernt geparkt zu haben. Er spürt das Kopfsteinpflaster unter den Füßen, erschnuppert Geruchspartikel, die er mit der Kindheit und dem damit einhergehenden unermesslichen Reichtum an Hoffnungen und Optionen assoziiert. Erinnerungsmassen werden ins Bewusstsein geschleudert – glühendes Erlebnis-Magma. So müsste es täglich sein, denkt er, so sollte ich jeden Tag ans Leben erinnert werden.

Die von Wasseradern durchzogenen Vierlande gehören trotz ihres ländlichen Charakters zu Hamburg. Grüne, satt glänzende Wiesen, blühende Obstbäume, Gewächshäuser, stolz herausgeputzte Reetdachhäuser, zwei Reiter auf Pferden mit seidig schimmerndem Fell.

Während der Fahrt schildert Willi seine Begegnungen mit Günter und Mike. Er redet stur weiter, obwohl ihm Arnos meckerndes Lachen auf den Senkel geht, doch er hat keine Wahl, er muss sich jemandem mitteilen – und sei es Arno, dem Ziegenbock. Die Erregung ist noch immer da. Wie der Rauch einer längst verglimmten Zigarette hängt sie in Willis Kleidern. So warm es auch ist, es kommt ihm vor, als befände er sich auf einer schmelzenden Eisscholle, von der sich nach und nach große Platten lösen, mit unangenehmem Knirschen, gezackte Ränder hinterlassend. Alle reden von bedrohten Eisbären, denen das Eis wegschmilzt, doch was ist mit Willi? Willis Eisscholle – schmelzend.

Sonny Landreth singt *Creole Angel*, und Willi berichtet soeben, unverwandt durch die Frontscheibe starrend, von dem Treffen mit Mike. Dieses gottverdammte Arschloch, schreit er, habe ebenfalls später bezahlen wollen, in zwei oder drei Tagen. Und zu allem Überfluss habe der Wichser den Ausländern die Schuld am Niedergang seiner Scheißkneipe in die Schuhe schieben wollen. Die Ausländer, habe der Fettsack Mike immer wieder gesagt, würden alle deutschen Gastwirte in die Knie zwingen, weil sie keine Steuern zahlten, alle Familienmitglieder vom Kleinkind bis zur Oma unangemeldet mitarbeiten ließen und außerdem geklaute und geschmuggelte Ware verkauften. »Du hast doch selbst Unmengen unverzollten Bacardi und Jim Beam in deiner Kneipe verkauft«, habe er, Willi, ihm vorgeworfen. Ja, das sei ja wohl was ganz anderes, denn ihm habe das Finanzamt gar keine Wahl gelassen, habe dieser Idiot geantwortet, dann habe sich der ständig besoffene Mülleimer nicht entblödet zu behaupten, schon bald werde hier in Hamburg die Scharia eingeführt, sowie die Zwangsehe, Beschneidung der weiblichen Genitalien, Blutrache und so weiter. Beispiele für den langsamen Untergang des deutschen Volkes könne man überall sehen: schwule Bürgermeister, weibliche Polizisten, eine Frau als Kanzler. Noch dazu eine Frau, die aussehe wie ein Zuchtkaninchen. Das mit dem Zuchtkaninchen habe ihm, Willi, ganz gut gefallen, aber alles andere sei so widerlich gewesen, dass er die Geschäftsbeziehung zu diesem Wrack beendet habe.

»… und als ich aus Mikes Kaschemme ans Tageslicht trete und mich freue, trotz des beschissenen Tagesablaufs noch hocherhobenen Hauptes durch die Straßen gehen zu können, entdecke ich hinter dem Scheibenwischer meines Autos einen gottverdammten Strafzettel ...«

Meckerndes Lachen. Willi stoppt an einer Bushaltestelle, starrt weiterhin durch die Frontscheibe und knurrt: »Ich bitte dich, dein Scheißlachen nur an Stellen einzusetzen, an denen ich ebenfalls lachen würde, was das Lachen für heute praktisch ausschließt. Dir kann doch der Kern meines Berichts nicht völlig verborgen geblieben sein, Herrgott, Arno, ich hab dir soeben mitgeteilt, dass mein Lebensumfeld und möglicherweise die gesamte Zivilisation zusammenbricht!«

»Wieso sollte die Zivilisation zusammenbrechen, weil du heute zwei verdammte Wichser von deiner Kundenliste gestrichen hast?«

»Das sind doch nur Beispiele für den Zustand der Welt.«

»Solche Bettnässer hat's doch immer gegeben.«

»Natürlich.« Willi dreht sein Gesicht zu Arno. »Vermutlich gab es schon in der Steinzeit einen gewissen Prozentsatz an Arschlöchern. Aber mittlerweile ist es cool, ein widerwärtiges Arschloch zu sein. Berühmte Arschlöcher lassen heute von Zynikern ihre Ekel-Memoiren schreiben und landen damit auf der Bestsellerliste. So sieht es nämlich aus.«

»Also gut, gecheckt. Und wenn ich nicht mit dem Lachen aufhöre, fährst du nicht weiter. Hab ich das richtig gecheckt?«

»Wenigstens das hast du richtig gecheckt.«

»Okay, fuck you, ich lache nicht mehr.« Arno verschränkt die Arme vor der Brust und starrt durch die Windschutzscheibe.

Eine Hupe dröhnt, und es klingt wie ein gewaltiger Vorwurf. Hinter ihnen steht fordernd der Linienbus.

»Hehehe«, meckert Arno, »du musst die Haltestelle räumen, sonst steigt der Kutscher aus und besprüht deine Fresse mit Pfefferspray.«

Nach etwa einem Kilometer überqueren sie eine Brücke und biegen auf den Curslacker Deich. Auf der linken Seite, zum Wasser hin, befinden sich einige eingezäunte Grundstücke. Eins davon, deutlich an dem maroden Maschendrahtzaun und der windschiefen Brettertür zu identifizieren, gehört Willi. Er öffnet das rostige Vorhängeschloss. Auf dem abschüssigen Gelände wuchert triebhaft und unbehindert ein Unkrautdschungel. Welch ein Kontrast zu den Nachbargrundstücken, die, wie es in den Vierlanden üblich ist, gestutzt, gekämmt, geputzt sind und von straffen Zäunen und getrimmten Hecken bewacht werden. Aber egal, dies ist Willis Land, 1 200 Quadratmeter, an drei Seiten von Hecken, Bäumen und Buschwerk begrenzt, zwischen der Straße und der Dove-Elbe – Schilf hat das Ufer erobert, die Wiese, von Disteln durchsetzt, besteht größtenteils aus kniehohen Wildgräsern, zur Linken, von einer Buche beschirmt, kauert der Geräteschuppen, eine windschiefe Holzhütte, die von Huckleberry Finns Vater bewohnt sein könnte; das eingedrückte Dach wurde im Herbst mit nachlässig aufgenagelter Teerpappe geflickt. Und da, den Schilfgürtel durchschneidend, ragt der Bootssteg, schmal, aus rohen Brettern und Bohlen bestehend, über das Ufer hinaus und über das durch Baum- und Straucharkaden fließende, grünlich schimmernde Wasser. Der an Land befindliche Teil des Stegs ruht auf einem Damm, dessen Zementhülle aussieht wie das Werk eines betrunkenen Schimpansen.

»Ein Paradies für Masochisten«, nörgelt Arno, der mit freier Natur nicht viel anfangen kann. Willi begutachtet den Zement. »Sieht so aus, als hätten die Ärsche vor kurzem meine Spitzhacke daran ausprobiert. Bin mal gespannt, ob sie das Werkzeug wieder in den Schuppen gelegt haben. Wenn ja, war's vermutlich Bodo. Der besitzt als einziger von denen einen Rest von sozialer Verantwortung.«

Arno hockt im Schneidersitz auf dem Steg, dem Wasser zugewandt, steckt sich eine Zigarette ins Gesicht, dreht die Basecap, bis der Schirm, seine eigentliche Funktion ausübend, die Augen beschattet. »Ich sitze hier quasi auf einer Leiche, was, ey? Fuck, Alter, das erinnert mich an einen Film, ich komm nicht drauf, Hitchcock oder so was.«

»Sie haben nicht gewusst, dass ich später einen Haufen Zement auf den Damm gekippt habe.«

»Vielleicht solltest du mit einem Anwalt schnacken und danach zu den Bullen gehen. Du könntest dir echt krass einen Haufen Stress aufladen, Alter.« Arno springt auf und bahnt sich einen Weg durch die Wiese. In seinen viel zu großen, viel zu bunten Klamotten wirkt er zwischen Quecke, Löwenzahn und Kohldistel so deplaziert wie ein Pinguin auf einem Schulhof in Barmbek.

Unter Willis Händen fühlt sich der Zement rauh und abweisend an. Die Spitzhacke hat nur ein paar Splitter herausschlagen können, und es überrascht ihn, dass er damals eine so harte Mischung zustande brachte. Er hebt den Kopf und ruft: »Ich bin momentan nicht in der komfortablen Lage, meinem Gerechtigkeitsempfinden freien Lauf zu lassen. Ich brauche das Geld. Wenn du allerdings mehr als 10 000 Euro …«

»Kann ich nicht. Ich habe meine ganze flüssige Kohle in einen Container investiert.«

»Zigaretten?«

»I wo, ganz legal. Das hab ich dir doch schon vor einigen Wochen erzählt, Mann. Bist du senil, oder was? Sprechende Dildos. Ein ganzer Container voll mit sprechenden Dildos. Der Container kommt die Tage in Hamburg an. Aus Thailand. Eine Neuheit. Wenn man die Dildos drückt, sagen sie so Sachen wie ›May I come in‹ und ›When I come, I fill a bucket‹, oder sie stöhnen, bellen, klingeln. Plastik ohne giftige Weichmacher, voll öko.«

»Sprechende Dildos, hm? Und die geben alle die vier oder fünf Schwachsinnssätze von sich, bellen und klingeln? Keine HipHop-Dildos? Keine motherfucking-Wichser-ich-fick-deinen-Vater-Dildos?«

»Ich fick deinen Vater? Was soll denn der Scheiß? Du kannst doch keine schwulen Texte rappen, Mann, dann hast du gleich ausgeschissen. Die HipHop-Szene ist da voll konservativ, weißt du, so ostanatolisch-arabisch.«

Zwei Paddelboote gleiten fast lautlos vorbei, in jedem ein Pärchen, junge Leute, vielleicht Gymnasiasten, jeweils der Mann vorne, die Frau hinten. Sie schweigen und schwitzen, als wären sie schon seit Stunden unterwegs und hätten sich alle Neuigkeiten bereits einige Kilometer zuvor mitgeteilt. Eine andächtige Ernsthaftigkeit geht von ihnen aus – als hätten sie den Bezug zur Landschaft gefunden, sich mit allen Sinnen der Natur zugewandt. Sie hinterlassen nicht mehr als ein paar schräge Wellenlinien, die träge an der Schilfbarriere und den Pfosten des Bootsstegs lecken. Es kommt Willi vor, als habe auf den Gesichtern der jungen Leute der Ausdruck einer lange aufgesparten Vorfreude gelegen. Das kalte Weizenbier im nächsten Gartenlokal, dem vertrauten, schon des öfteren angesteuerten Etappenziel; die Boote vertäut, an Land gesprungen und einen Tisch auf der Terrasse, den vom letzten Jahr, erobert – und die Bedienung von damals kommt aus dem Haus und begrüßt sie wie alte Bekannte.

»Auf so einer Paddeltour wirkt die Welt, falls das Wetter mitspielt, bis ins kleinste Detail harmonisch«, sagt Willi, noch immer auf den grünlich schimmernden Fluss starrend. »Und genau darum geht es ja wohl auch.«

»Wirst du wieder tiefsinnig?« Arno wehrt sich mit Karatetritten gegen eine Gemeine Eselsdistel. »Fuck das Scheißunkraut, ey!«

»Alles ist akribisch geplant, die Strecke birgt keinerlei Überraschungen, zu beiden Seiten des Wasserlaufs herrscht grüne, schon parkähnliche Ordnung, Leute winken einem zu, auf Nacken, Gesicht und Armen glänzt die Ölschicht mit dem hohen Sonnenschutzfaktor, man paddelt vom Start bis zum Ziel auf einem friedlichen, wohlgeordneten Fluss und erwartet eigentlich kein Abenteuer, nichts, das einen erschrecken könnte, nein, nur ein geordnetes Naturerlebnis mit Kaffee aus der Thermoskanne und kaltem Weizenbier in einem Ausflugslokal, ein Dutzend Fotos, ein paar Erinnerungen …«

»Hier liegt übrigens deine Spitzhacke!«

Im Geräteschuppen herrschte noch nie die mustergültige Ordnung, die man in einem deutschen Geräteschuppen erwartet, doch so chaotisch – das sieht Willi auf einen Blick – hat er die Hütte im Herbst auf keinen Fall zurückgelassen. In der Bierkiste, das weiß er genau, haben sich noch sechs volle Flaschen befunden.

»Alles leergesoffen! Asoziales Pack!« Wie eine intravenös injizierte Droge explodiert der Zorn in Willis Kopf, er spürt, wie die Wut durch seine Adern strömt. Mit einem Mal kommt es ihm vor, als sei das alles –

der Einbruch in sein Grundstück, die achtlos weggeworfene Hacke, der Vandalismus, das gestohlene Bier – nicht nur ein Hinweis auf wohlbekannte Verhaltensmuster dieser Gruppe und eine Erinnerung an die Zeit der großen Sprüche, sondern mehr noch eine aufschlussreiche Momentaufnahme von ihrer Denkstruktur und ihrer verqueren, reflexionsarmen Sicht auf die Welt. Er sieht sie vor sich, sie sind jetzt Mikroben unter seinem Mikroskop. Nein, sie haben sich nur äußerlich verändert, an die Gesellschaft angedockt, sind ja auch wesensverwandt mit einem beträchtlichen Teil der Bevölkerung, was sie natürlich noch immer vehement verneinen würden. Terroristen? Nicht einmal das. Lediglich Lumpensammler, Resteverwerter ranzig gewordener Schlagworte, kleine, bösartige, mit sich selbst unzufriedene Durchschnittsmenschen.

Nicht dass Willi mit sich und seiner bisherigen Lebensbilanz zufrieden wäre. Ihm ist nicht entgangen, dass er in einigen entscheidenden Momenten die falschen Schlüsse zog. Und er bestreitet nicht, dass er seinen eigenen Ansprüchen keineswegs immer genügt. Den kategorischen Imperativ ignorierte er hier und da, und faule Kompromisse waren manchmal die Mautgebühr auf seinem hartkantigen Weg. Irgendwann war die Zeit der Sorglosigkeit und der guten Musik vorbei – als hätte jemand einen Schalter betätigt. Aber es war natürlich kein Schalter, sondern die dunkle Seite des Erwachsenseins kam zum Vorschein und ließ ihn zu einem unter Millionen hundsgewöhnlichen Erwachsenen werden. Willi hatte, abgesehen von ein paar fetten Jahren in den 80ern, die meiste Zeit kräftig zu strampeln, auf der Hut zu sein und den Kopf einzuziehen. Er kennt Typen, die wie Korken immer oben schwimmen – locker, luftig, gut drauf. Das Lockere, Luftige fehlt ihm.

»Ich mache die Schweinebande fertig, Arno, ich will sie im Knast sehen. Aber ich will auch ihr Geld, verdammt noch mal.«

Sie sitzen auf dem Steg und teilen sich den Inhalt von Arnos Flachmann, Remy Martin.

»Die Wichser sind hier eingebrochen, Mann, weißt du, was das bedeutet? Sie haben meine Intimsphäre verletzt. Das ist so, als würde jemand meine schmutzige Wäsche durchwühlen.«

»Voll krass, ey, so stasimäßig. Da fang ich doch gleich an zu rappen.« Und Arno federt hoch, gestikuliert wie Snoop Dogg und deklamiert:

»Hört mir gut zu, ihr Nillen und Fotzen,
ich sag's nur einmal, sonst muss ich kotzen
und auf eure Arschfotzen rotzen:
Verpisst euch hurtig aus dieser Stadt,
oder ich mache euch alle platt
und polier mit euch die Straße glatt.
Wer durch fremde Gärten und Taschen pflügt
und coole Typen ums Bier betrügt,
hat keinen Stolz, ist im Puff geboren,
hat schon vor der Geburt verloren,
ist ein mieser Kacker, ein Motherfucker,
ein hohler Macker, Holzhacker, Sucker,
Schnacker.
Und ich bin Super-Arno, der Orkan von der
Achterbahn,
der geile, gutbestückte Hahn, der immer kann,
egal wann,
der Mösenlecker, Reinstecker, Frauenerwecker,
der coole Checker,
der Highlander mit dem Dauerständer ...«

»Danke schön, Arno, war super – glasklare Message, treibender Beat, subtile Reime, komplexes Weltbild. – Aber vor dem Kampf muss die Muse dem

Kriegsgott weichen. Wir sollten uns einen Plan ausdenken.«

»Ist geritzt, Alter. Der erste Schritt: Wir suchen sofort eine verträumte Kneipe, bestellen eine größere Menge Bier und stecken die Köpfe zusammen. Ich habe einen Durst, als hätte ich vorhin eine Schaufel Mehl gefressen.«

Poppenbüttel: ein Reihenhaus in einer Reihenhausstraße. Die Vorgärten werden von Zwergen und allerlei niedlichen Tieren aus Ton oder Terracotta bewacht.

»So leben also Revolutionsveteranen.« Willi lacht verächtlich, riskiert aber einen bewundernden Blick auf den abseits geparkten Oldtimer, einen 220er Mercedes, vermutlich Baujahr 1960.

Freitagabend. Eine Horde junger Leute verteilt sich lärmend auf einen alten VW-Golf und einen noch älteren BMW. Motoren brüllen auf, aus zwei Stereoanlagen wummert Musik, 180 beats per minute, bubba bubba bubba bubba! Kreischende Reifen – zwei Streitwagen rasen, bepackt mit deodorierten, in der Schamgegend rasierten Abenteurern in angesagten Klamotten, dem Wochenendkick entgegen.

»Im Mittelalter hätten diese Gralssucher mit Freuden an einem Kreuzzug teilgenommen.« Willi lässt wieder einmal seine Vorurteile fliegen, und Arno kräht: »Ich auch, Alter – viel Sonne, Action, libanesisches Haschisch, Palmen.«

»Die Kreuzzüge waren verbrecherisch«, knurrt Willi ungehalten, während sie sich dem Reihenhaus Nummer 27 nähern. »Ist doch klar, dass die islamische Welt sauer ist, wenn der dümmste amerikanische Präsident aller Zeiten den Irak-Krieg als Kreuzzug bezeichnet.«

»Okay, aber Al Kaida ist doch auch voll das Mittelalter …«

»Al Kaida ist Mittelalter, die amerikanischen Kreationisten sind Mittelalter, alle brüllenden Fußballfans sind Mittelalter, die Neonazis, Ahmadinedschad, die orthodoxen Juden, die Gangsta-Rapper, die ETA, Hamas, Hisbollah, Wahabiten, Mugabe, Kim Jong Il …«

»Und Werner Koslowski.«

»Wer ist Werner Koslowski?«

»Der beknackte Wirt von meiner Stammkneipe.«

»Ach so.«

»Willst du gar nicht wissen, weshalb ich jetzt diesen Namen ins Spiel gebracht habe?«

»Ich nehme an, weil Walter Kowalski …«

»Werner Koslowski.«

»Weil Werner Koslowski dir mit dem Scheiterhaufen gedroht hat, um deine Zahlungsmoral ein wenig zu heben.«

»Hey, Alter …« Arno pfeift anerkennend durch die Zähne. »Das kommt dem Kern der Sache ziemlich nahe. Alle Achtung.«

Willi drückt auf den Klingelknopf – und schon wird die Tür aufgerissen. Klaus steht vor ihnen – oder das, was von Klaus noch übrig ist: ein verhärmtes, zum Gnom geschrumpftes Männlein, faltig und fast kahl, die verbliebenen Haare hängen wirr und verloren wie eine traurige Erinnerung an die einstige Matte über den Ohren. Der bittere Zug um die Mundwinkel, wie damals, graue Bartstoppeln, weißes Hemd mit schmutzigem Kragen. Schon damals trug er immer ein weißes Hemd mit schmutzigem Kragen.

»Hallo, Willi, ach, Achterbahn-Arno … kommt rein.«

Der Rest der Truppe sitzt im Wohnzimmer, verschwörerisch um einen ovalen Esstisch geschart: Wibke, zu einer dicken Kröte mutiert, doch noch immer mit hennaroter Lockenpracht, rechts neben ihr Erik, leptosom, mit dürrem, langem, inzwischen faltigen Hals, in dem der Adamsapfel, groß wie ein Golfball, unablässig in Bewegung ist. Seine mit Gel behandelten Haare verleihen dem hohlwangigen Gesicht mit den Raubvogelaugen einen zwielichtigen Ausdruck, während der schwarze Anzug mit dem weißen Hemd und der schwarzen Krawatte sehr geschäftlich wirkt.

An Wibkes linker Seite sitzt Bodo, ernst wie immer. Der leere Stuhl neben ihm ist wohl Klaus' Platz. Die Gestalt daneben, massig, ein mürber Fettberg in gekrümmter Haltung, als wolle er sich unscheinbar machen, ist zweifellos Torsten. Ein verwüstetes Gesicht, fahl und tot, von fettigen Haarsträhnen eingerahmt, Bluejeans, T-Shirt und Jeansjacke – wie damals. Er ist im Heroinprogramm, einer der wenigen Auserwählten, die sich täglich legal sauberes Heroin spritzen dürfen. Zudem ist er, was nicht weiter verwundert, Alkoholiker.

Gott, sehen die alle scheiße aus, denkt Willi erfreut, an denen hat die Zeit ganze Arbeit geleistet, gegen die bin ich ja bildschön.

Torsten kneift die Augen zusammen und krächzt: »Ach, du Scheiße, das ist ja Achterbahn-Arno. Lebst du auch noch?«

Arno wird zum Pittbull: »Im Gegensatz zu dir lebe ich noch, du Wasserleiche. Kein Scheiß, ey, du siehst aus wie ne beschissene Wasserleiche.«

»Hey, was soll das? Bist du gekommen, um mich anzumachen, oder was?«

»Ich bin jedenfalls nicht gekommen, um mit dir Konservation zu treiben.«

»Ich wette, du meinst Konversation«, näselt Erik maliziös.

»Fick dich, Klugscheißer! Dich konnte ich noch nie leiden!«

Bodo hebt beschwörend die Hände. »Leute, Leute, wir sollten zur Sache kommen und die Sache zügig durchziehen.«

Wibke fletscht die Zähne zu einem künstlichen Lachen. »Hallo, Willi, gut siehst du aus, äh, bevor ihr euch setzt, würde ich euch gerne noch kurz abtasten, wegen Waffen. Wir haben nämlich keine.«

Mit Wohlgefallen bemerkt Willi, wie sein Körper sich entkrampft. Er fühlt eine heitere Überlegenheit. Ich muss mich davor hüten, diesen Abend auch noch zu genießen, sagt er sich – und antwortet lächelnd: »Wibke, du bist so anziehend wie damals, aber mit Waffen können wir leider nicht dienen, weil Waffen in unserem Leben keine Rolle spielen. Also bleibt cool und versucht nicht, uns abzutasten. Das würden wir eklig finden.«

»Das kannst du laut sagen, Alter!« kräht Arno. Und Torsten fragt: »Wieso läufst du als Sechzigjähriger in HipHop-Klamotten rum? Das fällt mir jetzt erst auf.«

»Mich wundert, dass dir überhaupt was auffällt, besoffene Mülltonne. Und wenn ich schon mit dir reden muss, möchte ich dich kurz an den Fünfziger erinnern, den du mir seit 1973 schuldest.«

Torsten bläst die Backen auf. »Wie kommst du denn darauf? Ich schulde keinem was, weder dem Staat noch irgendwelchen Personen.«

»Auch auf die Gefahr hin, pedantisch zu wirken …«, Eriks näselnder, schleppender Tonfall klingt so unangenehm wie eine knarrende Tür, »… muss ich dir widersprechen, mein lieber Torsten. Du schuldest mir seit einer Woche vierzig Euro – und mich beschleicht, um unverblümt zu reden, der Verdacht, dass es keine so gute Idee war, mich erstens wieder mit dir zu treffen und dir zweitens auch noch Geld zu leihen. Eine Stimme in mir hat vehement davon abgeraten, mich mit einem, gelinde gesagt, völlig orientierungslosen, heroinsüchtigen Alkoholiker einzulassen.«

»Den Scheiß muss ich mir nicht anhören.«

»Musst du auch nicht.« Eriks Lächeln ist scharf wie eine Messerklinge.

Bodo sagt mit fester Stimme: »Das mit dem Abtasten finde ich übertrieben.«

Erstaunlicherweise stimmt Klaus ihm zu, wird jedoch sofort von Wibke angezischt: »Wie oft habe ich dir schon gesagt, du sollst erst denken und dann reden. Mein Gott, hört euch den an.«

»Du kannst mich doch nicht vor allen Leuten …«

»Schweig doch einfach! Mein Gott!«

Willi besetzt den einzigen freien Stuhl. Arno blickt sich um und entscheidet sich für ein marokkanisches Sitzkissen, schiebt es mit dem Fuß zum Tisch, nimmt darauf Platz, stellt fest, dass er kaum über den Tisch sehen kann, springt auf, stellt sich neben Torsten, wedelt gebieterisch mit der Hand und schnarrt: »Steh mal auf, Torsten!«

»Wieso das denn?«

»Tu es einfach. So. Und nun setz dich mal auf das beschissene Sitzkissen!«

Torsten setzt sich auf das beschissene Sitzkissen und fragt: »Und nun?«

»Jetzt stimmt die Rangordnung.« Arno lässt sich auf Torstens Stuhl nieder. Dabei fällt ihm die Pistole aus der Hosentasche, schlägt mit dumpfem Laut auf den Teppichboden. Er bückt sich flott und steckt sie wieder ein. »Da hat sie sich also versteckt«, sagt er grinsend und scheinbar unberührt vom allgemeinen Gezeter. »Ich hab sie überall gesucht.«

Willi lehnt sich mit verschränkten Armen zurück. Er spürt, wie der 38er Revolver in der Innentasche seiner Jacke gegen die Rippen drückt und erhebt seine Stimme, nachdem die anderen ihren Unmut über Arno ausgeleert haben. Mit zwei kurzen Sätzen stellt er klar, dass weder er noch Arno Mörder seien, im Übrigen habe er nicht die Absicht, den ganzen Abend in dieser Verbrecherrunde zu verbringen.

»Also gut.« Wibke nickt grimmig.

Torsten hebt den Kopf zu Arno und fragt raunend: »Welche Marke?«

»Beretta, neun Millimeter.«

»Wow.«

Es gibt, wie früher, den billigsten Valpolicella. »Wir haben schon gegessen«, sagt Klaus, »weil ihr ja nicht mitessen wolltet. Aber ihr habt echt was versäumt. Ich koche heute besser als damals. Heute gab's Käsenudeln – einfach Nudeln, Oregano, ein Schuss Weißwein und viel Schweizer Käse …«

Arno lacht meckernd. »Hört sich nach einem Gericht von meiner Exfrau an.«

Erik stülpt die Unterlippe vor. »Das Gericht war so raffiniert wie das Essen in einem nordkoreanischen Gulag.«

»Was weißt du denn über nordkoreanische Gulags?« Bodo schiebt angriffslustig das Kinn vor.

»Wahrscheinlich nicht mehr als du, mein lieber Bodo. Aber da die Hälfte der Nordkoreaner unterernährt ist, vermute ich, dass man in den dortigen Straflagern nicht übermäßig verwöhnt wird.«

»In den KZs sind die Menschen auch nicht verwöhnt worden.«

»Was du nicht sagst! Ich kann mich nicht erinnern, KZs jemals als Kurhotels bezeichnet zu haben. Dafür waren sie meines Wissens auch nicht vorgesehen.«

»Zyniker.«

»Nur ein Schwachkopf kann diese sachliche Aussage mit Zynismus verwechseln.«

Arno leert sein Glas, schenkt nach und steckt sich eine Zigarette an.

»Siehst du hier irgendjemand rauchen?« Wibke versucht, Autorität zu gewinnen.

»Wieso? Ist das ne Quizfrage?«

»Hier herrscht Rauchverbot!«

Arno lächelt mitleidig. »Du kennst doch die alte Regel: Wer die Knarre hat, darf auch rauchen.«

Willi steckt sich auch eine an. Wibke setzt ein ausdrucksloses Lächeln auf und mustert die Zimmerdecke. Ihr Zeigefinger klopft nervös auf die Tischplatte. Willi lässt seinen Blick von ihr zu Klaus schweifen. Haben die beiden also geheiratet, denkt er, Wibke und Klaus Schwertfeger. Damals gehörten sie zu den glühenden Verfechtern der Frauenemanzipation und des freien Geschlechtsverkehrs – wovon freilich nur Wibke profitierte. Wenn sie aus dem Bett eines anderen Mannes kam, kochte Klaus ihr einen Jasmintee und massierte ihren Rücken. Schon damals entsprach das Paar auf peinliche Weise den konservativen Vorurteilen, und jeder Frauenfeind hätte sich an dieser Beziehung ergötzt. Jetzt sind sie nur noch traurige Klischees. Als sie alle zusammen in der großen Altbauwohnung in Uninähe die Wohngemeinschaftsidee mehr schlecht als recht, aber sehr engagiert umzusetzen versuchten, schlief Wibke öfter mit Willi. Sie fuhr damals völlig auf ihn ab – und er genoss es eine Zeitlang, von ihr so maßlos begehrt zu werden, obwohl sie verklemmt und mit ihrem Aussehen unzufrieden war; meistens war sie dann angetrunken, vorwurfsvoll, misstrauisch, larmoyant und feucht. »Ich bin doch nur eine Matratze für dich«, sagte sie gerne – und: »Du bist ein typischer Macker, fickst jede Möse und machst dich mit deinen Kumpels über die dummen Frauchen, die für dich die Beine breitmachen, lustig.« Als er sie einmal aufforderte, ihm einen zu blasen, sagte sie: »Du willst mich erniedrigen. Es ist ein symbolischer Akt der Unterwerfung, wenn ich dein Sperma schlucke, aber ich mache es.« Und sie machte es mit Hingabe und Leidensmiene. Sie war klein, stämmig, mit Riesentitten und prallem Hintern ausgestattet, doch vor allem reizte Willi – das gestand er sich ein – ihr an Hörigkeit grenzendes Verlangen nach ihm. Damals hätte sie, ohne mit der Wimper zu zucken, Klaus gegen ihn ausgetauscht. Sie befand sich zu dieser Zeit offenbar in einem permanenten sexuellen Rauschzustand, war auf einmal in der Lage, den Schutt ihrer sinnesfeindlichen Erziehung beiseite zu räumen, das Rasierwasser ihres Vaters und die Hämorrhoidensalbe ihrer Mutter zu vergessen und sich in ihrem Körper wohlzufühlen. Die sexuelle Freiheit, die sie seit langem in geheimen, keiner Menschenseele offenbarten Träumen durchgespielt hatte, erlebte sie nicht mit ihrem sexuell schon beim Vorspiel überforderten Klaus, sondern mit Willi, einem mit Phantasie und enormer Triebhaftigkeit gesegneten Allesficker, und sie glaubte tatsächlich, das könne jahrein, jahraus so weitergehen, die nächsten Jahre gefüllt mit Orgasmen, schamlosen Stellungen, Erfahrungen im Grenzbereich zur Perversion, alles locker, antibürgerlich und völlig nackt.

Und Willi? Schob in jenen Wochen bei allen möglichen Gelegenheiten seinen Schwanz in ihre Öffnungen, anfangs wegen der Riesentitten und ihrer mehr und mehr dahinschmelzenden Schamhaftigkeit – später drang er nachlässig in sie ein, besitzergreifend, ja mit dem trüben Hintergedanken, sie zu verletzen, zu manipulieren.

Schließlich widerte ihn diese Beziehung an, und er ekelte sich vor den Vorstellungen in seinem Kopf. Das hatte nichts mit Klaus zu tun. Der war ohnehin verloren – ein trauriger, weicher Diener, fragil und moluskenhaft. Schon seit geraumer Zeit ging Willi die ganze verkorkste Wohngemeinschaftssituation auf den Sack – die täglichen Vermeidungsstrategien, wenn es um die Hausarbeit ging, das Gerangel um lächerliche Geldbeträge, um das Fernsehprogramm, politische Verirrungen, und nicht zuletzt Wibkes neurotische Besessenheit in allen Dingen, denen sie Wichtigkeit zuschrieb – Politik, Sex, Drogen, Wochenendeinkauf, Kaffeekochen. Er brach die Beziehung ab, und am Monatsende zog er aus – nicht ohne sich zu fragen, wer nun von den verbleibenden männlichen Kommunarden für Wibkes Vagina zuständig sein würde. Mit Erik hatte sie es einmal versucht, aber Erik war, ihrer Erzählung nach, ans Werk gegangen wie ein Klempner, der ein verstopftes Abflussrohr reinigt. Bodo war mit einer Arzthelferin liiert und eisern monogam. Torsten roch Tag und Nacht wie ein ungelüftetes Obdachlosenheim. Und Jens stand in dem Ruf, sofort zu ejakulieren, sobald eine weibliche Hand seinen Schwanz berührte. So war die Lage damals, Anfang der 70er Jahre.

Heute betreibt Wibke mit zwei anderen Frauen ein Café im Schanzenviertel und sieht aus wie ein zerbeulter Flaschencontainer. Ihr Gesicht ist aufgequollen, rötlich bis lila, was auf übermäßigen Alkoholgenuss und hohen Blutdruck schließen lässt.

Klaus kümmerte sich um den Haushalt und den gemeinsamen Sohn, der jedoch vor vielen Jahren auszog und dadurch seinen Vater in eine Sinnkrise stürzte.

»Ihr habt einen Sohn?« fragt Willi überrascht. »Ist er schwul?«

Wibke legt die Hände auf den Tisch und hebt, als wolle sie die Frage aufhalten, die gespreizten Finger. »Wieso sollte er schwul sein? Wie kommst du darauf? Er ist völlig normal. Vielleicht zu normal ...«

»Ein konservativer Bastard, wenn du mich fragst«, platzt Klaus heraus. Seine Frau zersäbelt ihn mit einem Rasiermesserblick und bellt, eine Spur schärfer als früher: »Dich fragt aber keiner! Jeder, der dich näher kennenlernt, hält dich für eine frühzeitig vergreiste Putzfrau ...«

»Also bitte! Noch so eine Gemeinheit ... Unser Sohn ist Journalist und arbeitet für ein ganz mieses Blatt, er legt auf seine Eltern keinen großen Wert und kleidet sich wie Karl Lagerfeld. Wenn das nicht ...«

»Ja, ja«, faucht sie, »erzähl doch gleich allen hier, wann du zuletzt deine Unterhose gewechselt hast, mein Gott!«

Sind die schon damals gerne vor Publikum ausgetragenen Scharmützel im Laufe der Jahre aufgrund der Gewöhnung härter geworden, oder ist es die Anspannung? Will Wibke allen noch immer ihre Härte demonstrieren? Willi registriert den verbalen Schlagabtausch wie ein Déjà-vu-Erlebnis, es kommt ihm für einen Moment so vor, als wäre er nur zum Zigarettenholen weggewesen und nun wieder zurückgekehrt in die gute alte Wohngemeinschaft. Die nordvietnamesischen Propaganda-Poster sind mittlerweile, gemeinsam mit der Wasserpfeife und dem Flokati, in den Keller gewandert.

Arno strahlt. Er scheint sich als einziger wohlzufühlen. »Ihr seid ein putziges Mörderehepaar«, kräht er. »Ich kenne ja einige Mörder aus dem Knast, aber die waren irgendwie total anders drauf.

Wahrscheinlich, weil sie im Knast saßen – und nicht in einem beschissenen Reihenhaus in einer beschissenen Neubausiedlung.«

»Du warst im Knast?« Erik spitzt die Lippen. »Da hat es dir sicher gefallen. Ich meine, jeder sollte dort sein, wo er hingehört: Türken in der Türkei, Neger in Afrika, Kriminelle im Knast.« Er grinst, erkennbar zufrieden mit sich und der Wirkung dieses Satzes auf die anderen. Arno lässt die Arme baumeln, der ganze HipHop-Quatsch wird beiseite geräumt, er zieht die Mundwinkel nach unten wie Robert de Niro in *Heat*, doch das hat er nicht aus dem Film, sondern so verzog er den Mund bereits, als er noch Achterbahn-Arno war, als Willi ihn kennenlernte. Und Willi erinnert sich, dass es dann üblicherweise sehr unangenehm wurde.

Arnos schleppender Tonfall wirkt, anders als Eriks aufgesetztes Leiern, authentisch, wie in den Zeiten der stets blutbefleckten, aufgeschrammten Fäuste. Und jede Silbe ist eine Warnung: »Du krankes halbes Hähnchen willst mich provozieren? Was glaubst du, was passiert, wenn ich die Aufforderung zum Tanz annehme? Danach siehst du so alt aus wie dein Freund Hitler aussehen würde, wenn er noch am Leben wäre.«

»Du irrst dich, starker Mann, ich bin kein Hitler-Verehrer.«

»Du bist'n Scheißnazi.«

»Ich bin in der Tat Nationalsozialist, falls du das mit Scheißnazi meinst, ja – allerdings zähle ich mich zu den linken Nationalsozialisten, die, wie jeder Geschichtsbewusste weiß, vor allem von den Strasser-Brüdern repräsentiert wurden. Gregor Strasser wurde auf Hitlers Anweisung oder zumindest mit seiner Duldung umgebracht, sein Bruder Otto floh nach Kanada.

Wenn die beiden den Machtkampf um die Parteiführung gewonnen hätten, wäre die Geschichte deutlich anders verlaufen.« Erik spricht längst nicht mehr zu Arno. Mit blasierter Miene blickt er in die Runde, als erwarte er wie ein kühler Feldherr den Gegenangriff.

An einer solchen Diskussion hat Willi nicht das geringste Interesse. Er ist alt genug, um zu wissen, dass man mit Verfechtern absurder Ideologien nicht diskutieren kann, und dennoch äußert er sich, und zwar laut: »Du hast dir schon früher eingeredet, ein kühler Kopf zu sein, aber das bist du nicht. Seit ich dich kenne, halte ich dich für einen aufgeblasenen Zyniker. Glaubst du etwa, durch den Verweis auf Gregor Strasser könntest du das peinliche Thema Holocaust umschiffen?«

»Redest du jetzt von den sechs Millionen, die angeblich in sogenannten Vernichtungslagern umgebracht wurden?« Erik scheint jeden Satz geübt zu haben. »Ach, mein lieber Willi ...«

»Ich bin nicht dein lieber Willi, du brauner Scheißhaufen.«

Torsten wirft mit einem Kopfzucken seine fettigen Haare zurück und schreit: »Erik, du warst damals ein beschissener Stalinist, heute bist du ne Nazisau, Mann, ich könnte ..., ich würde ...« Aufgewühlt greift er sich die Weinflasche, setzt sie an die Lippen und trinkt, trinkt, bis Wibke ihm die Flasche aus der Hand windet. »Bist du zu blöd, um aus einem Glas zu trinken, du Penner?«

Klaus grummelt: »Heute habe ich zum ersten und letzten Mal für einen Nazi gekocht.«

Und Bodo knurrt: »Du hast unsere Sache verraten.«

»Welche Sache?« Erik wirft ein überlegenes Lachen in den Raum. »Es gibt nur die Sache mit der

Hinrichtung. Und die habe ich nicht verraten. Wieso auch – ich war ja selbst beteiligt. Das ist eine unerhört tiefgehende Erfahrung gewesen, ein persönlichkeitsstärkendes Erlebnis, um es mit knappen Worten auszudrücken. Nur schade, dass ich diesen Kick mit einer solchen Gurkentruppe teilen musste.«

Kopfschüttelnd fragt Arno: »Ihr ermordet einen neunzehnjährigen Jungen, und du findest das geil?«

»Geil gehört nicht zu meinem Wortschatz. Aber auch im Nachhinein kann ich diese Hinrichtung nicht bedauern – schon weil dieser Herbert eine Schwuchtel war. Damals hatte ich mich ja von der aufkommenden Schwulenfreundlichkeit mitreißen lassen, aber nun, aufgeklärt und den schleichenden Untergang unseres Volkes vor Augen, finde ich es abstoßend, dass sich heutzutage alle Schwulen und ähnlich Perversen ans Tageslicht trauen, um nicht nur ungestraft, sondern, von den Medien ermutigt, ihre ansteckenden Krankheiten unters Volk zu streuen …«

Arnos Faust schießt unvermittelt vor, eine trockene Rechte, und fegt Erik vom Stuhl. »Verspritz dein Gift zu Hause auf deinem Scheißhaus, du Dreckfink!«

Während in Willi die Freude über diesen Faustschlag gegen die Ratio kämpft, schreit Torsten: »Wir sollten die braune Ratte richtig vermöbeln!«, und tritt Erik in die Rippen. Der kriecht stöhnend unter den Tisch.

»Komm unter dem Tisch hervor und setz dich wieder hin!« sagt Bodo, bemüht, seine Anspannung hinter einem forschen Ton zu verbergen.

»Aber gerne.« Erik taucht wieder auf – mit Arnos Pistole in der Hand.

»Scheiße«, sagt Arno, »die Hose ist einfach zu groß.«

Erik grinst verzerrt, tritt einen Schritt zurück, entsichert die Waffe und lädt durch. An seinem Unterkiefer ist die Haut aufgeplatzt. Ohne den Blick von Arno zu wenden, sagt er mit belegter Stimme: »Jetzt hört mal genau zu: Ich werde jetzt den Volksschädling Arno Schuster erschießen. Nicht, weil ich auf Vergeltung aus bin, sondern aus Vorsicht. Dieser Primitivling wird uns ansonsten alle ans Messer liefern. Ich werde ihn zum Tode verurteilen und sein Henker sein. Anschließend werden wir ihn gemeinsam in Willis gepflegtem Garten an der Dove-Elbe beisetzen. Ihr alle werdet mithelfen. Auch du, lieber Willi. Wir werden eine schöne verschworene Gemeinschaft bilden – und du, Willi, wirst dein Grundstück nicht verkaufen, weil du diesmal beteiligt bist, was uns eine Menge Geld erspart. Immerhin sollte ich 10 000 Euro zur Kaufsumme beisteuern. Ich habe das Geld hier in meiner Jackentasche, und es hätte mich echt geschmerzt, es ausgerechnet dir, Willi, in den Rachen zu schmeißen.«

»Nun hör aber auf, Erik«, keucht Klaus. Er ist so bleich wie Torsten. »Du kannst doch in unserem Haus nicht einfach jemanden erschießen.«

Erik richtet die Waffe auf Arnos Kopf. »Der Einwand ist nicht unberechtigt. Also hol Decken oder Plastikplanen, damit euer Scheißteppich nicht versaut wird, aber beeil dich!« Er wirkt beunruhigend zielstrebig, und keiner der Anwesenden zweifelt an seiner Entschlossenheit. Bodo erhebt sich. »Du hirnverbrannter Narr, du warst schon damals neben der Spur.«

Willi hat eine Entscheidung getroffen – innerhalb von Sekunden hat er sich entschieden. Sein Herz pocht gegen die Rippen, als wolle es den Körper verlassen. Die Hand umschließt den Revolvergriff, der Daumen spannt den Hahn. Die Hand zieht den Revolver aus der Jacke, richtet ihn auf Erik, als der für einen Moment die Augen auf Wibke richtet und etwas sagen will, der Zeigefinger krümmt sich, Rückstoß und Knall erfolgen gleichzeitig.

Erik öffnet den Mund und stürzt wie ein gefällter Baum zu Boden. Aus dem Loch in seiner Schläfe sickert Blut.

»Du hast ja auch eine Waffe!«, hört Willi jemanden, vermutlich Bodo, rufen. Es klingt gedämpft, wie durch eine Glasscheibe. »Fuck, ey!« ruft Arno. »Danke, Willi, du hast was gut bei mir.«

Der Glockenton in Willis Kopf ebbt langsam ab. Die Hand mit dem Revolver hängt schlaff, leicht pendelnd, an seiner Seite. Willi ist sich nicht ganz sicher, ob das alles hier Realität, also sein tatsächlich soeben in einen Abgrund gestürztes Leben ist – oder der Flashback eines neulich im Fernsehen nur mit Mühe ertragenen B-Movies. Womöglich, denkt er – und wundert sich nebenbei über diesen Gedanken – führt der Konsum gewaltverherrlichender Scheißfilme hin und wieder zu einem unangenehmen Flashback.

In das allgemeine Entsetzen hinein ruft Torsten: »Oh Scheiße, ich muss kotzen!« und taumelt aus dem Zimmer. Panik glitzert in Wibkes Augen, und Willi meint, ihre Gedanken lesen zu können, wirre, huschende Gedankenfetzen: der Knall, das Loch im Kopf, der Teppichboden, was geht hier vor? Gefängnis?

Willi versucht, die Ratio nicht in der Emotionenflut ertrinken zu lassen. Wenn Torsten, der labile Sack, durch das Toilettenfenster verschwindet, lässt sich die Situation nicht mehr beherrschen – aber vermutlich ist sowieso alles verloren. Dieser Knall, der noch immer in seinem rechten Ohr zu hallen scheint, muss ja auf der Straße und in den umliegenden Häusern gehört und richtig gedeutet worden sein. Heutzutage weiß jedes Kind, wie sich ein Schuss anhört. Er starrt abwechselnd auf den Toten und auf den Revolver, der ihm plötzlich wie ein tückisches, Gleichgültigkeit und Neutralität vortäuschendes Tier vorkommt. Er hat mit diesem Tier soeben einen Menschen getötet. Heute fällt wirklich Scheiße vom Himmel, denkt er, die Zukunft, der Fetzen Zukunft sieht verdammt düster aus. Mit einem Mal – ich treffe mich mit diesen Gespenstern aus der Vergangenheit, und zack gerät mein Leben in eine Geisterbahn.

Klaus wird von einem Schüttelfrost gepackt. Er sinkt auf seinen Stuhl und schreit: »Warum hat mich heute morgen niemand vor diesem Abend gewarnt? Was muss ich denn noch erleiden? Ist das die Strafe?«

»Ja, stell dich doch gleich mit nem Megaphon auf den Jungfernstieg und erzähl allen Leuten von deinem traurigen Leben als Hausmann!« brüllt Wibke. Ihr Gesicht ähnelt einer überreifen Erdbeere, aus dem Badezimmer dringen Würgegeräusche. Sie wird gleich einen Schlaganfall bekommen, fürchtet Willi im Stillen und hofft andererseits, Torsten, der sich im Bad auskotzt, würde an seinem Erbrochenen ersticken.

Arno erhebt sich und sagt mit drohendem Unterton: »Sag jetzt bloß nichts Falsches, Wibke!« Er stößt Bodo, der sich nach der Waffe bückt, beiseite und verstaut die Pistole in seiner Hosentasche. »Wenn du nicht gehandelt hättest, Willi, läge ich jetzt auf diesem schönen Teppichboden – also mach dir keine Vorwürfe. Prima Schuss, direkt in die Schaltzentrale. War sicher nicht dein erster …, wie heißt das noch? … finaler Todesschuss, was? Ja, entschuldige, ich bin manchmal ein Steinzeitmensch.«

»Ein Homo erectus«, raunzt Willi gereizt, obwohl er spürt, dass ihn Arnos derbe Unbedarftheit ein wenig abkühlt. Der Weltuntergang scheint zur Stunde noch nicht stattzufinden. Obwohl man da natürlich nicht so sicher sein sollte, denn Arno würde den Weltuntergang womöglich auch zu spät mitkriegen.

Torsten hat das Bad verlassen. Er lehnt sich an die Kommode neben eine fast volle Flasche Oldesloer Doppelkorn, die ihm seit seiner Ankunft zuzwinkert. Einen Moment ringt er mit sich – und gewinnt. Als sei es eine Selbstverständlichkeit, schraubt er den Verschluss von der Flasche und gönnt sich einen guten Schluck – was Wibke nicht entgeht, aber sie ist damit beschäftigt, den Überblick zu gewinnen, die Situation zu beherrschen und den weiteren Verlauf des Abends zu steuern. Sie setzt das Knallharte-Powerfrau-Gesicht auf, ihr Schweißgeruch kommt Willi vertraut vor, und er fragt sich, ob und mit wem sie noch regelmäßig vögelt.

»Sieht so aus, als hätte sich die Geschäftsgrundlage geändert«, sagt sie, ihm einen geschäftsmäßigen Blick zuwerfend. »Auf einmal gehörst du zum Klub. Übrigens hast du, sozusagen als unwissendes Werkzeug der Gerechtigkeit, soeben Herberts Mörder hingerichtet. Erik war's, der Herbert 1974 umgebracht hat – er allein. Wir brauchen dein Grundstück nicht mehr. Damals wollten wir Erik davon abhalten, aber er war richtig scharf darauf. Stimmt's?« Ihr Blick schweift zu den anderen. Torsten erkennt sofort seine Chance, greift zur Schnapsflasche, nimmt einen weiteren Schluck und sagt gedehnt: »Klar stimmt das. Erik war ein Perverser. Er war richtig geil darauf, die Waffe zu benutzen.«

Bodo schüttelt den Kopf. »Das führt zu nichts, Wibke, da spiele ich nicht mit. Du hast damals den ersten Schuss abgegeben und dann Klaus die Pistole in die Hand gedrückt – da hat Herbert noch gelebt. Ich habe diesen Abend noch genau vor mir. Du wolltest uns zeigen, wie hart du bist, wie konsequent und kompromisslos. Den Führungsanspruch hat dir ohnehin nur Erik streitig gemacht. Nach Klaus haben Jens und Torsten je einen Schuss abgegeben, Erik hat den Rest des Magazins in Herberts Brust geballert, und ich habe dann nur noch symbolisch den Abzug betätigt. So ist es gewesen. Und nun, weißt du, ich fasse es nicht, dreiunddreißig Jahre später scheinst du abermals den Weg bestimmen zu wollen, du verbitterte, boshafte Krähe. Und überhaupt glaube ich, wir haben damals an der Leiche und den Plastiksäcken jede Menge Spuren hinterlassen. Deine ganzen perfiden Spielchen haben mich zum Mörder werden lassen.«

»Jetzt bleib mal auf dem Teppich!«, schreit Wibke. »Wir waren uns damals alle einig! Ich kann mich nicht erinnern, dass du damals vehement dagegen warst!«

»Ich habe damals gesagt, ich fände die Aktion überstürzt, habe dann allerdings mitgemacht, das ist wahr, weil ich die Gruppe nicht sprengen wollte.«

»Wir waren damals in einer schwierigen Lage. Notstandsgesetze, Berufsverbote, viele Genossen wurden im Knast fertiggemacht. Wir dachten damals, wir hätten die Pflicht, uns zu wehren.« Klaus legt seine Hände artig auf die Knie, spricht mit brüchiger Stimme: »Wir glaubten alle, die Freiheiten, die wir uns seit 1968 erkämpft hatten, würden wieder beschnitten. Die toten Studenten auf dem Campus von Kent, Ohio, gingen uns nicht aus dem Kopf, und nicht nur wir sahen die Dinge so.«

Eigentlich will Willi darüber keinesfalls reden. Es plätschert einfach so aus ihm heraus: »Hoffentlich willst du uns jetzt nicht auch noch erzählen, dass nicht etwa Herbert, sondern ihr zu bedauern seid, du verdammter Schwafler. Wir waren im Recht, wir waren unschuldig und hatten die Absicht, die Gesellschaft auf positive Weise zu verändern – bis ein paar Exzentriker ihren Hass mit Politik verwechselten, Leute umbrachten und für Typen wie euch zu Vorbildern wurden.«

Torsten lallt wirres Zeug, glotzt, mit Anzeichen von Panik in den Augen, auf die leere Schnapsflasche, die er schüttelt, als wolle er sie dadurch zwingen, noch einen Tropfen abzugeben. Dann sieht er, wie Arno ein Bündel Geldscheine aus Eriks Jackentasche zieht, und diffuse Sehnsucht stiehlt sich in seinen Blick.

»Die Zehntausend«, sagt Arno, mit den Scheinen wedelnd wie ein Hütchenspieler. Klaus, im Moment nicht erreichbar, schluchzt vor sich hin, Bodo murmelt: »Scheiß auf das Geld.«

»Das sagst du so.« Arno grinst gemein. Wibke stemmt die Hände auf den Tisch und sagt mit Ungeduld in der Stimme: »Also kurz und gut, lieber Willi, nach unserer Auffassung befanden wir uns damals tatsächlich im politischen Widerstand, und wenn es weniger Maulhelden und mehr Aktivisten gegeben hätte, wäre die Sache womöglich anders ausgegangen. Das schlechte Image, das wir heute haben, verdanken wir doch keiner objektiven Geschichtsschreibung, es ist doch wie immer: Der Sieger bestimmt, was gut und böse ist. Alles, was wir taten, geschah aus reiner Überzeugung. Der, den wir liquidiert haben, wollte uns verraten, uns und die Revolution.«

»Genau«, lallt Torsten. »Wenn wir gesiegt hätten, wären wir heute heilig.«

Plötzlich ist Willi von unerträglichem Abscheu erfüllt. Die Leiche, so malerisch auf dem Teppichboden ausgebreitet, wirkt wie das Opfer in einem Edgar-Wallace-Film – aber noch schlimmer sind die gesprochenen Sätze; sie klingen in seinen Ohren wie ein Echo aus der Vergangenheit, ein grollender Widerhall der Endlosdiskussionen und der pseudopolitischen Rituale, mit denen tausend längst vermoderte Kneipenabende vollgemüllt wurden, damals, in der guten alten Zeit – nein, nein, die gute alte Zeit war ja noch früher, war ja vor dem Sündenfall. Und was genau war der Sündenfall? Das ist die Frage. Die Kaufhaus-Brandstiftungen 1968, die Gründung der DKP, Charles Manson, der Tod von Brian Jones? Oder, noch früher, Elvis Presleys Verrat am Rock'n'Roll, Brechts und Sartres Verteidigung menschenverachtender Regimes, die Erfindung des Fernsehens? Herrgott, ist es möglich, denkt Willi, dass ich die wirklich gute alte Zeit gar nicht erlebt habe, weil sie schon mit der Erfindung des Verbrennungsmotors, des Telefons, des Kokains oder gar der Guillotine das Zeitliche gesegnet hat? Vielleicht ist die gute alte Zeit nichts weiter als eine Lüge – schon immer gewesen – der Altgewordenen, die von der Jetztzeit überfordert sind. Wie komme ich eigentlich in diesem Zusammenhang auf Kokain?

Willi steckt den Revolver ein, setzt sich an den Tisch, schraubt den Verschluss von einem Silberröhrchen, in dem er sein privates Koks mit sich führt, kippt das weiße Pulver auf die Tischplatte, formt eine beachtliche Linie und zieht die Hälfte davon durch einen zusammengerollten Geldschein in seine Nase. »Willst du auch …?« Arno beugt sich bereits über die andere Hälfte, und Wibke findet ihren strengen Tonfall wieder. Das sei ja wohl das Letzte, sie dulde solchen Scheiß nicht in ihrem Haus, ausgerechnet Kokain, mit dem die Contras und die exilkubanische

Mafia ihre Waffen und Villen bezahlten – und überhaupt bestehe dieser Scheißabend aus einer ununterbrochenen Folge von Verstößen gegen ihre, Wibkes, Prinzipien, und das in ihrem hart erarbeiteten Haus, sie verfluche den Tag, an dem sie Willi und Arno kennengelernt habe. Ja gut, die Sache mit Herbert damals sei ein Fehler gewesen, ein schlimmer Fehler, doch die Intention dahinter, die sei sauber und richtig gewesen, und vor solchen Typen wie Willi und Arno, süchtigen Dealern ohne Rentenversicherung und ohne gesellschaftspolitische Visionen, brauche sie sich noch lange nicht zu verstecken.

Arno wischt die Koksreste von seiner Nase, reckt sich wie ein zufriedener Kater und schnarrt: »Spiel mit deinem Dildo, schleimige Schnecke. Wir gehen jetzt einfach, Willi und ich. Dann könnt ihr in deinem hart erarbeiteten Haus mit Erik weiter Party feiern.«

»Kann ich auch ne Linie haben?« nuschelt Torsten ohne allzu große Erwartungen.

»Du kannst einen Satz Ohrfeigen haben«, knurrt Arno angewidert, schiebt schnüffelnd seine Nase vor, blickt auf Torstens Hose. »Du hast dich vollgepisst, Mann, ich denke die ganze Zeit, hier stinkt's doch nach Pisse.«

»Ist es denn Pisse und nicht etwa Doppelkorn?« Seit dem Erlebnis an der Außenalster weiß Willi, wie schnell man unter falschen Verdacht geraten kann.

»Doppelkorn stinkt nicht nach Pisse.« Da hat Arno natürlich recht. Torsten sagt mit einem unvermuteten Anflug von Scham, es sei Pisse und er brauche eine Hose, jemand müsse ihm eine Hose leihen.

»Oben hängt noch der Konfirmationsanzug unseres Sohnes«, murmelt Klaus kraftlos. »Aber der wird dir nicht passen.«

Bodo legt die Stirn in Falten. »Ihr habt euren Sohn konfirmieren lassen? Waren wir nicht alle der Meinung, Religion sei ein typisches Unterdrückungsinstrument der herrschenden Klasse?«

»Wir haben's wegen meiner Mutter getan.« Wibke wirkt verunsichert.

»Nichts da, von wegen! Ihr wolltet auf Nummer Sicher gehen! Mann, ist das alles widerlich! Bourgeoise Heuchler! Man muss sich ja nur euren getrimmten Vorgarten ansehen!«

Maßlose Wut rettet Wibke aus der Verunsicherung. »Du eindimensionaler SED-Arsch weißt über uns gar nichts! Wer bist du denn, du …, du furztrockener Dogmatiker, du Single, Taxifahrer!«

Klaus setzt noch einen obendrauf: »Glatzkopf!«

»Wieso nennst du mich Glatzkopf?«, fragt Bodo verblüfft. »Du hast doch selbst kaum noch Haare auf dem Kopf!«

Nachdem das Zittern aufgehört hat und das Gehör wieder normal funktioniert, fühlt Willi sich ein wenig sicherer. Er unterbricht die anderen mit Bestimmtheit, um endlich eine klare Linie in den Abend zu bringen, und vor allem, um möglichst bald aus diesem Haus, aus diesem Stadtteil verschwinden zu können. Er sagt, er habe sich die Sache nun überlegt. Das Grundstück werde er keinesfalls verkaufen, aber er verlange dennoch das vereinbarte Geld, und sobald er die Kohle habe, erlaube er Wibke und Co., sich eine Woche lang, gewissermaßen als Urlauber, auf dem Grundstück aufzuhalten, um Herberts sterbliche Überreste zu entfernen. Sollte dieser Deal nicht zustande kommen, beabsichtige er, erst seinen Anwalt und dann die Polizei einzuschalten.

»Jetzt mal sachte, lieber Willi …«

»Ich bin nicht dein lieber Willi, verdammt noch mal!«

»Okay, okay, jedenfalls hat sich mit Eriks Tod die Lage verändert. Das siehst du doch wohl ein. Also sind die Sprüche, die du dir auf dem Weg hierher ausgedacht hast, Schnee von gestern.« Wibke presst sich ein starres Grinsen ab. »Wir sollten also bei der Verhandlung in Betracht ziehen, dass der von dir Erschossene ebenfalls in deinem Gärtchen landen wird.«

»Hier wird nicht verhandelt, Wibke.« Willi würzt sein Lächeln mit Chili, in seinem Hinterkopf läuft, von ihm mit stiller Wehmut registriert, *How Can I Protect You* von Alabama 3. »Ihr habt mich abermals in den Morast gezogen, als wäre die Scheiße damals nicht genug gewesen. Weißt du, eigentlich wollte ich mir an diesem Abend drei Folgen der zweiten Staffel von *The Shield* reinziehen – stattdessen befinde ich mich seit anderthalb Stunden in deinem Hexenhaus, habe einen Menschen erschossen, den ich ebenso wie dich und die anderen Idioten hier nie mehr wiedersehen wollte, und kämpfe seitdem mit dem Bedürfnis, dir ins spießige Wohnzimmer zu kotzen. Also: Morgen um zwölf treffen wir uns im Café *Wirth* in der Mönckebergstraße. Die 10 000 von Erik behalte ich als Anzahlung, ihr habt das restliche Geld dabei. Um den guten Erik braucht ihr euch nicht zu sorgen, habe ich soeben überlegt. Arno und ich nehmen ihn mit, da ihr ja zu blöd seid, eine Leiche verschwinden zu lassen.«

»Ich will'n Anteil von der Kohle«, lallt Torsten, »denn schließlich bin ich ebenfalls ein Mitwisser. Diesmal lasse ich mich nicht verarschen. Ich finde nämlich eins ganz schön merkwürdig: Alle, die damals mit Herbert zu tun hatten, stehen einigermaßen gut da, während ich eine arme Sau geblieben bin.«

Wibke kneift ihn ins Ohr und säuselt: »Du kriegst von mir feinstes Heroin, wenn du brav bist.«

Den Kopf schüttelnd und mit dem Zeigefinger die verqualmte Luft zerfetzend, sagt Torsten, er verlange von diesem Arschloch Willi einen Tausender, oder er lasse die ganze beschissene Sache platzen. Er könne sich als Kronzeuge zur Verfügung stellen, außerdem sei es ihm mittlerweile scheißegal, ob er sein Leben im Knast oder in seiner verschissenen Einzimmerwohnung in Stellingen vergeude.

Wibke kneift erneut in sein Ohr, sie murmelt, ihre Wut nur mit Mühe zähmend: »Wir sorgen für dich, Torsten, mach dir keine Gedanken. Morgen kriegst du deinen Anteil in Form von erstklassigem Heroin. Und nun hältst du erst mal die Klappe.«

Arno stößt einen Schmerzensschrei aus und tippt sich an die Stirn. »Du machst hier Terror, weil wir koksen – und ihm versprichst du Heroin? Du tickst doch nicht richtig.«

Klaus hebt den Kopf. »Oben steht ein großer Wäschekorb. Da können wir den Nazi unterbringen, ohne ihn zersäbeln zu müssen!«

»Patentes Kerlchen«, sagt Arno mit Respekt in der Stimme.

»Wohnt Erik allein?« Durch Willis Kopf flattern zahllose Szenen aus Fernsehkrimis, vereinigen sich zu einem massiven Block aus purer Bedrohung. »Wer wird die Sau vermissen? Wem hat er mitgeteilt, wo er hinfährt? Steht sein Auto hier herum?«

Klaus antwortet wie ein braver Schüler: »Er wohnt in Horn, teilt sich eine Wohnung mit einem ehemaligen Skinhead, der behauptet, vor einiger Zeit Bodyguard von Horst Mahler gewesen zu sein. Ob die zwei sehr vertraut miteinander sind, weiß ich nicht, kann ich mir aber nicht vorstellen, da Erik noch nie mit jemandem sehr vertraut war und sich der Glatze sicher haushoch überlegen fühlte. Er ist mit dem Taxi gekommen, aber schon eine Straße vorher ausgestiegen, wegen Vorsicht.« Hier gönnt sich Klaus ein kurzes Kichern.

»In seiner Wohnung muss noch der Schmalfilm von damals liegen. Vielleicht hat er die Aufnahmen auf DVD gebrannt.«

Wibke säuselt mit hämischem Unterton: »Der Film ist in guten Händen, Willi. Den haben wir. Seit damals.«

Die Vertreibung aus der Burg

»Hat ja tatsächlich geklappt. Ehrlich gesagt, hab ich bis zuletzt von Wibke irgendeine Finte erwartet.« Die Aktentasche in Willis Hand wirkt unscheinbar. Sie stehen im Sonnenlicht auf der Straße, von Passanten umflutet, und Willi kann sich sehr gut vorstellen, jeden Moment von der Bombe eines Selbstmordattentäters zerrissen zu werden.

Arno nickt. »Ist mir'n Rätsel, dass du die Torte mal gefickt hast. Mieser Charakter. Aber klar: Mördertitten.«

»Damals fand ich sie ziemlich geil. Ich hab das Verhältnis echt ne Zeitlang sehr genossen. Zu der Zeit waren wir alle, wenn auch unbewusst, ziemliche Macker. Vermutlich hausen noch heute Reste davon in mir.«

»Okay, genug gesülzt!« Arno scheint unruhig zu sein. »Achte auf die Kohle, Alter, wir sehen uns morgen.«

In Willis Aktentasche befinden sich 70000 Euro. Er hat nachgezählt. Wibke, Klaus und Bodo haben sich gleich verdrückt, sind vermutlich sofort zu dem Grundstück gefahren. Torsten ist nicht dabei gewesen. »Torsten wird allmählich weich in der Birne«, hat Wibke sibyllinisch gemurmelt.

Die letzte Nacht ist eine zähe, anstrengende Angelegenheit gewesen, und Willi hat sich nicht nur einmal gefragt, wieso sein seit Jahren recht eintöniger, aber recht übersichtlicher Lebensweg, der immerhin mit interessanter Literatur, annehmbarem Rotwein und, seit den *Sopranos*, mit intelligenten amerikanischen Fernsehsendungen gepflastert war, plötzlich in diesen Abgrund führen konnte.

Geisterstunde. Das Reihenhausviertel war so still wie ein verlassenes Krematorium. Sie schoben den Korb in Willis Kombi und fuhren durch die nächtliche Stadt, über die Schnellstraße und dann auf den Deichstraßen zur Dove-Elbe. Drei, vier Stunden benötigten sie, um das Loch neben dem Geräteschuppen zu graben, den Korb mit Eriks Leiche darin zu verstauen, dann wurde das Grab mit der ausgehobenen Erde gefüllt, die sie feststampften und mit dem sorgsam ausgestochenen Unkraut bepflanzten und wässerten. Im Morgengrauen schlief Arno ein, mit dem Rücken an den Schuppen gelehnt, die Basecap ins Gesicht gezogen, ein erschöpfter Nachtarbeiter. Willi stapfte durch die Wiese, ging auf dem Steg in die Hocke, starrte ins schimmernde Tintenwasser, müde, selbst der Illusionen müde, durstig und verloren. Dieses Loch in der Stirn, das Blut, die helle Hirnmasse, der ausdruckslose Blick, der aus Erik, den er seit beinahe vierzig Jahren kannte, einen vollkommen Fremden machte, der mit Tabakqualm und Schweiß vermischte Lavendelduft des Wohnzimmers, Erbrochenes in Torstens Mundwinkeln, feiner Speichelsprühregen aus Wibkes Mund, als sie sich, womöglich zu ihrer eigenen Verblüffung, dem Seitenfenster des Opels genähert und versöhnlich in Willis Ohr geraunt hatte: »Du, ich denke übrigens ab und zu noch gern an die alten Zeiten.«

Er hatte sie mit harten Koksaugen angesehen und geantwortet: »Wenn ich an die alten Zeiten denke, fallen mir jedes Mal fünfzig bis sechzig üble Beleidigungen ein, die ich dir gern ins Gesicht brüllen würde.« Und in dem Moment, in dem er das gesagt hatte, war es ihm wie ein Spruch aus einem zweitklassigen Gangsterfilm aus seiner Jugend vorgekommen.

Oben auf der Straße fuhren die Bewohner der winzigen Vierländer Ortsteile bereits in taufeuchten Autos zur Arbeit. Es war kühl und frühlingsfrisch. Willi stellte sich den Geruch frisch gebrühten Kaffees und warmer Brötchen vor. Mit entschlossenen Schritten eilte er zum Schuppen, bohrte einen Finger in Arnos Rippen und drängte zum Aufbruch.

Zu Hause verstaut er das in Alufolie verpackte Geld, zusammen mit zwei Zehn-Gramm-Tütchen Kokain, im Terracottatopf der Phönixpalme, die er dazu samt Erdreich aus ihrer engen Behausung heben muss, wohl wissend, dass diese Aktion den Tod der siechen Pflanze, seines einzigen Zimmergewächses, bedeuten könnte.

Zweimal klingelt das Handy. Kunden. Er hat heute keine Zeit für seine Kunden.

Das Innere des Kühlschranks ist so übersichtlich wie das Wattenmeer bei Ebbe. Muss gleich noch was einkaufen, überlegt er, während er die letzte Scheibe Schinken in den Mund schiebt und den letzten Orangensaft in ein Glas gießt. Zu *Birth, School, Work, Death* von den Godfathers lässt er sich in einem Sessel nieder und schließt die Augen. Nachher kommt Carmen, fällt ihm ein. Hab schon lange nicht mehr gefickt, aber mit Carmen wird das nichts mehr. Sie sieht zur Zeit so sexy aus wie ein überfüllter Linienbus. Kann man nichts machen. Ich sehe zwar auch nicht aus wie Brad Pitt, möchte aber trotzdem keinen Sex mit einem überfüllten Linienbus. Erstaunlich, wie locker Arno die Sache verkraftet hat. Er ist, wie man so sagt, dem Tod in letzter Sekunde von der Schippe gesprungen und hat seine Angst, den Knall und das Blut verbannt wie einer, der sich mal eben die Zigarettenasche von der Hose wischt. Schon ein irrer Typ. Ein Proll, aber souverän. Auf jeden Fall keiner, der im Fußballstadion, mit Vereinsschal und anderen Stammeszeichen behängt, inmitten eines sogenannten Fanblocks singend und brüllend ein fades Gemeinschaftserlebnis, den Kollektivkick, sucht. Er wohnt seit Jahrzehnten auf St. Pauli, kennt Gott und die Welt, boxt seit den 50er Jahren zweimal wöchentlich in einem Boxstall in einem Hinterhofgebäude in der Thadenstraße, seine Stammkneipe ist eine muffige Kaschemme in der Erichstraße, doch er denkt anders als der Durchschnitt seiner Bekannten – er denkt wie ein durchgeknallter Hippie auf Speed. Und plötzlich, als hätte ihn diese Nacht reifen lassen, ist die HipHop-Phase abgeschlossen. Heute ist er in braunem Samtanzug aus den 70er Jahren und mit weißem Schillerkragenhemd im Café *Wirth* aufgetaucht.

Die Musik ist geil. Godfathers. Seit Jahren nicht gehört. Gleich kommt Carmen. Dann ist andere Musik angesagt. Norah Jones, Edith Piaf …

Dann schläft er ein.

Und erwacht, als feuchte Lippen seine Stirn verkleben.

»Hey!« ruft er verwirrt, reißt abwehrend die Hände vors Gesicht, peilt kurz die Lage und beruhigt sich. Carmens Atem riecht nach Ouzo. Sie tritt einen Schritt zurück, fährt mit gespreizten Fingern durch ihr Haar. »Mensch, Willi, dich zu wecken ist gefährlicher als ein Spaziergang durch Bagdad. Hast du mich erschreckt. Hattest du Alpträume, ein schlechtes Gewissen, die übliche Paranoia?«

»Du hast mich erschreckt. Wenn jemand, der glaubt, in seiner Wohnung allein zu sein, von jemandem, der nicht er ist, geweckt wird, reagiert er eben so. Wie bist du eigentlich reingekommen?«

»Dreimal darfst du raten: durchs Fenster? Tür aufgebrochen? Schlüssel benutzt?«

»Hatte ich die Riegel nicht vorgeschoben?«

»Auf so eine dumme Frage antworte ich nicht.«

»Ich hatte die Riegel also nicht vorgeschoben.« Willi beugt sich vor, massiert sein Genick. »Ich werde nachlässig. Weil ich dauernd im Stress bin. Stress ist wie ein Sturm, der dir ständig das Feuer ausbläst, wenn du dir eine Zigarette anzünden willst. Zu viele Menschen – das ist der Knackpunkt. Und da habe ich die lächerliche Befürchtung zu vereinsamen. Die Realität sieht anders aus: Ich kollidiere von morgens bis abends mit Menschen der übelsten Sorte und werde täglich mit allen Dimensionen des Wahnsinns konfrontiert ...«

»Soll ich wieder gehen? Um dir meinen Wahnsinn zu ersparen?«

»Weshalb solltest du gehen? Wir sind doch verabredet.« Irritiert blickt er sie an, der Anisgeruch stört ihn.

»Du weißt deine Begeisterung aber gut zu verbergen.«

»Ich freue mich über deinen Besuch.«

»Normale Menschen zeigen ihre Freude gewöhnlich durch das Verziehen ihrer Mundpartie zu einem sogenannten Lächeln. Die extreme Spielart des Lächelns, bei der sogar die Zähne freigelegt werden, nennt man Lachen.«

»Wie spät ist es?«

»Ich war pünktlich.«

»Soll ich jetzt kombinieren? Aber ich hab ja ne Armbanduhr.« Er blickt auf sein Handgelenk.

»Wieso erwähnst du deine Armbanduhr? Du trägst immer eine Uhr. Geht es dir nicht gut? Ich mache mir Sorgen um dich. Ich mag dich sehr. Das weißt du doch. Oder?« Sie lässt sich auf das Sofa plumpsen, spitzt den Mund und rülpst.

»Hast du getrunken?«

Sie kichert mädchenhaft. »Erraten, Herzchen, geschluckt und gepichelt. Mit drei englischen Philatelisten, die mir reichlich DDR-Marken abgekauft haben. Wir waren in der Kneipe neben meinem Laden – und da hab ich dauernd an dich gedacht. War schon komisch. In dieser netten Runde war ständig Willi, Willi in meinem Kopf.« Nun ähnelt sie einem depressiven Bernhardiner. »Und ich hab mir überlegt, du bräuchtest vielleicht meine Hilfe. Ich war dir gegenüber oft unfair oder so, hab ich mir auch überlegt … Hol mal was zu trinken!«

Als Willi mit einem kalifornischen Rotwein von Mondavi und zwei Gläsern wiederkommt, stellt er fest, dass seine Freundin es sich inzwischen gemütlich gemacht hat. Carmen thront im Lotossitz auf dem Sofa, ihr zeltartiges Gewand bedeckt mehrere Quadratmeter des Fußbodens, die entblößten Brüste liegen schwer auf ihrem Bauch. Er starrt auf das warme, mit Fett und Haut umgebene Fleisch – und sieht vor sich Eriks kalten, dürren Körper, der zugeschaufelt wird und schließlich unter feuchter, schwerer Erde verschwindet.

»Ist dir warm?«

»Keine Angst, ich will nicht mit dir vögeln – aber ich erlaube dir, mit meinen Brüsten zu spielen und dir einen runterzuholen. Ach, Willi, ich habe so viel an dir gutzumachen.« Wieder dieser Bernhardinerblick. Viele Singles haben diesen Hundeblick, denkt Willi unangenehm berührt, die unter ihrer Einsamkeit in ihren Eremitenwohnwaben leidenden Singles. In der Geschichte der Menschheit ist dieses Phänomen ganz und gar neu, erst ein paar Jahrzehnte alt. Ich habe mich in Carmen fundamental geirrt. So deutlich sehe ich das jetzt erst. Wieso war ich der festen Ansicht, sie wäre eines jener seltenen Singleexemplare, das sein Alleinsein nicht nur gut verkraftet, sondern darüber hinaus ganz überlegt jeder Art von Wohngemeinschaft vorzieht. Dass Carmen in ihrer kleinen Eimsbütteler Wohnung genauso leidet wie alle anderen Singles in ihren kleinen Wohnungen, beunruhigt Willi ebenso wie der Einblick in ihr Innerstes, auf den Kern ihres Wesens. So tief hat er nie in sie hineinblicken wollen, fällt ihm dabei ein.

Sie leert ihr Glas mit einem Zug, reißt die Augen auf, hebt die Hände, als huldige sie einer Gottheit. »Ich will ein Kind«, stößt sie hervor, »von dir – jetzt!«

»Mo – ment!« Willi verschluckt sich, hustet, umschließt sein Glas mit beiden Händen, als wolle er sich daran festhalten, mit Schwitzhänden. »Du bist eine alte Frau – nein, nicht richtig alt, entschuldige, nur im Vergleich zum gebärenden Durchschnitt, über vierzig, also in der Blüte des Lebens – aber zu alt für eine Mutterschaft, weißt du, ich glaube, du sagst das jetzt nur, weil du gerade etwas depressiv bist, weil du nach einem Sinn suchst, wie viele in diesem Alter. Du …, du warst manchmal unfair zu mir – das stimmt vermutlich, mit objektiven Augen betrachtet, und deshalb willst du ein Kind. Um einen besseren Menschen zu erschaffen, von deinem Blut, aber ohne deine Fehler …«

Sie öffnet den Mund zu einer Antwort, doch Willi hält ihr eine Handfläche wie eine Polizeikelle vors Gesicht. »Und überhaupt, ich meine, Carmen, du hast keine Ahnung von dem, was da auf dich zukommen könnte – man liest das doch täglich, diese ekelhaften Begriffe wie postnatale Depression, präsenile Bettflucht …«

»Präsenile Bettflucht? Hast du sie noch alle? Warum musst du jeden Begriff, der gerade durch dein Hirn flattert, in deine ohnehin wirren Sätze einbauen? Und was weißt du denn schon über postnatale Depressionen?«

»Siehst du? Du weißt so erschreckend wenig über mich. Mit postnatalen Depressionen habe ich mich – Augenblick – vor siebenundzwanzig Jahren intensiv beschäftigt. Meine damalige Freundin litt darunter, obwohl sie noch nicht einmal schwanger war. Es waren eigentlich pränatale oder besser: präkoitale Depressionen. Auf jeden Fall trennte sie sich von mir und heiratete einen sterilisierten Börsenmakler.«

»Du spinnst doch total! Ich bin hergekommen, um mich zu entschuldigen und werde von dir mit dummen Witzchen gequält!« Ein paar Tränen bahnen sich ihren Weg über glühende Backen, sie nimmt ihr leeres Glas, blickt hinein, stellt es wieder ab und erhebt sich schwerfällig, Willi greift aufgewühlt zu Feuerzeug und Zigarette. Sie zieht ein Dokument aus ihrem indischen Jutebeutel, jenes von Willi kürzlich unterschriebene Dokument. »Hier, bitte!« Schluchzend wedelt sie damit herum. »Das, Willi, ist ein Symbol meiner Ichbezogenheit, ehrlich. Was soll ich nach deinem Tod mit den Schallplatten und ihren Covers, mit den Autogrammen und anderen Devotionalien? Gar nichts. Alles nur Götzendienst, wenn man vom materiellen Wert einmal absieht. Auf jeden Fall soll kein Vertrag zwischen uns stehen. So etwas brauchen wir doch gar nicht. Nicht wahr? Ich sollte mich schämen. Für eine Buddhistin denke ich immer noch viel zu materialistisch. Aber auf der Fahrt zu dir habe ich mir vorgenommen, mit dir ganz neu zu beginnen.« In ihren Augen blitzt Energie, schwungvoll entreißt sie Willi das Feuerzeug, knipst es an, hält es theatralisch unter das Dokument und lässt die Flamme das Papier belecken.

Zwei Stunden später steht Willi schweratmend vor seiner ausgebrannten Wohnung und stellt den Topf mit der Phönixpalme ab. Brandgeruch haftet im Treppenhaus, ein Geruch, den die Menschen seit Jahrtausenden kennen und fürchten. Ein Feuerwehrmann lehnt lässig, Kippe im Mund, am Türrahmen. Er nickt, ohne größere Emotionen zu zeigen, aber ist ja klar: Er hat ständig mit Leuten zu tun, die mit offenem Mund vor ihrer ausgebrannten Wohnung stehen und wünschen, sie würden gleich aus dem Alptraum erwachen. »Sie können jetzt rein«, brummt er gutmütig. »Sie haben statt des Fernsehers Ihre Palme gerettet und wollen sie jetzt wieder an ihren alten Platz stellen? Na, ich verstehe. Ich bin auch Single. Ich kommuniziere seit dem Tod meiner Katze mit meinem Orangenbäumchen. Der Racker ist schon einen halben Meter hoch, macht mir allerdings einige Sorgen. Er verliert Blätter. Sie werden an den Spitzen braun und fallen zwei Tage später ab. Hat vielleicht was mit Psychologie zu tun. – Ist Ihre Bekannte gut versichert? Sollte eigentlich jeder sein. Von Geburt an. Wie schnell ist die kostbare Urne, äh, Vase der Patentante zerdeppert, nicht wahr? Sind Sie denn ausreichend versichert? Wir könnten uns mal zusammensetzen. Ich bin nämlich …« – und nun stiehlt sich ein Hauch von Schamhaftigkeit in sein Gesicht – »… nebenbei Versicherungsvertreter. Ganz seriös …«

Schon nach dem ersten Satz aus dem Mund des uniformierten Singles ist Willi davon überzeugt, einem Geisteskranken gegenüberzustehen, was seine Traurigkeit noch vertieft, doch er nimmt die hingehaltene Visitenkarte und betritt mit dem Topf in den Armen die Wohnung.

Kein Strom. Im Schlafzimmer kramt er eine Halogenlampe, die mittels Stirnband am Kopf befestigt wird, aus dem Schrank. Er kaufte sie vor einigen Monaten im Verlauf eines Panikanfalls, als er damit rechnete, dass seine mit Nachtsichtbrillen ausgestatteten Verfolger ihn nachts in der Wohnung bei abgestelltem Strom überfallen würden. Obwohl er sie nie benutzt hat, funktioniert sie. Er setzt sie auf und kommt sich vor wie ein Höhlenforscher. Alles riecht nach kaltem Rauch und nassem Ruß. Jeder Schritt auf dem Teppichboden erinnert ihn an sumpfige Wiesen, durch die er als Kind mit Gummistiefeln tapste. Oh Gott, das Wohnzimmer – völlig ausgebrannt, die LP- und CD-Sammlung, die DVDs, Bücher, Beatles-Autogramme, der Fernseher und die Musikanlage, der Globus, den er zu seinem zehnten Geburtstag bekam, die Underground-Comics von Robert Crumb und Gilbert Shelton, die Speckstein-Dose mit dem abgebrochenen Fingernagel von Peter Green: zur Unkenntlichkeit zerschmolzene Träume, wie Skulpturen eines psychotischen Künstlers.

Es lief so unglaublich schnell ab, dass Willi das Ereignis im Nachhinein wie ein zu schnell abgespulter Film erscheint. Carmen bückte sich nach dem heruntergefallenen Feuerzeug, wollte es mit der rechten Hand aufheben, wobei sie die linke Hand schräg nach hinten streckte, was keine Bedeutung gehabt hätte, wenn diese linke Hand mit dem brennenden Blatt Papier nicht der Gardine zu nahe gekommen wäre. Wie ein ausgehungertes Tier fraß die Flamme, sofort kräftig werdend, Gardinen und Vorhänge, die zwar alt und schmutzig waren, aber dieses Schicksal nicht verdient hatten. Schon schwebten brennende Stoffteile durch den Raum, ließen sich auf allerlei brennbarem Material nieder. Willi schüttete Rotwein in die Flammen, und das kurze Zischen klang spöttisch. Carmen riss ein Fenster auf, Willi brüllte: »Mach das Fenster zu, du dumme Kuh!«, und wunderte sich für einen Moment über den Reim. Mit einem Kissen schlug er auf die sich rasch vermehrenden Brandstellen. Der Rauch ängstigte ihn, er fürchtete, die Besinnung zu verlieren. Das Telefon. Er rief die Feuerwehr an, dann schaufelte er wichtige Dokumente in eine Tasche, die er sich umhängte, stemmte den Topf mit der Phönixpalme und schrie: »Raus hier, Carmen!«

Carmen zog sich ihr Zelt über, verhedderte sich und schrie: »Was willst du denn mit der Palme, du Narr?«

»Die Palme muss mit!«

»Ich verstehe. Du bist so kaputt, dass du die Scheißpalme liebst, weil nur sie geduldig deine Tiraden erträgt!«

Im Treppenhaus stießen sie auf weinende, schreiende Hausbewohner, verschoben aber jegliche Diskussion auf später.

Ein idiotisch geparkter PKW ragte zu weit in die Fahrbahn und behinderte die Feuerwehrautos. Drei Minuten später war der Abschleppwagen da, und ruckzuck wurde das Hindernis – Willis Opel, wie er ungläubig grinsend erkannte – Huckepack genommen und abtransportiert. Willis Auto. Wie es da auf der Ladefläche, festgezurrt und den Arm des Krans über sich, durch die Straße gefahren wurde, ähnelte es einem Beutestück, einem Teil des Triumphzugs eines römischen Feldherrn. Die Dunkelheit wurde von Gelblicht, Rot- und Blaulicht zerhackt – die zuckenden Lichter schufen, gemeinsam mit den starken Scheinwerfern, dem Feuerschein in Willis Wohnzimmerfenster und den herbeiströmenden Zuschauern eine Event-Atmosphäre. Und wie bestellt riss im Erdgeschoss des gegenüberliegenden Hauses der dort wohnende berüchtigte HipHop-Produzent Richie Kleinschmidt ein Fenster auf, um dem Volk die CD seines jüngsten Klienten, des türkischstämmigen Ethno-Rappers Yeni Tamerlan, vorzustellen, bis ein beherzter Rentner eine Mülltonne in das Fenster warf, das daraufhin wieder geschlossen wurde.

Carmen stand unter Schock. »Willi, sie haben dein Auto abgeschleppt. Du musst sofort protestieren. Dein Auto. Das brauchst du doch beruflich. Oder hab ich was nicht mitgekriegt?«, murmelte sie immer wieder – und: »Eben waren wir noch in deiner Wohnung, und nun stehen wir hier draußen und wissen nicht, warum.« Schließlich wurde sie zu Willis Erleichterung in einen Krankenwagen geschoben und weggefahren.

Feuerwehrleute und Polizisten verrichteten ihre Arbeit mit kaltblütiger Routine und ließen sich nicht ohne Eitelkeit von Knaben bewundern, die noch nicht in dem Alter sind, in dem man alles andere als einen Job im Fernsehen oder in der Musikbranche als Zumutung empfindet.

Mittlerweile war Willi mit seiner Aktentasche und der Palme umzingelt von Hausbewohnern, die, mit Koffern, Kindern, Haustieren und Zorn beladen, mehr oder weniger diszipliniert aus ihren Wohnungen geflüchtet waren. Lediglich der betagte

Alleinunterhalter Horst Kloog zeigte bewundernswerte Gelassenheit. Er trug noch seine Arbeitskleidung – Melone, Peter-Frankenfeld-Jackett, Fliege und rote Hose –, war soeben von einem Auftritt in einem Seniorenheim gekommen, hatte sich sofort im Griff, sagte achselzuckend, er habe auch schon mal einen Brand verursacht, in einem Hotelzimmer in Wilhelmshaven, nach einem gemeinsamen Auftritt mit den Jakob Sisters, und spulte nun zum Leidwesen der anderen Hausbewohner wie ein Automat vierzig bis fünfzig längst verfaulte Witze ab. Die meisten der aus ihrem Haus Vertriebenen blickten bang und gebannt nach oben. Familie Schremm jedoch, die genau unter Willi wohnt und seit der letzten Fußball-WM an jedem Fenster eine Deutschlandfahne flattern lässt, wirkte seltsam starr – endzeitliches Entsetzen, die Ahnung von der Nichtigkeit des Seins grellte aus ihren Gesichtern. Herr Schremm, ein im ganzen Haus gefürchteter Choleriker, wusste als Klempnermeister natürlich auf Anhieb, dass die Schremm'sche Wohnung durch die Löschwasserschäden für Wochen unbewohnbar sein würde. Sein Brustkasten hob und senkte sich wie ein Blasebalg, er pumpte Luft und erinnerte sich an seinen Ruf als Choleriker.

»Sie Verbrecher!«, donnerte er in Willis rechtes Ohr, was indes keine der erwarteten Reaktionen hervorrief, da die Hörfähigkeit dieses Ohrs seit Willis frühester Jugend aufgrund einer Mittelohrentzündung nur noch vierzig Prozent beträgt. Herr Schremm, dem das verständlicherweise nicht bekannt war, empfand Herrn Windhorsts sparsame Reaktion folgerichtig als Provokation. »Leute wie Sie sollte man kastrieren und in eine geschlossene Anstalt sperren! Ihre Scheißpalme haben Sie gerettet, was? Nur ein völliger Idiot schnappt sich bei einem Wohnungsbrand eine halb verwelkte Palme! Wissen Sie was, Sie Arschloch? Ich werde diese mickrige Pflanze jetzt ausreißen und Ihnen um die Löffel schlagen! Sie Vieh, Sie Anarchist!«

Die magersüchtige Frau Schremm klammerte sich, weiteres Unheil ahnend, an ihren Mann. Für Willi sah es so aus, als wolle eine Spinne einen Biber aussaugen. Frau Schremm flehte ihren Gatten an, keine strafbare Handlung zu begehen und wurde dafür von Willi mit einem Lob bedacht.

Ein wenig abseits sprach der seit Monaten vor sich hin pubertierende Schremm-Sohn Patrick, ein dumpfer, in der ganzen Straße wegen seines Destruktionstriebs verhasster militanter HSV-Fan, mit zwei Gleichaltrigen. »Voll krass, ey.« »Yo, Alter, fuck, ey, das richtige Scheißleben, ey.« »Fuck, Alter, jetzt muss ich die nächsten Scheißwochen bei meiner Fuck-Tante in Megascheiß-Buchholz wohnen, weil der bekloppte Windhorst seine Kackbude abfackelt – fuck, ey, dieser Windhorst ist der größte Arsch im ganzen Haus. Der hat mir mal vor Jahren ein Ohr umgedreht, weil ich Hundescheiße auf seine Türklinke geschmiert habe. Buchholz, ey, weißt du? Ich sag nur: Nordheide!« »Buchholz? Kenn ich, ist echt voll beschissen, Alter, ich schwör's dir.«

Willi hörte alles mit und beschloss, sich demnächst furchtbar zu rächen – zum Beispiel an Patricks 1 000-Euro-Mountainbike, wurde jedoch durch die kleine, dicke Frau Maul abgelenkt, die ihren lediglich mit seidenen Tüchern bedeckten Leib an seine Seite schob. Sie legte ihre Wurstfinger auf seinen Rücken, dünstete die übliche Geruchsmelange aus Sandelholz, Deodorant, Knoblauch, Koriander, Portwein, Brandy und Katzenklo aus, hielt den Kopf schräg und raunte mit unerwartet erotischem Timbre: »Ein bisschen mehr Respekt, Herr Windhorst, Respekt vor den Karten. Die Karten lügen nicht.«

»Welche Karten?« fragte Willi und drehte seinen Blick von Herrn Schremm, der seiner Ehefrau offenbar problemlos gehorchte, zu der speckigen kleinen Frau, die plötzlich an seiner Seite angedockt hatte.

»Die Schicksalskarten. Wenn Sie sich in letzter Zeit einmal zu mir bemüht hätten, wäre ich möglicherweise – ich sage: möglicherweise – in der Lage gewesen, das Schlimmste zu verhindern.«

Stirnrunzelnd musterte Willi das von signalrot gefärbtem Kraushaar umrahmte solariumgebräunte Knittergesicht mit dem aufgespritzten Erdbeermund und den dicken Kajalstrichen auf den Lidern und Tränensäcken. Mit einem dünnen, von Weltschmerz und Wahnsinn erzählenden Lächeln trat er einen halben Schritt zurück – ihn irritierte es ein wenig, dass sie ihre Vulva an seinem Oberschenkel rieb. »Liebe Frau Kalliope«, sagte er, ihren Künstlernamen benutzend, »ich bin Ihnen für Ihre Anteilnahme unendlich dankbar, aber Sie wissen doch, was ich von Astrologie, Kartenlesen, Pendeln und so weiter halte. Und Sie halte ich für eine kleine, wenn auch charmante und … äh …« – sie rieb sich erneut an ihm – »… heißblütige Schwindlerin. Dennoch …« – er räusperte sich, als sein Glied hart wurde – »… dennoch wünsche ich Ihnen selbstverständlich weiterhin viel Spaß bei Ihrer Arbeit und gute Geschäfte. Sie sind wirklich betörend – aber das sagt Ihnen sicher jeder Mann.«

Wieso, fragte er sich befremdet, rede ich solchen Dünnschiss? Forderte sein Sexualtrieb ihn tatsächlich auf, die alternde Astrologin, Kartenleserin und Geistheilerin aus dem Erdgeschoss flachzulegen? Warum hatte er eine Erektion in der Hose und Sexspiele mit Frau Marianne Maul aus Bad Tölz vor den Augen?

Hatte jetzt, mit sechzig, eine neue, letzte sexuelle Phase begonnen? Nachdem die glorifizierenden Erinnerungen an das knackige Gerammel von früher fadenscheinig und trüb geworden waren, folgte nun der Alter-geiler-Bock-Zynismus? Verachtung und Sex – war das die zwangsläufige Konstellation? Willi dachte verzweifelt: Die von Otto Dix und George Grosz gemalten Gestalten – das sind wir, wir alle. Als ich damals, achtzehnjährig oder so, diese Bilder kennenlernte, erblickte ich zu meinem Ergötzen in den abgebildeten Gesichtern all die widerlichen Wesensmerkmale, die ich in den Fressen der mich umgebenden Spießer wahrgenommen hatte. Ich wusste natürlich nicht, dass ich ein paar Jahrzehnte später ebenso aussehen würde. So sehen nämlich alle von ihrer Gier, Verzweiflung und Rastlosigkeit überforderten Konformisten aus, die ihre gattungsspezifische Trübsinnigkeit mittels Ideologien, dämlicher Fernsehsendungen, Alkohol und anderer Suchtstoffe zu bemänteln versuchen. Und jetzt will ich Marianne Maul ficken, sie richtig stoßen und zum Quieken bringen, oh Gott, wenn es dich gibt – aber dich gibt es nicht.

Frau Kalliope hatte seine Erektion mit Wohlwollen zur Kenntnis genommen, sie rieb ihren Bauch an seinem Schwanz, die kajalberingten Augen starrten schwül zu ihm empor, sie atmete heftig und setzte dadurch, zu Willis Freude und Pein, den gewaltigen Busen in Bewegung. »Willst du mich reiten, mein stolzer grauhaariger Recke?«

»Ja, ich will!« Willi wusste um das exzentrische Bild, das sie beide hier boten, doch es war ihm gleichgültig – mit ein wenig Nachdruck könnte er in einer halben Stunde in Frau Mauls Lotterbett liegen.

»Ja, die Karten, Herr Windhorst«, ihre Stimme bebte. »Die Karten haben mir neulich eine glückliche Zukunft mit einem etwa gleichaltrigen seriösen Herrn offenbart. Bist du etwa dieser Mann? Schon lange, mein Held, beschäftige ich mich mit dir. Ich sehe dich seit Jahren am späten Vormittag Brötchen holen, weiß aber darüber hinaus nicht viel über dich. Was machst du beruflich, geheimnisvoller Willi. Ich darf doch Willi sagen?«

»Ich? Ich bin Aushilfskellner und Freizeit-Lyriker. Im Sommer organisiere ich Führungen für Senioren durch den Ohlsdorfer Friedhof. Da kommen auch ein paar Euro zusammen.« So plötzlich, wie sie entflammt war, verlöschte die Liebeslust in Willi. Eine Klette, sagte die Stimme in ihm, womöglich eine Stalkerin, dazu noch im Erdgeschoss, gleich neben der Haustür. Gemeinsame Zukunft? Tarot und Astra-TV, zwei, drei durch Koks und Alkohol stabilisierte Erektionen, ein paar besonders durchtriebene Koitusstellungen, Orgasmus, besudeltes Bettuch, das Kopfkissen riecht nach ihrem Parfüm – und an der Oberfläche des Bewusstseins, stets parat, wie ein langsam wirkendes, auf jeden Fall tödliches Gift: die Sehnsucht nach Liebe, nach dem frischen, filigranen Leib einer fünfzehnjährigen Elfe, die Sehnsucht nach Jugend.

Du kannst mit mir machen, was du willst«, lockte sie, der nicht entging, wie das eben noch so stramme Glied vor ihrem Bauch zur Bedeutungslosigkeit schrumpfte. Sie setzte einen Schmachtblick auf, steckte sich einen Finger in den Mund und leckte und lutschte daran, was erstens ziemlich albern aussah und zweitens die Zuschauer zu deftigen Kommentaren animierte. Schließlich beendete ein Polizist die für Willi schmerzhaft traurig gewordene Szene. »Herr Windhorst? Der Brand ist gelöscht. Würden Sie mir bitte zum Wagen folgen? Wir müssen noch ein Protokoll aufnehmen.«

Dankbar schüttelte Willi dem Beamten die Hand. Er sah sich um. Na prima. Von den rund zweihundert Schaulustigen hatte sich lediglich die Hälfte für die Löscharbeiten interessiert, während die anderen teils hämisch oder konsterniert, teils sexuell erregt Willis und Frau Mauls Paarungsvorbereitungen verfolgt hatten – wie zum Beispiel Familie Schremm. Willi zwinkerte ihnen zu, schnappte sich die Palme und folgte dem Polizisten.

Im Schlafzimmer zieht er die Palme samt Wurzelwerk und Erde aus dem Topf, legt Geld und Kokain in einen Koffer, den er des weiteren mit all den Sachen füllt, die man einpackt, wenn man verreisen will, ins Krankenhaus muss oder obdachlos geworden ist. Jedes einzelne Teil verbreitet den Brandgeruch.

Was brauche ich sonst noch? Er macht einen Rundgang durch die verwüsteten, stinkenden Räume, in denen er sich zwanzig Jahre lang wohlgefühlt hat. Dies ist seine Festung gewesen, seine gut gesicherte Trutzburg, sein Troja. Und Carmen, das dicke Trojanische Pferd, hat den Ort in Brand gesetzt und die Tore geöffnet, um einem Trupp entfesselter Feuerwehrmänner mit einer Wasserkanone den Weg freizumachen. Auf welchem Scheißtrip bin ich gelandet, denkt er kopfschüttelnd. Kaum noch zu zählende Erlebnisse der schrecklichsten Sorte laufen wie im Zeitraffer ab, und ich bin nicht etwa der faszinierte Zuschauer, sondern Mittelpunkt. Ich stehe im Zentrum des Schreckens. Ich habe ein Menschenleben ausgelöscht, mein Kumpel Arno hat einen braunen Samtanzug aus den 70er Jahren getragen, meine Freundin hat meine Wohnung vernichtet, Frau Maul hat mir eine Erektion verschafft, meine anderen Nachbarn, die mich früher lediglich für bescheuert hielten, hassen mich jetzt, mein Auto ist abgeschleppt worden. Wen werde ich morgen erschießen? Ach Gott, ich habe ja den Revolver und Schneverdings Pistole in die Elbe geschmissen, ich bin ja wehrlos – wehr- und obdachlos.

Nun bricht der Deich – und Traurigkeit, Einsamkeit und Angst überfluten ihn, lassen ihn schluchzen wie ein Kind, das sich im Labyrinth des S- und U-Bahn-Knotenpunkts Jungfernstieg verlaufen hat und zum erstenmal erkennt, wie klein der Radius elterlichen Schutzes ist. Aus dem Spiegel im Bad blickt ihn ein Märtyrer mit Greisenaugen an, er hört sein Herz schlagen, die Maschine, die seit sechzig Jahren sein Blut zirkulieren lässt. Wie mit Röntgenaugen starrt er unter das Hemd, unter Haut, Fettschicht und Rippen seines Spiegelbilds und sieht das Herz, die zuckende, von Adern durchzogene Muskelmasse. Ihm wird übel, es kommt ihm vor, als habe ihn ein CIA-Agent mit einer hundsgemeinen Psychodroge vollgepumpt, einer weltweit geächteten Folterdroge, die sich nichtsdestotrotz weltweit größter Beliebtheit erfreut – in Mafia- und Geheimdienstkreisen sowie bei Drogenfreaks, die den ultimativen Kick noch immer nicht gefunden haben.

Auf dem Klodeckel zerhackt er eine Portion Koks und lässt sie in seiner Nase verschwinden. Das bringt ihn wieder auf die Beine. Zwar schlägt das Herz nun einen schnelleren Takt, doch er sieht es nicht mehr; es ist wieder unsichtbar, wie es sich für ein aktives Herz gehört. Er dreht den Hahn über dem Waschbecken auf. Das Wasser ist nicht abgestellt worden. Es spritzt in das Becken, vermischt sich mit dem Ruß und zaubert okkulte Muster auf das Porzellan.

Was hat Frau Maul gesagt? »Du kannst mit mir machen, was du willst«, hat sie gesagt und dabei ihre schweren, von keinem BH gefesselten Brüste beben lassen. Im Nachhinein kommt es Willi vor, als hätten diese gewaltigen Kalebassen keineswegs ihr Verfallsdatum überschritten, sondern befänden sich auf dem Höhepunkt ihrer Reife, schon etwas nachgiebig, aber süß und verlangend – verlangend wie jede einzelne Körperzelle in Marianne Mauls barockem Body. Ihr Arsch, die Titten, die Vagina, die an seinem Bein klebte – alles an ihr scheint ihm plötzlich perfekt, am Zenit sexueller Entwicklung zu sein, bereit für den ultimativen Orgasmus …

Willi steht breitbeinig vor dem Waschbecken und masturbiert, wobei die Stirnlampe wackelt und eine gespenstische Lightshow abzieht. In seiner Phantasie ist Frau Maul weich und glatt, er lässt ihr den Portwein-Atem, macht sie sogar betrunkener, als sie vorhin gewesen ist – ein betrunkenes geiles Tier, das sich seinem Schwanz unterwirft. Willi keucht, denkt für Sekunden an den Feuerwehrmann vor der offenen Wohnungstür. Er stößt Frau Maul von hinten, sie streckt ihm ihr Gesäß entgegen, vergräbt ihr Gesicht im Kissen, gibt dumpfe Laute von sich … und dann spritzt er ins Waschbecken, dreht automatisch den Wasserhahn auf und denkt, was für ein Scheißorgasmus.

Irritiert blickt der Feuerwehrmann auf den Koffer. »Ja, wollen Sie denn Ihre Pflanze nicht mitnehmen?«

»Wir haben uns verkracht. Kann ich die Wohnung jetzt abschließen, oder müssen Sie hier noch Brandwache halten?«

»Geben Sie mir einfach einen Zweitschlüssel. Den kann ich ja später bei Frau Kalliope deponieren.« Vertrauliches Zwinkern.

»Nein, das wäre mir nicht recht.«

Etwas später sitzt Willi mit einer Flasche Bier in der Hand neben Arno und einer mageren Alkoholikerin namens Gisela Knoth auf dem Sofa und sieht, wie sich auf dem Fernsehschirm das zweite Flugzeug ins World Trade Center bohrt.

»Ist einfach ein geiler Film«, sagt Gisela, die Wirtin von *Gisela's Kajüte* in der Erichstraße.

Willi beschließt, sich über nichts mehr zu wundern. »Wo ist denn Elfi?« fragt er.

Arno rülpst und sagt, ohne den Blick vom Bildschirm zu wenden: »Hab ich rausgeschmissen, die dämliche Quarktasche. Behandelt meine neue Freundin wie Dreck, zieht ne Fresse und lässt dumme Sprüche ab. Hab ich keinen Bock drauf.«

»Elfi? Sie ist eifersüchtig, ganz normal. Morgen wird sie wieder für dich kochen, waschen und staubsaugen.«

»Da scheiß ich drauf. Wenn jemand Gisela als alkoholausdünstendes Skelett bezeichnet, ist das eine Kampfansage, verstehst du.«

»Das hat sie gesagt? Hätte ich ihr gar nicht zugetraut.«

»Ich hab mich auch gewundert, dass sie sich so gebildet ausdrücken kann.«

»Wir lieben uns«, kichert Gisela, die tatsächlich sehr dünn ist und Alkohol ausdünstet. Sie ist vermutlich jünger als sie aussieht, trägt schwarze Klamotten, schwarze glatte Haare umrahmen ihr bleiches, knochiges Gesicht, und der Pony verstärkt den verzerrten Juliette-Greco-Look.

»Wir mögen uns«, berichtigt Arno. »Seit Jahren kennen wir uns. An ihrem Tresen hab ich so manches Bier weggelutscht. Sie war wie eine Schwester zu mir. Und heute Nachmittag sitze ich in ihrer Kneipe, glotze auf ihren kleinen Arsch, ihre schmalen Hüften, die winzigen Titten und bin geil wie'n Bieber. Ich dachte mir, so was Enges muss doch der Himmel sein. Dann sind wir zu mir, und ich habe alles gegeben. Stimmt's, Gisela?«

»Volle Kanne.«

»Morgen läuft die Sache mit dem Bolivianer?«

»Volles Rohr. Allerdings muss ich am Vormittag im Freihafen sein. Mein Container ist angekommen.«

Müdigkeit legt sich über Willi. In diesem Moment fühlt er sich wohl in Arnos steinzeitlich möblierter Proletenwohnung. Selbst Arnos Schweißfüße vermitteln das Gefühl, in einem behaglichen Nest zu sitzen.

Der Opel Omega springt ums Verrecken nicht an, lässt sich weder von Tritten noch von gutem Zureden beeindrucken, steht auf dem bewachten Parkplatz für abgeschleppte Autos und scheint dort bleiben zu wollen.

»Herrgott, was ist es denn diesmal?« Willi stiert verständnislos auf den Motor und all das andere hässliche Zeugs – die Kabel, Schläuche, ölverschmierten Anhängsel – und würde gerne ein paar Tränen vergießen, wenn nicht links von ihm drei albanische Unterweltler ihren Porsche Cayenne laut fluchend nach Kratzern absuchen würden. Und der hünenhafte Nordgermane im Karateanzug, der rechts von ihm, lässig an einen Toyota Landcruiser gelehnt, in sein Handy blafft, sieht auch nicht aus wie einer, der einem weinenden Mann tröstend über die Haare streichen würde. Nun schlendert er, immer noch telefonierend, zu Willi herüber. »Ist die Lichtmaschine, Kumpel«, sagt er, einen Terminator-Blick in Willis Augen drückend.

»Sind Sie sicher?«

»Sehe ich aus wie einer, dem Scheiße aus der Fresse fällt?«

»Keineswegs.«

Der Hüne widmet sich wieder seinem Handy. »Was sagst du? Nein, ich hab hier gerade einem Penner klargemacht, dass seine Schrottkarre verreckt ist!«

Willi erschießt das Arschloch in Gedanken mit einer Pumpgun, dann zückt er ebenfalls sein Handy, ruft den Kfz-Meister Breithaupt an und bittet ihn, einen Abschleppwagen zu schicken.

Eine Stunde später schleppt er sich niedergeschlagen in Meister Breithaupts Büro. Er spürt die Feuchtigkeit unter den Achseln und zieht sein Jackett aus. Auch der hagere Herr Breithaupt schwitzt. Er runzelt ahnungsvoll die ölverschmierte Stirn und murmelt kryptisch: »Das Wetter ist die Botschaft. Wir alle kriegen demnächst ganz gehörig was auf die Glocke. Das weiß ich bereits seit zwanzig Jahren. Von meinem Schamanen.«

»Sie gehen zu einem Schamanen? Interessant. Ist das ein auf die Kfz-Branche spezialisierter Schamane? Hat den der ADAC empfohlen?«

»Ich wusste gar nicht, dass der ADAC Schamanen empfiehlt – nein, den habe ich mal im Fernsehen gesehen, ein Schamane aus Alaska, der in Wuppertal lebt und einen 59er Chevrolet Impala, weiß und türkis, mit rosa Bezügen auf den Sitzen, fährt. Ich besuche ihn alle drei Monate. Nach den Sitzungen gehen wir meistens einen saufen. Der Bursche säuft wie ein Loch.« Der Meister lacht herzhaft, Willi bekundet seine Bereitschaft zur Heiterkeit mit einem höflichen Lächeln und schiebt, da er den Zeitpunkt für günstig hält, die Frage »wann ist mein Auto fertig?« geschickt hinterher.

»Ich sag mal, übermorgen, so um die Nachmittagszeit – wenn wir bis dahin keinen Schneesturm haben.« Abermals lacht der Meister herzhaft.

Willi gönnt sich einen Spaziergang zu seiner Wohnung. Die bestellten Handwerker erwarten ihn dort bereits. »Erst muss die Wohnung getrocknet werden«, darüber sind sich alle einig. Zu fünft stapfen sie durch die feuchten Räume. Willi entnimmt den gequälten Gesichtern die ungefähre Höhe der Kosten und erbleicht. Wenn Carmens Versicherung mauern sollte, dann gute Nacht, dann wäre die Wohnung, sein einziger Halt in dieser Welt, verloren.

Als er das Haus verlässt, meldet sich das Handy. Günter Schneverdings Tremolo weht in sein Ohr: »Salve, Willi, mea culpa, ich habe Mist ge...«

»Fick dich, Wichser!« Willi klappt das Handy zu. An der Hoheluftbrücke steigt er mit dem mulmigen Gefühl, das ihn stets in öffentlichen Verkehrsmitteln heimsucht, in die U-Bahn. Seine Sinne befinden sich nun in höchster Alarmbereitschaft, Misstrauen breitet sich aus wie Tinte auf Löschpapier, die Flüsterstimme in ihm sagt die bekannten Regeln auf. Er hasst diese Regeln, es fällt ihm schwer, unscheinbar und gleichzeitig potentiell gefährlich wirken zu sollen, niemandem in die Augen zu sehen und dennoch den Blick nicht demütig zu senken, neutral auszusehen, doch ein gewisses Maß an Souveränität zu zeigen. Natürlich blickt er sich um. Der Wagen ist ziemlich voll, und Willi fragt sich, wieso um die Mittagszeit so viele Menschen unterwegs seien, ob sich in Eppendorf die von Herrn Breithaupt erwartete Katastrophe schon ereignet habe. Er ist umringt von Gesichtern, die allerdings weder Panik noch Grauen verraten – nur die üblichen U-Bahn-Gesichter, zum Glück kein Psychopath darunter. Aber was weiß

Willi von den üblichen U-Bahn-Gesichtern? Manche sind ihm so nah, dass er Essensreste in den Mundwinkeln wahrnimmt, trockene Lippen, Nasenhaare, Rouge, Akne, eine aufgeschürfte Schläfe, lila Tränensäcke, Doppelkinn, gepiercte Zunge, gelbe Augäpfel, Alkoholfahnen, Deodorantwolken, Frittenbudengestank; Himmelherrgott – er schüttelt sich dezent –, es ist alles noch schlimmer als beim letzten Mal. Die Parfümbombe von rechts macht mich fertig, verdammt, jeder Bonobo würde mit einer Parfümflasche verantwortungsvoller umgehen.

Aus Kopfhörern quakt beschissene Musik, und auch sonst ist dieser Waggon mit Klischeegestalten gut bestückt: jugendliche Machos, furzende Säufer, durchgeknallte Propheten, nervöse Schwarzfahrer, aggressive, vermutlich schwerbewaffnete Blickkontaktsucher. Zwei Moslems kraulen ihre Islamistenbärte, verziehen die Gesichter, als hätten sie ihre Sprengstoffgürtel zu eng geschnallt. Eine Schülerin bietet ihm artig ihren Platz an, Willi bedankt sich und nimmt das Angebot peinlich berührt an. Für wie alt mag sie mich halten, fragt er sich.

Der Zug verlässt die Oberfläche der Welt und rattert in das unterirdische Röhrensystem. Jenseits der zerkratzten Fensterscheiben rast die Tunnelwand vorbei, und Willi stellt sich vor, in einer Rakete durch ein Wurmloch zu schießen, um in einem anderen Spiralarm der Galaxis wieder aufzutauchen. Es gibt kein Entkommen. Willi spürt die hochschwappende Unruhe in sich. Leichte Übelkeit. Ich bin unbewaffnet, denkt er, oh Gott, ich bin ein unbewaffneter älterer Herr, eine leichte Beute für frustrierte HSV-Fans, rappende Nihilisten und besoffene Skinheads.

»Verzeihen Sie – ist Ihnen nicht gut?«

Er purzelt aus seinen Überlegungen. Die ihm gegenübersitzende junge Frau – blond, dicke Backen, große Oberweite – hat ihn angesprochen, sich ihm entgegengebeugt. Silikontitten? Was will sie? Ficken? Reiß dich zusammen, du Arsch. Sie scheint einfach besorgt zu sein. Nur eine nette Sprechstundenhilfe, die vorm Fernseher weint, wenn ihr Favorit von Dieter Bohlen zur Sau gemacht wird.

»Doch, doch«, sagt Willi, »alles super, danke, ich fahre nur ungern in der U-Bahn, weil, äh, ja, ich hatte vor Jahren ein traumatisches Erlebnis in der Pariser Metro. Sie kennen die Metro? Also, jemand hatte die Schienen gesprengt – vorne und hinten –, der Tunnel war verschüttet, wir mussten die ganze Nacht in dem Wagen ausharren, weil die Türen blockiert waren. Schreckliche Szenen, sage ich Ihnen, Vergewaltigungen, Kannibalismus, Schlägereien; die stärksten und brutalsten Fahrgäste übernahmen das Kommando – in diesem Fall eine Gruppe muskulöser, rassistischer Neger beziehungsweise Schwarzafrikaner, die mit ihren gigantischen Geschlechtsteilen alles penetrierten, das weiß war, sogar ein Schaf. Und ich fragte mich, während ich zum dritten Mal oral und anal vergewaltigt wurde, wie dieses Schaf in die U-Bahn … Na ja, und jetzt blicke ich mich um und denke mir, mit den meisten der hier anwesenden Fahrgäste möchte ich auch nicht verschüttet werden. Mit Ihnen schon eher.« Er deutet, vertraulich grinsend, auf sie, und die Frau ringt sich ein zuckendes Lächeln ab, während ihre Augäpfel, auf der Suche nach einem Fluchtweg, in Bewegung sind.

Willi redet weiter, obwohl dieses Weichei im Hintergrund, die Vernunft, ihm dringend davon abrät. »Stellen Sie sich mal vor, es würde jetzt passieren. Und nun sehen Sie sich die Verbrecher in diesem Wagen an, riechen Sie die Schwaden der Aggression, die Wolken von Testosteron. Möchten Sie unter den Augen dieser Lemuren Ihre Notdurft verrichten? Denn irgendwann in diesen Stunden werden Sie pinkeln oder gar das große Geschäft verrichten müssen. Verstehen Sie, worauf ich hinaus will?«

Sie drückt ihre Wirbelsäule gegen die Rückenlehne, lächelt hilfesuchend die anderen Fahrgäste an, und die grinsen betreten zurück und sind sich unausgesprochen einig: ein hoffentlich friedlicher Irrer.

Die blonde Frau kramt, um damit das Ende der Unterhaltung zu markieren, ein Buch aus ihrer Tasche. Was liest sie denn? Ein Buch über Charles, Diana und Camilla. Grimmiger Triumph durchrieselt Willi. »Mögen Sie dieses degenerierte, todtraurige Gesocks?«, fragt er mit hochgezogenen Augenbrauen. Trotzig und fest kommt die Antwort: »Allerdings!«

»Dann mögen Sie auch die Fuchsjagd, Entenabschießen, Berlusconi, Gloria von Thurn und Taxis, getrocknete Hundescheiße auf Ihrer Tiefkühlpizza ...«

Sie verdreht die Augen, stößt die Luft mit einem Pfeifton aus. »Na, Hauptsache, Ihnen geht es gut ...«

»Es geht mir nicht gut. Weil meine Wohnung abgebrannt ist und weil es keinen Spaß macht, jemandem eine Kugel ins Gehirn zu jagen, egal wie beschissen dieses Gehirn war.«

»Sie sind krank!«

»Glauben Sie, Prinz Charles sei gesund?«

St. Pauli.

Willi schnellt von seinem Sitz und stürmt auf den Bahnsteig. Er wartet, bis der Zug abfährt, dann winkt er der blonden Frau am Fenster mit beiden Händen hinterher.

»Was laberst du für eine Scheiße, Alter«, murmelt er, sich selbst genießend, vor sich hin. »Das war doch super, fast wie Petting. Wir haben beide was davon: Mir hat es Spaß gemacht, sie wird tagelang ihr Erlebnis mit einem Irren zum Besten geben. Ich sollte der Legion der U-Bahn-Monster beitreten. Mann, was'n Scheiß.«

Er geht zügig, mit den Händen in den Hosentaschen, durch das Viertel – ein Fremder auf unbekanntem Terrain, lediglich geduldet, schon durch seinen Gang und die sondierenden Blicke als Eindringling erkennbar. Das St. Pauli von heute hat nichts mehr mit dem St. Pauli, in dem er sich auskannte, zu tun. Früher ging er durch diese Straßen in dem Bewusstsein, dazuzugehören. Früher war alles besser, sowieso – aber das haben die Alten schon immer behauptet. Und die Jungen haben nie zugehört, weil die Jugend gar keine andere Wahl hat, als auf die gute alte Zeit zu scheißen.

Ein junger Mann, breitbeinig, kräftig, in sahneweißem Jogginganzug, wird von einem hechelnden Mastino in Willis Richtung gezerrt. Willi, der nur ganz kleine, möglichst zahnlose Hunde mag, springt zur Seite und empfängt den Siegerblick des Herrchens wie eine Kopfnuss. Kein Respekt. Scheißgegend. Früher, denkt er, sind die Beatles durch diese Straßen getorkelt, in der Morgendämmerung, betrunken und auf Speed, gierig nach Abenteuer und Erfolg, mein Gott, das ist fast ein halbes Jahrhundert her, durch die Beatles veränderte sich mein Leben – das wollen wir doch mal klarstellen, verdammte Scheiße! Mein Leben, Arnos Leben. Ich bin zwar erst einige Jahre nach den Beatles durch die Straßen von St. Pauli getorkelt, aber ihr *Spirit* war überall zu spüren, nicht nur im *Star-Club* und im *Kaiserkeller*. Der Rock'n'Roll, die Drogen, der Sex, das wilde Leben. Dieses Lebensgefühl unterschied sich fundamental von dem unserer Eltern – und war schon deshalb der halbe Weg zum Paradies.

Elfi öffnet die Tür. »Hallo, Willi«, sagt sie, wischt ihre Hände an der rosa Schürze ab, wirkt nicht allzu glücklich. »Wir haben leider schon gegessen. Bratwurst mit Kraut.«

Er erkundigt sich nach der Stimmung, und Elfi, froh über die Gelegenheit, ihr Herz ausschütten zu können, lockt ihn in die Küche und erzählt, sie und Arno hätten sich zwar wieder vertragen, aber sie glaube, Arno habe sich nur dazu durchgerungen, weil »die dürre Hexe« nicht kochen und einen Staubsauger nicht von einem Rasenmäher unterscheiden könne. Es sei doch unfassbar, dass ihr, Elfis, Exgatte neuerdings drei- bis viermal täglich eine klapperdürre Säuferin ficke. Und sie, Elfi, dürfe weiterhin kochen, waschen und sich mit einem Vibrator vergnügen. Weil sie, Elfi, alt und fett sei und immer fettige Finger habe. Sie schluchzt trocken. Willi begeht den Fehler, ihren Oberarm zu tätscheln. Elfi ist lange nicht getätschelt worden. Sie schlingt ihre Arme um Willi und presst ihn an sich. Sie riecht nach Bratwurst und Senf. Zuerst versucht er den alten Trick, sich aalartig aus der Umklammerung zu winden, doch sie hält ihn fest wie ein Kind seinen Teddy. Also stemmt er seine Hände gegen ihre Oberarme und schiebt sie wie eine meterdicke Tresortür von sich. Er keucht. Scheißkondition.

»Wir können ja später bei einer Tasse Kaffee darüber reden«, sagt er, nach Luft ringend. »Ich wohne ja für ein paar Tage hier.«

»Ich weiß. Du könntest auch bei mir wohnen.«

»Vielen Dank, Elfi, das werde ich dir nicht vergessen, aber es ist schon okay hier.«

Aus dem Wohnzimmer dringen Beischlafgeräusche.

»Sie kennen keine Scham«, flüstert Elfi. »In meiner Gegenwart schält die dürre Schlampe ihr Gerippe aus der Hose. Aber okay, heute mach ich beide Augen zu, weil es Arno beschissen geht. Ist nicht sein Tag heute. Der Dildo-Container. Alles Scheiße.«

»Alles Scheiße?« Kurz entschlossen klopft Willi an die Wohnzimmertür und öffnet, ohne das Herein abzuwarten. In der dämmrigen Höhle riecht es nach Kaschemme. Gisela saugt an Arnos Schwanz.

»Tut mir leid, wenn ich …«

»Macht nichts«, sagt Arno. Er ist nackt und schwitzt, ein muskulöser Sechzigjähriger mit den ersten Altersflecken auf der Haut. Gisela bewegt den Kopf zurück, und der Penis, feucht glänzend, kommt Stück für Stück zum Vorschein. Gisela, offensichtlich betrunken, setzt sich auf Arno, der mit entrücktem Grinsen seinen Unterleib bewegt.

Willi taumelt aufgewühlt in die Küche, gießt Orangensaft in ein Glas, trinkt davon, setzt sich auf einen Stuhl und beobachtet Elfi, die ächzend die Spülmaschine einräumt. Auf dem Poster an der Wand glänzt die größte Achterbahn der Welt – eine deutsche Konstruktion – im Sonnenlicht.

»Machst du das auch ordentlich?«, scherzt Willi lustlos.

»Mach nur deine Witze. Ich bin ja nichts anderes als Graf Arnos Putzfrau. Seit Jahren frag ich mich, weshalb ich mir das antue. Meine besten Jahre hab ich für den Drecksack verplempert in der Hoffnung, es könne mit uns wieder was werden. Und jetzt stellt sich heraus, der Kerl ist pervers und hat womöglich schon während unserer Ehe heimlich gewichst und sich dabei vorgestellt, eine Zaunlatte zu ficken.« Sie schluchzt erneut. »Und dann ausgerechnet Gisela Knoth, in deren Scheißkneipe vorwiegend Typen verkehren, die in allen anderen Kiezkneipen Lokalverbot haben. Sie kriegt epileptische Anfälle, wenn sie auf Entzug ist. Hab ich heute erleben dürfen. Mein Gott, das war gruselig. Hier in der Wohnung. Sie war nackt, und ich dachte, mein Gott, ein zuckendes Skelett, wenn das kein böses Vorzeichen ist. Ich bin ja sehr religiös, wie du weißt.«

Willi verzieht sich angeödet. Wie so oft sehnt er sich nach einem anderen Bekanntenkreis, nach intellektuellen, möglichst schlanken, sanften Schöngeistern, mit denen man locker über Literatur, Geschichte, den Urknall und Sex im Whirlpool reden ... Nein! Schluss mit Sex! Nie mehr Sex! Es ist vorbei! Vor sich sieht er wieder sein Sperma in dem verrußten Waschbecken, von einer Stirnlampe fahl erhellt – ein Kunstwerk, wenn man es genau betrachtet, Otto Mühl lässt grüßen, warum nicht, ein Titel ist auch schnell gefunden: *Der letzte Abgang*.

Mit einem Lächeln und dem Orangensaft betritt er das Wohnzimmer. Arno kriecht soeben träge in seine Klamotten, Gisela sitzt, in einen Bademantel gehüllt, wie eine Mumie auf dem Sofa, zwei Zigaretten verglimmen im Aschenbecher. Das Lächeln verwischt in Willis Gesicht, als Arno, offenbar auch gedanklich aus den Gefilden der Erotik zurückgekehrt ins harte Geschäftsleben, kurz angebunden knurrt, die Chinesen hätten ihn beschissen.

»Was soll das heißen?«

»Das heißt verdammt noch mal, ich habe Schrott bekommen. Einen ganzen Container mit Essstäbchen, verstehst du, gottverdammte Essstäbchen. Soll ich einen Essstäbchenladen aufmachen, oder was?«

Gisela findet mit einiger Mühe den Weg ins Bad, Arno leert seine Bierflasche und zündet sich eine neue Zigarette an, saugt daran, als ob es seine letzte wäre, boxt mit den Fäusten, links, rechts, links, rechts, gegen das Sofapolster.

»Was willst du unternehmen? Nach China fliegen?«

»Was soll ich denn in China? Mit Stäbchen essen? Mann, ich war außer in Thailand erst einmal außerhalb von Europa, neulich, in New York – mit den ganzen Amis da … Nee, du, hör auf, die ganzen Amis …«

»Du hast wohl in New York nicht so viele Amerikaner erwartet?«

»Doch, logisch – eher mehr.«

»Es waren dir zu wenig Amis in New York?«

»Oh Mann, ey!« Arno springt auf, gereizt und von seelischem Schmerz gezeichnet. »Ich habe dort keine Volkszählung machen wollen, sondern Urlaub – und bin stattdessen in einer verschissenen Gefängniszelle gelandet.«

»Weil du in Amerika schlecht behandelt wurdest, willst du nicht nach China?«

»Hast du Koks dabei?«

»Ein wenig.«

»Leg mal zwei Linien. Oder drei. Gisela wird auch ne Nase nehmen wollen. Ich muss nicht nach China, weil der Arsch, der den Deal eingefädelt hat, in Hamburg wohnt. Tony Ling. Schon mal was von gehört? Besitzt'n Haufen Zeug: ein paar China-Restaurants, eine Discothek, ein sogenanntes Im- und Exportgeschäft, den Edelpuff in der Kieler Straße – wie heißt der Laden noch gleich? –, den *Sayonara Club*, macht aber die richtige Knete mit linken Sachen, ich nehme an, es geht um Schutzgeld, Drogen, Schleusergeschäfte. Jetzt kann ich nur hoffen, dass er meine unterwürfig vorgetragene Beschwerde mit Wohlwollen behandelt, denn drohen kann ich ihm leider nicht. Ich bin für einen Krieg momentan nicht gerüstet.«

Willi hat drei Linien gelegt, saugt seine weg und schnieft. »Den Namen kenne ich – aus den Lokalzeitungen und natürlich aus deinen Erzählungen. Ihr habt ein paar Geschäfte miteinander gemacht, so viel ich weiß, und du hast immer behauptet, der Typ sei dir gegenüber hypertotal korrekt. – Scheiße, Mann. – Aber die Sache mit dem Bolivianer läuft nachher, hoffe ich.«

»Logisch, das läuft mehr als absolut, ey. Wenigstens *die* Sache geht über die Bühne, fuck, ey, allmählich glaube ich, das Ganze ist eine Verschwörung der Jungen gegen die Alten. Sie wollen uns abservieren und demütigen, weil sie gar nicht anders können. Ist der Lauf der Welt. Ich meine, wir waren damals auch gierig – aber nicht nach Kohle, Alter, sondern, wie soll ich mich ausdrücken, nach Leben, nach Erfahrung. Und wir hatten Respekt vor den Alten. Weißt du noch? Die Silberrücken waren unsere Vorbilder, wir profitierten von ihrer Weisheit.«

Willi schnieft und sagt: »Sprichst du von deinem Vater? Der saß doch öfter im Gefängnis als du. Ganz zu schweigen davon, dass er Alkoholiker war und seine Frau nicht gerade anständig behandelt hat.«

Arno saugt seinen Teil weg. »Wenn du an meiner Familie herummäkelst, aus welchem Grund auch immer, dann kann ich das mit deiner Familie auch machen. Dein Alter war doch die letzte Sau. Hast du mir zumindest erzählt. Ein großkotziger Gebrauchtwagenhändler. Und deine Schwester …«

»Was soll das, du Spinner? Du hast plötzlich damit begonnen, unsere Alten als Idealgestalten darzustellen, als mit Weisheit vollgestopfte Silberrücken, was natürlich völliger Quatsch ist. Vielleicht erinnerst du dich noch daran, dass wir in den 60er Jahren gegen die verkorkste Generation unserer Eltern rebellierten.«

»Ich hab aber nicht gegen meinen Alten rebelliert, weil er im Knast saß, obwohl mich das ziemlich genervt hat. Einmal saß er zusammen mit meinem Bruder in Santa Fu, und ich musste die Achterbahn mit meiner Mutter alleine machen. Aber scheiß drauf, Mann, du hast doch auch schon gesessen.«

»Darum geht's doch gar nicht. Klar, ich habe zweimal gesessen. Einmal, 1971, in Deutschland, sechs Monate, wegen fünf Gramm Haschisch, und von 1972 bis 1973 anderthalb Jahre in der Türkei wegen eines Joints. Und daraus habe ich gelernt, im Gegensatz zu dir. Du warst bis in die 90er Jahre mit einer gewissen Regelmäßigkeit im Knast.«

»Weil ich aus ner Schaustellerfamilie komme. Leute wie ich sind doch von Geburt an gebrandmarkt. Wir werden diskriminiert. Darüber gibt es Studien. Wir und die Zigeuner sind die Neger Europas.«

Giselas Erscheinen beendet die unerquickliche Diskussion. Mit Wehmut erinnert sich Willi an die tiefschürfenden Unterhaltungen, die er früher mit tiefsinnigen Leuten führte, in tiefen Sesseln sitzend, tief ins Weinglas schauend und tief beeindruckt von der eigenen Person. Vor einigen Jahren verkehrte er eine Zeitlang in einem Literaturcafé in Ottensen, besuchte fleißig die Lesungen, Diskussionsrunden und Kaffeekränzchen, obwohl er die meisten der Anwesenden für Psychopathen hielt. Carmen, wer sonst, hatte ihn dazu gedrängt. Und immer wenn er auf einer der unbequemen Thonet-Kopien saß, während draußen das wahre Leben pulsierte, fühlte er sich wie ein Schiffbrüchiger, mutterseelenallein auf einer Schiffsplanke in den Weiten des Ozeans.

Als der stets alkoholisierte Blut-, Schweiß- und Tränendichter Felix Kapuste eines Abends seinen massigen Körper vorschob, um die Behauptung, Kafka werde im allgemeinen »exorbitant überbewertet«, in den Raum zu schmettern, explodierte Willi ungewollt und wieder einmal von sich selbst überrascht: »Ist das so?«, brüllte er in die erstarrende Runde. »Wird Kafka im allgemeinen exorbitant überbewertet? Oder will hier, wie so oft, ein kleines Nagetier, das tief im Inneren weiß, dass es ein kleines Nagetier ist, auf sich aufmerksam machen, indem es mit großen Namen um sich schmeißt, als wären es Tennisbälle!« Immer mehr geriet er in Rage, allmählich fühlte er sich wie Savonarola auf dem Marktplatz von Florenz. Begütigend auf seinen Arm drückende Frauenhände schüttelte er unwirsch ab, ihm entgegengestreckte Getränke, Zigaretten, selbst einen Joint wischte er beiseite, während seine Stimme mittlerweile den ganzen Raum ausfüllte: »Wer Kafka in einem Literaturcafé so verächtlich macht, wie es dieser völlig talentfreie, aufgeblähte Aushilfslyriker – den ich übrigens schon lange im Verdacht habe, seine Trunksucht als Ausdruck einer komplexen Künstlerseele misszuverstehen – soeben getan hat, der hat zur Literatur eine Beziehung wie zu dem Klopapier, mit dem er sich den Arsch abwischt! – Und ihr anderen grinst jetzt betreten oder setzt ein gequältes Gesicht auf, doch ich sag's euch trotzdem, damit ihr wenigstens einmal in diesem Scheißladen einen ehrlichen Satz zu hören kriegt: Ihr alle behandelt Literatur wie Klopapier! Oder wie Aas, auf das ihr euch stürzt, um es abzunagen! Man muss sich nur mal diese *Kafkaesk*-Benutzer anhören. Sie kommen vom Frisör und sagen, dort sei's kafkaesk gewesen, oder sie müssen einen Visumantrag ausfüllen und finden das kafkaesk ...!«

Hoho, da kam Stimmung auf – und die Stimme des neunzehnjährigen Slam-Poeten und Chefs des HipHop-Trios Bullterrier Clan, Master of Desaster, übertönte plötzlich den Tumult. Der Master of Desaster, mit zu Stiften gegeltem Stoppelhaar, stand auf einem Stuhl und rappte brüllend: »Du bist doch nur ein zugekokster, hoffnungsloser Pisser, ein ausgebrannter Besserwisser, ein verzweifeltes, verlebtes Wrack, in kurzen Worten: ein alter Sack!«

Mit erhobenen Händen bedankte er sich für den Applaus. So dürftig der Beifall auch war, steigerte er Willis Zorn. Er bahnte sich einen Weg zu dem Stegreifdichter und reichte ihm die Hand. »Das war nicht schlecht, so auf die Schnelle. Ich spreche nicht von der Syntax, sondern vom Inhalt. Krass rübergebracht, volle Granate, keine Schnörkel, kein Schwulst. Die gerade Linie. Find ich okay. Aber das Leben ist anders. Es ist nicht berechenbar.« Und damit knallte Willi seine Rechte in den Magen des Jungen, kümmerte sich nicht weiter um den rücklings vom Stuhl Fallenden und rannte aus dem Haus. Carmen preschte, vor Zorn und Scham glühend, hinter ihm her. Es regnete. Novemberregen. Sie fauchte: »Es war alles grenzwertig, aber zur Not tolerabel – bis auf den Faustschlag in den Magen.«

»Ich wollte ihm das Nasenbein brechen, aber er stand ja auf einem Stuhl.«

»Du Arsch. Dass wir hier nie wieder erscheinen können, ist dir wohl klar.«

»Gut, dass du mir das sagst. Ich wäre nächste Woche, naiv, wie ich bin, wieder hier aufgetaucht.« Es kostete ihn Mühe, seine gelöste Stimmung vor ihr zu verbergen.

»Sehr spaßig. Wahrscheinlich hast du diesen Eklat bewusst herbeigeführt, um hier nicht mehr hingehen zu müssen. So abartig tickst du nämlich. Machst einen Riesenwirbel, wo ein kurzer Satz genügt hätte.«

»Kann mich nicht erinnern, mit dir jemals eine Sache mit einem kurzen Satz geklärt zu haben.«

»Geklärt hast du meines Wissens bis jetzt noch gar nichts.«

Aber ich habe einen Mann mit einer 38er erschossen, denkt er, während Gisela die verbliebene Linie mit belegter Zunge vom Tisch leckt. Die Ruine leckt das Koks vom Tisch, denkt er grimmig. Wahrscheinlich leckt sie in ihrer Kneipe alle Tische ab, um den Lappen zu sparen.

»Ich bin finanziell ziemlich im Arsch«, sagt Arno mit finsterer Miene. »Tony Ling hat mich gelinkt. Der chinesische Bastard hat mir am Telefon gesagt, für diesen Irrtum übernimmt er keine Verantwortung, aber er kauft mir die Essstäbchen freundlicherweise für 10000 Euro ab, aus alter Verbundenheit. Wenn ich den Container aus dem Freihafen hole und in meinen Hof stelle, lässt er ihn dort abholen. Ich bin noch nie gelinkt worden. – Doch, einmal. Aber der Betrüger hat dafür bezahlt. Mal überlegen. Vielleicht sollte ich's doch auf einen Krieg ankommen lassen. Ja, ich bin der Meinung, Tony Ling sollte bezahlen.«

»Ach, Spatzi«, Gisela wirft die Arme hoch und spreizt kokett alle Finger. »Du könntest doch versuchen, die Stäbchen in den China-Restaurants zu verkaufen. So was wird doch immer gebraucht.«

»Soll ich etwa mit nem Bauchladen durch die Gegend rennen? Was glaubst du wohl, um welche Summe es hier geht? Ich wusste gar nicht, dass du geistig behindert bist.«

Willi macht ein nachdenkliches Gesicht. »Dieser Tony Ling möchte, dass du den Container aus dem Freihafen holst? Dann befindet sich was da drin, das für ihn bestimmt ist. Wenn du den Container abholst, fährst du ihn natürlich nicht auf deinen Hof, sondern versteckst ihn, und wir werden uns dann die Ladung genauer ansehen.«

»Und wenn sie das Ding durchleuchten? Der Zoll hat so ne Anlage, in der ganze Container durchleuchtet werden.«

»Ich will dich zu nichts überreden. Überleg es dir. Auf jeden Fall hat der Typ keine Verwendung für eine halbe Million Essstäbchen. So viel ist schon mal klar. Ich leg mich jetzt mal für ne Stunde flach.« Willi winkt mit schlaffer Hand, dann schlurft er in Arnos Büro, das auch als Lagerraum dient. Zwischen dem Schreibtisch, vollgestopften Regalen, Kartons und Bierkisten wartet ein Klappbett auf ihn. Bitter grinsend schüttelt er den Kopf. Ein ausgebrannter Asylant. Er setzt sich auf die Wolldecke, stützt das Kinn auf die Fäuste, starrt auf die übereinandergestapelten Bierkisten wie auf eine Plastik aus einer fremdartigen Kultur, stöpselt sich die iPod-Hörer in die Ohren, legt sich mit hinter dem Kopf verschränkten Händen auf den Rücken, *Good Friday* von den Cowboy Junkies breitet sich in ihm aus, anthrazitgraue Traurigkeit umschwebt ihn wie Zigarettenrauch. Alles kommt auf einmal. Eine Situation, die er noch vor einer Woche als völlig unrealistisch abgetan hätte. Die Probleme stehen schwer, hart und kantig wie Granitblöcke um das Klappbett herum: Verlust der Jugend, Verlust der Wohnung, der drohende Verlust einer halbwegs erträglichen Zukunft, die permanenten Sexphantasien, die Toten auf dem Grundstück, ein kaputtes Auto, ein skrupelloser Chinese, Carmen, Frau Maul, der bevorstehende Deal mit einem unbekannten Bolivianer. Und schon wieder eine Sexszene im Kopf. Wo kommt die denn nun wieder her? Wie in der Pubertät – mit dem Unterschied, dass die heutigen Sexphantasien so abgenutzt und ohne einen Hauch von Romantik daherkommen. Theoretisch wäre es noch immer denkbar, sich zu verlieben – davon ist Willi überzeugt, ja er kann sich manchmal vorstellen, noch einmal eine Beziehung mit allen Konsequenzen zu wagen. Nicht so eine Zweckgemeinschaft wie die mit Carmen, die zerfasert, sobald die Partnerin zur Frustfresserin wird und innerhalb eines Jahres ihr Gewicht verdoppelt. Aber niemand in Sicht, das ist das Dumme – wenn man Elfi und Frau Maul unberücksichtigt lässt. Das liegt natürlich, wie Willi ganz klar sieht, auch ein wenig daran, dass ein älterer misanthropischer Kokaindealer mit dem Monatseinkommen eines älteren misanthropischen Alleinunterhalters auf die Mehrheit der Frauen nicht einmal halb so anziehend wirkt wie beispielsweise ein älterer völlig beknackter, aber wohlhabender Immobilienmakler. Vielleicht, denkt Willi, rieche ich einfach schlecht: nach Untergang, nach Schnabeltasse und nach *Dead End Street*.

Die Wolldecke riecht nur nach Hund. Was befindet sich eigentlich in diesen Kartons? Unaufgeräumtes Zimmer. Und das ist überhaupt das Schlimmste an der Situation: Willis Wohnung, der einzige Ort im Universum, an dem er sich geborgen fühlt, wenn alle Riegel vorgeschoben sind, ist unbewohnbar, für lange Zeit. Die Wohnung ist eher bescheiden im Vergleich zu der Villa an der Elbchaussee, die Willi als Junge dazu auserkoren hatte, ihn im Alter zu beherbergen, aber sie gehört ihm, sie ist seine Festung, seine Höhle, seine Disco, sein Kino und sein Sanatorium. Ich könnte vorübergehend bei Frau Kalliope einziehen, überlegt er, bitter mit sich scherzend, sie jeden Abend flachlegen, mich bekochen lassen und meine Wohnung im Auge behalten. Frau Kalliope wird keine Vorurteile gegen alternde Koksdealer hegen …

Am frühen Abend machen die türkischen Lebensmittelhändler, die Kebap-Restaurants, die türkischen Frisöre, das Wettbüro und die Pornoshops auf dem Steindamm ihr bestes Geschäft. Türken, Araber, Iraner, Afghanen, Inder, Schwarzafrikaner und Deutsche bevölkern die Trottoirs, vor den Absteigen stehen gelangweilt an ihren Zigaretten saugende osteuropäische Nutten unbestimmten Alters und wirken so sexy wie Litfaßsäulen.

Arno löst einen Parkschein, den er in Knolles Audi legt.

»Dreißig Minuten«, sagt Knolle, Arnos düsterer Sohn, der eigentlich Max heißt und in Willis Augen ein Brechmittel ist. »Kommt bloß nicht zu spät. Ich hab ne Menge Scheiß um die Ohren.«

»Heul doch«, knurrt sein Vater und setzt sich mit Willi in Bewegung.

»Was soll das mit Gisela?« fragt Willi.

»Wie meinst du das?«

»War das kein alkohol- und koksbedingter Ausrutscher? Ist das jetzt deine Freundin? Ich meine, diese Frau ist so gut wie tot.«

»Ist sie nicht.« Arno bleibt abrupt stehen. »Sie macht alles, was ich von ihr verlange, kennt keine Scham, ich kann in ihrer Kneipe anschreiben lassen. Mehr will ich doch gar nicht. Wieso regt sich eigentlich jeder über sie auf?«

»Na, wenn es dich glücklich macht …«

»Es macht mich glücklich.«

»Wenn sie demnächst in deiner Wohnung sterben sollte, was ich für sehr wahrscheinlich halte, wirst du deinen Fehler schon einsehen. Aber mit meinem Beistand darfst du dann nicht rechnen.«

»Elfi wird sie einige Tage mästen, wirst schon sehen, wenn sie etwas mehr Fleisch auf den Rippen hat, ist sie wieder wie neu.«

»Spinner.«

Alle Welt scheint heute gut drauf zu sein. Auf den Stühlen vorm Restaurant *Ali Baba* analysieren schwarzhaarige Teetrinker die Weltlage, Kinder bekleckern sich mit Schokoladeneis, und ihre Mütter schleppen prall gefüllte Plastiktüten aus den Lebensmittelläden.

Wenn ich Geld hätte, denkt Willi, würde ich im Süden wohnen. Sizilien, Kreta, was weiß ich ... Wenn ich Kinder hätte ... Was soll das auf einmal? Glaube ich etwa neuerdings, ein Kind gezeugt oder geboren zu haben, schaffe automatisch eine positive Grundstimmung, eine latente Zufriedenheit? Die Evolutionslehre misst der Zufriedenheit keine nennenswerte Bedeutung zu. Unsterblichkeit, indem man in seinen Kindern und Kindeskindern weiterlebt? Das ist doch Selbstbetrug. Wie verzweifelt muss Carmen sein ...

»An was denkst du wieder?« Arno lacht meckernd. »Wirst du wieder verfolgt?«

Das Hotel befindet sich am Hansaplatz, im ersten Stock, über einer indischen Videothek. Hotel *Luna*. Zeitlos schäbig. Die Alkoholikerin an der Rezeption lallt laut, aber nicht unfreundlich in den Telefonhörer. Sie erkennt Arno und nickt, als er fragend in den Flur deutet. Zimmer sechs. Der Bolivianer, klein und mollig, hat die Haare nach hinten gegelt wie ein Mariachi. Mit einer Digitalkamera filmt er zwei nackte Frauen, die sich gegenseitig Gurken in diverse Öffnungen schieben.

»Bulgarian whores.« Der Bolivianer lacht. »Very handsome girls.« Er ist um die dreißig, trägt ein schwarzes T-Shirt und Boxershorts, über seine linke Gesichtshälfte zieht sich eine lange Narbe – von einem Messer, wie Willi sofort mutmaßt. Lässig wirft der Latino die Kamera aufs Bett und reicht den Ankömmlingen die Hand. »Hello, Arno. Your friend? My name is Julio, Mister. You have the money?« Willi nennt seinen Namen. Das ist nicht cool, denkt er. Arno sagt: »The girls must leave.«

Nachdem die Huren gegangen sind, fragt Julio grinsend und mit suchendem Blick nach dem Geld. Sein Englisch stellt sich als sehr bescheiden heraus, und es dauert eine Weile, bis Willi ihm klargemacht hat, dass nur Holzköpfe mit einem Haufen Geld in ein fremdes Hotelzimmer stolpern, ohne die Lage gecheckt und den Stoff getestet zu haben.

»You want to test? You don't trust me? No problem.« Der Bolivianer knipst ein breites Moderatoren-Lächeln an, zieht einen Alukoffer unter dem Bett hervor und holt daraus zwölf hartgepresste, in Alufolie, Plastik und Leinwand verpackte Blöcke. Arno klappt sein Taschenmesser auf, zögert, entscheidet sich für eins der Päckchen, sticht hinein und schaufelt mit der Klinge ein Häufchen des weißen Pulvers auf die Tischplatte. Er prüft den Geschmack, formt zwei Linien, von denen er eine gleich wegzieht. Willi und Julio beobachten ihn aufmerksam, als rechneten sie mit einer Explosion in Arnos Kopf.

»Voll geil«, sagt der. »Das beste Koks seit zehn beschissenen Jahren.«

Willi zieht die zweite Linie weg. Das beste Koks seit zehn beschissenen Jahren. Wie ein Werbeslogan hallt dieser Satz in seinen Ohren. Auf dem Gesicht des Bolivianers glänzt verhaltener Stolz.

»Alles paletti, Knolle«, murmelt Arno in sein Handy, »ich hol jetzt die Tasche.« Willi zieht eine Waage aus der Jackentasche – eine Metallfeder mit einer Skala und einem Haken – und wiegt die Päckchen. Sechs Kilo. Sein Herz schlägt schneller.

Vor dem Hotel rücken ihnen die zwei Bulgarinnen auf die Pelle. »Habt ihr Zeit? Wir sind gut. Was habt ihr in Tasche? Geklaute Sachen? Ihr gebt zweihundert Euro – wir haben nix gesehen.«

Arno wird zum Kampfhund und knurrt: »Verpisst euch, wenn ihr nicht völlig behämmert seid! Wisst ihr nicht, wer wir sind? Wir sind die ganz Bösen.« Mit einer raschen Bewegung zieht er den Daumennagel über seine Kehle und streckt dabei die Zunge raus. Die Mädchen verstehen die Geste. Achselzuckend wenden sie sich ab. Sie sind klein, hübsch und sehr weit weg von zu Hause.

Zwei Polizisten schlendern plaudernd vorbei. Sie fühlen sich sicher. Es ist ihr Revier. Ihre Blicke schweifen beiläufig sondierend über die beiden Männer mit der Reisetasche.

Das ist ja vollkommen hirnrissig, durchfährt es Willi, mit einer Reisetasche voll Koks durch St. Georg zu latschen.

»Ich will zehn Gramm«, knurrt Max, stur nach vorn blickend. Arno klopft ihm mit den Fingerknöcheln an die Stirn und sagt väterlich: »Was glaubst du, was ich alles gewollt und nicht bekommen habe. In deinem Alter …«

Knurrend schlägt der Sohn auf das Lenkrad ein. »Ich hab dir schon hundertmal gesagt, du sollst mir nicht auf den Kopf hauen!«

Max lässt die beiden am Rödingsmarkt aussteigen; sie hasten die Stufen zur U-Bahn hoch, werfen sich in den gerade abfahrenden Zug, setzen sich an ein Fenster, grinsen sich kurz an, blicken ins Leere. Arno hat die Tasche auf seinem Schoß plaziert und beide Hände darauf festgeschweißt, er sieht aus wie ein Toter, dessen Finger sich in einem letzten Reflex in die Tasche krallen.

Keine Fahrkarte. Diese Feststellung bewirkt einen Schweißausbruch auf Willis Stirn. Schwarzfahrer! Na, wird schon keiner kommen. Wer weiß? Die Typen kommen immer ungelegen. Zahlen tänzeln durch seinen Kopf: Von den sechs Kilo bekommt Arno ein Pfund. Bleiben fünfeinhalb Kilo. Die werden nicht gestreckt. Es wird sich herumsprechen, dass Willi Windhorst astreines Koks verdealt. Arno wird sein Pfund strecken – das heißt, hundert Gramm wird er für sich behalten. Er ist ziemlich klamm und denkt daran, seine Taxiflotte zu verkaufen. Gisela weiß von dem Deal, Knolle ist eingeweiht. Hoffentlich hat Arno nichts von der Sache mit Erik erwähnt. Aber so blöd ist er nicht. Alles wird gut – obwohl ich einen Menschen erschossen habe. Mit 300 000 Euro könnte ich erst mal tief durchatmen – mir eine Grabstätte in Ohlsdorf kaufen, in Urlaub fahren. Wann war ich zuletzt im Urlaub? Vor drei Jahren. Teneriffa. Gott, war das trostlos.

Falsche Lieferung

»Tach, Herr Windhorst! Den ollen Container wollen Sie aber nicht lange auf Ihrem Grundstück stehenlassen, nöch? Der könnte ja festwachsen!«

Wie von Willi befürchtet, sind die kugelrunden, genmanipulierten Tomaten ähnelnden Köpfe der Möllers hinter der Hecke aufgetaucht. Wahrscheinlich haben sie ihre Bank wieder vor die Hecke gestellt, um darauf stehen zu können. Das Ehepaar Möller besitzt das linke Nachbargrundstück und verbringt seit Ewigkeiten den größten Teil des Sommers in seinem solide errichteten Blockhaus mit Veranda, gemauertem Grill und Fernsehschüssel. Die beiden Tomatenköpfe hegen nicht nur einen eher nachlässig getarnten Groll gegen Willi, weil er vor fünf Jahren die Einladung zur Feier ihrer Goldenen Hochzeit ignorierte – sie sind ihm gegenüber zudem äußerst misstrauisch, seit er, vor nunmehr zwanzig Jahren, im Suff die Grundstücke verwechselte und von Frau Möller schlafend und nackt im Liegestuhl auf der Möllerschen Veranda vorgefunden wurde.

»I wo«, sagt Willi so leicht und beschwingt wie möglich. »Hier muss einiges repariert werden. Dann kommt der ganze Schutt in den Container.«

»Gute Idee.« Die männliche Tomate nickt. »Die Leute in der Gegend haben schon gemeckert, weil Ihr Grundstück seit einiger Zeit, nun ja, ein wenig aussieht wie ein Slum in Lagos. Sie wissen ja, wie die Leute in den Vierlanden sind, nöch, die haben Angst, es könne hier bald so zugehn wie in Afrika.«

Frau Möller kichert ob der Kühnheit ihres Gatten und verdreht bedeutungsvoll die Augen.

»Wie kommen Sie beim Anblick meines Gartens auf Afrika?«, fragt Willi, nun doch ein wenig verwundert.

»Ach, das stammt nicht von mir, das hat Opa Bölling gesagt. Und der ist ja nun schon ein büschen tüttelich, nöch.«

Willis Abneigung gegen die beiden beinhaltet zweifellos Spuren von Hass, aber nicht erst seit seiner Übernachtung auf der Veranda. Die alte Frau Ellerbek, um die er sich jahrelang gekümmert, mit der er sogar Haschisch geraucht und das *Kommunistische Manifest* gelesen hatte, vererbte ihm das Grundstück 1969. Das war die Zeit, als Typen wie er lange Haare trugen und Leute wie die Möllers Typen wie ihn für rauschgiftsüchtige, schwule Nihilisten hielten und so einfallsreiche Witzchen rissen wie »Zu der Frisur, Herr Windhorst, empfehle ich ein rosa Tüllkleid und Ballettschuhe.« – Originalton Herr Möller.

»Und was ist so schlimm in meinem Garten? Halten Sie das Walten der Natur für Anarchie?«

»Die Natur ... Ich habe doch nichts gegen die Natur ... Die kann es am Amazonas wuchern lassen, so viel sie will, Herr Windhorst, aber hier in der Zivilisation muss sie sich vom Menschen beherrschen lassen, sonst überwuchert sie eines Tages die Zivilisation. Sie wissen doch sicher aus dem Geschichtsunterricht, wie es hier vor zweitausend Jahren ausgesehen hat. Wollen wir wirklich dahin zurück? Die Grünen vielleicht – aber nicht die Mehrheit der Deutschen.« Herr Möller spricht zu Willi wie zu einem störrischen Kind. Seine Frau, geschult, wittert die bad vibrations und lenkt geschickt ab: »Gestern waren ja Handwerker bei Ihnen und haben mit Hämmern und Hacken auf den hässlichen Zementsockel Ihres Stegs eingeschlagen wie komplette Volltrottel. Eine Frau und zwei Männer. Der Herr, der jetzt in Ihrem Container herumwühlt, war, glaube ich, nicht dabei. Ich hab sie gefragt, was sie denn für Handwerker seien, da hat die Frau frech geantwortet, sie seien vom NDR-Streichorchester. Mein Mann hat dann gesagt, wir hätten einen Pressluftbohrer. Damit gehe das ruckzuck. Da hätten Sie mal sehen sollen, Herr Windhorst, wie honigsüß die drei sich auf einmal einschleimten. Aber wir haben ja gar keinen Pressluftbohrer, Herr Windhorst, wir haben ja keinen!« Das Lachen der beiden fegt wie ein eisiger Luftzug über Willi hinweg. Er quält sich ein unverbindliches Grinsen ab. In der Tat sind Wibke, Klaus und Bodo auch mit ihrem zweiten Versuch gescheitert. Und wo war Torsten?

»Ideales Wetter zum Arbeiten«, sagt Herr Möller grimmig.

Willi schiebt die Unterlippe vor. »Das ungewöhnlich warme und ausdauernde Hoch zu dieser Jahreszeit ist für sensible Menschen beängstigend. Wissen Sie, was der Kfz-Meister, der zur Zeit mein Auto wiederbelebt, gesagt hat? Das Ende der Welt sei nahe.«

»Du lieber Himmel!«, kräht Frau Möller. »Auf diesen Gedanken kann man in der Tat kommen. Die Zeichen mehren sich: Auf jedem Fernsehkanal wird entweder gekocht oder gecastet, in Bayern erschießen sie Bären, mein Schwager hat letzten Monat 400 Euro für Telefonsex ...«

»Es reicht, Jette!«, bellt Herr Möller nervös, und schon versinken die Gen-Tomaten hinter der Hecke.

Arno streckt spähend den Kopf aus dem Container. Er winkt und ruft: »Komm endlich, Mann!« Seit einer halben Ewigkeit wühlt er in den Kartons. Dreißig bis vierzig davon hat er, um Platz zu schaffen, auf die Wiese gestellt. Sie einigen sich darauf, zuerst die hintersten Kartons zu überprüfen, doch auch in denen finden sie nichts außer schwarz und rot lackierte Essstäbchen. Sie reißen einige der Kartons auseinander in der Hoffnung, auf doppelte Wände und Böden zu stoßen.

»Bestehen die Scheißstäbchen aus lackiertem Gold?«, stöhnt Arno, der Verzweiflung nahe. Mit dem Taschenmesser schabt er den Lack von einem Stäbchen. Holz kommt zum Vorschein. »Verdammte Kacke!« Er bricht das Stäbchen übers Knie – und bräunlichgraues Pulver rieselt auf seine Hose. »Was ist das denn?«

Willi tunkt einen Finger in das Pulver und leckt ihn ab. »Heroin.«

Einer Eingebung folgend, kratzt er den Lack vom oberen Ende des Stäbchens – Plastik kommt zum Vorschein, ein Plastikstopfen. Nun ist ihm auch klar, warum die oberen Hälften dieser Stäbchen dicker als üblich sind. Das hat er gleich gefühlt, als er das erste Stäbchen in die Hand genommen hat. So liegen sie wohl besser in der Hand, hat er dabei gedacht. Der ganze Karton ist mit gefüllten Essstäbchen gefüllt. Andere Kartons bergen ungefüllte Stäbchen. Sie sehen sich mit großen Augen an. Das Geheimnis ist gelüftet, doch der Lohn für ihre Mühe behagt ihnen keineswegs.

»Mit Heroin mach ich keine Geschäfte«, sagt Arno und tritt gegen den Karton, auf den Willi sich soeben gesetzt hat.

Willi schüttelt fassungslos den Kopf. »Neunzig Prozent des Heroins stammen heutzutage aus

Afghanistan, aber offenbar findet auch einiges aus dem Goldenen Dreieck noch immer den Weg nach Westen. Wer geglaubt hat, diese Droge spiele in Deutschland keine Rolle mehr, hat sich einen Bären aufbinden lassen. Da hat in Thailand oder Laos vermutlich eine ganze Kompanie miserabel bezahlter Frauen und Kinder diese Stäbchen aufgebohrt, mit, wie ich annehme, jeweils zwei Gramm Heroin gefüllt, versiegelt und lackiert. Ich tippe auf Thailand. Die Stäbchen sind Made in Thailand, der Container ist in Bangkok verschifft worden ...«

»Da hat diese Sau mich skrupellos den Container aus dem Freihafen holen lassen. Nun denk mal, der Zoll hätte den Stoff entdeckt, Alter, dann säße ich jetzt im UG, wie ein trauriger Trottel.« Fahrig zündet er sich eine Zigarette an und zwingt sich zur Sachlichkeit. »Ich nehme an, dass die vorderen Kartons alle clean sind. Wir sollten checken, ob es irgendwelche Markierungen gibt, durch die man die richtigen Kartons erkennen kann.« Mit düsterer Miene saugt er die Zigarette heiß. »Dadurch ist das Problem Tony Ling nicht kleiner geworden, logo, ich meine, er hat zwar auch ein fettes Problem, weil ihm zwanzig oder dreißig Kilo Heroin durch die Lappen gehen, aber ich habe jetzt erstens richtigen Stress mit dem Wichser und kann zweitens meine Kohle höchstwahrscheinlich abhaken.«

»Ich geh mal Bier holen«, sagt Willi. Am Fluss zieht er ein Einkaufsnetz aus dem Wasser, entnimmt ihm zwei Flaschen Beck's, eine hält er an seine Wange. Schön kühl. Das Wasser rinnt von seiner Wange auf den Hals.

Im Container ist es stickig wie in der türkischen Gefängniszelle, die Willi einst für anderthalb Jahre bewohnte. Sie trinken durstig. Arno flucht vor sich hin, und zwischen den Flüchen sagt er, ihm sei überhaupt nicht klar, warum dieser verschissene Chinese ausgerechnet mit ihm ein so schmutziges Spiel treibe. Er kenne den Drecksack seit vielen Jahren und habe ihn – da sei der Bursche gerade mal achtzehn gewesen – mit bloßen Fäusten aus einer haarigen Situation gerettet. Arno, habe der Pisser damals gesagt, das vergesse ich dir nie im Leben. Später sei die Ratte dann ziemlich schnell aufgestiegen. Man habe sich seltener gesehen, sich ab und zu gegenseitig irgendwelche harmlosen Gefälligkeiten erwiesen, ein paarmal zusammen gesoffen. Natürlich habe Arno immer gewusst, wer und was dieser Tony Ling sei, doch er habe angenommen, dass die Sau ihn respektiere, ja er habe in seiner Naivität völlig übersehen, dass Tony Ling letzten Endes in jedem Menschen nur die eventuelle Verwertbarkeit sehe.

Willi rülpst und fragt: »Was sollen wir mit dem Stoff machen?« Vor seinem inneren Auge türmt sich ein gewaltiger Haufen Geldscheine wie zusammengekehrtes Herbstlaub – aber klar: Das geht nicht. Heroin ist nicht diskutabel.

»Am liebsten würde ich den ganzen Container abfackeln«, antwortet Arno. »Dann könnte ich mich für zehn Minuten freuen und meine Kohle endgültig vergessen. Aber wenn ich dem Frühlingsrollenficker den Stoff anbiete, bin ich voll quasi am Heroinhandel beteiligt.«

»Voll quasi? Würde mich interessieren, was du damit genau ausdrücken möchtest.«

»Leck mich, Mann, was ich damit sagen will, ist Folgendes: Im Moment geht mir der Arsch auf Grundeis. Meine Lastwagen stehen öfter auf dem Hof, als dass sie fahren, das Taxigeschäft ist ein Alptraum, mein Cadillac, die Stretch-Limo, weißt du?, hat Macken. Neulich hat ein türkischer Gemüsehändler sie zur Hochzeit seiner Tochter gemietet – die Stretch vorneweg, dahinter eine Armada hupender BMWs, auf einer Kreuzung macht die Schrottkarre schlapp. Mein Sohn Max ist am Steuer, im Anzug, wie sich das für den Chauffeur einer Stretch gehört. Der frischgebackene Ehemann steigt aus, alle steigen aus, der Ehemann geht Max an den Kragen. Max war ja jahrelang Kickboxer, wie du weißt, also er bricht dem Türken das Nasenbein, die anderen Türken, nicht faul, stürzen sich auf Max, zufällig kommt ein Bullenwagen vorbei, die Bullen steigen aus ... Na ja, es war jedenfalls ein Scheißtag.«

»Wann soll das gewesen sein?«

»Vor etwa zwei Wochen.«

»Davon hast du mir gar nichts gesagt.«

»Du bist ja auch nicht meine Ehefrau.«

»Deinen Ehefrauen hast du meines Wissens weniger erzählt als mir.«

»Das stimmt megatotal, Alter!« Arno stößt ein meckerndes Lachen aus. »Meine Ehefrauen wussten echt nicht viel von mir. Elfi zum Beispiel hat erst Jahre nach unserer Scheidung erfahren, dass ich während unserer ganzen Ehe ein Verhältnis mit ihrer Schwester Rosi hatte. Die war erst fünfzehn, als wir das erste Mal zur Sache kamen, baumlang, spindeldürr, sah aus wie eine Heuschrecke, Glubschaugen, vorstehende Zähne, aber sexuell das volle Programm. Zehn Jahre jünger als Elfi und versaut wie eine vierzigjährige Nutte.«

»Davon hast du mir erzählt.«

»Weiß ich. Aber hab ich dir schon erzählt ...?«

»Wir sollten uns wieder den ernsteren Themen widmen.«

»Meine Zigarettenconnection ist auch im Arsch.«

»Dazu kommt, dass der bolivianische Nuttenficker in jedem Kokspaket fünfzig Gramm Blei versteckt hatte. So'n steinalter Trick. Anscheinend glaubt jeder, er könne uns verarschen.«

»Sehen wir aus wie Typen, die nur darauf warten, verarscht zu werden?« Der kleine Freizeitboxer ballt die Fäuste. »Vielleicht hat Elfi den richtigen Riecher, und Gisela bringt tatsächlich Unheil. Ich würde mich im Moment über die unbedeutendste Nachricht freuen, sofern sie positiv wäre. Zum Beispiel würde ich vor Rührung weinen, wenn ich erführe, dass man meinem Sohn Max eine hellere Glühbirne in den Kopf geschraubt hätte.«

»In anderen Kulturen«, sagt Willi nachdenklich, »begegnet man Epileptikern mit großem Respekt. Sie gelten dort ...«

Arnos Handy meldet sich quäkend. Er klappt es auf. »Ja? – Hallo, Tony, alte Socke, wie geht's denn so? Der Container ist raus aus'm Freihafen – ja, keine Sorge, alles unter Kontrolle. Aber ich habe mich ein bisschen über dich geärgert. – Weißt schon, wegen Zoll und so. Mit etwas Pech säße ich jetzt im UG am Holstenglacis, du hässlicher Bastard. – Blablabla ... Deine Drohungen kannst du dir in den Arsch schieben. – Meine Kohle plus 50000 für die Scheiße, die du mit mir gemacht hast. – Der Container steht nicht auf meinem Hof, da kannst du lange suchen. – Ich habe dich immer respektiert, ich will keinen Ärger mit dir. Nur meine Knete. Das verstehst du doch. – Kein Krieg. – Okay, bis dann.«

Arnos Gesicht ist umgeben von einem Halo aus Nachdenklichkeit und Härte. »Der Sack weiß jetzt, dass wir wissen ... Ich gehe davon aus, dass er zuerst auf meinem Gewerbehof in Billbrook nachsehen wird. Und dann wird er versuchen, mir eine Falle zu stellen. Ich sage dir, was er keinesfalls machen wird: bezahlen. Und ganz nebenbei stehe ich von nun an auf seiner Abschussliste. Da mach ich mir keine Illusionen.«

Unruhig stapft der kleine, drahtige Mann ins Freie, kommt zurück, nimmt auf einem der Kartons Platz, erhebt sich wieder, als habe er auf einer heißen Herdplatte gesessen. »Der Container muss von hier weg, Willi, sonst kriegst du auch noch Ärger. Von dir hat Tony Ling keine Ahnung. Besser, du hältst dich völlig raus aus dem Dreck. Ich meine, deine Nachbarn hier sind ebenfalls ziemlich nervig. Auf deinem Grundstück liegen zwanzig bis dreißig Kilo Heroin, Alter. Wenn die Bullen das checken, hast du ganz schlechte Karten. Seit Jahrzehnten tauchst du weder in der Arbeitsamtsdatei noch sonst wo auf – und die paar Quittungen für Aushilfsjobs und angebliche Geschäftsvermittlungen kauft dir kein Staatsanwalt ab. Du wärst in diesem Fall der ideale Angeklagte. Vielleicht nehmen sie dir sogar deine Eigentumswohnung weg.«

»Der Container bleibt vorerst hier!«, antwortet Willi mit fester Stimme, obwohl die leise Stimme in ihm fragt, ob er sich diese Courage überhaupt leisten könne. Was geht ihn Arnos Karambolage mit einem zynischen Gangsterboss an? Wie kann man so blöd sein und glauben, dieser Gewaltverbrecher sei ein Freund?

Arno beugt sich über ihn und umarmt ihn, drückt ihn mit sehnigen Affenarmen an sich, als wolle er mit ihm verschmelzen. »Bist'n Guter, Willi, obwohl dein Koks immer sauteuer war. Apothekenpreise.«

Willi, noch immer in der schraubstockähnlichen Umklammerung gefangen, sagt mit gepresster Stimme: »Du hast jetzt deinen ganzen schweißigen Körper an mir abgetrocknet und kannst loslassen. Sag mir statt dubioser Komplimente lieber, wo wir von nun an wohnen werden.«

Der Klammeraffe löst seine Arme von Willi, setzt sich, trinkt den Rest aus der Bierflasche, schnieft und murmelt: »Meine Wohnung, mein Gewerbehof, mein Taxistall, meine Stammkneipe – alles von nun an tabu, das ist klar wie Dünnschiss. Ist so ne Scheiße zu fassen? Aber ich muss noch ein paar Sachen aus der Wohnung holen.« Er springt auf. »Komm, Willi, lass uns das sofort erledigen. Morgen checken wir ab, in wie vielen Kartons Heroinstäbchen sind, dann wiegen wir den Inhalt eines Stäbchens, dann rechnen wir aus, wie viele Kilos dem Wichser durch die Lappen gehen.«

Willi geht noch mal pinkeln – zu seiner alten Pinkelstelle. Er steht breitbeinig vor dem Geräteschuppen und öffnet die Hose. Seit Jahrzehnten pinkeln er und seine Gäste an diese Wand. Er hat vor einiger Zeit, um das Holz vor der ätzenden Harnsäure zu schützen, ein Blech davor genagelt. Heimatlos, denkt er, während der Urinstrahl gegen das Metall trommelt. Er sehnt sich nach einer intelligenten Unterhaltung. Eine Unterhaltung mit seinem Schwanz findet er auf jeden Fall intelligenter als eine Unterhaltung mit Gisela. Er blickt nach unten, um sein Glied anzusprechen und wundert sich über das frisch umgegrabene Erdreich, auf dem er steht. Ist ja komisch, denkt er. Gesichter blitzen auf wie schnell durchgeklickte Dias: das Ehepaar Möller, Wibke und Konsorten, Opa Bölling nebst Hund, Innensenator Udo Nagel …

Beunruhigt holt er die Schaufel aus dem Schuppen und beginnt zu graben. Wie Butter lässt sich die Erde teilen.

In dieser Gegend ist die Nacht nie richtig dunkel, stellt Willi wieder einmal fest, aus Millionen Fenstern und Leuchtreklamen, Handys, Navigationsgeräten, Autoscheinwerfern und Ampeln strömt das Licht, und man fragt sich, ob diesem unaufhaltsam zunehmenden Lichtmissbrauch womöglich ein unbewusster kollektiver Wahn zugrunde liegt, der Wahn, die Dunkelheit eliminieren zu können. Plastische Chirurgie, Verdoppelung der durchschnittlichen Lebenserwartung, Plasmabildschirme, die man zusammenrollen kann wie einen Bauplan, Kreuzfahrtschiffe, in denen die Bevölkerung einer Kleinstadt Platz findet, die Abschaffung der Dunkelheit – oh ja, alles ist möglich. Damals in Afghanistan – er erinnert sich an seine Jugendzeit besser als an die *Sopranos*, obwohl er die Fernsehserie in den letzten sieben Jahren siebenmal gesehen, seine Jugendzeit jedoch nur einmal erlebt hat, und zwar vor gefühlten hundertzwanzig Jahren –, in Afghanistan waren die Nächte schwarz und still, die Nacht herrschte unangefochten über Dörfer und Städte ohne Elektrizität, man war überwältigt beim Anblick des Sternenhimmels und empfand sich als Teil der Natur.

Willi schlürft Tee aus einem bauchigen Glas und starrt mit Haschischaugen auf den Wandteppich: röhrender Hirsch im Tannenwald. In der Luft schwebt noch immer der Geruch des längst abgeräumten Essens: Knoblauch, Cumin, Lammfleisch, Okra und Olivenöl.

»Ist viel Platz im Haus«, sagt Ömer mit sonorer Stimme. »Kannst du hier wohnen, so lange du willst. Kein Problem. Ist auch gut für mich. Ich hab neue Serie auf DVD, *Desperate Housewives*, kann ich mit Türken nicht gucken. Vielleicht mit meinem jüngsten Sohn. Der hat selbst eine emanzipierte Frau geheiratet, einc Deutsche, die eine Bankfiliale leitet. Er sagt, es hat drei Jahre gedauert, bis er sie verstanden hat, aber jetzt läuft es gut. Er wohnt allerdings in Berlin und guckt, wenn er hier ist, nicht mit mir Fernsehen. Nie. Er kann es nicht leiden, wenn ich dabei Haschisch rauche und Alkohol trinke. Ist ganz aus der Art geschlagen.«

»Die erste Staffel kenne ich«, sagt Willi, der seit dem *Soprano*-Erlebnis den innovativen amerikanischen Fernsehserien rettungslos verfallen ist. Er hat Ömer in sein privates und geschäftliches Debakel eingeweiht, hat ihm auch ohne Scheu von dem dritten Toten erzählt, den er am Vortag neben dem Geräteschuppen aus- und gleich wieder vergraben hat. Er und Arno packten ihre Koffer, als wollten sie gemeinsam in Urlaub fahren, brachten Elfi zu ihrer Cousine nach Uetersen und bezogen für die erste Nacht ein Hotelzimmer in Billstedt.

»Und nun hast du in deinem Garten drei Leichen und einen Container mit Essstäbchen«, sagt Ömer, der sich, wie das seine Art ist, mit dem Thema Zeit gelassen hat. »Wer ist der dritte Tote?«

»Torsten …, Torsten Heisig. Den hast du, glaube ich, damals auch ein paarmal gesehen – seit über dreißig Jahren Fixer, Alkoholiker und Sozialhilfeempfänger, seit achtundfünfzig Jahren Idiot. Ohne Zweifel haben Wibke, Klaus und Bodo ihn dort verscharrt. Weißt du, an dem Abend bei Wibke und Klaus versuchte der Vollidiot Torsten, mich zu erpressen. Er war ganz besoffen von der Summe, um die es da ging. In seiner Blödheit drohte er, bei den Bullen reinen Tisch zu machen. Ich nehme an, er hat, als ich weg war, die anderen mit seiner absurden Geldforderung genervt.«

»Ja, ja, ich hab dir schon damals gesagt, dass mir deine Freunde nicht gefallen.«

»Du hast mir damals auch gesagt, dass dir Thüringer Bratwürste nicht gefallen, und heute isst du sogar Schweinebraten mit Knödeln.«

Ömer schmunzelt. »Aber nur, wenn Allah nicht hinsieht.«

»Allah sieht alles. Auch die Whiskyflasche in deinem altdeutschen Eichenschrank.«

Der Alte nickt verstehend, stemmt sich seufzend aus dem Sessel, um den Single Malt aus dem Schrankungetüm zu holen. In der Küche arbeiten, reden und lachen die Frauen, aus einem Zimmer weht traurig und herb ein anatolisches Lied, im oberen Stockwerk dröhnt der Plasmafernseher von Ömers Bruder, der vor drei Wochen beschlossen hat, das Bett erst wieder zu verlassen, wenn Allah ihm den nächsten dicken Lotto-Jackpot zukommen lässt, was nicht wenige von Ömers zahlreichen Verwandten als frevelhaft betrachten, weshalb Ömer, der Patriarch, entschieden hat, seinem Bruder eine Frist bis zur nächsten Ziehung der Lottozahlen zu gewähren. Danach habe er das Bett zu verlassen – ob als reicher Mann oder, was realistischer ist, als weiterhin von Ömer ausgehaltener Faulpelz.

Willi gefällt die Familie, die von Ömer Ende der 60er Jahre nach Hamburg geführt wurde, als Ömer kapiert hatte, dass er nicht, wie geplant, in zehn Jahren mit erspartem Geld in sein Dorf zurückkehren würde, um sich dort, wie einst geplant, ein Haus und eine Tankstelle zu kaufen. Heimat, denkt Willi, sie haben in der Fremde eine Heimat gefunden. Das alte, große Haus an der B 73 ist ihre Festung.

Glockenhell klirren die schweren Kristallgläser, als sie anstoßen.

»Willi, ich weiß, dass ich dir nie den Vater ersetzen kann, aber einen guten Rat habe ich selbstverständlich immer für dich: Überstürze nie etwas, gib der Tomate Zeit zu reifen, aber wenn sie reif ist, pflücke sie, bevor es andere tun. Oder wie der anatolische Volksphilosoph Nasreddin Hodscha sagte: These, Antithese, Synthese.«

Willi lacht verblüfft. »Das stammt von Hegel, du Schelm, und nicht vom türkischen Till Eulenspiegel Nasreddin Hodscha. Und wieso glaubst du, mir fehle der Vater? Habe ich dir nicht zweitausendmal gesagt, die Gebrauchtwagen meines Vaters hätten mehr Wärme besessen als er selbst? Und habe ich dir nicht mindestens ebenso oft erzählt, wenn mein Vater und meine Schwester zusammen in einem Raum gewesen seien, habe man selbst im Hochsommer die Heizung anmachen müssen?«

»Eben deshalb. Du suchst seit sechzig Jahren den idealen Vater.«

Mit leisem Stöhnen stellt Willi sein Glas ab. »Hast du mich wirklich die ganzen Jahre so gesehen? Hör zu. Du bist für mich ein großer Mann und ein wahrer Freund. Aber der eine Vater hat mir für den Rest meines Lebens gereicht.« Er will noch einen Scherz einflechten, so in der Art, nein, er suche, was viel schlimmer sei, in jeder Frau seine geliebte Mutter, und deshalb sei er oftmals Frauen mit Kittelschürzen, Lockenwicklern und Thrombosestrümpfen hörig gewesen, doch das Handy scheppert.

Arno schreit aus dem winzigen Gerät. Seine Stimme klingt, als habe er seit Stunden pausenlos geschrieen. Die Schweine hätten seinen Gewerbehof mit der Lagerhalle und den LKWs in Brand gesetzt, alles abgefackelt, drei seiner Leute seien krankenhausreif geprügelt worden, die Kripo habe ihn zwei Stunden lang verhört, weil sie einen Bandenkrieg vermute, aber er, Arno, habe natürlich nichts verlauten lassen und den

Bullen gesagt, es sei eine Frechheit, ihn, das Opfer, als Chef einer Bande zu bezeichnen. Lautes Knurren. Er hoffe nur, dass die Bullen nicht durch den Zoll von einem Container aus Thailand, den ein gewisser Arno Schuster abgeholt habe, unterrichtet würden. Übrigens rufe er nicht mit seinem, sondern mit Giselas Handy an. Seins habe er in die Elbe geworfen.

»Du bist extra zur Elbe gefahren, um dein Handy loszuwerden?«

»Du Arsch, das hab ich metaphysisch gemeint!«

»Metaphorisch.«

Arno schreit noch lauter, was Willi zu der Annahme verleitet, er müsse sich an einem menschenleeren Ort befinden. Er stellt sich Arno in der Mitte des zu dieser Zeit verwaisten St.-Pauli-Stadions vor, mutterseelenallein auf dem Fernsehturm, gemeinsam mit Gisela in einem Fesselballon über dem Ohlsdorfer Friedhof, während Arno schreit, er habe verdammt noch mal metaphysisch gemeint, was immer das auch zu bedeuten habe – und er sei komischerweise nicht in der Stimmung, sich mit einem kranken Klugscheißer herumzuärgern.

»Ich hielt es für meine Pflicht, dich zu berichtigen, nun gut, sagen wir, ich weiß, was du sagen wolltest. Aber pass auf, das bedeutet schlicht und einfach, Tony Ling hat nicht die Absicht, dir auch nur einen Euro rüberzuschieben. Er will dir zeigen, dass er in einer höheren Liga spielt. Verstehst du?« Während Willi spricht, blickt er in Ömers angespanntes Gesicht.

»Das ist doch klar!«, brüllt Arno. »So weit bin ich auch schon gekommen! Hältst du mich für ein Schaf? Der Schmutzfink schuldet mir jetzt eine Million! Aber ich werde noch in dieser Nacht reagieren, das schwör ich dir! Mein Sohn Max hat schon ein paar handliche Burschen angeheuert!«

»Was heißt das?«

»Besser, du weißt es nicht! Ist ne Sache für harte Hunde!«

»Von wo rufst du überhaupt an?«

»Ich sitze auf Giselas Klo, und unter mir dampft ein Riesenscheißhaufen, von Fliegen umschwirrt! Keine Ahnung, wo die Scheißfliegen auf einmal alle herkommen!«

Am nächsten Vormittag ist der Himmel so aufgeräumt wie an den Vortagen. Makelloses Blau. Und Willis Auto ist nicht nur repariert, sondern obendrein gewaschen worden. Meister Breitfuß brütet über seinem Horoskop, das ihm der berühmte Astrologe Ignatz Gluck jeden Monat für 150 Euro erstellt, und verzieht skeptisch den Mund. »Für mich sieht's ja in den nächsten Wochen recht gut aus, aber so ein persönliches Horoskop berücksichtigt die allgemeine Weltlage natürlich erst dann, wenn mein Schicksal damit in direktem Zusammenhang steht. Es ist also nicht ausgeschlossen, dass Anfang Mai, also zu Beginn meines nächsten Horoskops, die allgemeine Weltlage in eine Katastrophe mündet, deren Auswirkung wie eine, ja, wie soll ich sagen, eine Flutwelle bis in meine Werkstatt schwappt.« Er zieht die Schultern hoch, seine Hände baumeln schlaff an den Armen, als hätte man sie ihm vor kurzem angenäht. »Herr Windhorst, wissen Sie, was ich mir seit längerem überlege? Ob ich meinen Betrieb nicht kurzerhand verkaufe, um mir ein kleines Weingut irgendwo an der globalen Peripherie, etwa in Chile, zu kaufen.«

»Haben Sie schon mit Ihrem Schamanen gesprochen?«

»Habe ich. Aber er war, ich möchte mal sagen, eher unverbindlich, wie ein Politiker, der sich nicht zu weit aus dem Fenster lehnen möchte.«

»Ich verstehe.«

»Tatsächlich?« In des Meisters Lächeln mischt sich eine unangenehme Portion Überheblichkeit.

Auf dem Weg nach Winterhude klebt der rote Golf im Rückspiegel. Er wird von einer älteren Frau gefahren, was Willi keineswegs beruhigt, denn seine mysteriösen Verfolger haben schon öfter ältere Frauen und sogar Behinderte zu seiner Beschattung eingesetzt. Diesmal wählt Willi die James-Bond-Methode, reißt abrupt das Steuer nach rechts, biegt verkehrsgefährdend ab und beschleunigt. Abgehängt! Die emotionslose Stimme eines Nachrichtensprechers plätschert aus dem Radio, dringt aber erst in Willis Bewusstsein, als von mehreren Brandanschlägen die Rede ist. In der vergangenen Nacht brannten zwei China-Restaurants und ein Bordell, am Tatort wurden Brandbeschleuniger gefunden, es gibt Vermutungen über einen Zusammenhang mit dem Brandanschlag auf eine Speditionsfirma in Billbrook. Organisiertes Verbrechen? Bandenkrieg? Der Name Tony L. wird erwähnt.

Am liebsten würde Willi jetzt einfach in Tränen ausbrechen, in seinen Tränen baden und den Lauf der Welt, vom Urknall bis zu Tony Lings Geburt, verfluchen, doch er schluckt nur trocken und starrt durch die Scheibe, auf der Suche nach einem Parkplatz.

Der Deal läuft reibungslos ab. Hundert Gramm. Kommt nicht alle Tage vor. Mit diesem Kunden, einem ausgebrannten, seit frühester Jugend suizidgefährdeten Fernsehmoderator, gab es bisweilen Stress in Form von Gefeilsche und Genörgel. Heute ist der Typ zu Willis Erleichterung bester Laune, präsentiert einen Vertrag über zwölf weitere Folgen seiner stumpfsinnigen VIP-Show, die grauen, geföhnten Haare liegen wie ein Vogelnest auf seinem Kopf. Willi trinkt aus reiner Höflichkeit einen widerlich schmeckenden Kräutertee, dann verzieht er sich mit einer fadenscheinigen Ausrede, bevor ihn der eitle Pfau mit weiteren Details seiner neuen Fernsehstaffel zum Erbrechen bringt.

Achttausend Euro in Hundertern und Fünfzigern. Zu halbwegs normalen Zeiten wäre das der Beginn eines luftig-leichten Tages – Bummel durch die CD-Abteilung von Saturn, Kaffee und Kuchen in Övelgönne, ein Abstecher zum Weinhändler seines Vertrauens. Kein Verfolger im Rückspiegel – aber was heißt das schon. Die halbwegs normalen Zeiten sind ersatzlos gestrichen worden. Aber von wem denn, verdammt? In Willis dunklem Gedankengebräu konkretisiert sich der Verdacht, er werde außer seiner Wohnung auch noch seine Heimatstadt verlieren. Das Grundstück ist mit Leichen gespickt wie ein Friedhof, ein Verbrecher setzt alle Hebel in Bewegung, um etwas zu bekommen, das auf diesem Grundstück lagert, und sollte Willi, was er liebend gern täte, die Polizei einschalten, hätte er nicht nur die Mordkommission und das Rauschgiftdezernat auf dem Hals, sondern überdies die Steuerfahndung und das Betrugsdezernat. Das Betrugsdezernat wegen der ausgebrannten Wohnung. Ist doch klar, dass einer, der in Mord- und Drogenfälle verwickelt ist, auch seine Wohnung in betrügerischer Absicht zerstört. Fehlt nur noch Schneverding, der verkommene Psychologe. Zwar könnte er den mit fünf Gramm Koks vorerst ruhigstellen, doch das wäre garantiert die falsche Botschaft. Oh nein – Willi kichert kurz –, der gute Günter wäre neben Erik und Torsten am besten aufgehoben. Wie viele Gräber kann mein Garten verkraften, fragt sich Willi. Wieviel Geld braucht man mindestens, um irgendwo untertauchen zu können? Ein falscher Pass wäre hilfreich. Die Wohnung und das Grundstück würde ich Carmen für einen Spottpreis überlassen. Sie soll mich in guter Erinnerung behalten. All meine Bücher und CDs sind verbrannt. Ich müsste auf jeden Fall Kafka, Saul Bellow und Thomas Bernhard mitnehmen – und die Beatles, Doors, James Brown und Alabama 3, etwa zwanzig Gläser Mövenpick-Marmelade, fünfzig Tuben Löwensenf und hundert Minen für meinen Montblanc-Kugelschreiber. Ich habe einen Mann erschossen und bereue es nicht einmal ansatzweise. – Nein, oh nein, ich belüge mich nicht selbst. Der Irre hätte Arno ohne Hemmungen umgelegt. Es war alles wie im Film. Nur die dramatische Musikuntermalung fehlte. Und dummerweise stand der Erschossene nach dem »Cut« nicht wieder auf, um sich das Einschussloch abschminken zu lassen, sondern wurde in einen Wäschekorb gefaltet und abtransportiert. Welche Musik hätte denn dazu gepasst? Vielleicht *Folsom Prison Blues*? »I shot a man in Reno – just to watch that sucker die ...«

Carlo Dreyer bewohnt eine Zwei-Zimmer-Wabe in Barmbek, nicht weit vom U-Bahnhof Dehnheide. Trister Sozialbau. In Willis Kindheit, er sieht das alles noch vor sich, wurden nach und nach die Schutthalden des Kriegs – ganze Straßenzüge – entfernt und dann massenhaft solche architektonischen Verbrechen begangen.

Er betritt die Wohnung im ersten Stock rechts und wünscht, er wäre vorgewarnt worden. Ein lila Alptraum breitet sich vor ihm aus. So muss der Vorhof zur Hölle aussehen, denkt er entsetzt. Ob Klobrille, Kacheln, Teppichboden, Tisch und Stühle, Kaffeetassen und Tapeten – alles lila. Mehrere lila E-Gitarren stehen wie Erinnerungen an bessere Tage in den Ecken des Wohnzimmers. In dem lila Bücherregal wirken die wenigen Bücher – Biographien der Beatles und der Doors, alle Bob-Dylan-Songtexte bis 1972 sowie *Die schönsten Katzen*-Fotos – ein wenig verloren zwischen mindestens 200 leeren Miniaturschnapsflaschen. An den Wänden hängen Faksimile-Plakate legendärer Rock-Konzerte der 60er Jahre, ausgebleicht, vergilbt, verstaubt. Alles ist verwahrlost, schmutzig, alt.

»Darf man hier rauchen?«, fragt Willi, erschöpft, aber dennoch widerwillig in einen schmutzigen lila Cordsessel gleitend, sich über die auf einem Fensterbrett schlafende Katze freuend, weil sie nicht lila, sondern schwarz ist. Carlo stellt einen lila Aschenbecher auf den lila Couchtisch – und als Arno, in ein lila Handtuch gewickelt, aus dem lila Bad swingt, entfährt ein Seufzer Willis Brust. »Bin ich froh, dass ich nicht auf Acid bin.«

Carlo hebt kampfbereit den Kopf. »Gefällt's dir hier nicht?«

»Oh, das hast du falsch verstanden. Damit wollte ich nur andeuten, dass alles hier so unpassend unschuldig aussieht. Man betritt die Wohnung und landet im Jahr 1969.«

Zum ersten Mal findet Willi das meckernde Lachen beruhigend. Arno kräht: »Unschuldig? Ich habe mich in sieben Strafprozessen für unschuldig erklärt. Glaubst du, das hätte irgendwen beeindruckt? Wenn man daher kommt, wo ich herkomme, hat man sofort schlechte Karten – dann gilt die Unschuldsvermutung nicht!«

Aber du warst doch schuldig im Sinne der Anklage.«

»Na und? Wenn ich aus Blankenese, zum Beispiel, ja?, aus einer alteingesessenen Kaufmannsfamilie käme, dann wären die Staatsanwälte und Richter viel respektvoller mit mir umgegangen.«

»In dem Fall hättest du wohl kaum Zigarettenautomaten geknackt oder Kabelrollen geklaut, um das Kupfer darin zu verkaufen.«

»Da war ich achtzehn, Alter. Reibst du mir das jetzt noch unter die Nase?«

Carlo verzieht den Mundwinkel zu einem verächtlichen Grinsen. »Unschuldig? Ich bin mit vierzehn von einer meiner Cousinen entjungfert worden, hab es als angesagter Gitarrist mit mindestens zweihundert Mädchen getrieben, überall, hinter der Bühne, im Park, in der S-Bahn, und, warte mal, das Schärfste war … Was war denn verdammt noch mal das Schärfste? Auf jeden Fall hat mich Gott kurz darauf betrogen. Da glotzt du, was? Gott hat mich auserwählt und dann fallengelassen wie eine faule Kartoffel. Weil ich besser Gitarre spiele als er. Nicht einmal Gott ist unschuldig. Er hat mich gelinkt. Ich behaupte sogar, Gott ist der Allerletzte, den man als unschuldig bezeichnen könnte. Er ist an allem schuld.«

Willi atmet tief durch. »Vielen Dank, das reicht erst mal zum Thema Unschuld, und nun sollten wir zum Wesentlichen kommen.« Er wendet sich zu Arno. »Können wir unter vier Augen …?«

Carlo erhebt sich, müde abwinkend. »Ja, ja, alles klar«, sagt er, nimmt die Bierflasche und humpelt ins Schlafzimmer. Bis auf den ballonförmigen Bierbauch ist er mager, das scharfgeschnittene, von langen Haaren eingerahmte Gesicht verleiht ihm oberflächlich das Aussehen eines Indianers. Wenn man genauer hinsieht, erkennt man allerdings die vom Alkohol und anderen Drogen verursachten Verheerungen. Seit dem Autounfall vor zehn Jahren ist sein linkes Bein steif. In den 60ern und Anfang der 70er Jahre war Carlo ein begehrter Studiomusiker. Es gab ernstzunehmende Leute, die ihn auf eine Stufe mit Jimmy Page und Robin Trower stellten, und alle, die ihn mochten, atmeten erleichtert auf, als sein kurzes, wenn auch intensives Verhältnis mit dem Heroin vorbei war. Danach tappte er allerdings in die Alkoholfalle, in der er vermutlich bis zu seinem Tod gefangen sein wird. Irgendwann baute er nur noch Mist, in allen Studios bekam er Hausverbot, weil er randalierte oder kotzte, schließlich arbeitete er bei Arno als Lagerarbeiter. Er war der einzige, der sich Unpünktlichkeit und Faulheit erlauben durfte, denn Arno kannte ihn aus dem *Star-Club*. Und wen Arno aus dem *Star-Club* kennt, den behandelt er anders, dem begegnet er mit mehr als nur kameradschaftlichen Gefühlen. Sie sind Ikonen für ihn, wie auch er sich als Ikone sieht. Einer der Helden von damals. Als ob im *Star-Club* und im *Grünspan* Schlachten geschlagen worden wären. Die Kameradschaft der Ehemaligen. Keine Stalingrad-Kämpfer – Rock'n'Roll-Helden! Einige besitzen die höchsten Orden: Autogramme der Beatles, einen Kamm von Little Richard, eine von Ginger Baker nicht zu Ende gerauchte Zigarette. Das angeblich von Jimi Hendrix benutzte Kondom verlor seinen Status, als immer mehr angeblich von ihm benutzte Kondome auftauchten. Siebenundfünfzig. Ein Unding, wenn man bedenkt, dass Jimi nur drei Tage in Hamburg weilte. Carlo flüchtete sich in Depressionen und Pathos. Er sei das von Gott betrogene Genie, behauptet er seit dreißig Jahren jeden Tag. Arno glaubt an ihn, seit er ihn zum ersten Mal *Peter Gunn* spielen hörte.

»Wieso wohnst du nicht bei Gisela?«, flüstert Willi, der mittlerweile die in dieser Wohnung hausenden Depressionen meint sehen zu können, schemenhafte Vögel, lautlos zwar, aber sonst den Krähen sehr ähnlich.

»Tu mir den Gefallen und erwähne Gisela nie wieder.« Arno verzieht den Mund, als habe er Zahnschmerzen. »Sie bringt nicht nur Unglück, sondern schiebt sich in meinem Beisein den Schwanz eines höchstens fünfzehnjährigen HSV-Fans ins Maul. Das musst du dir mal vorstellen. Ich bin kein großer Fußballfan, aber aus Sentimentalität ein Freund des FC St. Pauli, in ihrer Scheißkneipe verkehren nur St. Pauli-Fans. Jetzt ist sie bei denen erledigt. Aber ich bin auch erledigt. Du musst dir mal ansehen, was die Drecksäcke mit meinem Betrieb und meinen Jungs gemacht haben.«

Willi räuspert sich unangenehm berührt. »Wir sollten diese Gruft verlassen, um das Hexenhaus der Schwertfegers zu besuchen.«

»Um was zu machen?« fragt Arno nicht ganz unberechtigt. »Die Möbel umstellen?«

Willi schüttelt den Kopf. Die Vorstellung, gewaltsam in eine Wohnung einzudringen, um die Bewohner zu beherrschen und zwangsläufig zu erniedrigen, bereitet ihm Unbehagen. Solche Szenen kennt er von damals, unter anderem aus Istanbul, als Polizisten die Tür eintraten und sein Hotelzimmer stürmten – und diese Szene hat sich seitdem unzählige Male erneut in seinem Kopf abgespielt. Ereignisse dieser Art kennt er auch aus Filmen, und sofort fällt ihm die übliche nervenaufreibende Begleitmusik dazu ein, das brutale Crescendo, die Angst in den eigenen vier Wänden. Andererseits fühlt er sich seit Tagen wie in einem Film, dessen Regisseur unter Hohngelächter das Drehbuch zerrissen hat und von Szene zu Szene improvisiert. »Nein«, sagt er, »wir sollten die beiden zur Rede stellen.«

»Auf welchem Trip bist *du* denn?« Arno runzelt die Stirn. »Wir haben es hier mit gemeingefährlichen Irren zu tun.«

»Wir sollten ihnen die Leichen in den Keller legen. Wibke arbeitet heute nicht, wie ich erfahren habe. Und wenn sie nicht in ihrer Kneipe ist, wird sie wohl damit beschäftigt sein, ihren Vorgarten auf den Schönster-Vorgarten-der-Straße-Wettbewerb vorzubereiten.«

»Ich hab einen megatotal guten Plan«, sagt Arno und wundert sich, dass dieser Satz unbeanstandet durchgeht.

»Ich habe es für uns alle getan – auch für dich, Willi.« Wibke macht ein Gesicht, als horche sie ihren Worten hinterher.

Jetzt sitze ich tatsächlich schon wieder in diesem beschissenen Zimmer, denkt Willi apathisch, an diesem ekelerregenden Esstisch. Den Teppichboden haben sie klugerweise entfernt. Ich müsste das Tor zu einer anderen Welt finden, einer Welt ohne Schwertfegers, ohne Tony Ling, verbrannte Wohnung und durchgeknallte Kunden.

Geistesabwesend blickt er aus dem Fenster. Vor dem Haus parkt der 1960er Mercedes 220, ein Sahnestück, eines der Autos, die er als Junge verehrt und in Gedanken besessen hat.

Unter Wibkes Fingernägeln klebt Erde aus dem Vorgarten, ihr Haar ist verschwitzt und strähnig. Das Blut an den Händen ihres Mannes verleiht der Szene einen milden Gruseleffekt. Er hat soeben Schweineleber in Streifen geschnitten, für Leber sauer.

Mit dem Handrücken streicht Wibke den Schweiß aus ihren Brauen. »Torsten hat uns erpressen wollen – das muss man sich mal vorstellen, der schmutzige Parasit. Wir haben stundenlang auf ihn eingeredet. Kannst Bodo fragen. Bodo ist dann weggegangen, und ich habe zu Torsten gesagt, okay, er bekäme einmalig 1 000 Euro unter der Bedingung, dass wir Freunde blieben. Wir tranken dann jeder einen Cognac auf ex – und das war's dann, weil Torstens Cognac mit einer bunten Mischung aus Schierling, Morphium und Rattengift versetzt worden war. Von mir. Und ich sage dir, ich habe keinerlei Gewissensbisse. Der Typ war nicht mehr als eine Kakerlake. Jahrzehnte habe ich geackert, das Reihenhaus ist abbezahlt. Soll ich mir das von einem verkommenen Penner zerstören lassen?«

»Du klingst wie mein Vater«, sagt Willi erschüttert. »Aber der hätte ...«

»Ist mir scheißegal, wie ich klinge! Ich möchte nicht für einen Fehler, den ich vor über dreißig Jahren gemacht habe, alles verlieren, was ich mir danach aufgebaut habe, nur weil plötzlich dieses haltlose Stück Dreck auftaucht ...«

»Hast nicht du dieses haltlose Stück Dreck angerufen? Und meinen Garten scheinst du mit einem Friedhof zu verwechseln.«

Wibke schiebt die Unterlippe vor. »Wir wollten dich an der Sache beteiligen, um dir klarzumachen, dass du seit dem Mord an Erik genauso klein und schuldig bist wie wir. Deine Selbstgerechtigkeit kannst du dir endgültig abschminken. Ich will nicht, dass du dich verdrückst – oder besser gesagt, ich will, dass du entweder mit uns da herauskommst oder mit uns untergehst. Immerhin hast du von uns eine Menge Geld bekommen.«

»Möchtet ihr etwas trinken?« fragt Klaus artig und erntet dafür Hohngelächter. Arno kräht fröhlich: »Ich weiß ja nicht, wo ihr den Schierling aufgetrieben habt, aber ich bin sicher, dass Torsten nicht alles davon bekommen hat!«

»Torsten war ein durch und durch verkommener Mensch«, murmelt Klaus, während er das Blut von seinen Händen kratzt. »Wir bringen doch nicht wahllos Menschen um.«

»Immerhin erspart euch die Giftvariante einen neuen Teppich.« Arnos Grinsen wirkt selbst auf Willi irritierend. »Ihr seid um ein Vielfaches verkommener als eure Opfer«, zischt er. »Ihr bringt Leute um, als würdet ihr Unkraut aus eurem lächerlichen Vorgarten reißen – und mich zieht ihr rücksichtslos in euer widerliches Leben hinein!«

Wibkes Stimme durchschneidet den Raum: »Was weißt du denn schon von unserem Leben? Im Gegensatz zu dir haben wir all die Jahre gearbeitet und Steuern bezahlt. Spiel dich bloß nicht zum Richter auf, du verkommener Koksdealer. Wenn wir wirklich so abgebrüht wären, wie du glaubst, hätten wir dich und deinen Komplizen bei unserer letzten Begegnung mit Leichtigkeit aus dem Weg räumen können. Verdient hättet ihr's, du und dieser Affe.« Ihr Finger zeigt auf Arno.

»Du dämliche fette Fotze!«, sagt Arno ganz ruhig, wehrt lässig die Kaffeetasse ab, die Wibke ihm an den Kopf schlagen will, und schlägt seinerseits zu.

Seine Faust fegt Wibke vom Stuhl.

Mit erstarrten Gliedern hat Willi dem Gewaltausbruch zugesehen, innerlich schwankend zwischen dem Wunsch, sich zu beteiligen – einen Gegenstand zu ergreifen und damit auf das Ehepaar einzuschlagen, klaffende Wunden zu verursachen – und dem

Ekel vor allen Beteiligten, sich inbegriffen. Frische Luft. Warum riecht es hier wie in einem Altersheim? Er steht auf und sagt in einem Ton, der keinen Widerspruch duldet: »Heute Nacht graben wir die Toten aus – alle! Und ihr zwei holt sie morgen in aller Frühe ab. Ihr werdet sie mit einem bereitstehenden LKW zu einer bestimmten Adresse fahren. Die Details erkläre ich euch morgen. Ich rate euch, das Rendezvous nicht zu verpassen. Wenn alles klappt, ist das Thema für euch und für mich endgültig erledigt. Das dürfte auch in eurem Sinn sein.«

Mit müden, ungewollt theatralischen Bewegungen erhebt sich Wibke von dem neuen Teppich, eine ängstliche alte Frau. Das Blut aus ihrer Nase fließt zäh wie Harz auf Oberlippe und Wange. Klaus reicht ihr eine Serviette, die sie ihm aus der Hand reißt, als trage er die Schuld an allem. Als die anderen sich erheben, schrammen die beiden Stühle, die keinen Platz auf dem neuen, eher kleinen Teppich gefunden haben, über den Holzfußboden. Stumm, ja betreten stehen die Schwertfegers nebeneinander im Zimmer ihres abbezahlten Reihenhauses, mit unsteten Blicken, und für Willi sieht es so aus, als habe Wibke ihre plumpe Lebenslüge von der revolutionären Phase längst als solche begriffen und wie einen obszönen Brief in der gut verschlossenen Schreibtischschublade verwahrt. Mit kalten Augen starrt Willi auf das düstere Ehepaar – nicht als Richter, denn er weiß sehr wohl, dass es auch in seiner Psyche Minenfelder gibt, die er tunlichst meidet, nein, eher wie ein Virologe, der einem äußerst bösartigen Erreger auf die Spur gekommen ist. Arno reibt mit teils verlegenem, teils schadenfrohem Grinsen die Knöchel seiner Faust, als wolle er sie zum Glänzen bringen. Eigentlich ist er nicht der Typ, der Frauen schlägt.

Was habe ich denn mit diesem Dreck zu tun, fragt sich Willi. Dagegen ist sogar das Löwengefängnis bei Hagenbek ein angenehmer Ort zu leben und zu sterben. Ich bin ein Käfer in einem Wasserstrudel, der mich eine Weile Karussell fahren lässt, ehe er mich verschluckt, ein hilfloses Geschöpf in einem Sog aus Irrsinn und Gewalt. Ich muss mich wehren. Ich bin kein Käfer. Sich wehren heißt, die Initiative ergreifen, den Lauf des Geschehens beeinflussen. Arnos Plan, ein völlig verrückter Plan, den er wahrscheinlich aus irgendeinem obskuren Film hat, muss ausgeführt werden, muss, verdammt noch mal, ausgeführt werden, obwohl ich weiß, dass die Folgen nicht kalkulierbar sind. Ich weiß ja nicht einmal, ob dieser Plan im Film geklappt hat. Kopfschüttelnd und die Welt verfluchend verlässt er das Haus. Arno eilt ihm nach. »Warte, Mann, willst du mich etwa mit den beiden alleinlassen?«

Sieh mal einer an. Der gepflegte 220er Mercedes gehört also Wibke. Oder Wibke und Klaus. Aber vermutlich gehört alles von Wibke und Klaus vor allem Wibke – abgesehen von den Küchenschürzen, der Muskatreibe und der Modelleisenbahn im Keller.

Es ist früh am Morgen, am Horizont verschwinden soeben die Reste der Nacht. Die Schwertfegers steigen aus ihrem hinter dem LKW geparkten Wagen. Der größte Teil der körperlichen Arbeit ist getan. Am Vorabend hat Arno den Container in einem Baggersee versenkt. Die Kartons mit den Stäbchen warten gemeinsam mit drei Leichen im Laderaum des LKW, den Max, genannt Knolle, in der Nacht gestohlen und mit anderen Nummerschildern versehen hat. In der Zementhülle des Bootsstegs klafft ein Loch, verräterisch, doch das spielt im Moment keine

Rolle. Heute Nachmittag werde ich das verdammte Loch zuschütten, sagt sich Willi. Er fühlt sich nicht wohl. Er befürchtet, sein Herz könne der Aufregung vielleicht nicht gewachsen sein. Aber wäre das denn so schlimm? Herzstillstand, Ende – und alle Sorgen abgehakt. Wie Uwe neulich. Heldentod am Tresen. Ein krönender Abschluss, wenn auch lästig für die Anwesenden. Kein Sonnenaufgang mehr, keine Musik, keine intelligenten amerikanischen Fernsehserien mehr – aber auch nie mehr Angst vor verrückten Fahrrad-Kurieren, nie mehr Wut auf verstopfte Klos und schlitzohrige Handwerker.

Mit dem Daumen über den Gartenzaun deutend und mit einer Stimme, die lässig klingen soll, fragt Wibke: »Habt ihr einen Pressluftbohrer gehabt?«

Max, genannt Knolle, stößt ein verächtliches Zischen aus. Er ist so klein wie sein Vater, aber breit wie ein Tresor, eine wandelnde Kraftmaschine, ehemaliger Kickboxer, ehemaliger Bordellbetreiber und nun – nach einer verlorenen Schlacht gegen eine Bande litauischer Zuhälter – Geschäftsführer in Arnos vielschichtiger Firma. Auf Anhieb erkennt man Gemeinsamkeiten im Verhalten der beiden Schusters, doch Max fehlen alle Eigenschaften, die seinen Vater erträglich und gelegentlich sogar liebenswert machen. Max ist einsilbig, mürrisch, beschränkt und aggressiv – nein, man hat ihn eigentlich nicht gern um sich, er strahlt Ungemütlichkeit aus, man spürt sofort, dass dieser Mann so menschenfreundlich ist wie ein hungriges Nil-Krokodil. Allerdings kann man sich auf ihn verlassen, er hat sich aufgrund seiner respektgebietenden handwerklichen Fähigkeiten und enormen Kenntnisse auf so wichtigen Gebieten wie Elektronik, Feuerwaffen, Sprengstoff und Autos für manchen vom Schicksal hart Bedrängten, seinen

Vater eingeschlossen, des Öfteren als unentbehrlich erwiesen.

Wibke mustert ihn mit schmalen Augen. Ihre Nase ist angeschwollen. »Wer sind denn Sie, wenn ich fragen darf?«

»Ich bin der Osterhase«, sagt Knolle.

»Und was macht ein Scheißosterhase hier?«

»Der Scheißosterhase fickt dich gleich in den Lesbenarsch.«

»Was soll das denn?«, protestiert Klaus halbherzig und bewahrt klugerweise Abstand. Zu Willis Erleichterung wird er von Knolle ignoriert. Kein Gegner. Für Knolle gehört Klaus zu den Fotzen, denen man notfalls eine Ohrfeige verpasst, damit Ruhe ist.

So angespannt war Willi nicht oft – zuletzt, wenn er sich recht erinnert, 1972, bei seiner Verhaftung in Istanbul. Man hatte in seinem Hotelzimmer nicht mehr als eine Jointkippe gefunden, doch er wusste, was das bedeutete: zwei bis zweieinhalb Jahre Knast. Zwar ist die Luft zu dieser frühen Stunde kühl, über das flache Land streicht ein frischer Wind, aber das Frösteln hat neuronale Ursachen, es fröstelt ihn innerlich, als wäre sein Brustraum eine Tiefkühltruhe. Jede Minute erwartet er das Ehepaar Möller oder gelangweilte Bullen, die wichtigtuerisch aus ihrem Wagen steigen, oder, was noch fataler wäre, Opa Bölling, der mit den Hühnern erwacht, um mit seinem Schäferhund Kalli auf Streife zu gehen, jede Belanglosigkeit aufzusaugen und jedem, der sich nicht rechtzeitig aus dem Staub macht, brühwarm mitzuteilen.

Die ganze Nacht hat Willi in seinem Garten verbracht, den er allmählich zu hassen beginnt, und Leichen ausgegraben. Er hat sich selbst beim Graben, beim konspirativen Getuschel mit Arno und Knolle zugesehen, hat ein paarmal gehofft, aus dem Alptraum erwachen zu dürfen, doch die Erde an den Händen, die Rückenschmerzen, die verdreckten Schuhe sind so wahrhaftig wie der Gestank aus den beiden blauen Plastiksäcken. Herbert stinkt nicht; von ihm ist nicht mehr allzu viel übrig: Knochen, ein paar Haare und Stoffreste, Sandalen, Reißverschluss, die Nieten der Bluejeans. Willi erinnert sich an die Gürtelschnalle, einen riesigen Löwenkopf aus Messing. Er erinnert sich, wie alle über Herberts riesige Gürtelschnalle spotteten und Erik feixte, »Den Löwenkopf trägst du hoffentlich nicht als Ersatz für fehlende Eier«, was die anderen als unsensibel kritisierten.

Einmal musste Willi sich übergeben und Knolles geringschätzigen Blick wie eine zusätzliche Prüfung ertragen. Andere Sechzigjährige, dachte er in diesem Moment, spielen abends Skat, zappen sich durch die Fernsehwelt, blättern in Fotoalben, mästen ihre Katze, und ihre Angst ist lediglich ein schwaches Hintergrundrauschen – sofern sie nicht gerade den deprimierenden Befund ihrer Darmspiegelung in Händen halten.

So unbefangen wie möglich erklärt er Wibke und Klaus, was zu tun ist. Sie sollen den LKW nach Bahrenfeld fahren, zu Tony Lings Lagerhaus, einen schönen Gruß von Arno bestellen, und sagen, als Zeichen der Freundschaft hätten sie die komplette Ladung Essstäbchen mitgebracht, den LKW gebe es gratis dazu. Dann sollen sie aussteigen und sich ein Taxi bestellen.

»Und was ist mit unserem Auto?« Wibkes Augen sind so schmal wie die Halbmonde ihrer immer noch schmutzigen Fingernägel. »Ich weiß doch, dass du auf Oldtimer stehst.«

Mit schmalem Grinsen schüttelt Willi den Kopf. »Glaubst du etwa, ich klau dir deinen Mercedes?

Gute Frau, ich möchte von dir nie wieder irgendetwas. Wir werden den Wagen von hier wegfahren, und wenn ihr den Auftrag erledigt habt, treffen wir uns im *Starbucks* an der Ecke zu den Colonnaden. Dort kriegt ihr die Autoschlüssel und verpisst euch endgültig aus meiner Welt.«

Geballtes Misstrauen schlägt ihm entgegen: »Warum kommst du nicht einfach mit uns? Und wer ist überhaupt dieser Tony Ling? Der gute Freund, der alles regelt? Oder ein perverser Leichenschänder?«

»Wir kommen nicht mit ...«, Willi hat sich alle Antworten reiflich überlegt, »... weil wir wollen, dass ihr eure toten Freunde auf ihrem letzten Weg begleitet. Ich will, dass ihr euer Unrecht begreift oder zumindest ein beschissenes Gefühl habt, wenn ihr drei Leichen durch die Stadt fahrt. Und was den Leichenbestatter angeht – der ist keineswegs verrückt und schon gar nicht gut, sondern eine große Nummer in der Hamburger Unterwelt. Wir schulden ihm einen Gefallen. Deshalb bekommt er die Essstäbchen. Und er schuldet Arno einen Gefallen. Deswegen entsorgt er die Leichen. Er ist alles andere als ein Bählämmchen, aber volltotal korrekt.« Scheiße, denkt er, jetzt rede ich schon wie Arno.

»Da ist doch irgendwas faul«, sagt Wibke. »Ich weiß bloß nicht, was das sein könnte. Aber Arno fährt den Mercedes nicht!«

»Herrgott noch mal«, zischt Willi, »wir räumen auf. Verstehst du das? In zwei Stunden ist der ganze Scheiß erledigt. Mehr sollte euch nicht interessieren.«

Knolle mischt sich ein: »Dauert das hier noch lange? Wollen wir hier alt werden?«

In der Ferne taucht Opa Bölling auf. Der Schäferhund humpelt neben ihm her, als erwarte er jeden Moment den Tod.

»Jetzt aber schnell«, zischt Willi.

Mit skeptischen Mienen erklimmen die Schwertfegers den LKW, Arno setzt sich in den Mercedes, Willi und Knolle steigen in den Opel.

Die Boschstraße führt durch ein Gewerbegebiet und wird zu beiden Seiten von Mauern, Zäunen, Einfahrten und Pförtnerhäuschen flankiert, asphaltierte Höfe, Lagerhallen, Werkstätten und Verwaltungsgebäude befinden sich dahinter – nichts fürs Auge, nur nackte Zweckmäßigkeit.

Sie sind mit dem gestohlenen Passat mehrmals um den Block gefahren, auf der Suche nach etwaigen Beobachtungsfahrzeugen und -posten der Kripo. Nun parken sie vor der Einfahrt einer offenbar aufgegebenen Großhandlung für sanitäre Anlagen. Auf der anderen Straßenseite, neben einem Getränkegroßhandel, etwa fünfzig Meter von ihrem Standort entfernt, befindet sich der »Asien-Import Ling«, beschützt von einem hohen Metallzaun und zahllosen Überwachungskameras. Neben dem automatischen Tor steht ein Pförtnerhaus.

Noch kann ich den Wahnsinn stoppen, denkt Willi. Sein Herz pumpt, als habe er fünf Tassen Espresso getrunken. Aber es ist ja kein Wahnsinn, fällt ihm ein, es ist nur konsequent, der Versuch einer Gegenoffensive. Wir haben keine bessere Möglichkeit gefunden. Wir sind im Krieg. Gegenoffensive. Jetzt denke ich schon in militärischen Begriffen.

Knolle ist während der Fahrt überwiegend stumm wie ein Stein gewesen und hat nur einmal, als das Stück *No Other Baby* von Paul McCartney lief, was von »Scheißmusik« gebrummt, ohne Willi eines Blickes zu würdigen. Aber Willi ist ohnehin seit Knolles Geburt der Meinung, Arnos Sprössling sei gar kein

Mensch, sondern das Ergebnis eines schiefgegangenen Experiments im Labor eines Frankenstein.

Knolle raucht und spielt mit seinem Handy, während Willi bereits der Gedanke, in einem gestohlenen Auto zu sitzen, Kopfschmerzen verursacht. Da sind noch diverse Gedanken, die sich unangenehm wie exaltierte Kneipengäste in ihm breitmachen. Einer davon zischt: Steig einfach aus dem Wagen, steck die Hände in die Taschen, pfeif ein Liedchen und verdrück dich – hat jedoch keine echte Lösung des Problems anzubieten. Die anderen Gedanken schwirren, aufgescheuchten Vögeln gleich, durch das Labyrinth seines Hirns, unterschiedlichste Gedanken, große und kleine, doch allesamt miteinander in nackter, dunkler Angst verwoben. In einer Stunde wird die Welt für ihn eine andere sein. Dann wird er jeden Gegenstand und jedes Gesicht mit anderen Augen sehen. Er wird durch eine Tür gegangen sein, die sich hinter ihm für immer verschließen wird. Weiter als eine Stunde wagt er bei allem Mut nicht vorauszudenken. Ganz abgesehen davon, dass die Polizei nach den Brandanschlägen eine Sonderkommission gebildet hat, liegen die moralischen Aspekte wie zwei Kilo Eiswürfel zwischen Magen, Lunge und Milz.

Es gibt einen CD-Player im Passat. Willi beugt sich zum Handschuhfach und kriegt einen Stapel CDs zu fassen. Mein Gott, denkt er, auch das noch – es gibt tatsächlich Leute, die beim Autofahren Udo Jürgens hören, und er stellt sich vor, wie der Fahrer bei dem Lied *Aber bitte mit Sahne* in Ekstase gerät, die Kontrolle verliert und zu einer Gefahr für alle anderen Verkehrsteilnehmer wird. Willi hätte jetzt gern gekichert, wenn er dazu in der Lage wäre.

Knolle knurrt und zeigt mit dem Kinn nach vorn. Der LKW. Im Schrittempo. Sie suchen, stoppen – biegen in die richtige Einfahrt und können gleich in den Hof fahren, da das automatische Tor kurz zuvor geöffnet worden ist, um einen schwarzen BMW durchzulassen. Aus dem Pförtnerhaus rauscht mit energischen Schritten ein bulliger Kerl mit rasiertem Schädel. Er schwingt seine Hand wie eine Polizeikelle. Der LKW hält an. Magma, denkt Willi entsetzt, in mir brodelt es, ich bin ein Vulkan, gleich werde ich kotzen.

Knolle scheint die personifizierte Ruhe zu sein – ein beschränkter, doch von seinem Weg überzeugter Samurai.

Nun steht der Glatzköpfige neben dem Laster und redet mit Wibke, die ihren Kopf aus dem Seitenfenster schiebt. Ein weiterer Glatzkopf nähert sich mit respektheischender Körpersprache, umkreist routiniert misstrauisch den LKW, notiert sich die Nummer des Kennzeichens ... Knolle fletscht die Zähne, tippt auf sein Handy – und auf Tony Lings Gewerbehof explodieren zwanzig Kilo Semtex; gleichzeitig mit dem Knall, der die halbe Stadt durchdringt, zerreißt ein Feuerball den LKW, dessen Einzelteile und Inhalt wie Geschosse durch die schwarze Qualmsäule geschleudert werden.

Au, au, das ist zu viel, schießt es durch Willis Kopf, das sieht ja aus wie Hiroshima. Er wartet nicht, bis die Essstäbchen, das Heroin und womöglich Leichenteile auf die Windschutzscheibe prasseln, sondern startet den Motor, wendet und fährt, schneller als er eigentlich will, davon. Knolle zündet sich eine Zigarette an und saugt daran mit der Ruhe eines buddhistischen Mönchs. Willi überprüft den Rückspiegel, vermindert das Tempo. Nur nicht auffallen. Gleich werden von überall her Bullenwagen, Feuerwehr und Krankenwagen unter Sirenengeheul zur Boschstraße brettern. Er blafft Knolle an: »Du hättest mir zwei Sekunden vorher Bescheid sagen sollen – dann hätte ich die Karre nämlich zwei Sekunden vorher gestartet!«

»Piss dir nicht ins Hemd, Möse.«

Schon vor längerer Zeit hat Willi sich seinen Hass auf dieses kompakte Muskelpaket auf dem Beifahrersitz eingestanden. Er hasst genau diese kurzen, rüden, vor Beschränktheit triefenden Statements, die das »kleine Vieh«, wie Willi ihn im Stillen nennt, bereits als Kind ausgespuckt hat wie blutige Schleimklumpen (»Mäxchen, warum hast du denn die Maus totgeschlagen?« »Mach ich's nicht, macht's ein anderer – is gekackt wie geschissen.«).

Es kostet Willi erhebliche Mühe, seinen Zorn im Zaum zu halten. Ist das zu glauben, denkt er empört, ich sitze mit diesem Vieh nicht nur im selben Auto, das auch noch geklaut ist, sondern überdies im selben Boot. Die Empörung tut ihm gut, sie lenkt ab. Dieser abgefuckte kleine Terrorist, denkt er, und muss plötzlich lachen, weil er der Komplize dieses abgefuckten kleinen Bombenlegers ist und soeben an einem Bombenanschlag beteiligt war. Er hält inne, um sich gemeinsam mit Knolle über sein herzhaftes Lachen zu wundern.

»Wer bei so ner ernsthaften Sache lacht, ist ein Vollidiot«, sagt der Vollidiot Knolle, der um ein Haar Willis Patenkind geworden wäre, wenn Arnos Familie nicht auf einem Schausteller als Pate bestanden hätte, wofür Willi heute noch, ja heute sogar mehr als je zuvor dankbar ist.

»Der einzige Vollidiot, der mir spontan einfällt, heißt Max Schuster und sitzt zu meinem Leidwesen neben mir.«

»Schnauze, du Wanze, sonst mach ich dich platt, obwohl du unter Arnos Schutz stehst! Ich konnte dich noch nie ausstehen.«

»Das trifft sich ja prima, du Einzeller. Ich konnte dich auch noch nie leiden.«

»Dann sind wir uns ja einig.«

Die Souterrainkneipe in Eimsbüttel heißt einfach und schnörkellos *Durst*, trotzt seit über dreißig Jahren allen architektonischen Kneipentrends, und die meisten Stammgäste sehen aus, als hätten sie, von ihren griechischen oder spanischen Urlaubsstammlokalen abgesehen, seit dreißig Jahren keine andere Kneipe betreten. Der Laden ist voll, der große Garten davor ist gut besetzt, alle Gäste rauchen, als wollten sie dem bevorstehenden Rauchverbot trotzig ihren Rauch entgegenblasen.

Ein wenig verloren steht Willi am Tresen, trinkt französischen Rotwein, raucht ebenfalls, lauscht dem Stück *Long White Cadillac* von Dwight Yoakam, das ihn an Arnos betagten Stretch-Cadillac erinnert, und versucht nebenbei, sich einigermaßen sicher zu fühlen. Wenn überhaupt, dann hier. In Kneipen dieser Art zelebrierte er vor vielen Jahren seine Jugend, seine Lebenslust und fühlte sich in Sicherheit. Damals wusste er noch nicht, wie gnadenlos die Zeit nicht nur an der Fassade, sondern mehr noch an der Psyche nagt und bohrt und hämmert.

Vor einer guten Stunde hat Willi Nachrichten gehört – einen längeren Bericht über den Bombenanschlag, detaillierte Beschreibung der Verwüstung, großes Rätselraten über die Opfer im allgemeinen und die Bruchstücke eines Skeletts im besonderen, verhaltene Spekulationen über Herkunft und Menge des Heroins, die SOKO Bandenkrieg kann einen Zusammenhang mit den Brandstiftungen der letzten Tage weder ausschließen noch bestätigen, die Unterweltgröße Tony L. sowie der mehrfach vorbestrafte Arno S. wurden stundenlang verhört usw.

Die Bullen stehen voll unter Stress, überlegt Willi, das kommt ziemlich klar rüber; dieser Fall, in den ich leider verwickelt bin, hat für die Polizei, den Innensenator und die Presse »überabsolute Priorität«, wie Arno sagen würde.

Da kommt Arno, mit seinem geisteskranken Sohn im Schlepptau. Die drei setzen sich an einen gerade freiwerdenden Tisch im hinteren Raum, und Willi macht Arno ein knappes Kompliment wegen seines schwarzen Anzugs, des weißen T-Shirts und der schwarzen Lackschuhe. »Siehst aus wie früher.«

Knolle, in Kapuzenpulli, Cargohose und riesigen Turnschuhen, wird von Willi ignoriert – nicht wegen der Kleidung, natürlich nicht, sondern weil er beschlossen hat, seine Wut auf den Klotz so lange wie möglich beizubehalten.

Der Tisch steht am Fenster – und zum ersten Mal bedauert Willi, dass seit den 70er Jahren Fenstervorhänge in Kneipen out sind.

»Opa Bölling, oder wie die Mumie heißt, muss auch weg«, stößt Knolle hervor.

Willi ist nicht einmal überrascht. »Du tickst doch nicht richtig.«

»Schnauze!«

Arnos Handballen klatscht gegen Knolles Stirn. »So redet man nicht mit meinem Freund, du Schellfisch! Und Opa Bölling, oder wie der Knilch heißt, muss nicht weg. Wir sind doch hier nicht im Kosovo.«

Knolles Augen haben sich in Pistolenmündungen verwandelt. »Ich hab dir schon zigmal gesagt, du sollst nicht gegen meinen Kopf schlagen! Hast du das vergessen?«

»Es ist mir gerade wieder eingefallen.« Arno lacht herausfordernd in das wutverzerrte Gesicht. Willi fleht: »Können wir endlich zur Sache kommen? Es glotzen schon einige Leute zu uns herüber.«

»Na und?« Knolle verzieht verächtlich und von sich überzeugt, den Mund. »Die können mir meinetwegen beim Ficken zusehen. Ich würde sogar in der AOL-Arena ficken, als Vorprogramm der Stones. Weil ich im Gegensatz zu meinem Vater einen großen Schwanz habe.«

Mittlerweile ist der Hals des Vaters verdächtig angeschwollen. »Für deine Verhältnisse hast du ja eine richtig lange Rede gehalten, aber ehrlich gesagt bist du mir sympathischer, wenn du dich wie üblich auf kurze Grunz- und Knurrlaute beschränkst. Normale Söhne lehnen sich in der Pubertät gegen ihren Vater auf – und nicht erst mit fünfunddreißig. Wenn du mir jetzt mit so ner Vater-Sohn-Konflikt-Scheiße kommen willst, ramme ich dir einen Aschenbecher zwischen die Zähne, damit sich deine Anklage auch lohnt.«

»So, das war jetzt die rührende Aussprache zwischen nachdenklichen Männern«, flötet Willi hilflos dazwischen. »Aber es gibt ein paar Punkte, die ebenfalls wichtig sind. Vielleicht nicht so wichtig wie eure Vater-Sohn-Beziehung, doch immerhin unsere Zukunft betreffend.«

Die Schusters grinsen mit leeren Gesichtern auf die Tischplatte.

Da kommen die Getränke – zwei Biere, perfekt gezapft, ein Rotwein. Willi wartet mit dem Sprechen, bis die Bedienung gegangen ist – und dann fehlen ihm die Worte, er starrt auf Knolle, der alle Utensilien für einen Joint ausgepackt hat, um einen solchen herzustellen und wahrscheinlich auch hier zu rauchen.

»Sei so gut und hör auf mit dem Scheiß«, zischt Willi über den Tisch. Er spürt wieder kalten Schweiß auf der Stirn.

»Wieso? Ich denke, das sind alles Alt-Hippies hier?«

»Ich denke, wir sollten uns einfach an die guten alten Spielregeln halten, die ganz klar sagen: Nach einem Bombenanschlag sollte man sich möglichst unauffällig verhalten.«

»Bist du jetzt der Scheißboss?«

Mit einer Handbewegung wischt Arno das Gras, den Tabak und die Blättchen vom Tisch. »Halt dich an die Regeln, verfluchter Pinscher ...!«

Knolles rechte Faust schießt vor, doch Arno blockt den Schlag ab, als habe er ihn erwartet, seine Linke trifft Knolles Nase, Gläser fallen um, Blut fließt in die Bierlache, Gäste springen auf. Willi hat sein Rotweinglas reaktionsschnell gerettet. Er rutscht mit dem Stuhl ein Stück zurück, um einerseits weder Bier noch Blut auf die Hose zu bekommen und andererseits Zuschauern und Personal seine Distanz zu den Schusters zu zeigen. Er ist ja im Grunde auch nur ein angewiderter, entsetzter Zuschauer. Während Vater und Sohn sich wüst beschimpfen und nebenbei jedem, der zu schlichten versucht, grausame Strafen androhen, schiebt Willi seinen Mund an Arnos Ohr. »Ich warte draußen auf dich, aber nur zwei Minuten.« Am Tresen bezahlt er die Getränke sowie zwei zerbrochene Gläser, legt als Zeichen seiner Beschämung zehn Euro Trinkgeld dazu, dann schlurft er aufgewühlt an die frische Luft.

Eine halbe Stunde später sitzt er in einem griechischen Lokal, bemüht sich, den Sirtaki, die dorischen Säulen und Gipsstatuen, die Poster von Santorin und Athos und den Geruch angebrannter

Fleischlappen zu ignorieren, wirft einen verstohlenen Blick auf die finsteren Gestalten am Tresen, während Arno immer noch Funken sprüht. »Hast du den Scheißer gesehen? Mein Sohn wollte mir eine volle Rechte einschenken. Das hat er alles aus dem Scheißfernsehen.«

»Willst du dich jetzt bei mir einschleimen? Glaubst du, es genüge, mir gegenüber das Scheißfernsehen zu erwähnen, und schon sei ich mit dir einer Meinung?«

»Ich habe mich noch nie bei jemand angeschleimt. Außer einmal. Bei Angelika Möbius. Die wollte ich unbedingt flachlegen, und da hab ich gelabert und gelabert, wie geil ich die KPD/ML fände – und dabei war sie längst nicht mehr in der KPD/ML, sondern bei den Zeugen Jehovas. Ich war geil wie Lumpi, und sie hielt mir plötzlich den *Wachturm* unter die Nase. Kannst du dir so eine Kehrtwendung vorstellen? Ich meine, das ist ja wohl der krasseste ...«

»Herrgott, Arno, erzähl endlich. Wir haben heute vier Menschen ins Jenseits befördert und den totalen Krieg mit dem organisierten Verbrechen begonnen ...«

»Nun sagst du ja auch *total*, und wenn ich das sage, ist es falsch, oder wie?«

»Ich sage *total*, ja, manchmal sage ich *total*, aber nie so einen Schwachsinn wie *hypertotal* oder *absolut total*.«

»Weil du siebentausend Bücher gelesen hast, glaubst du, mir die Welt erklären zu können, oder was? Aber hat in deinen Büchern auch gestanden, dass du im April 2007 bis zur Unterlippe in der größten Scheiße deines Lebens stecken würdest? Na also.«

»Weißt du genau, dass dir heute Morgen niemand gefolgt ist?« Müde nippt Willi an seinem Wein.

»Mir ist niemand gefolgt. Und wenn mir doch jemand gefolgt sein sollte, habe ich ihn abgehängt, Mann. Ich bin wie ein Irrer U- und S-Bahn gefahren, hab zweimal das Taxi gewechselt und bin im Elbe-Einkaufszentrum zu Max ins Auto gestiegen. Vier Stunden war ich bei den Bullen. Weißt du, wo die mich gefunden haben? Hinter dem Steuer einer meiner Taxen. Die hatten einen meiner Fahrer aus dem Verkehr gezogen, indem sie ihm einen Beutel Gras unterjubelten. Da bin ich eingesprungen, weil ich dachte, bis wir einen Aushilfsfahrer aufgetrieben haben, kann ich ja fahren, weil die Karre nicht nutzlos herumstehen darf und weil ich nicht nutzlos herumsitzen wollte. Also ich fahre, obwohl ich im Moment keinen Lappen habe, werde in die Kümmelstraße bestellt, zum Bezirksamt Hamburg-Nord, und als ich dort ankomme, umringen mich gefühlte zweitausend Bullen. Weißt du, was das heißt? Die wussten genau, dass ich heute um die Mittagszeit in meinem Taxistall in Niendorf sein würde, die wussten, bei welchem Funk meine Taxen fahren, sie wussten die Nummer des Wagens, den ich fuhr. Das gibt mir echt zu denken, Alter. – Na ja, jedenfalls haben sie mir eine Menge dummer Fragen gestellt und eine Menge dummer Antworten bekommen. Mein Handy haben sie gecheckt, mein Büro im Taxistall, meine Wohnung zum zweiten Mal, haben Reste von Koks und Opium entdeckt – drauf geschissen. Aber sie haben rausgekriegt, dass ich einen Container mit Essstäbchen aus dem Freihafen geholt habe. Sie sehen also die Verbindung zwischen Tony Ling und mir, sie haben auch gecheckt, dass ein Teil der Stäbchen mit Heroin gefüllt war. Ich habe ihnen das mit den Dildos erzählt – und dass der Chinese den Container von meinem Hof geklaut hat. Da dachten die Schnarcher, sie hätten mich am Arsch. Ich hätte aus Rache die China-Restaurants und den Puff angezündet. Jetzt mal langsam, hab ich gesagt, schließlich hat mein Betrieb zuerst gebrannt, und außerdem habe ich im ganzen Leben noch nichts mit Heroin zu tun gehabt. Ich hab sie gefragt, wie ich denn den Sprengstoff in einem von Tony Lings Lastern, in dem zufällig die Essstäbchen aus meinem Container und ein Skelett rumliegen, hätte verstecken können. Das sei keiner von Lings Lastern gewesen, sondern ein geklauter, sagten die Pfeifen, und zudem hätten sich außer dem Skelett noch zwei weitere Körper in dem Laster befunden, die offenbar schon einige Tage tot gewesen seien. Ich hab den völlig Verdutzten gespielt und gesagt, ach, nun soll ich auch noch einen mit Leichen beladenen Laster geklaut haben. Oder wollt ihr mir unterstellen, ich hätte die Leute umgebracht, dann den Laster geklaut, weil man Leichen und Heroin am besten in einem gestohlenen Fahrzeug deponiert, und den Sprengstoff, ihr Gurken, habe ich natürlich für solche Fälle immer parat. Ich hab gesagt, stimmt, ich hab ne Stinkwut auf den Chinesen, den Drecksack, der mich offensichtlich dazu benutzt hat, den Container mit dem Heroin aus dem Freihafen zu holen, aber die Möglichkeit oder gar die Lust, einen Krieg mit dem Gangster anzufangen, habe ich nicht, weil ich nicht so beschränkt bin, wie ihr denkt. – Ob ich dahintergekommen sei, dass in dem Container Heroin geschmuggelt wurde. Nee, hab ich gesagt. – Wieso ich dann eine Stinkwut auf Tony Ling gehabt hätte, wenn's nur um Essstäbchen gegangen sei. Herrgott, Leute, hab ich gesagt, ich bestelle sprechende Dildos, kriege eine Million beschissene Stäbchen, mit denen ich nicht das geringste anfangen kann, und die werden mir geklaut, was für mich bedeutet, dass in dem

Container noch was anderes war, und nebenher wird mein Lager angezündet, werden drei meiner Männer zusammengeschlagen – das müsste doch für eine Stinkwut reichen. Mal ganz abgesehen davon, dass ich zwar nur ein Kraut-und-Rüben-Geschäftsmann sei, aber kein Volltrottel, der wissentlich mehrere Kilo Heroin durch den Zoll fährt und dabei ein Liedchen summt.«

»Was ist mit dem 220er Mercedes?«

»Der wird zur Zeit in sämtliche Einzelteile zerlegt.«

»Wo?«

»Ist das wichtig? In einer Werkstatt in Tornesch.«

»Was ist das überhaupt für ein beschissener Rotwein?« Angewidert, als handele es sich um eine Urinprobe, schnüffelt Willi am Glasrand. Die Nachricht von der Verschrottung des Oldtimers hat er zwar erwartet, doch sie stimmt ihn traurig. Das heißt, diese Traurigkeit zieht flüchtig, wie eine vom Wind vorbeigewehte Plastiktüte, durch seinen Kopf, und einigermaßen befremdet nimmt er wahr, wie wenig der Tod von Wibke, Klaus und den beiden Gangstern ihn berührt. Er hat stets relativ pazifistische Standpunkte vertreten; schon damals, 1968, als das Stadtguerilla-Thema seinen Weg durch die linken Kneipen und Wohngemeinschaften antrat, war seine Position eindeutig, er verachtet Hans Magnus Enzensberger, Wolf Biermann und Bruce Willis für ihre selbstgefälligen Pro-Irakkrieg-Statements – und nun befindet er sich selbst im Krieg. Aber seine Magenbeschwerden haben eine andere Ursache: Er ist noch immer der Käfer im Strudel.

»Übrigens ...«, Arno wischt sich den Bierschaum von den Lippen, »... ich, äh, wohne nicht mehr bei Carlo. Er hat es im Radio gehört, ist fix und fertig und sieht mich an, als wäre ich Al Capone. Ob er meine Version gefressen hat, weiß ich nicht, aber ist auch scheißegal, er hat die Hose gestrichen voll, und ich kann's ihm nicht verdenken. Ich bin ja selbst ziemlich überrascht von mir. Aber so funktioniert das eben. Man steht mit dem Rücken zur Wand und wehrt sich, treibt den Sprengstoff auf oder hat einen verrückten Sohn, der seit Jahren kiloweise Semtex bunkert, weil ihm mal einer das Zeug für einen Spottpreis verkauft hat, man deponiert das Zeug zusammen mit einem Zünder, betätigt sein Handy – und peng.« Seine Finger trommeln einen schnellen Rhythmus auf die Tischplatte, er starrt auf Willi, als habe er die Absicht, mit seinem Blick eine Lösung der Probleme in dessen Kopf zu schweißen.

»Könnte man den Mercedes wieder originalgetreu zusammenbauen?« fragt Willi, weil ihm nichts anderes einfällt, weil ihn aus unerklärlichen Gründen die Frage nach dem Schicksal dieses vierrädrigen Götzen aus seiner Kindheit bedrängt – und er fragt sich vor allem, wieso dieser Gedanke so massiv und konkret wie die Skulptur von Henry Moore im Garten des ehemaligen Kanzler-Bungalows in Bonn zwischen Millionen angstbleich herumvagabundierenden Gedanken ohne Anfang und ohne Ende thront.

Arno schnieft und kneift die Augen zusammen. »Der Scheiß-Mercedes? Alter, verlierst du jetzt völlig den Durchblick? Ich kenne das. So ne beschissene Art von Stress, ey. Pass bloß auf.« Er tätschelt Willis Hand, nickt aufmunternd, spricht jetzt mit Pastorenstimme: »Wir haben uns nur gewehrt, hörst du, mir hat's auch keinen Spaß gemacht. Aber zwei Dinge sind klar: Wibke und Klaus hätten uns irgendwann in den Knast gebracht. Diese Frau war nicht mehr zurechnungsfähig. Ich hab sie beobachtet. Die empfand so ne Hassliebe zu dir und wollte dich unbedingt da reinziehen. Und Tony Ling will mich vernichten und hat von uns die Message gekriegt, dass wir nicht so einfach zu knacken sind. Wir haben richtig gehandelt. Es wird schon alles irgendwie klappen.« Er trinkt einen Schluck, zündet sich eine Zigarette an, inhaliert tief, und so, wie er den Rauch herausbläst, könnte man meinen, eine Zigarette zu rauchen, sei schon ein Teil der Lösung. Er beugt sich ein wenig vor und raunt: »Zur Zeit wohne ich bei Elfis Schwester Rosi in Schnelsen. Die hat ja einen Arzt geheiratet. Möchte wissen, über was die sich so unterhalten. Mit mir hat sie ausschließlich übers Ficken geredet. Aber vielleicht unterhalten sie sich ja gar nicht und ficken nur. So ähnlich wie bei Arthur Miller und Marylin Monroe.«

»Du weißt gar nichts über Arthur Miller und Marylin Monroe, sonst würdest du nicht so einen Quatsch von dir geben.«

»Und ob ich Arthur Miller kenne. Ich kenne sogar ›Der Tod eines Vertreters‹ – wenn auch nur die ersten zehn Minuten. Hab ich wegen Dustin Hoffman angeguckt, war mir aber dann doch zu handlungsarm …«

»*Tod eines Handlungsreisenden.*«

Arnos Hand klatscht auf die Tischplatte. »Wusste ich's doch, dass da jetzt eine Verbesserung kommen würde. Wo, bitteschön, ist der Unterschied zwischen einem Vertreter und einem Handlungsreisenden, du Klugscheißer?«

»In Momenten wie diesem kommst du meinen Vorstellungen von einem Yeti sehr nahe.«

Arno wirkt keineswegs irritiert, er sagt: »Ich weiß, was ein Yeti ist, aber scheiß drauf, auf alle Fälle ist Rosis Typ, der Arzt, im Kongo oder in Ruanda, oder wie der Saustall heißt, um dünne Negerbabys von irgendwelchen ekligen Krankheiten zu heilen. Ich kann zwei Wochen bei dem heißen Feger wohnen. Allerdings habe ich das dumpfe Gefühl, wir beide, du und ich, müssen schon früher weg von Hamburg.«

»Opa Bölling und Max müssen auch weg.« Dieser dürftige Scherz erfüllt seine Funktion: Arno meckert erheitert, Willi kichert, für einen Augenblick befreit, in sein Rotweinglas.

Im Wohnzimmer knallen Schüsse, Glas splittert, Pferde wiehern. Mit einem Blick auf den Bildschirm erkennt Willi, bei welchem Film Ömer eingeschlafen ist: *Long Riders*. Ömer behauptet, er habe lediglich fünf Minuten gedöst und außerdem kenne er den Film auswendig, was von Willi ohne weiteres geglaubt wird, denn Willi weiß, dass sein türkischer Freund diesen Western mindestens zwanzigmal gesehen hat. Einmal hat Ömer zu Willis Verwunderung behauptet, dieser Film erinnere ihn an seine Jugend.

Ömer drückt die Austaste der Multifunktionsfernbedienung, löst seinen schweren Körper vom Sofa, schlurft in die Küche, kocht Tee, stellt eine Schale mit Pistazien auf den Couchtisch, baut bedächtig einen Joint, sein Brustkorb hebt und senkt sich, als hätte er soeben zwei Kisten Bier aus dem Keller geholt. Zu wenig Bewegung und der kaputte Rücken.

»Wie war dein Tag?« fragt er, nachdem der Tee in bauchigen Gläsern dampft.

Willi zieht am Joint. Kein holländisches Gras, sondern exzellentes Haschisch. Er beschließt, seine Beteiligung am Bombenanschlag nicht zu erwähnen. »Der Tag wäre ganz passabel gewesen, wenn ich vorhin nicht diesen beschissenen Rotwein getrunken hätte«, sagt er und schämt sich ein wenig für diese Antwort.

Ömer nickt verstehend. Er hebt Willis Stimmung, indem er den Whisky aus dem Schrank holt, wie immer etwas umständlich und zeremoniell, und eine gute Nachricht verkündet: Er habe sich im Kreis seiner Verwandten und Bekannten ein wenig umgehört und sechs kleine Dealer auf Willis Koks heißgemacht. Sie würden drei Kilo kaufen, für 90 000 Euro. Alles brave Jungs, absolut korrekt, zwei von ihnen seien mit ihm verwandt.

Eigentlich hat Willi bedeutend mehr aus dem Pulver herausschlagen wollen, doch seine ursprünglichen Berechnungen, das weiß er besser als jeder andere, sind vor ein paar Tagen, wie man so schön sagt, Makulatur geworden. Er sagt also zu, da er ohnehin damit rechnet, demnächst mit nicht mehr als zwei Koffern die Stadt zu verlassen. Genau genommen ist er ja jetzt schon ein Flüchtling, ein Asylant in Ömers Haus. Er sehnt sich nach seinen Büchern, den finnischen Hüttenschuhen, der Espressomaschine und seiner Wohnung mit der dicken Eingangstür und den drei Riegeln. Das Telefongespräch am Nachmittag mit Carmen war kurz und sinnlos. Im Grunde wollte er ihr mitteilen, dass er keinen Groll gegen sie hege, dass sie sich keine Gedanken machen solle, doch er hatte ständig den Feuerball, den Rauchpilz, die durch die Luft trudelnden Teile vor Augen, den Knall in den Ohren. Er sprach wirre Sätze ins Handy, Carmen schluchzte ihn voll – es hörte sich an wie das erregte Kollern eines Truthahns, und Willi, sofort misstrauisch, fragte, wieso sie solche Töne von sich gebe, ob sie bedroht werde, und falls sie nicht frei reden könne, solle sie die erste Strophe von *Penny Lane* aufsagen, die werde sie ja wohl kennen. Wenn sie jedoch allein sei, also ohne einen fiesen Pistolenlauf im Nacken, könne sie selbstverständlich weiterschluchzen, es störe ihn nicht, ach was, manchmal sei er ja selbst kurz davor, aus tiefster Brust zu schluchzen – neulich etwa, angesichts seiner ausgebrannten Wohnung. Carmen legte auf – oder vielleicht hatte sie ungewollt eine Taste gedrückt, aber egal, er hatte sich zumindest gemeldet.

Überall sind die Risse zu sehen. Erstaunlich, wo und wie verdammt häufig Risse zu sehen sind, lange, kurze, breite, schmale, schnurgerade oder wild verästelte. Neuerdings heften sich seine Augen wie Suchscheinwerfer auf alle möglichen Risse in Hauswänden, Tapeten, im Straßenbelag, in Dielen, Kondomen, Gesichtern, Baguettes.

Ömer schnalzt mit der Zunge und schenkt Whisky nach.

»Heute könnte ich mich ausnahmsweise mal besaufen«, stöhnt sein Gast.

Und anderntags folgt, wie üblich, die Strafe. Kopfschmerzen, kalter Schweiß, Gliederschmerzen, die Zunge wie mit Rauhfaser tapeziert. Seine Sinne sind hochempfindliche Sensoren, sie spüren das Fieber in der Luft, die Krankheitskeime in jeder Hand, die sich ihm entgegenstreckt, erkennen auf Schritt und Tritt die in den Passanten versteckten Allergien, Gewaltphantasien, Suchtsymptome und Depressionen. Seit seinem ersten Vollrausch – zu seiner Konfirmation, als er eine Flasche Martini Rosso geleert und daraufhin dem Wellensittich die Freiheit geschenkt hatte – weiß Willi um die Tücken des Alkohols, und dennoch stolpert er all die Jahrzehnte hindurch mit gewisser Regelmäßigkeit in diese feuchte Falle.

Er parkt den Wagen am Hamburger Berg, überquert die Reeperbahn, in der Silbersackstraße trifft er auf Arno, mit dem er verabredet ist. Der unterhält sich gerade mit einem mindestens hundertjährigen zerknitterten Männchen von der Größe eines Pygmäen.

Arno stellt den knorrigen Zwerg vor: »Das ist Waldi, einer der Ureinwohner von St. Pauli. Er hat nicht nur mit den Beatles gesoffen, sondern auch mit Hans Albers und Kaiser Wilhelm. Wir unterhalten uns gerade darüber, wie es hier früher ausgesehen hat.«

»Doch nicht mit Kaiser Wilhelm, du Arschgeige«, sagt Waldi mit rauher Branntweinstimme. »Mit Wilhelm Kaiser, der in den 30er Jahren der Wirt von meiner Stammkneipe war. Mit dem hab ich gesoffen. Doch nicht mit dem Kaiser. Ich komme aus einer Sozialistenfamilie. Die Beatles habe ich damals alle gekannt. Auch den einen, den Ruhigen, der was mit der Fotografin hatte und früh gestorben ist. Da vorne hat John Lennon mal an die Hauswand gepisst, und ich hab dabeigestanden und gedacht, Donnerwetter, der junge Hüpfer pisst ja Mengen wie ein Pferd. Und weil wir gerade bei Pferden sind: Zu diesem Lokal ...«, er deutet mit der Gestik eines Fremdenführers auf eine Kneipe am Silbersackplatz, »... kam zweimal wöchentlich die Bierkutsche, von zwei schweren Pferden gezogen. Wir nannten die Pferde Arschgäule, weil sie so mächtige Hinterteile hatten. – Und da, hinter dem Fenster im ersten Stock, lauerte immer der Hausmeister und hoffte, uns Kinder bei irgendwas Verbotenem zu erwischen. Wir nannten ihn Arschmeister.« Der Finger schwenkt zum nächsten Haus. »In diesem Haus ist meine Mutter ...«

»Arschmutter«, sagt Willi unwillkürlich, und Waldi dreht verwirrt den Kopf zu Arno. »Ist die Arschgeige ein Freund von dir, oder kann ich ihm das Fressbrett polieren?«

»Er ist krank.« Arno verzieht das Gesicht. »Tourette-Syndrom.«

»Dorette-Syndrom? Der Wirt von der *Reno Bar* hat ne Tochter mit dem Syndrom. Wenn sie fünf doppelte Asbach getrunken hat, weiß jeder, jetzt geht's gleich los. Und dann geht's auch los, dann schreit sie den erstbesten Macker an, er solle sie nicht so lüstern anglotzen, sonst würde sie ihm den Schwanz abschneiden – so'n Scheiß eben. Dörte. Die musst du doch kennen. Ist in deinem Alter.«

»Dörte ist um die vierzig, und ich bin einundsechzig.«

»Du bist schon einundsechzig? Siehst aber älter aus. Oder bist du gar nicht der, den ich meine? Hab ich dich mit dem Kleinen von der Achterbahn verwechselt?«

»Ich bin der Kleine von der Achterbahn, der Boxer. Wir beide kennen uns seit fünfzig Jahren, und seit dreißig Jahren sehen wir uns fast täglich.«

»Wer? Du und der, den ich meine?«

»Wir beide. Du und ich.«

»Das weiß ich. Warum denkt ihr jungen Burschen eigentlich, jeder Rentner sei automatisch senil, oder wie das heißt. Du weißt, was ich meine. Ein bisschen mehr Respekt wäre gut, sonst gibt's was hinter die Löffel. Ich hab dir ja früher öfter mal auf den Hinterkopf gehauen. Hat ja nicht geschadet, wie man sieht. Bist ja was geworden. Hast ne eigene Barkasse.«

Arno verzieht schmerzhaft das Gesicht. »Du hast mich nie gehauen, Waldi. Und ne Barkasse hab ich auch nicht. Wahrscheinlich meinst du den anderen, den von der Achterbahn.«

»Ich weiß schon, wen ich meine. Mach dir nur keine Gedanken. Da waren übrigens zwei Kerle in deiner Wohnung. Vor ner Stunde.«

Die Wohnungstür ist nur angelehnt. Keine Einbruchsspuren. Knolle warnt seit Jahren, dieses Schloss könne ein betrunkener Pavian in zwei Minuten öffnen.

Während Willi hinter der Tür das absolute Grauen vermutet und am liebsten ganz woanders, zum Beispiel am Strand von Goa, wäre, stürmt Arno funkensprühend in seine Wohnung, aus der er lediglich ein paar Sachen holen will. Raubtierhaft witternd checkt er den Flur, das Wohnzimmer.

Die beiden Kerle sind noch da. Wie ein riesiger Hefeteig quellen sie aus der Küche, kahlgeschorene, zähnefletschende Kampfhunde, sommerlich leicht gekleidet – im knappen Boss-T-Shirt der eine, im Lacoste-Polohemd der andere, ihre aufgepumpten Oberarme sind mit den üblichen Tattoos (Stacheldraht, Totenkopf usw.) gepflastert. Schusswaffen tragen sie offensichtlich nicht.

Der Typ im Polohemd. Der Kroate. Willi hat den Mann in unangenehmer Erinnerung. Was war da los? Dann rauscht der Film sekundenschnell durch seinen Kopf: Die Party vor drei Jahren im Haus eines Kunden, eines, wie Willi seit einiger Zeit wusste, zum Größenwahn tendierenden Caterers und Eventmanagers – an die hundert Gäste, bunt gemischt, ein breit gefächertes Sortiment lackierter Wichtigtuer: ein Rudel freizügig gekleideter junger Frauen auf der Jagd nach reichen Trotteln, ergraute Herren in dezenten Anzügen, zwei bedeutungsvoll mit den Köpfen nickende Politiker, der schwadronierende Redakteur einer Boulevardzeitung, einige Grinsbacken von den Müllhalden des Trashfernsehens und, nicht nur der Exotik wegen, ein paar Unterweltgrößen, coole Alphawölfe mit ihrem Hofstaat. Ein riesiges Haus auf einem riesigen Anwesen in Mariental. Willi zerhackte auf Geheiß des Gastgebers Lukas Wimmer zwanzig Gramm Koks auf einem Silbertablett und formte liebevoll eine meterlange spiralenförmige Linie, als der Kroate, damals noch in den Diensten eines albanischen Zuhälters, sein Whiskyglas auf dem Tablett abstellte. Willi, ohnehin genervt von der Szene, nahm das Glas und knallte es auf den Tisch, wollte noch einen genervten Spruch ablassen, doch dazu kam er nicht mehr, da ihm der Rüpel mit filmreifer Lässigkeit das Tablett um die Ohren knallte und sagte: »Du hast schon verloren, wenn du nur den Mund aufmachst.« Willi antwortete zornbebend und mit Kokain gepudert: »Du bist schon als Idiot zu erkennen, bevor du den Mund aufmachst!« Danach gab es einen kleinen Tumult, man einigte sich darauf, Willi die Schuld zu geben, er wurde des Hauses verwiesen, bekam die zwanzig Gramm nicht bezahlt und hatte Lukas Wimmer als Kunden verloren. Lukas Wimmer muss sterben, sagte er sich ein Jahr lang jeden Morgen beim Brötchenholen, dann trat das Gesicht des Eventmanagers allmählich in den Hintergrund, um anderen Drecksäcken Platz zu machen.

Arno verhält sich diszipliniert wie ein abgebrühter Boxer im Ring. »Wen haben wir denn da? Sucht ihr meine Pornohefte, um euch einen von der Palme zu schütteln, ihr Wichser?« Er lässt sich durch das selbstgefällige Schmunzeln nicht provozieren, doch Willi bemerkt, wie er plant, abschätzt, seinen Körper ganz beiläufig positioniert.

»Du bist Arno Schuster? Sieh mal an. So klein und so gut drauf. Wir sollen dir einen Gruß von unserem gemeinsamen Freund Tony ausrichten.« Die beiden blockieren den Flur, bilden eine Wand aus Muskeln und Knochen. Der Kroate deutet auf Willi. »Dich kenne ich. Sag, woher kenne ich dich, Susi?«

»Raus hier«, zischt Arno.

Der Typ im Boss-T-Shirt ist dunkelhäutig, könnte Kaukasier sein, spricht schlechtes Deutsch mit russischem Akzent. Insgeheim bewundert Willi an solchen Burschen, dass sie in der Lage sind, sich in jedem Land der Welt sofort wohlzufühlen, weil sie skrupellos und selbstbewusst sind und sich nehmen, was ihnen gefällt. Der Typ sagt mit belustigtem Gesichtsausdruck: »Du gefällst mich, kleine Mann. Wenn du nicht so alt, wir zwei könnte in Boxring.«

»Ich hab dich zwar nicht verstanden, aber wenn ich nicht so alt und vernünftig, ich dir alle Zähne aus Gesicht klopfen.« Arno grinst grimmig. »Aus welchem Scheißland kommst du eigentlich?«

»Ich bin Tschetschene, du Wichser.«

»Ich bin Ficker. Ihr seid Wichser. Ihr klebt ein paar Haare an ein Schlüsselloch und stellt euch vor, es sei ne Fotze ...« Arno weicht der Faust des Kroaten mühelos aus und kontert sofort mit zwei steinharten Schlägen ins Gesicht des Angreifers, der mit glasigen Augen in die Arme seines Partners stürzt. Arno knallt – es geht alles unglaublich schnell – dem anderen eine Betonfaust auf den Kehlkopf, springt vor, rammt sein Knie in die Hoden des Kroaten und schlägt dem Tschetschenen die Nase breit. Die beiden sinken wie reuige Sünder auf die Knie, doch es gibt keine Absolution – Arnos Fäuste hämmern wieder und wieder, wie Maschinen, auf die Gesichter, er tritt, als sie röchelnd auf dem Boden liegen, gezielt in ihre Rippen und Weichteile, nimmt den Kleiderständer und schlägt damit weiter.

»Es ist gut, Arno«, mahnt Willi mit heiserer Stimme. Sein Herz hämmert. Überall Blut, das Getöse, die Kopfschmerzen, Durst.

»Grüßt Tony von mir.« Arno wischt seine blutigen Fäuste am Lacoste-Hemd ab. Seine Knöchel sind aufgeplatzt, das Gesicht ist verzerrt, er atmet schwer, doch er wirkt souverän, ein grauhaariger Boxer, der noch einmal in den Ring gestiegen ist und es allen gezeigt hat. Ohne Zweifel ist jeder der beiden Schläger Arno körperlich überlegen, das hat Willi gleich erkannt, aber sie haben sich überraschen lassen, sie haben in ihrer Selbstherrlichkeit das Explosive und die boxerischen Fähigkeiten des Einundsechzigjährigen übersehen.

Zerschlagen und vom Schock gezeichnet erheben sie sich. Noch vor zwei Minuten waren sie harte Männer, die einen Routinejob zu erledigen hatten und dabei einen Scherz nicht verachteten, nun sehen sie aus, als müssten sie ihre Pläne für den heutigen Abend ändern.

»Wir treffen uns wieder«, nuschelt der Kroate.

»Möchtet ihr das?« Arno lacht meckernd, während er hinter ihnen die Tür schließt.

Willi ist ebenfalls geschockt. An seiner Hose klebt Blut, auf dem Fußboden liegt ein Stiftzahn. Gegen diese hautnahe Schlägerei war der Bombenanschlag geradezu ästhetisch, überlegt er, oh ja, genauso wahnsinnig, aber immerhin ein geplantes Feuerwerk – und der Essstäbchen-Heroin-Regen, hatte der nicht sogar etwas Symbolhaftes, Verspieltes an sich gehabt? So wie der Brand in seiner Wohnung und die anschließende Erotikszene mit Marianne Maul eindringlich an *Monty Python's Flying Circus* und darüber hinaus an den harten Kern der Wahrheit im Absurden erinnerten? Es ist doch so, dass die Kunst sich keinesfalls der geistig beschränkten Forderung nach dem Schönen, Guten, Wahren unterwerfen darf, sondern einzig und allein der Aufrichtigkeit und dem Drang nach allerschärfstem, rücksichtslosestem Ausdruck zu folgen hat. Ist es nicht so?

Mit dem Daumen reibt er den Blutfleck. Schöne, helle Leinenhose, frisch aus der Reinigung. Er stolpert in die Küche, um seinen Durst mit klarem Wasser zu löschen und gleichzeitig den Ekel hinunterzuspülen.

Alle müssen weg

Neulich, also vor der Katastrophe, waren solche Frühlingstage von morgens bis abends kleine, freundliche, mitunter kitschige Erinnerungen an Lebenslust, Geschlechtsverkehr und Musik; sie führten die Daseinsfreude aus ihrem Winterverlies, Fensterflügel flogen auf, der Geruch von Jugend, betörend und dennoch leicht, lag über der Stadt, schwebte sogar aus Gullys und U-Bahnschächten. Früher, vor vielen, vielen Augenblicken, trieben die Tage träge vorüber, nur flüchtige Spuren hinterlassend. Sie waren in ihrer gleichmütigen Freundlichkeit genaugenommen ein wenig langweilig, übten jedoch in ihrer hellen, warmen Ereignislosigkeit eine beruhigende Wirkung aus – zumindest auf solche Zeitgenossen wie Willi, also ältere ..., nein, nicht nur auf ältere und richtig alte Leute, nicht nur auf Pubertierende, Rollstuhlfahrer und ähnliche Problemfälle, sondern gleichermaßen auf Kinder, italienische Eisverkäufer, frisch Verliebte, Polizisten, Obdachlose – auf alle, die nicht mehr erwarten als die kurze Illusion vom großen Glück.

Und verspürte Willi bis vor ein paar Tagen beim Klang der Begriffe »Al Kaida«, »ETA«, »George W. Bush« und »Kai Diekmann« einen fauligen Geschmack im Mund, so kann er darüber heute bloß noch verächtlich lachen. Mag dieser Horrortrip, auf dem er sich zur Zeit befindet, in Bagdad oder Soweto alltäglich sein, für Willi Windhorst in Hamburg sieht die Situation so bedrohlich aus wie nichts zuvor in seinem Leben. Selbst die Monate im türkischen Knast konnte man überstehen, indem man sich Striche machend und von der Zukunft träumend dem Entlassungstag näherte. 730 Striche – dann war es vorbei. Diesmal ist kein Entlassungstag in Sicht. Der Kroate wird irgendwann, schon bald, durch ein jähes Aufflammen der Erinnerung, mein Bild vor Augen haben – die Party, das Silbertablett, der Koksdealer, der offensichtlich keinerlei Protektion genoss und deshalb schutzlos war.

»Gut, dass ihr noch mal vorbeikommt«, sagt Carlo. »Ich hab versucht, dich anzurufen, aber du hast wohl ein neues Handy. Ich schäme mich so. Natürlich kannst du weiterhin hier wohnen, und wenn ich dir irgendwie helfen kann, musst du es nur sagen.«

Arno hatte seinen Kulturbeutel bei Carlo vergessen. Sie standen in der lila Wohnung, Arno umarmte seinen alten Kumpel, tätschelte ihn und brummte: »Mach dir keine Gedanken. Ich bin erstens nicht sauer auf dich und möchte dich zweitens auf keinen Fall in die Sache hineinziehen. Das wäre nicht korrekt von mir.«

Im Auto starrt Arno ungewohnt schweigsam ins Leere. »Carlo ist'n Guter«, sagt er plötzlich, und es hört sich an wie eine in Stein gehauene Wahrheit. Aber Willi hat andere Sorgen. »Der rote Golf. Er hat die ganze Zeit wie ein Irrer überholt und die Fahrspur gewechselt, um an uns dran zu bleiben.«

»Mann, Alter, glaubst du, die Bullen oder Tony Ling würden uns mit einem roten Golf beschatten?«

»Nein, das sind meine alten Verfolger.«

»Ach, deine hypergeheimnisvollen Beschatter? Ich fürchte echt, du hast gewaltig einen an der Waffel. Seit Wochen erzählst du mir von Verfolgern, die nie mit dir in Kontakt treten. Wer soll das sein? Was glaubst du? Deine zwanzig unehelichen Kinder? Der togolesische Geheimdienst?«

»Du weißt doch gar nicht, wo Togo liegt.«

»Nur so ungefähr, zwischen Ghana und Benin.«

»Hey, du verblüffst mich. Kam gestern was über Togo im Fernsehen?«

Aus den Lautsprechern dröhnt *Cold Sweat* von James Brown, die Live-Version aus dem *Apollo*, und die Ampel zeigt grün. Willi tritt das Gaspedal durch, der Wagen schießt über zwei Fahrspuren und biegt mit kreischenden Reifen nach rechts in den Winterhuder Weg.

Der Golf ist verschwunden.

»Na?« In Willis Grinsen glänzt kindlicher Stolz. Arno schüttelt mit geschlossenen Augen den Kopf. »Mann, Alter, wenn du unbedingt die Bullen anlocken willst, musst du beim nächsten Autorennen noch ne Schnapsflasche aus dem Fenster halten und dazu ausdauernd hupen.«

»... make'em stay – while I do the funky, funky, funky Broadway – make'em stay – while I get a taste of the funky Broadway ...!«

Die Musik – alles klar: »Weißt du noch, damals, Willi, *Sahara*, 1968, auf der Reeperbahn, Tag und Nacht geöffnet, Flasche Bier zwofuffzich oder so ...«

»War'n korrekter Laden. Nur Soul, viele Schwarzafrikaner, laut, eng, heiß. Da hab ich zum erstenmal Clarence Carter gehört.«

»Lass uns doch gleich mal ne Nase nehmen und'n schönen Whisky hinterherkippen. Elfis Schwester Rosi hat ne Menge korrekter Musik aus der Zeit. Wir ziehen uns das *Weiße Album* von meinen Freunden, den Beatles, rein.«

»Ich kann nicht lange bleiben. Hab noch'n ziemlich dickes Geschäft auf der Liste. Wenn alles klappt, werde ich drei Kilo los. Für 90 000.«

»Irgendwelche Kleindealer?«

»Bekannte von Ömer, alles cool.«

»Na, die werden den Stoff schön strecken.«

»Wenn sie gierig sind, werden sie das wohl tun.«

Walking Down The Line von Odetta. Und Willi sieht die Autobahnauffahrt vor sich, die Stelle, an der er zum erstenmal den Daumen in den Wind hielt, 1966, um durch Europa zu trampen. Er erinnert sich noch genau an den ersten Fahrer, der auf seinen Daumen reagierte und ihn gleich bis nach Nürnberg mitnahm, obwohl Willi über Dortmund und Belgien nach London hatte fahren wollen, aber das war okay, völlig unbedeutend, weil er sich sagte, dass München und Rom auch nicht übel wären. Sein Chauffeur, ein älterer Handlungsreisender, rauchte Zigarren, spulte etwa tausend Vertreterwitze ab und erklärte nach jedem Witz, er habe weiß Gott nichts gegen Langhaarige, aber seinen Sohn würde er zum Frisör prügeln, falls das jemals notwendig sein sollte. Willi achtete nicht weiter auf das Silbengeplätscher aus dem Mund des Dinosauriers, es genügte ihm zu erkennen, wann der Fahrer ein Lachen oder ein Ja von ihm erwartete, ansonsten war sein Kopf ein großer, bunter Festsaal, gefüllt mit Musik und wirbelnden Gedanken, die alle etwas mit dem Wort Freiheit zu tun hatten. Er war vorher noch nie im Ausland gewesen. Für seine Eltern bestand das Ausland im wesentlichen aus Schlachtfeldern des letzten Weltkriegs, aus Narvik, Eben-Emael, El Alamein, Stalingrad, Normandie, Monte Cassino, Smolensk. Obwohl Willi den Charme der deutschen Regionen sehr wohl zu würdigen wusste, hasste er den Urlaubsort im Bayerischen Wald, den er in seiner Kindheit jeden verdammten Sommer mit den Eltern und der schon damals tantenhaft wirkenden Schwester besuchen musste. Immer dieselbe muffige Pension, immer war dieser Scheißberg, der Große Arber im Blickfeld, dessen Schatten sich vom frühen Nachmittag an bedrohlich breitmachte und regelmäßig für schlechte Träume sorgte. Jeden Abend betranken sich die Eltern unten im »Salon« gemeinsam mit dem Ehepaar Jähnicke, das zu vorgerückter Stunde, einem inneren Befehl gehorchend, Nazilieder sang, und dem Pensionswirt, Herrn Haubichl, während Willi im Zimmer mit seiner verbissenen Schwester Monopoly spielte und immer verlor.

Plötzlich war er frei, ein Vogel, der komfortablen, aber metallisch kalten Voliere entkommen, mit 230 Mark in der Tasche, um genau das zu tun, was er monatelang geplant hatte, nämlich nicht mehr und nicht weniger als die Welt zu erobern. Er saß neben einem sabbernden CDU-Wähler in einem 61er Opel Rekord und rollte dem Süden entgegen, das große, geheimnisvolle Tor hatte sich aufgetan – und vor ihm lag, von der Sonne beglänzt und auf ihn wartend, das richtige Leben.

»Ich bin ziemlich pleite«, seufzt Arno in seine Erinnerungen hinein wie ein Eindringling. »Weder haben die Bullen meinen abgebrannten Hof freigegeben, noch hat sich die Versicherung gemeldet, zwei Taxis sind in der Werkstatt, mit dem Koks kann ich im Moment wenig anfangen, weil ich kein Dealer bin und somit auch keine Kunden habe. Ich meine, ich kann ja nicht mit hundert Briefchen in der Tasche von Kneipe zu Kneipe wandern und jedem Gast mein Angebot ins Ohr flüstern. Außerdem brauch ich ne Feinwaage zum Portionieren. Den ganzen

Tag lungern Bullen vor meinem Taxistall und sogar in meiner Stammkneipe rum, obwohl ich mich dort ohnehin nicht mehr blicken lassen kann. Bin mal gespannt, wann die Bullen checken, dass ich ziemlich engen Kontakt mit einem gewissen Willi Windhorst pflege. Tony Ling wird sich inzwischen auch mit dir beschäftigt haben und sich fragen, ob du deine eigene Wohnung aus Blödheit oder eiskalter Überlegung abgebrannt hast.«

»Ich will meine Wohnung wiederhaben.« Willi befindet sich wieder voll in der unangenehmen Gegenwart. Er schickt prüfende Blicke in den Rückspiegel. »Ich will mein früheres Leben wiederhaben, verdammte Kacke! Wieso muss ich die ganze Last der Welt auf meinem Rücken tragen? Wenn ich abergläubisch wäre, würde ich Uwe die Schuld an der ganzen Misere geben können, weißt du, Uwe mit dem Glasauge, der so alt ist wie ich und neulich in dieser Scheißkneipe den Löffel abgegeben hat. Musst du dir mal vorstellen: Ich sitze ausgerechnet in dem Moment in der Art von Kneipe, die ich seit meiner Jugendzeit im allgemeinen mit Verachtung strafe, als der Besoffene neben mir seinen Kopf auf den Tresen knallt und stirbt.«

»Elvis just left the building«, sagt Arno achselzuckend. «Ich hab schon öfter welche in Kneipen sterben sehen. Zum Beispiel Heiner Schaub. Der hatte ne Losbude auf'm Dom. Und eines Abends in der Kneipe, in der wir Schausteller uns nach dem Geschäft immer trafen, zeigt einer seinen Revolver, 38er Special, wie du einen hattest – und Heiner nimmt ihm das Ding aus der Hand, hält es sich an den Kopf und drückt ab. Mann, ich sag dir, da war die Stimmung aber ratzfatz im Arsch.«

»Gefällt mir, deine Art, mich aufzumuntern.«

»Ich meine ja nur, Leute sterben überall, und wenn jeden Tag Millionen Menschen in Kneipen gehen, ist es nicht nur einfach logisch, sondern doppelt und dreifach logisch, dass der eine oder andere von ihnen dazu bestimmt ist, am Tresen zu sterben. Wahrscheinlich ist doch alles vorbestimmt, und dieser Uwe war nicht der Anlass für den ganzen Ärger, sondern ein Vorzeichen wie die epileptische Gisela.«

»Das ist natürlich Quatsch, Alter. Wer sollte denn ein Interesse daran haben, über Milliarden Jahre hinweg jegliches Geschehen auf diesem Planeten bis in die feinsten Verästelungen vorauszuplanen? Der liebe Gott? Meinst du, der ist so durchgeknallt und entwirft seit zig Millionen Jahren den Lebensweg eines jeden Geschöpfs? So in der Art von: Drei Tage nach ihrem vierundvierzigsten Geburtstag, am 10.5.1974 um 18 Uhr 11, wird Frau Emma Hoppe, geborene Schmidt, in Hamburg, Budapester Straße, vor dem Haus Nummer 38 von einem grauen Pudel gebissen, der seinem Herrchen, Herrn Karl Kunze, entlaufen ist, sie stolpert vor Schreck auf die Fahrbahn, wird von einem mit überhöhter Geschwindigkeit fahrenden Skania-LKW der Firma Möddelbek aus Itzehoe erfasst, überlebt jedoch und wird die restlichen dreizehn Jahre ihres Lebens querschnittsgelähmt in einem Spezialbett verbringen. Was soll das denn? Mein Gehirn mag ja mit Koks verkleistert sein, aber sicher nicht mit Religion.«

Arno blickt ihn respektvoll von der Seite an. »Alter, Alter, wenn du so redest, krieg ich echt'n Ständer.«

Das 50er-Jahre-Haus in einer 50er-Jahre-Straße mit 50er-Jahre-Einfamilienhäusern ist so gesichtslos wie die meisten 50er-Jahre-Häuser, doch das Innere wirkt behaglich. Ikea, gemischt mit Biedermeier, geschickt arrangiert – ein paar Originale von Horst Janssen und F. K. Waechter, ein Aquarium mit vier Koi-Karpfen, die sich offensichtlich langweilen.

Rosi lächelt meist freundlich vor sich hin. Sie wirkt zielstrebig und gescheit, was sie schon mal positiv von ihrer Schwester abhebt. Für den Begrüßungskuss muss sie sich zu Arno hinunterbeugen. Dabei streicheln ihre langen Finger sein Gemächte.

»Er fickt gut, der kleine Kerl«, sagt sie freundlich lächelnd zu Willi, der höflich und beherrscht antwortet: »Dieser Ruf haftet ihm in der Tat seit hundert Jahren an. Man munkelt, er habe Leni Riefenstahl zu ihrem ersten Orgasmus verholfen.«

»Frau Riefenstahl war meines Wissens nicht an Zwergen interessiert.«

»Hey, hey!«, kräht Arno, zwinkert aber vorsichtshalber, sprich: alles klar, Scherz verstanden.

Rosi serviert Eistee und gebutterte Franzbrötchen. Sie ist Mitte vierzig, immer noch schmal, mit einem schönen Birnenarsch, der in dem Hausanzug aus schwarzer Seide aussieht, als wolle er gepflückt und gegessen werden.

»Wir haben uns, glaube ich, einmal getroffen«, sagt Willi kauend. »Vor etwa dreißig Jahren.«

Sie lächelt freundlich und antwortet kauend: »Ach, damals. Warst du der etwas linkische Thomas-Bernhard-Verehrer mit den vielen Pickeln?«

»Thomas Bernhard stimmt, Pickel stimmt nicht«, sagt Willi, sich zu einem Lächeln zwingend. Er beugt sich vor und zieht eine Linie von der gläsernen Tischplatte. Norah Jones haucht aus den Boxen, leise klimpernd bewegt sich das Perlmutt-Mobile über der Biedermeierkommode, von irgendwoher schwebt der Sandelholzduft eines Räucherstäbchens, mit zermürbender Gleichmäßigkeit klickt das Pendel einer Biedermeierstanduhr, der Eistee ist selbstgemacht. Diese Atmosphäre, denkt Willi, hat einen Zeitlupeneffekt und wirkt auf einen Kokser wie eine subtile Strafe. Arno wird's nicht viel ausmachen, weil er sich wohl schon überlegt, wie er es Rosi diesmal besorgen wird.

Auf einem Foto an der Wand steht Rosis Ehemann im weißen Kittel zwischen schwarzen Kindern – eine dieser strenggeschnittenen alttestamentarischen Männergestalten mit detailliertem Lebensplan und unverrückbarem Wertekatalog. Und Willi sieht ihn vor sich, wie er seinen Arztkittel mit tausendfach geübten Fingerbewegungen aufknöpft – darunter ist er nackt, mit erigiertem Schwanz, und Rosi, ganz in Latex, bläst ihm einen.

»Ich muss los, Leute, nützt nix.« Willi erhebt sich abrupt. Auf einmal findet er alles so seicht – dieses Haus, die Musik, Biedermeier, Rosi, sich selbst, die ganze Welt. Schreckliche Visionen stürmen auf ihn ein: Berlusconi wird König von Italien, George W. Bush lässt vor seinem Abschied aus dem Weißen Haus den Iran und Syrien bombardieren, Helmut Kohl schreibt ein weiteres Buch … Was soll das? Wieso solche Gedanken in diesem Moment? Seit Wochen, wenn nicht gar seit Jahren verfolgt Willi die politischen Ereignisse nur noch beiläufig, wie einer, der in der Bahnhofstoilette pinkelt und ab und zu einen angewiderten Seitenblick auf den Strahl des Nachbarpinklers wirft. Eine Manifestation meiner Angst, vermutet er, die ganze Welt ist ein seichter Tümpel, und große Worte sind nichts weiter als Werkzeuge der Eitelkeit – Philosophen, Poeten, Politiker, Popstars, Päpste …, er sucht nach weiteren Wörtern, die mit P beginnen und für Topmanager, Mafiabosse und Generäle einsetzbar sind, doch ihm fällt nichts ein. Seine klugen Überlegungen, die sich wie Fruchtfleisch um einen festen Kern legen sollten – die Erkenntnis, dass das Wohl und Wehe der Welt mehr denn je in den Händen agiler, von sich selbst berauschter Egomanen liegt, die man erst im Nachhinein zu Spinnern, Visionären, Gestaltern oder Zerstörern erklärt –, zerbröseln, während er verbissen und, wie er selbst weiß, sinnlos nach Begriffen mit P in seinem Hirn kramt, wie in einer unaufgeräumten Truhe.

Im Auto spult er die Kassette vor, verflucht dabei wieder einmal diese altmodische Technik und wünscht sich einen CD-Player. Halt – das ist okay. *God Is A DJ* von Pink. Willi fährt schneller als erlaubt. Dass er seit Tagen an Arno gekettet ist wie Tony Curtis in *Flucht in Ketten* an Sidney Poitier, rangiert natürlich weit unterhalb der existenzbedrohenden Probleme, aber es zehrt ebenfalls an seinen Kräften, zerrt an seinen Nervensträngen, zermürbt seine Substanz. Er hat des öfteren das Gefühl, ausgebrannt zu sein, nur noch zu glimmen, wie ein ausgebrannter Stern, der zum Weißen Zwerg geworden ist. Früher, ja früher spornten solche Adrenalinexplosionen seine Denkmaschine an; wie hochentwickelte Drohnen suchte ein Pulk von Gedanken nach einer Lösung. Es wird am Alter liegen, fürchtet er, dass sich mein Denken wie in einem Hamsterrad bewegt. Eigentlich bin ich eine leichte Beute für meine Feinde, ein harmloser, wenn auch temporär verbitterter Zeitgenosse, der all die Jahre eine kaum beachtete Nischenexistenz führen konnte, weil er sich so unauffällig wie ein Mausmaki verhalten und den Rest von Ehrgeiz unterm Schrank versteckt hat. Irgendwann, wahrscheinlich unvermutet, weil ich wichtige Hinweise übersehen habe, werden sie vor mir stehen – die Bullen, der Kroate, Eriks rechtsradikaler Mitbewohner ... Erik und Torsten: Ihre vom Tod entstellten Gesichter erscheinen – klick – wie Verbrechervisagen auf Willis innerem Bildschirm. Dann Bodo. War dieser aufgeschwemmte Taxifahrer an Torstens Ermordung beteiligt? Weiß er vom Tod der Schwertfegers? Kann er gefährlich werden? Oder zieht er sich zurück in der Hoffnung, dieses unappetitliche Kapitel für immer zuschlagen zu können? Dieser Skinhead, Eriks Mitbewohner, hat er eine Vermisstenanzeige aufgegeben? Was hat Erik ihm mitgeteilt? Hoffentlich war Gisela zu besoffen, um irgendwas zu kapieren. Dann sind da noch die Möllers, Opa Bölling, ach Gott, der gestörte Max mit seinen Kumpels, die Willi nicht einmal kennt – vermutlich ebenso deformierte Gestalten, die zwar wissen, wie man Autos klaut, denen auch bekannt ist, dass man darüber nicht redet, die aber schon aufgrund ihrer geringen Intelligenz möglicherweise ... Mit jäher Klarheit, als habe er das Objektiv scharfgestellt, erfasst Willi die üblen Details seiner Lage – ein weitgespanntes Geflecht aus Stolperdrähten, Landminen, kleinen und großen Fallen.

Flüchtig schaut er in seine noch immer feuchte Wohnung, leert den Briefkasten, flucht auf die Handwerker, die noch nicht einmal angefangen haben und das wohl auch nicht tun werden, bevor sie ein ernstzunehmendes Anzeichen für spätere Bezahlung sehen. Vermutlich können sie in den feuchten Räumen auch noch gar nichts tun, doch Willi verflucht sie mit Inbrunst, weil ihn das Fluchen erleichtert – wie ein riesiger Scheißhaufen, den man stundenlang wie einen Bleiklumpen im Enddarm gespürt hat und endlich auf einer sauberen, freundlich gekachelten Toilette losgeworden ist.

Er sitzt auf einem Küchenstuhl im Wohnzimmer, umgeben von Ruß und Gestank, raucht, trinkt Rotwein aus einer Kaffeetasse, wie neulich bei Schneverding. Im dritten Stock hämmert der absolut untalentierte Gymnasiast Daniel Wissmut wie immer um diese Zeit einen viel zu eckigen Boogie in die Tasten seines Bechstein-Pianos. Willi erinnert sich mit melancholischem Lächeln an die Vorträge, die er dem jungen Mann im Treppenhaus über schwarze Musik im Allgemeinen und Boogie Woogie im Besonderen gehalten hat. Schwarze Musik, egal ob tränenschwerer Blues oder flockiger Funk, müsse auf jeden Fall die Seele hervorbringen, aber er, der Herr Wissmut, spiele Boogie Woogie wie ein betrunkener westfälischer Dorfpolizist.

Dass Willi die germanische Boogie-Interpretation heute, obwohl sie trocken wie immer klingt, als angenehm empfindet, wundert ihn zuerst, doch dann versteht er: Dieses uninspirierte Geklimper gehört zum akustischen Background seiner Umgebung, gehört dazu wie die verbalen Gefechte im Treppenhaus zwischen Klempnermeister Schremm und der Tierpsychologin Janine Klappetek, deren roter Kater Matze regelmäßig im Treppenhaus seinen Darm entleert, oder der lautstarke Geschlechtsverkehr in der Nachbarwohnung, der seit dem Einzug der Eheleute Knut Hartmann und Sonja Weichmann-Hartmann vor acht Jahren, täglich zwischen 20 Uhr und 20 Uhr 15 vollzogen wird. Willi hat alle Geräusche des Hauses und der Straße gespeichert, und selbst die unangenehmen Töne sind ihm vertraut und schon deshalb ein Teil seiner Heimat. In Ömers Haus ist er trotz der Gastfreundschaft ein Fremder, stets auf dem Sprung, die Geräusche im Haus und von draußen erscheinen ihm oft dubios und unheilvoll, sie verunsichern ihn, er kommt sich vor wie in der Fremde, ja es fällt ihm sogar schwer, sich vorzustellen, er befände sich hier, südlich der Elbe, noch immer in Hamburg. Aber was bedeutet schon Hamburg. Er sieht ja seit Tagen nur noch Asphaltpfade, Beton- und Backsteinschluchten – die labyrinthische Großstadt, kaum zu unterscheiden von Bagdad oder Bukarest. Es gab Zeiten, da konnte man nachts nach einer Zechtour unbeschwert an einen Laternenpfahl pinkeln. Ein Bekannter hat Willi vor kurzem erzählt, es gehöre neuerdings zum Freizeitspaß verrohter Jugendlicher, ältere, an Pfähle oder Masten pinkelnde Männer umzustoßen. Die Verrohung der Sitten treibt seltsame Blüten. Was Willi nicht überrascht. Für ihn ist die Sache völlig klar: Der Verhaltenskodex der Gesellschaft, der Gesellschaftsvertrag, wird nicht etwa von den zig Millionen Konsumenten vulgärer Fernsehsendungen und zynischer Zeitungen durchlöchert, sondern von den Produzenten dieses Drecks, die ihre Villen und Büros von Feng-Shui-Experten einrichten lassen, am Wochenende Golf spielen und im Übrigen nichts weiter als gierige kleine Nihilisten sind.

Schade, dass ich keinen Anspruch auf Rente habe, denkt Willi, und während er die Zigarette achtlos auf dem Fußboden austritt, schiebt sich schon wieder dieser klotzige Gedanke in den Vordergrund: Wenn die Bullen mich kriegen, werden sie mich bis ins Mark durchleuchten. Wovon lebe ich, was habe ich in den letzten dreißig Jahren gearbeitet? Gesichter blitzen vorbei und verglühen wie Meteore: Carmen, mit spöttischem Lächeln, ein Schnappschuss von Werner Jensen, dem alten Freund, der vor sieben Jahren an Krebs starb. Ja, Werner, ich denke noch immer an dich, Alter, wir haben eine Menge zusammen erlebt – den ersten Joint, den ersten Abend im

Grünspan, die Demos, du hast mich vor Wibke und Co. gewarnt, wir haben uns umarmt, als die Grünen zum ersten Mal in den Bundestag kamen, mein Gott! Aber sind wir nicht alle nur seufzende Kreaturen, traumverlorene Reisende zwischen den Konturen einer flüchtigen Realität, durstig nach klarem, kühlem Wasser? Zum Beispiel letztens in Arnos Küche, ein Liter klares Wasser auf ex. Danach natürlich gleich pinkeln. Sehr klarer Urin.

Schanzenviertel: Der Deal, im Hinterzimmer eines türkischen Frisörs, verläuft glatt und sauber wie eine professionelle Rasur. Unter freundlicheren Begleitumständen wäre Willi völlig entspannt und hätte sich möglicherweise in der Rolle des amüsierten alten Hasen gefallen. Sechs unruhige junge Männer in schicken Klamotten und mit sehr viel Gel in den Haaren erwarten ihn. Ihre coolen Posen sind brüchig, das Lachen wirkt nervös – ist ja klar, denn auch wenn ihre Gestik und die Sprüche Routine und souveräne Gelassenheit suggerieren sollen, spüren die Älteren im Raum – Willi, Ömer und der Frisör –, wie steinschwer die Verantwortung auf die Schultern der sechs Kleindealer drückt. Sie haben sich den größten Teil der 90 000 Euro von Leuten wie Ömer und dem Frisör geliehen, und ihre Träume sind uferlos.

Ömer ist in seinen Kreisen ohnehin eine Autorität, ein verständnisvoller Patriarch, der urteilt und vermittelt, lobt und tadelt und ohne große Worte hilft, wenn man ihn bittet. Es erstaunt Willi stets aufs Neue, zu sehen, wie artig diese auf der Straße und in Diskotheken großspurigen Jungs sich in Ömers Gegenwart verhalten. Respekt vor den Silberrücken – in diesen Kreisen eine Selbstverständlichkeit.

Aber sie wollen schon zeigen, wer sie sind – Profis nämlich, haben die Utensilien für einen Reinheitstest dabei, geben eine Messerspitze von dem Koks in die chemische Substanz, einer schüttelt das Fläschchen. 85 Prozent. Sie stoßen Freudenschreie aus, lassen die Handflächen gegeneinander klatschen. Welche Wünsche jetzt in ihnen blubbern, kann Willi nur ahnen. Er rafft sich, in seiner Eigenschaft als erfahrener älterer Herr, zu ein paar mahnenden Worten auf: Wenn er an ihrer Stelle wäre, würde er den Stoff etwas teurer verkaufen, aber keinesfalls strecken, denn es zahle sich aus, den guten Ruf nicht zu verlieren – doch in ihren Gesichtern erkennt er, wie sinnlos seine Predigt ist. Nein, sie haben längst entschieden, aus den drei Kilos fünf oder sechs zu zaubern; sie haben Schulden und eine meterlange Wunschliste.

Er zählt das Geld nicht nach, schiebt zehn Hunderter in Ömers Jackentasche, für die Vermittlung. Der wehrt erst mal, wenn auch wenig überzeugend, ab, dann streicht er mit breitem Lachen, das die Goldzähne funkeln lässt, über den Stoff seiner Jacke, da wo die Scheine jetzt stecken, tätschelt Willis Wange und wendet sich an die aufgekratzten jungen Männer: »Jungs, hört mir jetzt mal genau zu: Willi spricht nicht nur ganz gut Türkisch, er hat zudem einige Zeit in der Türkei gewohnt, wenn auch die meiste Zeit davon im Gefängnis. Er und ich waren schon Freunde, als eure Eltern noch nicht einmal daran gedacht hatten, euch zu zeugen. Obwohl ich zehn Jahre älter bin, habe ich von ihm ein paar ganz wichtige Dinge lernen können. Wisst ihr, welche Dinge ich meine? Es ist egal, welchem Volk man angehört und welche Religion man hat. Wenn man die obere Schicht, also, äh, ich meine, die kulturelle Kruste abkratzt, kommt darunter das zum Vorschein, das den Menschen ausmacht, und wenn man diesen nackten Menschen näher kennenlernt, merkt man schnell, wie unwichtig es ist, ob er einer anderen Religion angehört, ob er schwul ist …«

Die sechs Dealer und der Frisör, die sich nebenher mit dem Formen einiger Linien beschäftigen, halten inne und starren peinlich berührt auf Willi, einer sagt: »Mich stört das echt nicht, dass du schwul bist. Ich kenne einen Schwulen, der ist voll in Ordnung.«

»Schwul ist normal«, sagt der Frisör mehr aus Höflichkeit als aus Überzeugung. »Ich hab neulich gehört, dass Orhan Yilmaz schwul ist, was mich nicht überrascht hat, ehrlich.«

Ömers Gesichtszüge geraten in Unordnung, er sieht aus, als habe ihm ein Vogel auf die Stirn geschissen. »Seid ihr völlig beschränkt? Wieso denkt ihr, Willi sei schwul? Habe ich gesagt, Willi sei schwul? Was ist mit euren Ohren los, he? Und selbst wenn er schwul wäre …«

»Schon okay, wenn er schwul ist …«

»Das macht doch nix …«

Sie heben die Schultern, schieben die Unterlippen vor, dann beugen sie sich über die Linien und schnüffeln sie weg.

Ömer sieht den Kratzer im Lack seiner Autorität. Sein Gesicht ähnelt einer reifen Tomate. Er brüllt: »Ist heute der Tag, an dem ihr mir beweisen wollt, wie hohl eure Köpfe sind? Willi hat schon mit Frauen geschlafen, als eure Väter noch nicht einmal ahnten, was man mit dem kleinen Schwänzchen außer pissen noch anstellen kann. Er hat hundert Ehefrauen verführt und in fast jedem Hamburger Stadtteil ein Kind gezeugt …«

Die Jungs entspannen sich. Alles klar. Sie schicken ihr Grinsen zu einem Bündel vereint in Willis Richtung. Ömer nippt an seinem Tee. Er ist aufgewühlt. Jetzt stellt sich die Frage, denkt Willi, ob ich das mit der Hundertschaft unehelicher Kinder so stehenlassen soll. Er zieht es vor, zu schweigen und in dieser Runde als verantwortungsloser Wüstling zu gelten, saugt aus Höflichkeit die ihm zugedachte Linie weg, trinkt sein Teeglas aus und verabschiedet sich.

Im Auto öffnet er das Seitenfenster, und sofort zaust und zerrt der Fahrtwind an seinen Haaren. Auf dem Beifahrersitz liegt die ALDI-Tüte mit 89000 Euro. Bob Dylan singt »... sold my guitar to the baker's son – for a few crowns and a place to hide ...!«

Ich könnte meinen Koffer packen und nach Süden fahren, denkt Willi, nach Istrien, Andalusien oder Taormina – den Geruch des Mittelmeers tief einatmen und dabei einfach die Zeit ignorieren. Es klingt wie eine Beschwörungsformel zur Wiederbelebung seiner siechen Lebenslust. Und schon spürt er den Schub. Pure Energie – Koks hin, Koks her, ein klarer Auftrag.

Er lenkt den Wagen auf eine Bushaltestelle, ruft ein halbes Dutzend Kunden an, dann klappt er das Handy zu und atmet tief durch.

Keine Verfolger weit und breit. Allerdings weiß er natürlich nicht, wie gut die anderen sind. Nach vier Staffeln der Fernsehserie *24* ist ihm erschreckend klar, über welche technischen Möglichkeiten ein versierter Beschatter heutzutage theoretisch verfügen kann.

»Briefmarken und Münzen«. Carmen nutzt den kleinen Laden an der Mundsburg gemeinsam mit dem betagten Herrn Michaelis, einem verhaltensgestörten Numismatiker, der sich kurz vor der Pubertät entschlossen hatte, sein Leben den Münzen zu widmen und von da an für die Frauen, die Politik, den Sport, selbst für Kinos, Theater und Grillpartys unwiederbringlich verloren war. Sein wissenschaftliches Interesse beschränkt sich auf die Metallkunde, soweit es sich um Metall handelt, das zur Herstellung von Münzen in Frage kommt. Er trennt sich nur ungern und schimpfend von Münzen, die, unabhängig von ihrem Katalogwert, seine Zuneigung gefunden haben – was die Stammkunden selbstverständlich wissen und bis zu einem bestimmten Grad respektieren. Klein und vertrocknet, einem Kobold gleich, sitzt er hinter seiner Theke, während Carmen, groß und massig, ihm gegenüber hinter ihrer Theke thront. Sie trinken Rotwein, lästern über ihre Kunden und befinden sich, nach Willis Einschätzung, im Stadium hektischer Heiterkeit.

Die Heiterkeitsblase platzt, als das Türglöckchen klingelt. »Ach Gott«, sagt Carmen mit einer Prise Verzweiflung in der Stimme; ihre Augen sind weit aufgerissen, als habe ein Eiseskälte ausstrahlendes Gespenst den Raum betreten. Herr Michaelis ist zunächst erleichtert, als er feststellt, dass es nur Willi ist und kein schmutziger Kunde mit hässlichen Banknoten in den Krallen und der Gier nach silbernen Sesterzen aus der Zeit des Römischen Reichs in den Pupillen. Aber dann verschiebt er seine Gesichtszüge zu einem Schützengraben mit Stacheldrahtverhau, als ihm gerade noch rechtzeitig einfällt, wie sehr er Willi verabscheut, diesen Primitivling, den weder Briefmarken noch Münzen interessieren, der hier hereingepoltert kommt, um die rotweinbedingte Vertraulichkeit mit Frau Carmen, der einzigen Frau, die Herrn Michaelis etwas bedeutet, zu zerstören – und überhaupt ist es Herrn Michaelis völlig schleierhaft, wieso Frau Carmen mit diesem ungemütlichen Kerl liiert ist, dessen Nase ständig tropft, der ein Faible für amerikanische Musik und amerikanische Fernsehserien hat und – das ist das Widerwärtigste an dem Burschen – zu allem seine Meinung herausposaunt mit einem gleichsam päpstlichen Unfehlbarkeitsanspruch, aufgeblasen, hochtrabend, zynisch.

»Möchtest du einen Schluck Wein, bevor du mich erschießt?«, fragt Carmen, um einen lockeren Ton bemüht.

Willi lässt sich auf einem der beiden Schemel nieder. Der kalte Schweiß auf seiner Stirn beunruhigt ihn. Die Manifestation einer seltenen, aber meistens zum Tode führenden Krankheit? Klar, alle schwitzen an diesem Tag, doch der Schweiß der anderen ist nicht kalt wie Rauhreif. »Ich bin dir nicht gram«, sagt er, sich und ihr ein Lächeln gönnend. »Vor allem möchte ich, dass wir Freunde bleiben.«

»Meine Versicherung hat sich noch immer nicht geäußert. Ich hab da heute angerufen …«

»Deswegen bin ich nicht hier.« Er trinkt, stutzt, nimmt einen weiteren Schluck. »Was trinken wir denn hier?«

»Nichts, was Sie zu würdigen wissen«, grummelt der Kobold hinter Willis Rücken.

»Torremilanos, Ribera del Duero.« Carmen schießt einen Drohblick auf Herrn Michaelis, und Willi denkt ernüchtert: Auch Herr Michaelis ist einer aus dem stattlichen Heer meiner Gegner. Diese Vorstellung bekümmert ihn, denn der für ihn belanglose Kauz, der an sich ja keine Gefahr darstellt, gehört nun einmal zur furchterregenden Legion der Willi-Windhorst-Hasser. Das könnte Willi locker verkraften, wenn diese Ekel-Legion über alle Erdteile verstreut wäre – was sie aber nicht ist, nein, sie befindet sich komplett bis auf den letzten Mann, die letzte Frau hier in Hamburg, Gewehr bei Fuß. Seine Heimatstadt ist für ihn zu einer riesigen No-go-Area geworden.

Mit linkischer Geste legt er den großen Umschlag aus der Hand. »Hier, bitte«, sagt er, und es klingt wie ein verbalisiertes Achselzucken. Während sie so etwas wie einen Vertrag aus dem Umschlag zieht, flüstert er, nach vorn gebeugt: »Meine Wohnung ist gut und gern 350 000 Euro wert. Altbauwohnung mit Balkon in angesagter Lage. Wenn deine Versicherung nicht zahlt, wirst du für die Renovierung und die Beseitigung der Wasserschäden in der darunterliegenden Wohnung etwa 80 000 Euro hinlegen müssen. Ich verkaufe dir meine Wohnung für 50 000, egal ob du darin wohnen willst, ob du sie verkaufen oder vermieten willst – auf jeden Fall möchte ich, dass du etwas für später hast.« Ohne den Blick von Carmens rot flammendem Gesicht zu wenden, steckt er sich eine Zigarette an.

»Hier wird nicht geraucht, junger Mann!« Der kleine Kobold rückt das Kinn vor wie Mussolini.

»Auf meiner Seite schon.« Carmen schiebt eine Untertasse als Aschenbecher über die Theke. »Aber das Geld hab ich nicht«, zischt sie. Ihre Lippen zittern.

Willi winkt ab. »Du zahlst es in Raten ab, die nicht höher sind als die Miete für deine jetzige Wohnung. Und sollte ich vorzeitig sterben – man weiß ja nie –, bist du schuldenfrei.« Einerseits fühlt er sich in der Rolle des großherzigen Entsagers unwohl, ja er sieht sogar Momente, deren klebrige Sentimentalität ihn an Winnetous Sterbeszene erinnert. Andererseits, das muss er im Stillen einräumen, würde er nicht nein sagen, sollte sie ihm aus Dankbarkeit einen blasen wollen. Doch das sind durch die Bank unwesentliche Gedanken ohne Anfang, ohne Ziel.

»Und warum? Ich meine, was hast du vor? Willst du in deinem Auto wohnen? Seid ihr endlich ein Liebespaar, du und dein Auto? Treibst du's mit dem

Opel? Oder ziehst du auf dein Grundstück an der Dove-Elbe und machst aus dem morschen Schuppen eine putzige Villa?«

»Das Grundstück sollst du ja ebenfalls bekommen. Steht alles im Vertrag. Die Wohnung und das Grundstück. Ich habe schon einen Termin beim Notar. Da musst auch du anwesend sein.«

»Gott, was soll das, Willi?« Carmen lehnt sich heftig atmend zurück. Ihre Arme hängen wie zwei Abflussrohre an den massigen Schultern. »Bist du auf eine dieser paralysierenden Designerdrogen umgestiegen? Hast du dich entschlossen, wie Johannes der Täufer in die Wüste zu ziehen und dich von Heuschrecken und wildem Honig zu ernähren? Nun sag endlich, was los ist.«

»Es sieht so aus, als müsste ich demnächst die Stadt verlassen.«

»Die Stadt verlassen? Aber wo willst du denn hin? Du verhältst dich ja schon in Bergedorf wie ein Schiffbrüchiger auf einer menschenfeindlichen Insel. Ich weiß noch, als wir einmal nachts aus *Angie's Nightclub* kamen, wie die Panik in dir hochstieg, weil das Auto anfangs nicht anspringen wollte.«

»An jenem Abend war ich, liebe Carmen, stundenlang in Panik, weil die Linie, die ich mit Arno gezogen hatte, kein Koks, sondern Speed war, und zwar dieses polnische Dreckzeug, mit dem der Markt neuerdings überschwemmt wird. Ganz abgesehen davon, habe ich dir ja des öfteren erzählt, dass ich in den 60er und 70er Jahren durch Europa getrampt bin, in Indien gewesen bin, über zwei Jahre in Istanbul – wenn auch die meiste Zeit im Knast – verbracht habe. Ich habe in München gewohnt, aus Holland Haschisch geschmuggelt ...«

»Ach, Willi.« Carmen nimmt einen guten Schluck. »Damals warst du jung und unbeschwert. Heute bist du weder das eine noch das andere. Ich kenne dich zwar erst seit ein paar Jahren, doch in dieser Zeit habe ich dich als einen Menschen mit großem Sicherheitsbedürfnis erlebt, als jemand, der das Unheil hinter jeder Litfaßsäule vermutet, der die Natur und den Alltag am liebsten in geregelten Bahnen verlaufen sieht und im Urlaub die Tage damit verbringt, das Hotel nach Mängeln abzusuchen und über die anderen Gäste zu lästern.«

»Das macht ihn wiederum sympathisch«, brummelt Herr Michaelis, und Willi nimmt sich vor, das Gespräch im Flüsterton fortzusetzen. Er muss sich ein wenig vom Schemel erheben, um seinen Mund Carmens Ohr zu nähern. »Ich befinde mich in einer verdammt gefährlichen Situation, hörst du. Es ist besser, du weißt möglichst wenig darüber. Auf keinen Fall darfst du da mit hineingezogen werden.«

»Sind es deine üblichen Beschatter? Oder hast du einem militanten Imam deine Ansicht über den Islam erläutert?«

»Hör zu, das ist nicht witzig. Ich stecke in einer Sache, die mir über den Kopf gewachsen ist. Näheres brauchst du nicht zu wissen.«

»Danke für dein Vertrauen. Wenn du so verschwiegen bist, kann ich dir kaum beistehen. Aber es war ja zu erwarten, dass dein Beruf dich irgendwann in eine solche Lage bringen würde.«

Willi winkt verärgert ab. »Urteile doch nicht über Dinge, von denen du keine Ahnung hast, freu dich einfach deines relativ friedlichen Lebens …«

»Und warum begünstigst du ausgerechnet mich, die Brandstifterin?«

»Wenn die ausgebrannte Wohnung mein einziges Problem wäre …«

»Und deine Schwester?«

»Was ist mit meiner Schwester?« Zwischen Willis Augenbrauen bildet sich eine Kerbe.

»Sie steht dir ja wohl näher.«

»Vermutlich standen sich Hitler und Churchill näher als meine Schwester und ich. Die Schlange hat sich als Achtzehnjährige mit einem smarten CDU-Abgeordneten liiert. Ich weiß nicht, ob aus Liebe oder aus Berechnung, interessiert mich auch nicht, aber die beiden hat von Anfang an eine brennende Gier nach Erfolg, Anerkennung und Statussymbolen verbunden – der übliche Scheiß, ich weiß, aber fanatisch. Als ich damals anfing, meine Haare wachsen zu lassen, Drogen zu nehmen und mich an Demos zu beteiligen, brach sie den Kontakt zu mir ab. Ich war nicht einmal verwundert über die Leichtigkeit dieses Bruchs. Es gab keine quälenden Diskussionen, keinen Streit, nein, ich war eine Sache, die der politischen Karriere des niedersächsischen Landtagsabgeordneten Henning Anders im Weg stand und weggeräumt werden musste. Scheiß drauf. Hat mich damals nicht gejuckt und juckt mich auch heute nicht. Im Übrigen hab ich dir doch alles über mich erzählt. Meine Schwester habe ich in deiner Gegenwart mindestens tausendmal verflucht. Und mit jedem Fluch war der Abgeordnete Anders, der in den 70er Jahren Minister wurde, aber in der zweiten Legislaturperiode über eine alberne Bordellaffäre gestolpert ist, ebenfalls gemeint.«

Carmen flüstert nun auch: »Das mit deiner Schwester hast du mir, wenn auch ausschweifender als jetzt, mindestens zehnmal pro Jahr erzählt. Aber sonst, Willichen, hast du wenig von dir preisgegeben – abgesehen von irgendwelchen Heldentaten im Drogenrausch, nicht nachprüfbaren sexuellen Höchstleistungen und deiner Leidenschaft für die

Donald-Duck-Storys von Carl Barks und deren kongenialen Übersetzungen von – wie heißt sie doch gleich? – Frau Doktor Erika Fuchs ...«

»Sie sind beide von uns gegangen.« Willi ist abermals tief gerührt. Der Tod dieser beiden Künstler hat ihn ähnlich hart getroffen wie 1980 der Mord an John Lennon und 1993 das Bekenntnis seiner damaligen Freundin, einer Urologin im Krankenhaus St. Georg, sie fände Gregor Gysi nicht nur charmant, sondern erotisch.

»Ich verstehe nur Bahnhof«, grummelt der Münzenfachmann.

Drei Tage später hat Willi weitere 20000 Euro eingenommen. Er besitzt noch circa eineinhalb Kilo Kokain, wovon er hundert Gramm für sich abzweigt. Den Rest, gut verschweißt, vergräbt er, begleitet von heftigem Widerwillen, unter dem Bootssteg. Mit nacktem Oberkörper schuftet er den ganzen Vormittag, gräbt, schaufelt, entfernt die Bruchstücke der zerstörten Zementhülle, mischt neuen Zement, verschließt die große Wunde mit Steinen, klatscht den Zementbrei darauf und glättet die Oberfläche dilettantisch. In Gedanken sieht er sich als Soldat beim Bau einer Verteidigungsanlage. Es fehlen Stacheldraht und Minen, denkt er.

»Wir haben ja, ganz ehrlich gesagt, eigentlich erwartet – erhofft und erwartet, um offen zu sein –, dass Sie den ganzen Sockel abreißen würden!«

Die zwei Tomaten. Auf beiden Gesichtern klebt ein verlogenes Lächeln. Willi stellt sich vor, wie er aus der Hüfte die komplette Ladung seiner Kalaschnikow in die Hecke ballert. Er richtet sich auf. Schweiß rinnt aus seinen Achselhöhlen und kitzelt die Haut. Das gefällt ihm: der Schweiß, die Sonne, mit Zement und Erde verklebte Hände, die Zigarettenpausen, das Bier – so lange diese Arbeit nicht zur Gewohnheit wird. Er hebt eine Hand zum Gruß und ruft: »Das hatte ich auch vor! Ich wollte eigentlich Marmorplatten verlegen, Carrara-Marmor – bis ich gestern feststellen musste, dass das Zeug jetzt doppelt so teuer ist als vor zehn Jahren! Das muss man sich mal vorstellen! Wie kann denn so was angehen?«

»Und was hat damals der Quadratmeter gekostet?« In Herrn Möller erwacht der kühle Rechner, und Willi ärgert sich, diesen Wesenszug der Möllers nicht bedacht zu haben. Er hofft, das Thema mit einem ziemlich angestaubten Witz beerdigen zu können: »Ich nehme an, halb so viel wie heute!«

Doch der Nachbar hat sich, aus welchem Grund auch immer, in das Thema verkrallt: »Mal Scherz beiseite, Herr Windhorst – was kostet denn Carrara-Marmor zur Zeit?«

Arschloch, denkt Willi, der noch nie in seinem Leben wissen wollte, was Marmor kostet, aber auch keine Phantasiesumme nennen will, weil er weiß, dass Herr Möller, ein bekennender Baumarktflaneur, sofort stutzig würde, falls die Summe in einem Missverhältnis zu den Küchenkachel- oder Spanplattenpreisen stünde.

»Ob Sie's glauben oder nicht – ich hab's vergessen. Ein Psychologe würde wohl von Verdrängung sprechen. Mein Unterbewusstsein war offensichtlich von dem Preis so geschockt, dass mein Gedächtnis sich weigerte, diese Zahl in sich aufzunehmen. Selbstschutz nennt man so was, weil es meiner Psyche vermutlich schaden würde, wenn dauernd diese in keinem Verhältnis zu meinen finanziellen Möglichkeiten stehende Summe vor meinem inneren Auge aufblinken würde, als Digitalanzeige – oder, noch übler, in Form von flackernden roten Neonröhren. Wie eine Verhöhnung, ein Wink mit dem Zaunpfahl, in der Art von: Willi Windhorst ist eine gescheiterte Existenz …!«

Herr Möller ist, seit er diesem ehemals langhaarigen Klugscheißer zum erstenmal begegnete, davon überzeugt, einen Psychopathen zum Nachbarn zu haben. Und da er dem Spinner, nachdem er ihn nackt auf der Möllerschen Veranda entdeckt hat, auch eine latente Gemeingefährlichkeit zutraut, wechselt er das Thema: »Opa Bölling erzählte, er habe neulich, kurz nach Tagesanbruch, vor Ihrem Grundstück mehrere Autos gesehen, unter anderem einen LKW-Kastenwagen und einen Mercedes, den mit den Heckflossen, von 1960 oder so, aber er habe keine der Personen erkennen können, weil die plötzlich alle in die Autos gestiegen und fortgefahren seien. Eine kleine Frau sei dabeigewesen. Und da habe ich mich an die kleine Frau erinnert, die neulich den Bautrupp kommandierte, Sie wissen schon, die Stümper, die mit der Spitzhacke auf den Zement einschlugen wie Konfirmanden!« Schussbereiten Harpunen gleich sind die Möller-Augen auf Willi gerichtet, während ihr starres Haifischlächeln den Eindruck der Bösartigkeit noch verstärkt.

Opa Bölling muss weg – und die Möllers sowieso, denkt Willi, grimmig in sich hinein scherzend. Er sagt: »Das ist ja interessant. Vor meinem Grundstück? Zehn Autos?«

»Drei. Opa Bölling sprach von drei Autos.«

»Na, dann werden die Insassen vielleicht ausgestiegen sein, um an meine Gartentür zu pinkeln.« Willi ist mit seiner Selbstbeherrschungsfähigkeit sehr zufrieden – leider, denn Hybris bemächtigt sich seiner, und er redet, die warnende Stimme in seinem Hinterkopf fahrlässig ignorierend, weiter: »Vielleicht wollten die Verbrecher – und Leute, die kurz nach Tagesanbruch im Konvoi durch die Vierlande fahren, um an fremde Gartentore zu pinkeln, sind nach meiner Ansicht Verbrecher –, äh, ich hab den Faden verloren … Ach so, ja, vielleicht wollten diese finsteren Gestalten ja eigentlich an Ihre Gartentür pinkeln und haben bloß die Adresse verwechselt.«

»Die Adresse verwechselt?« Frau Möller ähnelt jetzt einer Kuh. »Wieso sollte sich eine Horde Hooligans vor Tagesanbruch auf den Weg machen, um an unser Gartentor zu urinieren? Wir haben doch keine Feinde.«

»Das ist doch Blödsinn«, knurrt Herr Möller.

»Vielleicht interessiert sich ja jemand für unsere Grundstücke, weil das doch alles Bauland wird.«

»Bauland?« Herr Möller lacht trocken. »Die andere Seite, das andere Ufer wird Bauland – und auch nur zwei Grundstücke. Das von Wagenbachs und das von Isensteerts. Wenn Sie geglaubt haben sollten, Sie wären demnächst um ne viertel Million reicher und könnten bald all Ihre Schulden bezahlen, dann tut es mir ehrlich leid, Sie aus Ihren Träumen gerissen zu haben.«

Zufrieden winkend versinken die beiden Tomaten hinter der Hecke.

So ist das also. Willi setzt sich ins Gras, wischt mit dem Unterarm Schweiß von der Stirn. Eine Zigarette. Er steht auf, holt die Zigaretten aus seiner Jacke, zündet sich eine an und setzt sich wieder. Ziellos wandert sein Blick über Unkraut, junges Blattgrün, schimmerndes Wasser, den frischen Zement. Alles sieht so friedlich aus, aber solchen Eindrücken traut er schon lange nicht mehr. Inzwischen würde es ihn nicht einmal wundern, wenn das idyllische Flüsschen da vorn mit Dioxin verseucht wäre. Wibke, Klaus, Torsten, Erik und die beiden Wachposten mussten also sterben, weil Wibke die Flussufer verwechselt hatte. Er rekapituliert stockend, als gäbe es Koordinationsprobleme zwischen den zuständigen Hirnarealen. Aufgrund einer für Wibke ebenso wie für den pedantischen Erik untypischen Nachlässigkeit ist Willi zu 80 000 Euro gekommen, und zwar exakt zum richtigen Zeitpunkt. So betrachtet, ist alles bestens gelaufen – was diesen Fall betrifft. Die Sache mit Tony Ling – und irgendwann wohl auch mit der Polizei – sieht hingegen recht düster aus. Die Bullen, denkt er, werden demnächst – über Arno oder Gott weiß wen – auf mich stoßen. Und wenn sie mich mit Tony Ling in Verbindung bringen, liegt die Spur zu Wibke und Klaus unübersehbar vor ihnen. Es sieht jedenfalls beschissen für mich aus. Aber was soll ich groß meckern. Andere in meinem Alter sind Diabetiker, haben Übergewicht, einen Herzinfarkt hinter sich, lesen beschissene Bücher und verplempern ihr Geld für Heizkissen und Viagra.

Er räumt nachlässig auf, schöpft einen Eimer Wasser aus dem Fluss, um Gesicht und Hände zu reinigen, wechselt Hemd und Hose, dann fährt er zu einem Notar am Gänsemarkt und hofft, dass Carmen pünktlich ist.

Selbst der Geruch ist der gleiche. Willi schnüffelt in alle Richtungen, so wie früher die Rauschgiftbullen in solchen Kneipen nach Haschischrauchern schnüffelten. In diesem Lokal verbrachte er Ende der 70er Jahre unzählige Abende. Eine gute Zeit war das, trotz der politischen Ernüchterung, trotz Punk und brutaler Erhöhung der Getränkepreise, obwohl er mittlerweile die dreißig überschritten hatte – in gutem

Zustand, wie er damals verwundert feststellte – und, nicht zuletzt, weil hier und in allen Kneipen dieser Art jeden Abend vom selbstbestimmten Leben sowie vom Alkohol berauschte Frauen zu finden waren, in deren Gesichtern deutlich »Ich will einen Mann!« geschrieben stand. Auch wenn es in der ersten Stunde der Kennenlernphase üblicherweise um die Emanzipation der Frau im allgemeinen ging – Simone de Beauvoir, Alice Schwarzer und die unbewiesenen matriarchalischen Gesellschaften im Neolithikum wurden pflichtgemäß und, von Willis Seite, eine Spur zu schleimig erörtert –, flutschte spätestens nach dem dritten Glas Edelzwicker das Thema Sex in die Unterhaltung, angelockt durch eine gezielt plazierte Metapher oder, in den meisten Fällen, durch plumpehrliche Hinweise auf den momentanen Grad der Paarungsbereitschaft. Manchmal dauerten die Gespräche bis zum frühen Morgen – wenn einem jener komplizierte Frauentyp gegenüber saß, der trotz offensichtlicher Geilheit mit zunehmender Betrunkenheit das widerlich Machohafte, die schwanzgesteuerte Dumpfheit in Willi zu erkennen glaubte, ihn beleidigte, einen »primitiven Rammler« nannte, einen »selbstgefälligen Spritzer«, der »unter Garantie in einer völlig versifften Bude« hause und selbst beim Fernsehen seinen Schwanz in der Hand halte.

Solche Nächte waren einerseits sehr zermürbend, ja, es gab zwei, drei Begegnungen dieser Art, die mit dem völligen Ausfall der Begehrten endeten, da diese beispielsweise drei Liter Wein und ein Pfund halbverdaute Nahrung auf seine Schuhe kotzte und mit einem gelallten »Fick dich selbst, ich fick mich auch selbst« einem Taxistand entgegentorkelte. Kam es andererseits doch noch zum Geschlechtsverkehr im Morgengrauen, war Willi danach der befriedigte

Jäger, erschöpft vom stundenlangen Balzen, Saufen, Kiffen, selbst nach einem Orgasmus dritter Klasse satt wie ein gestillter Säugling, befreit von jeglichem Trieb. Er hatte den Ball ins Tor gebracht.

Nach Mitternacht wurde in dieser Kneipe mit wohltuender Offenheit Dope geraucht, die Musikauswahl ließ keine Wünsche offen, manchmal endete der Drang nach Selbstbestätigung in einer Schlägerei, doch meistens ging es nur feuchtfröhlich und friedlich zu.

Der Tresen ist immer noch der alte, müsste eigentlich unter Denkmalschutz stehen, ein ungewöhnlich niedriger Tresen mit entsprechend niedrigen Hockern davor. Mit leichtem Gruseln erkennt Willi einige der Gäste wieder, grauhaarige Ruinen, die vermutlich unter Denkmalschutz stünden, wenn ihre Restaurierung nicht zu kostspielig wäre. Die zwei am Stehtisch, die sich über Fußball unterhalten, standen dort schon vor dreißig Jahren und redeten über Fußball. Mein Gott, denkt Willi, was erwarten die denn noch, warum haben die sich denn noch nicht umgebracht? Hoffen sie immer noch auf sechs Richtige im Lotto? Andererseits klar, keine Frage: Selbst für einen korrekten Suizid benötigt man ein Quentchen Energie.

Der junge Mann hinterm Tresen studiert Betriebswirtschaftslehre und arbeitet dreimal pro Woche als Zapfer, wie Willi von ihm erfahren hat. Er trägt ein T-Shirt, auf dem das Peace-Zeichen prangt wie ein Firmen-Logo, Ohren, Nase und Lippen sind gepierced und mit einem Kilo Metall verziert. Er legt eine CD von den Detroit Cobras ein, schneidet nebenbei Zitronen in Scheiben und zuckt maulfaul die Achseln, als Willi fragt, ob es Bio-Zitronen seien. Indolenter Bursche, denkt Willi und will gerade anfangen, ihm zu erklären, dass gespritzte Zitronen in einem Getränk nichts zu suchen hätten, da wird die Eingangstür aufgestoßen, und das Böse in Gestalt des Kroaten und seines tschetschenischen Kollegen betritt den Raum. Obwohl die angeschwollenen Gesichter aussehen wie frisch gepflügte Äcker, erkennt Willi auf Anhieb, wen er vor sich hat. Er ist mit Arno verabredet. Arno ist üblicherweise pünktlich, und nun stellt sich die Frage, ob die beiden seinen Kumpel abgefangen und ausgequetscht haben. Wie sollten sie sonst auf diese Kneipe gekommen sein.

Die Ausstrahlung der Schläger verwandelt das einst so gemütliche Lokal in ein Kühlhaus. Alles läuft enorm schnell ab, als habe ein Filmteam die Szene bereits zehnmal geprobt. Ohne einen sinnvollen Gedanken fassen zu können, erhebt sich Willi von seinem Hocker. Es kommt ihm vor, als wäre er ein Magnet und der Kroate ein großes Stück Eisen. Die rechte Hand des Kroaten umklammert Willis Hals und drückt ihn nach unten. Willi liegt mit dem Rücken auf den Zitronenscheiben, er kann nicht atmen, die Hand an seiner Kehle ist behaart und hart wie Stein, in seinen Ohren dröhnt ein Rasenmäher.

»Willi Windhorst, he? Ich wusste doch, dass ich deine Fresse schon mal gesehen habe. Der kleine Koksdealer.« Über ihm flackert das verzerrte Gesicht des Kroaten. Todesangst überschwemmt Willis Gehirnkorridore und spült jede klare Überlegung hinweg. Er versucht zu schreien, bringt aber nur ein Krächzen zustande. Er sieht das Weizenbierglas in der anderen Hand des Kroaten und weiß, dass es jeden Moment an seinem Kopf zerschmettert werden soll. Er versucht zu atmen, seine Hände rutschen Halt suchend über die Tresenplatte, die rechte Hand umklammert einen Gegenstand – das Zitronenmesser. Ein Hoffnungsblitz grellt ins Gedankenchaos, Willi reißt die Hand hoch, sticht mit aller Kraft zu, einmal, zweimal – beim ersten Stich flutscht die Klinge durch die Wange in den Mund, der zweite Stich trifft die Schulter, die Messerspitze rutscht vom Knochen ab und gräbt sich ins Gelenk. Unwillig knurrend taumelt der schwere Mann zurück, das Bierglas rutscht aus seiner Hand, verständnislos versucht er, seinen erschlafften Arm zu bewegen. Die Luft strömt wie salziger Seewind in Willis Lungen. Wo ist der andere? Der Tschetschene, der bis eben geglaubt hat, bei diesem Job die Arschkarte gezogen zu haben, wirft einen verächtlichen Blick auf seinen Kumpel und einen Killerblick auf Willi, der inzwischen, mit dem Messer in der Faust, auf den Füßen steht, röchelnd atmet und sich wundert, dass er noch atmen kann.

Der Tschetschene, jetzt deutlich amüsiert, holt sein Messer hervor, ein obszön großes Klappmesser, mit dem man Bäume fällen könnte, doch er ist abermals zu selbstsicher, ein Goliath, zu plump, um die Situation richtig einzuschätzen, und hat David alias Arno nicht bemerkt, der plötzlich hinter ihm steht. Arno spart sich sinnlose Fragen und zerschmettert einen Aschenbecher auf dem Kopf des anderen, ändert seine Position, schießt seine Fäuste auf den Solarplexus und die Kinnspitze des Muskelbergs – und als der Berg ins Wanken gerät und auf die Knie fällt, zerpflügt ihm Arno erneut das Gesicht.

Schon schrumpft Willis Angst auf eine beherrschbare Größe. Er bückt sich nach dem Klappmesser, das er dem Kroaten ohne Skrupel in die Brust rammen würde, sollte der auch nur einen Schritt …

Doch dessen Feuer scheint erloschen zu sein, was nicht verwunderlich ist, denn aus seinem Mund und dem Loch in seiner Wange quillt ohne Unterlass Blut. Ich habe die Zunge getroffen, denkt Willi frohlockend. Er freut sich über das wie ein Schimmelpilz wuchernde Triumphgefühl, das so unbeschreiblich angenehm in ihm wabert, da, wo vor Sekunden noch das ebenso unbeschreibliche Gefühl der Todesangst wie eine offene Wunde klaffte. Der Kroate ist intensiv mit sich selbst beschäftigt. Sein linker Arm funktioniert nicht, er spuckt einen Blutschwall auf den Boden. So viel Blut in dieser Kneipe, denkt Willi verstört. Er sieht, wie einige der Gäste hektisch Nummern in ihre Handys tippen. Andere sind aufgestanden und nähern sich zögernd, sie reden durcheinander, und allen steht das Entsetzen im Gesicht. Jeden Moment erwartet Willi den nervösen Klang der Sirenen, das zuckende Blaulicht vor den Fenstern, kühle Uniformierte, die mit größter Sachlichkeit vorgehen und ihre Dienstanweisungen im Schlaf aufsagen können. Bloß weg, denkt er, legt zwanzig Euro neben die Zitronenscheiben, zwinkert dem erstarrten Zapfer filmreif zu und sagt: »Stimmt so.«

Das findet Arno echt cool. Arno ist überhaupt verdammt froh, dass dieser Vogel, den er seit vierzig Jahren kennt, nicht nur ein korrekter Dealer und neunmalkluger Philosoph, sondern überdies ein ganz brauchbarer Partner zu sein scheint.

Der Kroate weiß noch immer nicht recht, was mit ihm geschieht, wo das ganze Blut herkommt. Er will etwas sagen, doch nur schaumiges Blut blubbert aus dem Mund und dem Loch in seiner Backe. Wie ein erlegter Keiler liegt der Tschetschene auf den Dielen, mit glasigem Blick, er ist bei Bewusstsein, ein Ausdruck kaukasischer Melancholie liegt schwer auf seinem Antlitz. »Komm«, sagt Arno, »auf was warten wir noch?«

»Wollt ihr nicht auf die Bullen warten?«, ruft ihnen ein Gast hinterher.

Draußen umhüllt sie die frische Luft so wohltuend, als habe ein freundlicher Diener sie ihnen um die Schultern gelegt. Im Laufschritt legen sie die zweihundert Meter bis zum Auto zurück. Willi ist im Nachhinein froh, den Wagen so weit entfernt geparkt zu haben.

»Das ist bereits die zweite Kneipe, in der ich mich nie mehr blicken lassen kann«, mault er, während sie auf der Grindelallee in Richtung Innenstadt fahren. In seiner Kehle brennt ein Feuer, sein ganzer Körper vibriert wie eine angezupfte Gitarrensaite, es fällt ihm schwer, sich auf den Verkehr zu konzentrieren – und überdies ekelt er sich vor dem Blut auf seinem Hemd, es ärgert ihn, abermals mit dem Blut eines Gangsters besudelt zu sein. »Wir müssen uns trennen«, sagt er. »Die Leute in der Kneipe werden uns vermutlich jetzt, in diesem Augenblick, beschreiben und den Bullen meinen Namen nennen, den der Arsch vorhin ja laut und deutlich ausgesprochen hat. Verdammte Kacke, Arno, nun bin ich im Visier der Bullen!«

Arno raucht und schweigt, also redet Willi weiter, schon weil es ihm guttut, Sätze herauszuschleudern, den Druck abzulassen. »Wir sind auf der Flucht!«, brüllt er. »Das ist kein Film, und die laut pochenden Herzschläge kommen nicht aus den Lautsprechern eines Fernsehgeräts, sondern aus unseren Brustkörben!« Am liebsten würde er das Gaspedal durchtreten, aber es gibt eine ganz klare Ansage, das oberste Gebot: nur nicht auffallen.

»Gut, dass du dich diesmal verspätet hast«, sagt er, ohne den Blick von der Straße zu wenden. »Ich dachte schon, die hätten dich durch den Wolf gedreht. Aber woher, verdammte Kacke, wussten die, in welcher Kneipe ich sein würde?«

»Ich hab mich nicht verspätet, Alter, ich war sogar schon ziemlich früh in der Gegend und hab die Umgebung abgecheckt – und dann hab ich gesehen, wie du deine Karre geparkt hast. Gerade als ich dir nachgehen will, sehe ich, wie einige Meter hinter dir ein offener BMW-Sportwagen hält und mindestens fünf Minuten braucht, um einzuparken. Ich sehe die bekannten Fressen und denke, na, ist ja geil, da hat jemand dem lieben Willi was unters Auto geklebt. Die zwei ziehen noch ne Linie Koks von der Kühlerhaube, dann machen sie sich auf den Weg zur Kneipe, und ich klettere kurz mal in ihren Cabrio.« Er lacht meckernd. »Nicht übel für mein Alter, was, Alter? – Und du …«, er sticht Willi den Zeigefinger in die Rippen, »… du warst auch nicht schlecht, Alter, hast deinem Gegner zwei Liter Blut abgezapft, legst'n Zwanni auf'n Tresen und sagst, stimmt so. Echt cool, Kleiner. Mach mal Musik.«

Willi dreht das Tape um, spult, findet *N.Y.C.* – und dann dröhnt Steve Earles rauhe Stimme, begleitet von E-Gitarren-Gewitter, durch die Nacht.

Arnos Empfehlung folgend, steuert Willi eine Kneipe im tiefsten Barmbek an, *Leo Gehrkes Boxerstube*. Die Wände dort sind gepflastert mit Fotos, auf denen verbeulte Boxer aller Hautfarben ihre Fäuste zeigen, über der Theke hängen Boxhandschuhe, in einer Vitrine glänzen Pokale.

Arno und der Wirt begrüßen sich wie altvertraute Sparringspartner, gehen kurz, wie abgesprochen, in Boxstellung, deuten eine Links-rechts-Kombination an, bevor sie sich die Hände schütteln, dann folgt ein schmerzhaft primitives Begrüßungsgespräch, in dem es unter anderem um einen gewissen Bullen-Erwin geht, der eine »Drecksau« sei, weil er seinem Trainer Kalli, dem »guten alten Kalli«, die Frau ausgespannt habe, die »polnische Nutte«. Anschließend werden ein paar jüngst verstorbene Mitglieder der Boxgemeinschaft betrauert, und gegen Ende folgt, wie nicht anders zu erwarten, das Loblied auf die guten alten Zeiten. Endlich ruft ein Tresengast – Willi hätte ihn dafür umarmen können –, er wolle nicht bis Pfingsten auf sein Bier warten.

»Haben wir eine Kneipe gesucht, in der uns keiner kennt, oder haben wir eine Kneipe gesucht, in der uns alle tätscheln und hochleben lassen und dann zu ihrem Handy greifen, um möglichst vielen Leuten mitzuteilen, dass Arno Schuster und Willi Windhorst soeben angekommen sind?«, zischt Willi, nachdem sie sich in einer Nische niedergelassen haben.

Arno winkt lässig ab. »Du übertreibst. Wer kennt schon Willi Windhorst? Und mich kennt hier nur der Wirt. Leo ist mehr als absolut okay. Kennst du den denn nicht? Leo Gehrke? Hat vor zwanzig Jahren im Mittelgewicht alles abgeräumt, wurde Profiboxer und war auf dem Weg nach ganz oben – bis er im Schickimickirestaurant *Finale Ligure* einen Vino Mobile di Monte Cassino …«

»Vino Nobile di Montepulciano …«

«Weiß ich doch, Mann. Aber er hat Vino Mobile di Monte Cassino gesagt und damit alle Gäste und Kellner zum Lachen gebracht und daraufhin den ganzen Laden zu Kleinholz verarbeitet. Die Story ist echt witzig. Er hat später auch darüber gelacht. Aber meistens hat er geweint. Es tut weh, Willi, einen Boxer weinen zu sehen. Na ja, seine Kneipe läuft gut. Wir treffen uns manchmal im Gym und boxen auch mal zusammen ne gemütliche Runde. Er ist einer von den guten Alten.«

»Einer von den guten Alten? Weil er ein Restaurant zertrümmert hat? Oder war er auch im *Star-*

Club und hat gemeinsam mit den Beatles und Waldi an die Hauswände von St. Pauli gepisst?«

Arnos Blick wird finster. »Auf deine Arroganz kann ich echt verzichten. Er ist'n Guter, weil man sich auf ihn verlassen kann. Es gibt nicht viele, die einem in der Not beistehen. Sieh uns doch an. Mit unseren neuen Handys und den neuen Nummern sind wir selbst für unsere Freunde nicht mehr erreichbar. Es ist, als gäbe es uns gar nicht mehr. Das musst du dir mal reinziehen, ey, in *unserer* Stadt müssen wir uns vor ein paar zugereisten Gangstern verstecken.«

»Und warum muss ich Leo ausgerechnet heute kennenlernen?«

»Es ist immer gut zu wissen, in wessen Herz die wahre Treue wohnt.«

»Oh, Mann«, stöhnt Willi, »mit so viel Tiefsinn bin ich heute echt überfordert.«

Sie nuckeln an ihren Bierflaschen, rauchen, auf dem LCD-Bildschirm boxt Max Schmeling gegen Joe Louis. Der Wirt, der berühmte Leo Gehrke, knobelt mit zwei Gästen und kippt sich alle zehn Minuten einen Korn in den Rachen, aus der Musikbox röchelt Frank Zander in Diskolautstärke – und Willi fragt sich angewidert, ob Meister Breitfuß möglicherweise einer der ganz seltenen Durchblicker sei. Ein Weingut in Chile. Sympathische Vorstellung. Ein Häuschen am Hang, ländliches Essen auf der Terrasse, Cabernet Sauvignon im Glas, auf dem Dach ein Maschinengewehr und zwei Granatwerfer zur Abwehr ungebetener Gäste.

»Die haben meinen Namen von dem Arschloch Lukas Wimmer, auf dessen Party ich dem Kroaten begegnet bin.« Mit leichter Verärgerung stellt Willi fest, dass ihn diese Eingebung erfreut, als sei ihm damit ein weiterer Schritt hin zur Entdeckung der Weltformel gelungen. »Als sie meinen Namen hatten, war es für sie ein Klacks, meine Adresse, die Autonummer und was weiß ich noch alles herauszufinden. Sie wussten nicht, wo ich hinwollte, sie sind mir einfach gefolgt. Aber von wo? Von Ömer? Nein, ich hab's, ich war kurz in meiner Wohnung, zum Abschiednehmen.«

»Sie haben einen Sender an deine Schrottkarre geklebt.«

»Das wäre möglich.« Kalter Schweiß. Willi spürt den kalten Schweiß auf der Stirn. Auf der inneren Leinwand läuft in überhöhtem Tempo die Schlussszene ab: Zwei bullige Geländewagen stoppen vor *Leo Gehrkes Boxerstube*, sechs Männer mit harten Fressen und durchgeladenen Uzis stürmen das Lokal und verschießen in dreißig Sekunden zwei Kilo Patronen. »Wir müssen von hier verschwinden.«

»Sie können uns nicht orten.« Arno gähnt und sieht ziemlich geschafft aus, doch er grinst schelmisch. »Erstens hab ich den Sender an deinem Auto entdeckt und weggeworfen, zweitens hab ich die ganze Elektronik in ihrem Sportwagen zerstört, das Navi, das Peilgerät und einiges mehr. Sie werden nicht einmal das Verdeck schließen können.« Feixend hält er sein Handy ans Ohr. – »Tony? – Genau, dein Freund Arno. – Nur eine Frage: Die zwei Hohlköpfe – ist das deine Eliteeinheit? – Welche Bombe? – Glaubst du, ich hätte etwas mit ...? Ich bitte dich. – Wie haben dir denn die Tage im UG gefallen? – Du mich auch! – Ich nagel deine Eier an den nächsten Baum!« Er klappt das Handy zu und starrt Willi mit schmalen Augen und eingefrorenem Lächeln an. »Das Schlitzauge ist also wieder frei. Man kann sich über die Justiz nur wundern. Die Bullen haben seinen ganzen Laden auf den Kopf gestellt und offenbar nichts gefunden. Er hat meinen Laden abgefackelt, auf seinem Hof sind dreißig Kilo Heroin in die Luft geflogen und haben die ganze Gegend eingepudert – und der Kerl spaziert nach drei Tagen wieder aus dem Knast.«

»Musst du deshalb rassistisch werden?«

»Wieso? Weil ich Schlitzauge gesagt habe? Weißt du, wie der mich nennt? Gibbon. Diesem Affen soll ich angeblich ähnlich sehen.«

»Na und?«

»Was, na und? Sehe ich etwa aus wie ein Gibbon?«

»Soll ich mal ganz ehrlich …?«

»Vergiss es. Meinetwegen sehe ich aus wie ein Gibbon, schön, aber Tony Ling hat Schlitzaugen und frisst komische Sachen – Hühnerfüße und Vogelnester. Du Arsch weißt genau, dass ich kein Rassist bin.« Verärgert zerlegt Arno sein Handy in sämtliche Einzelteile, geht damit zum Tresen und wirft sie in den Mülleimer. Mit zwei Bierflaschen kommt er zurück, noch immer grimmigen Blicks.

»Hast du das Handy etwa aus Wut über mich demoliert?«, fragt Willi verwundert.

»Quatsch. Nun hältst du mich auch noch für beknackt. Die Bullen haben zweihundertprozentig alles, was mit Tony Ling zu tun hat, angezapft. Die arbeiten garantiert unter Hochdruck. Wenn sie jetzt auf dich gestoßen sind, werden sie Carmen wegen deiner angekokelten Wohnung auf den Zahn fühlen, sie werden sich dein Grundstück an der Dove-Elbe ansehen, und dort wird ihnen einiges komisch vorkommen.«

»Was denn zum Beispiel?«

»Na, was wohl? Das plattgedrückte Rechteck, auf dem der Container stand, der frische Zement. – Die beiden Gräber haben wir, glaube ich, gut ausgeräumt und zugeschüttet.«

»Ich hab einiges an Koks unter dem Zement versteckt.«

»Was hast du, bist du noch zu retten?« Arno sieht seinen Gefährten an, als habe der sich soeben eingenässt. »Mann, ich hätte mir denken können, dass du der Sache nicht gewachsen bist. Jetzt noch mal dort aufzukreuzen und abermals den Zement aufzubrechen, ist viel zu riskant – schon wegen Möllers und Opa Bölling. Oh Scheiße!«

»Die Lage ist unterm Strich beschissen, was?«

»Die Lage ist saubeschissen.« Arno brüllt den Namen des Wirts durch den Raum und streckt zwei Finger in die Luft. Den Kopf schief haltend, mit einem teils trotzigen, teils herausfordernden Gesichtsausdruck und wachsamem Boxerblick sagt er: »So dermaßen verunsichert war ich das letzte Mal mit elf Jahren, als ich unreife Stachelbeeren gefressen hatte und in der Schule, während der Deutschstunde, Dünnschiss bekam. Ach nee, Quatsch, vor achtzehn Jahren, kurz nach dem Fall der Mauer, genau, das war megahart, als ich in den Zigarettenschmuggel einsteigen wollte, ganz fett natürlich, und dann ganz schnell feststellen musste, wie knallhart die vietnamesischen Gangs gegen Konkurrenten vorgehen. Nach zwei abgebrannten LKWs und einem seltsamen Päckchen, in dem ein abgeschnittener Penis lag, hab ich mich diskret zurückgezogen und mich auf einen kleinen Abnehmerkreis beschränkt. Und der Witz ist, Willi, Ich weiß bis heute nicht, wem zum Henker der abgeschnittene Schwanz gehört hat. Meine Männer mussten alle ihre Hosen runterlassen, aber sie waren alle noch im Besitz ihrer Rüssel. Und bei der Gelegenheit stellte ich fest, dass mein Sohn Max, der da ja immerhin schon siebzehn war, genau so'n drahtigen, kleinen Schwanz hat wie sein Vater.

Ob du's glaubst oder nicht, Mann, ich war komischerweise erleichtert – als ob ich bis dahin Angst gehabt hätte, er könne ein gewaltiges Rohr mit sich rumtragen, verstehst du? Manchmal glaube ich, der Irre ist gar nicht mein Sohn. Wir hatten zur Zeit seiner Entstehung dauernd die Handwerker in der Wohnung, und meine damalige Frau schenkte den Kerlen ständig Schnaps ein, was mir schon damals komisch vorkam.«

»Ach, komm, mach dir nichts vor.« Willi winkt müde ab. »Die Ähnlichkeit ist unübersehbar.«

Ehe Arno das Thema vertiefen kann, stellt der Wirt zwei neue Flaschen auf den Tisch. Leo Gehrke ist stockbesoffen. Sein Grinsen baumelt wie schief aufgehängt im Gesicht. Spielerisch berührt seine Faust Arnos Wange – ein wenig zu fest, wie es scheint, denn Arno dreht unwirsch den Kopf zur Seite. »Was soll das, Leo?«

»Muss ich mich für irgendwas entschuldigen?«

»Nein, musst du nicht. Du sollst nur hinter deinem Tresen stehen und kampfbereit sein, falls hier zehn Schläger reinspazieren und sich aufführen, als gehöre der Laden ihnen.«

»Wem soll mein Laden gehören? Etwa den Kommunisten?«

»Kommunisten gibt's nur noch in Nordkorea und im Museum, nein, es geht um die Typen, die mein Lagerhaus und mein Büro abgefackelt haben.«

»Ich verstehe. Unser letzter großer Fight. Und wenn wir auch mit wehenden Fahnen untergehen sollten. Wie John Wayne in Dingsda.«

»*Alamo*?« Willi fragt weniger aus Interesse, sondern eher, weil ihm Sätze mit Dings und Dingsda auf den Sack gehen.

Leo Gehrke sieht ihn misstrauisch an, wendet sich ab und bewegt sich, Spannkraft vortäuschend, durch seinen Laden, hinter die Theke, zu seinem Korn.

»Wo war ich stehengeblieben, verdammte Scheiße?« Mit finsterer Miene starrt Arno auf sein Bier. »Der liebe Leo hat leider ne Vollklatsche. Vor zehn Jahren hat er bei nem illegalen Kampf mitgemacht, ohne Handschuhe, ohne Regeln – hat sich ne Gehirnblutung geholt, der Narr, für beschissene 2 000 Mark, ey, das musst du dir mal reinziehen ...«

»Herrgott, Arno, was wolltest du mir denn eigentlich mitteilen?«

»Ach so, genau!« Arno beugt sich vor. »Die Jauche, in der wir momentan bis zur Hüfte stehen, droht uns zu verschlucken. Das gibst du doch zu, oder? Und ich, äh, bin mir gar nicht so sicher, ob unsere Freundschaft den Stress aushält, ich meine, so richtige Freunde waren wir ja genaugenommen nie. Du siehst in mir, mal ganz ehrlich, vor allem einen korrekten Kunden und einen Affen, der von Büchern nichts hält, weil man ihre Seiten schlecht als Klopapier benutzen kann. Aber macht nichts, weil, ich sehe dich ja auch vor allem als Dealer, als superkorrekten, aber voll verpennten Dealer.«

Willi fühlt sich unbehaglich. Mittlerweile ist er fast geneigt, an die Existenz des Großen Regisseurs zu glauben – und ihm, Willi, hat der große, alte Mann auf dem Regiestuhl eine äußerst undankbare Rolle zugedacht: Der alternde Koksdealer soll einsam in einer Regennacht in der Gosse sterben, von allen verlassen, aus einem Dutzend Schusswunden blutend, nur ein ebenso einsamer räudiger Hund gesellt sich zu ihm, leckt über sein Gesicht und wartet mit ihm auf das Ende.

»Wie kommst du auf so einen Scheiß, Arno? Willst du damit andeuten, dass sich unsere Wege hier trennen? Willst du mich an jemand verkaufen?«

»Jeder ist sich selbst der Nächste, Alter, machen wir uns nichts vor. Du hast doch die *Sopranos* gesehen. Genau so läuft's. Sentimentalitäten kann man sich nur in guten Zeiten erlauben.«

Ich gehe jetzt einfach auf die Herrentoilette und schließe mich in einem Scheißhaus ein, denkt Willi, ich setze mich auf die Kloschüssel und bleibe dort, bis Leo Feierabend macht. Aber andererseits, denkt er, ist noch kein Regen angesagt, und wenn ich in einer Regennacht sterben soll, bleiben mir noch ein paar Tage. Er sagt mit kratziger Stimme: »Du alte Drecksau.«

Arno wirft den Kopf zurück, sein meckerndes Lachen rattert durch den Raum wie eine Harley Davidson, ein Finger sticht in Willis Richtung. »Ätschibätschi, reingefallen, hehehe, da hast du aber echt bescheuert aus der Wäsche geguckt, Alter, eigentlich sollte ich jetzt sauer sein, weil du mir so was zutraust, aber nix für ungut, du könntest ja ohne weiteres viel saurer sein, weil man so beschissene Witze mit einem Freund einfach nicht machen darf. Klar bist du mein Freund. Du bist mehr mein Freund, als die besoffene Amöbe hinterm Tresen. Du stehst mir sogar näher als mein Sohn Max. Der kommt mir original manchmal vor, als hätten boshafte Außerirdische an seinem Gehirn rumgebastelt. Was heißt: Gehirn? An der matschigen Erdbeere in seinem Kopf. Was heißt: Kopf? In diesem Hohlblockstein auf seinem Hals ...«

»Aber jetzt sag nicht: Was heißt Hals ...«

»Schon gut, ich meine, er ist zweihundertprozentig loyal, zumindest mir gegenüber. Aber er hat von allen Menschen, die ich kenne, die größte Klatsche.

Der Typ ist eine wandelnde Zeitbombe, ein Amokläufertyp, das sag ich in vollem Ernst, Alter. Ich glaube, es war ein Scheißfehler, ihn für den Bombenanschlag einzuspannen. Das hat diesem Außerirdischen nämlich gefallen, verstehst du? Gefallen! Ich hab's in seinem dämlichen Blick gesehen. Der geborene Terrorist. Das hat er von seiner Mutter. Die Alte hat mich drei Jahre lang terrorisiert. Aber ich kann mir nicht vorstellen, dass Max plötzlich mit dem Koran unterm Kopfkissen schläft ..., nein, auch RAF, ETA und so'n Blödsinn – das wäre undenkbar. Das würde ja bedeuten, dass in dem Sack irgendwo ein Funken Idealismus zu finden wäre. Für ihn sind Politik und Religion mindestens so fremd wie, na, eine Weinprobe im Hotel *Atlantik*, verstehst du, gegen meinen Sohn bin ich ein Scheißphilosoph, aber wenn einer, den er als Chef akzeptiert, ich zum Beispiel, wenn ich ihm sagen würde: ›Spreng die Petri-Kirche in die Luft‹, dann würde der Irre das machen. Ich könnte mir vorstellen ...«

Willi lässt den Wortschwall wie eine verdiente Strafe über sich ergehen, und vielleicht, er weiß es nicht genau, kommt ihm das schäumende Gesprudel aus Arnos gummiartigem Mund sogar gelegen, denn es gibt ihm Zeit, seine Gedanken zu entwirren, bewahrt ihn davor, irgendwelche lustlos zusammengeklaubten Wörter einigermaßen koordiniert aussprechen zu müssen. Er sitzt da – die Unterarme auf der Tischplatte abgelegt, den Blick über Arnos Kopf hinweg auf die Boxhandschuhe geheftet – und dankt im Stillen seinen Eltern für die Gene, die ihn selbst die übelsten Situationen bisher ohne Herzinfarkt oder Nervenzusammenbruch haben überstehen lassen. Geistesabwesend grinst er mit, wenn Arno grinst, er leert seine Bierflasche und reckt zwei Finger in die verrauchte Luft, wenn auch ohne große Hoffnung, von Leo bemerkt zu werden. Er würde gern mal wieder ein Buch lesen. In einem Ohrensessel. Neben einer klassischen Stehlampe mit Softtone-Glühbirne. *Die Enden der Parabel* von Thomas Pynchon. Der Chateau Lafitte stünde in Reichweite. Ein nackter Teenager auf dem Schoß wäre auch nicht zu verachten. Dann müsste er allerdings das Buch weglegen. So viele Wünsche, ach, mit sechzehn hat man nicht nur das Recht, sondern die Pflicht, an die Erfüllung wenigstens eines Teils der sich drängelnden, überwiegend verschnörkelten Wünsche zu glauben. Als sechzigjähriger Bombenleger sollte man sich besser in Bescheidenheit üben: das Buch nicht ganz so kompliziert wie *Die Enden der Parabel*, der Rotwein ein günstig erworbener Rioja, die Nackte auf dem Schoß nicht ganz so jugendfrisch.

Dann wieder die Wirklichkeit: Diese Boxerkneipe riecht nach alten Socken, und, um das Grauen noch zu steigern, singt oder vielmehr spricht nun auch noch Hans Albers, auf dem Bildschirm erscheint das Shrek-Gesicht von Axel Schulz, zähflüssig tropft die Zeit von der Decke.

»Wieso hast du diesen Scherz mit mir gemacht? Wieso ausgerechnet diesen? Hast du etwa auch nur einen Moment daran gedacht ...?«

Leo bringt tatsächlich zwei neue Flaschen – und wieder schnellt die Faust vor, berührt, sanfter als vorhin, Arnos Wange, und alle freuen sich, dass es diesmal geklappt hat, weil alle wissen, dass Arno ziemlich nervös ist und eine zweite Schramme auf seiner Wange entsprechend ungnädig beantwortet hätte.

»Nicht mal ne Zehntelsekunde hab ich daran gedacht.« Arno grinst schuldbewusst und setzt einen Hundeblick auf. »Ich glaube, ich wollte in meinem Zorn einfach nur ein bisschen fies sein.«

»Wie jetzt?« fragt Leo.

»Ich hab mit Willi gesprochen.«

»Gibs' ein' aus, Willi?«

Willi gibt eine Runde Korn aus, Arno gibt eine Runde aus, Leo sowieso. Nach einer Stunde richtet sich ihr Interesse auf Jack Daniel's. Leo schließt hinter den letzten Gästen ab und zieht die kackbraunen Vorhänge vor, Arno legt drei Linien auf den Tisch, während Willi hinterm Tresen in der traurigen CD-Sammlung stöbert und schließlich achselzuckend Dean Martin auflegt.

Sie reden die ganze Nacht übers Boxen, über gute Trainer, zerbrochene Karrieren, gestorbene Helden – und über die Kohle, die sie hätten haben können, wenn …

»Ich habe auch einmal den Fehler meines Lebens gemacht, damals, als ich fett im Geschäft war …« Willi bemerkt, dass er lallt, und während er trotzdem erzählt, welchen »Scheißfehler« er auf dem Höhepunkt seiner Karriere gemacht hat, fällt ihm ein, dass er den Opel vorhin meisterhaft in eine winzige Parklücke rangiert hat, und er fragt sich, ob er den Wagen nachher in betrunkenem Zustand aus seinem Blechgefängnis würde befreien können. Und sowieso rechnet er mit Lackschäden, Kopfschmerzen und all den anderen üblen Folgen einer durchzechten Nacht. Auf einmal dringt das Lied, das gerade den Raum füllt, in sein Bewusstsein: »Memories are made of this …!«, Erinnerung an seine Kindheit, die 50er Jahre, das einzige Lied von Dean Martin, das ihm etwas sagt. Es fällt ihm leicht, so weit zurückzudenken.

»Das Koks knallt echt rein«, lallt Leo. Seine Faust touchiert liebevoll Arnos Wange. Diesmal ganz deutlich eine Spur zu fest, denn Arno rammt seine Rechte auf Leos Auge und brüllt: »Mein Gesicht ist kein verschissenes Spielzeug, du hirnloser Dinosaurier!«

Nach Ancona

Der Motor schnurrt vertrauenerweckend wie eine satte Katze. Wenig los auf der Straße, kein verdächtiges Fahrzeug im Rückspiegel. Alles paletti.

»Alter, Alter.« Wie eine Anti-Aging-Creme liegt das versonnene Lächeln auf Arnos Gesicht. »Das war mal wirklich ein ultrapositives Erlebnis. Da weiß man endlich wieder, wie schön das Leben sein kann.«

Sie fahren auf einer um diese Zeit wenig belebten Autobahn durch die europäische Nacht. Bis in den späten Nachmittag hinein regnete es, doch dann, hinter Würzburg, lösten sich die Wolken auf. Der tintenblaue Himmel mit dem deutlich erkennbaren Sternenmuster erinnert Willi an die Partykeller-Dekoration im Haus seines Onkels Hans-Dieter, der in Rendsburg ein Reisebüro besaß und 1962 das ganze Spanische-Bodega-Interieur aus seinem Partykeller warf. Die neue Einrichtung sollte, dem damals um sich greifenden Raumfahrtfieber entsprechend, futuristisch sein. Leichtmetallsessel, Plastiktische, Sputnik-Aschenbecher – die Decke, tiefblau, war mit silbernen Sternen bedeckt, dazwischen ein Neon-Halbmond, und an dem hing eine rot und gelb blinkende Plastikrakete. Allerdings war die Musik, die aus den futuristischen Boxen quoll, nach Willis Meinung unter aller Sau. Sogenannte Stimmungslieder zum Schunkeln und Mitgrölen – und für den jungen Rock'n'Roll-Fan zum Erbrechen. Diese erbarmungslose Lustigkeit, die da mit todernster Verbissenheit durchgezogen wurde, bis alle besoffen waren, ängstigte ihn, und er konnte sich dann all diese Erwachsenen genauso ernsthaft belustigt in Wehrmachts- oder HJ-Uniform vorstellen, in BdM- und Blitzmädel-Uniform die Frauen, im SS-Outfit Onkel Hans-Dieter, im Dünnschiss-Braun der SA-Kluft dessen Nachbarn und Anwalt.

Vor ihnen hebt sich die schwarze Zacken-Skyline der Alpengipfel vom Himmel ab, R. L. Burnside singt »It's bad you know ...!«, sie rauchen beide. Willi nimmt einen Schluck Cognac aus Arnos Flachmann. Allmählich klingt die Erregung in ihnen ab.

»Das glaubt uns doch keine Sau.« Willi grinst vor sich hin. Er hätte sich vorhin gerne einen runtergeholt. Alle Anwesenden hätten sich vorhin in dieser bayrischen Kneipe gerne einen runtergeholt, das steht fest. Der einzige Grund, ausgerechnet dieses Lokal in der Nähe des Münchner Ostbahnhofs aufzusuchen, war die riesige, für eine Stretch-Limousine geeignete Parklücke. Sie brauchten eine Pause und was zu essen. Zigarettenqualm und die angenehme Geräuschkulisse einer von Männern dominierten Trinkerkneipe umhüllten sie wohlig wie weiche Bademäntel. Sie bestellten Weizenbier und Wurstsalat mit Laugenbrezeln. Eine antike Musikbox barg zu Willis Entzücken solche Raritäten wie *Woo Hoo* von den Rock-a-Teens und *Home Of The Brave* von Jody Miller. Sie wollten einfach nur eine halbe Stunde relaxen – nach sechs Stunden auf der Straße nebst Besuch diverser Tankstellen. Der Durst der Limousine, eines Cadillac, Baujahr 1991, ist geradezu obszön.

Nach dem Essen tranken sie Kaffee. Willi reckte gerade eine Hand, um den Kellner heranzuwinken, als die Tür geöffnet wurde. Eine blondgelockte Frau mit schmalem, fein geformtem Gesicht betrat, in einen weißen Pelz gehüllt, den summenden, brummenden Raum. Alle Augen richteten sich sofort auf die großgewachsene Gestalt, es wurden Pfiffe und Krächzlaute ausgestoßen, einige riefen »Wos is dös?« und »Kruzifix Halleluja!« und stießen sich gut gelaunt an. Die Frau ließ ihren Pelzmantel zu Boden gleiten, mit einer lockeren Bewegung, als befände sie sich auf dem Catwalk. Darunter trug sie nichts als einen kurzen Seidenunterrock, schwarz schimmernd, einen BH und einen Seidenslip. Ihre hochhackigen Latexstiefel waren geschnürt und reichten bis zu den Kniekehlen. Diese joghurtweiße, makellose Haut, der kirschrote, halb geöffnete Mund, die goldblonden Locken, die weichen Rundungen – welch ein Glanz in dieser Hütte. Und nun wurde es so still, dass man den rasselnden Atem der Kettenraucher, das Wehmutsseufzen der Alten, das Hecheln der Jungen vernehmen konnte. Jeder schob den Kopf in ihre Richtung und dankte Gott für diese umwerfende Überraschung.

Sie klatschte ihr überirdisch schönes Gesäß auf einen Barhocker, hob apart eine Backe und entließ einen knallharten Furz.

»Wos wor fei dös?« Die Männer blickten, teils peinlich berührt, teils verständnislos einander an oder zur Decke – für zwei Sekunden. Dann richteten sich alle Augen wieder, einem inneren Befehl gehorchend, auf die seltsame Blondine, die dies kulturbedingt geächtete Geräusch für völlig unproblematisch zu halten schien und ihm so wenig Bedeutung beimaß, dass sie sich nicht einmal an der Schockwirkung weidete. Willi fragte sich im ersten Moment irritiert, ob er einen Furz aus einem schönen Frauenarsch erotisch fände. Seines Wissens hatte er sich noch nie mit dem Thema *Flatulenz und Eros* beschäftigt. Er ist an sich ja eher der Typ, der vor solchen Gasen, wenn sie nicht aus seinem After stammen, Reißaus nimmt. Seine Überlegung wurde abrupt unterbrochen, denn jetzt sprach sie. Mit rauchig-lasziver Stimme. Es war ein Genuss, dieser Stimme zu lauschen. Diese Stimme hätte den allergrößten Blödsinn verzapfen können, na und?, nur der Klang war wesentlich, das dunkle, schwüle Timbre. Sie sagte: »Wenn mir einer der Herren einen doppelten Cognac spendiert, mache ich einen Striptease und pfeife dazu *Lili Marlen*.«

»Einen doppelten Cognac für die Dame!«, brüllte Arno – und mit ihm brüllten sechs weitere Gäste denselben Text. Als hätten sie vorher zusammen geübt.

Der Wirt, obwohl durch eine Erektion behindert, nahm geistesgegenwärtig jede Bestellung auf und stellte sieben gut gefüllte Schwenker vor die Dame, die ihm souverän zuzwinkerte, das erste Glas mit einem Schluck leerte, dann ihr Supergesäß vom Hocker hob; sie spitzte die Lippen – schon das war ungemein erotisch, pfiff das legendäre Lied, während sie mit weichen Bewegungen aus ihrem Unterrock stieg, den BH öffnete, ganz langsam die weißen Brüste freigab und schüttelte, den Slip von sich streifte, um sich, nur noch mit glänzenden Latexstiefeln bekleidet, nach einer Pirouette lächelnd zu verbeugen.

Musikalisch war die Darbietung alles andere als perfekt. Es gab zwei Misstöne, und gegen Ende wäre weniger mehr gewesen, ja es wurde am Schluss zu pathetisch – doch um solche Feinheiten scherte sich hier kein Aas. Nach einem Moment andächtiger Stille folgte frenetischer Applaus. So manchem gestandenen Mannsbild wurden die Augen feucht, man hörte Jauchzen und Rufe der Bewunderung. Ein stadtbekannter militanter Atheist reckte die gefalteten Hände in die Höhe und rief, von Schluchzern unterbrochen, er sei bekehrt, aus diesem Mund habe Gott gepfiffen, und zwar zu ihm. Bierbestellungen prasselten auf den Wirt und seinen Kellner. Einer fragte die blonde Sexgöttin, warum sie hier, in einer solchen Kneipe auftrete, so hautnah und bei dieser unvorteilhaften Beleuchtung.

Sie schlüpfte langsam und aufreizend in den Slip und den Unterrock, warf den BH in die Menge und provozierte dadurch eine kurze Prügelei, leerte einen Cognac-Schwenker nach dem anderen und sagte, es treibe sie – außer einem nicht zu leugnenden Hang zum Exhibitionismus – der missionarische Eifer, denn, jetzt mal im Ernst, es seien doch Zweifel an der sittlichen Reife der westlichen Überflussgesellschaft angebracht, nicht wahr, da eine Gesellschaft nicht zwangsläufig zivilisiert sei, weil man über Unmengen komplizierter High-Tech-Geräte, idiotischer Fernsehsender und nutzloser Lebenshilfebücher verfüge, sondern erst dann, wenn man die Ausdrucksformen der Künstler nicht nur toleriere, ach was, Toleranz sei weiter nichts als ein Almosen, nein, sondern in sich aufnehme wie einen zerlaufenden Camembert. Oder, womöglich besser: wie das körperwarme Sperma eines Albert Einstein. Dann rülpste sie, lallte verschmitzt: »Pardon, das sollte unten raus«, erntete anerkennendes Gelächter, erhob sich, stolperte und stürzte. Bei dem Versuch, wieder auf die Beine zu kommen, reckte sie den weißen Vollmondarsch in die Höhe, ein Schlachtergeselle riss grunzend sein steifes Glied aus dem Hosengefängnis, um es in eine der Öffnungen zu stoßen, doch er wurde blitzschnell von seinen Kollegen umklammert und schärfstens gerügt: »Reiß di zamm, Herrgottsakra, hier is Kultur, du Saubeutel, dös hamma hier herinnen fei net oft!«

Die Blonde stand wieder auf den Beinen, ein wenig schwankend, aber überirdisch entspannt, ein betrunkener Engel. Sie ließ sich den Pelz um die Elfenbeinschultern legen, lächelte wie weiland Marlene Dietrich, hob die Engelshand. »Tschüss, Jungs, ihr wart süß. In welcher Stadt sind wir hier eigentlich?«

»München!« Mit gelindem Schauder registrierte Willi, dass er, wie ausnahmslos alle anderen, die beiden Silben mitbrüllte, obwohl er Sprechchöre bis dahin als Relikte aus der Altsteinzeit betrachtet und entsprechend verachtet hatte.

»München?« Sie dehnte das Ü und wölbte dabei die vollen Lippen zu einem Saugnapf. »Das überrascht mich jetzt.«

Sprach's und wehte hinaus in die Nacht …

Im Nachhinein kommt es ihnen unwirklich vor, dieses Erlebnis in der Nähe des Münchner Ostbahnhofs, wie ein Trip auf einer neuartigen und vor allem gut verträglichen Droge – und jeder ist im Stillen froh, dass der andere dabei war und, von Nuancen abgesehen, den Aufenthalt in jener Gaststätte ähnlich in Erinnerung hat. Willi – um eine der Unstimmigkeiten zu konkretisieren – ist beispielsweise der Meinung, nach dem Abgang der Dame habe die Mehrheit der Anwesenden unter die Tische ejakuliert, was er beschwören könne, denn angesichts dieser Disziplinlosigkeit sei ihm, wenn auch nicht zum ersten Mal, die ungeheure Macht des Sexualtriebs bewusst geworden. Der sexuelle Faktor dominiert die ganze Weltgeschichte, habe er spontan gedacht.

Arno widerspricht mit einer für ihn eher ungewöhnlichen Milde, was Willi sogleich als Ausdruck eines Läuterungsprozesses deutet, wobei er sich fragt, wann die Aufräumungsarbeiten in Arnos Gehirnlabyrinth begonnen haben könnten: gleich nach der Abreise aus Hamburg, in den Kasseler Bergen – oder vorhin am Ostbahnhof, in unmittelbarer Nähe der Dame im Pelz?

Arno nimmt einen Schluck aus dem Flachmann, steckt sich eine weitere Zigarette an und sagt: »Ich will mich ja nicht streiten, Alter, aber gewichst wurde nur auf dem Klo. Okay, ich meine, jeder hatte seine Hand am Schwanz, aber die Rohre blieben bis auf diese peinliche Ausnahme in den Hosen. Beschwören würde ich's nicht, weil ich ja in Gedanken auch dabei war, meinen Klaus-Dieter in die Dame zu schieben …«

»Du nennst deinen Schwanz Klaus-Dieter?«

»Mein Schwanz heißt Schwanz, aber manchmal benutzt ein gebildeter Mensch eben beschönigende Wörter – Methan, oder wie das Zeug heißt.«

»Meinst du möglicherweise Metapher?«

»Scheiß drauf. Ich will eigentlich sagen, dass mir vorhin klar wurde, was Kultur wirklich ist. Weißt du, ich hab dich immer für einen Spinner gehalten, wenn du mit deiner Kultur angefangen hast. *Das kulturelle Niveau* hast du oft gesagt. Und: *Es gibt viele Kulturen in diesem Land: die Freizeitkultur, die Kneipenkultur die Fastfoodkultur und so weiter, doch die wirkliche Kultur im Sinne von künstlerischer Authentizität und Verfeinerung ist wie eh und je nur für die kleine Minderheit der dafür Empfänglichen bestimmt.* So hast du's gesagt …«

»Ich bin positiv beeindruckt. Du hast mich ja fast wörtlich zitiert. Also ist doch einiges von meinem Geschwafel in deinem Kopf hängengeblieben …«

»Moment. Ich bin noch nicht fertig. Also wie auch immer – jedenfalls glaube ich, dich nun besser zu verstehen, weil ich ja heute selbst gespürt habe, ja, Alter, im Magen, im Darm und überall, welche Kraft in der wahren Kultur steckt. Und diese Erkenntnis finde ich verdammt wichtig, oder?, weil wir ja nun sozusagen ein Paar sind und uns vermutlich auch öfter über Kultur unterhalten werden. Trifft sich doch super, oder?, meine Hinwendung zur Kultur genau am ersten Tag unserer Reise ins Exil.«

Willi durchschaut das Gesülze. Seufzend tritt er das Gaspedal tiefer. Er kommt sich hinter dem Steuer dieser Stretchlimo deplaziert vor. Ein lächerlicher Wagen mit riesigem Wendekreis und erheblichen Lackschäden. Man kann noch nicht einmal darin wohnen, weil sich auf jedem Parkplatz zwanzig Nasen auf die getönten Scheiben pressen. Willi runzelt die Stirn und denkt: Arno kriegt einen Steifen, weil eine nackte Frau ein Lied pfeift, und hält das für die Kultur, von der ich rede. Welch schreckliches Missverständnis. Aber von welcher Kultur rede ich denn? Seit meiner Beteiligung an einem Bombenanschlag muss ich doch, um mir gegenüber aufrecht zu sein, mein kulturelles und weltanschauliches Scheitern eingestehen, wenn ich nicht zu den Heuchlern gehören will. Axel Springer saß des öfteren in einer Loge der Staatsoper, während seine *Bild*-Zeitung gedruckt wurde. Er hielt sich für einen Schöngeist und war vermutlich fest davon überzeugt, sein Kunstbedürfnis habe nichts mit den Schlagzeilen der vulgärsten Zeitung des Kontinents zu tun.

Ich habe den Tod dieser Leute gewollt, und es belastet mich minimal, denn ich habe mich im Krieg befunden. Ebenso wenig kann ich verhehlen, über die Schmerzen, die wir den beiden Schlägern zugefügt haben, erfreut gewesen zu sein. Am liebsten würde ich jeden, der mir ans Leder will, zur Hölle schicken

– auch Herrn Schremm, die Möllers ... Innerhalb einer Woche erschieße ich einen ehemaligen Mitbewohner, jage eine Ex-Geliebte samt ihrem Mann und zwei Fremden in die Luft, steche zwei Löcher in einen muskulösen Südländer und überlasse meine Immobilien für'n Appel und'n Ei einer dicken Frau, die unbedingt noch ein Kind haben will und deshalb wahrscheinlich demnächst mit einem jungen Araber, der auf dicke Frauen steht und eine Aufenthaltserlaubnis braucht, in meine ehemalige Wohnung ziehen wird, aber seltsamerweise bin ich von all dem keineswegs geschockt. Wir haben uns gewehrt, Arno und ich. Und zwar verdammt gut. Gewonnen haben wir freilich nicht. Sonst säßen wir jetzt nicht kurz vor Innsbruck in einer cremefarbenen Stretch und hörten gemeinsam *Kick The Stones* von Chris Whitley. Ich habe 130 000 Euro, sauber verdientes Geld, und fühle mich wie ein Bankräuber auf der Flucht. Arno hat sein Koks auf die Schnelle für 15 000 verramscht, mit einem Lächeln. So ist er: in Geldsachen völlig cool. Die Firma hat er für 20 000 bar auf die Hand seinem verdutzten Sohn überschrieben, der ihm zusätzlich jeden Monat 500 Euro überweisen soll. Wir fahren also 165 000 Euro durch die Gegend. Das wäre eine solide Basis für einen Traumurlaub. Leider sind wir nicht auf dem Weg in die Ferien, auch wenn mein Schicksalsgenosse das bisweilen so sehen mag.

»Und was sagst du nun dazu? Oder hast du gerade keinen Funkkontakt?« Arno erwartet also eine Reaktion auf sein Geschleime.

»Wozu?«

»Na, zu meiner Annäherung an die wirkliche Kultur und zu unseren künftigen Unterhaltungen, jeden Abend am Tresen einer Strandbar oder in einem kleinen Restaurant auf der Piazza, über Malerei, Musik,

Literatur, Wein, Ficken, Lecken, Blasen.« Arnos kräftiges, ausdauerndes Meckern lässt auf einen hohen Heiterkeitspegel schließen.

Willi hat Mühe, den Lachanfall zu übertönen. »Dazu werde ich mich nach unserer ersten diesbezüglichen Unterhaltung äußern, doch ich fürchte, dir wird das nicht gefallen.«

»Glaubst du Arsch, ich bekäme die Ironie in deinen Worten nicht mit?«

»Es freut mich sogar über alle Maßen, dass du diese, von mir aus gutem Grund recht primitiv gehaltene Ironie mitbekommst, denn anderenfalls müsste ich annehmen, ich wäre mit einem kostümierten Gibbon auf dem Weg nach Süden.«

»Ey, Alter, pass auf, was du sagst! Gibbon nennt mich der Reisfresser.«

»Ich habe dich im Stillen schon vor vierzig Jahren Gibbon genannt.«

»Haben wir heute den verschissenen Tag der ehrlichen Aussprache? Dann kann ich dir ja ruhigen Gewissens sagen, an wen du mich seit vierzig Jahren erinnerst.«

»Nur raus damit.«

»An meine Mutter.«

Die Alpengipfel schneiden Zacken in den Sternenhimmel, ein Meteor oder UFO pfeilt schräg durch die Nacht.

»An deine Mutter? Die kleine, dicke Frau mit den vorstehenden Zähnen und dem Kropf?«

»Genau. Du siehst aus wie sie, du kochst so gut wie sie, du bist philosophisch wie sie, treu wie sie …«

»Philosophisch? Bist du sicher, dass du den richtigen Begriff gewählt hast? So weit ich mich erinnere, hielt deine Mutter den Schah von Persien für einen der klügsten Regenten Europas.«

»Na, wenn schon. Sie dachte, Persien läge gleich neben Monaco und Thailand, der Schah wäre ein Nachbar von Grace Kelly und Königin Sirikit …«

»Und sie mochte Gerhard Wendland. Mal ehrlich, Alter, Gerhard Wendland ist echt die hypertotale Härte, um verbal mal auf deiner Wiese zu grasen. *Tanze mit mir in den Morgen …*«

»Um verbal mal auf deiner Wiese zu grasen.« Arno äfft den Satz übertrieben tuntig nach. »Was soll die Scheiße? Was hat dir meine Mutter getan, ey? Sie hat dir einmal Freikarten für die Achterbahn geschenkt. Und mit philosophisch meine ich, sie kannte ne Menge Lebensweisheiten …«

»Du weißt genau, dass ich nie Achterbahn gefahren bin …«

»Die Musik hier finde ich übrigens scheiße. Vor unserer Abfahrt hast du zwanzig CDs gekauft – und nur Sachen, die du geil findest. Schöner Kumpel. Wir haben extra die Stretch genommen, weil in deiner Müllkarre kein CD-Player ist. Du erinnerst dich? Ich habe ganz klar gesagt, *John Lennon kommt auch mit*. Du weißt ja, dass wir Freunde waren, John Lennon und ich.«

»Mann, ich bin im Galopp durch den Laden gerannt und habe nur CDs gekauft, die nicht teurer als zehn Euro waren, und bei jeder einzelnen habe ich überlegt, ob sie auch dir gefallen würde. Außerdem ist eine *Best-of-the-Beatles*-CD dabei. Und Chris Whitley macht geilen Blues.«

»Hab ich jemals behauptet, ein Blues-Freak zu sein? Typen, die am Tresen in ihr Bier weinen, wenn sie John Lee Hooker hören, hab ich noch nie leiden können.«

»HipHop wird hier jedenfalls nicht gespielt!«

»Erstens ist das mein Auto, ja?, und zweitens finde ich HipHop voll krass für'n Arsch.«

»Dein Auto, ja? Okay, dann habe ich 130 000 Euro, du hast nur 35 000, und ab der nächsten größeren Stadt werde ich mit dem Zug weiterfahren, du kannst dir einen Chauffeur mieten und mit ihm den ganzen Tag HipHop hören.«

»Ich hab überhaupt keinen Bock auf HipHop, Mann, ich scheiße auf HipHop. Ich hab auch nicht gesagt, das sei mein Auto.«

»Doch, hast du.«

»Ich hab damit nur gemeint, dass du hier nicht der Obermacker bist …«

Willi findet allmählich Gefallen an dieser Unterhaltung. Ein Gruß aus der Kindheit. Die Themen waren damals naturgemäß bunter – Comics, Bewaffnung der Indianer, Foltermethoden im Mittelalter – und wurden auf Spielplätzen und auf dem Schulhof diskutiert, allerdings mit vergleichbarer Vehemenz. Vielleicht, denkt er, ist das gar keine so schlechte Aussicht, die nächsten Wochen, Monate, was weiß ich, an Arno gekettet zu sein und ständig auf diesem Niveau brabbeln zu dürfen, gleichsam, wenn auch nicht physisch, so immerhin psychisch wieder zum präpubertären Knaben zu werden. Falls das tatsächlich klappen sollte, denkt er mit eigenartigem Vergnügen, wäre wohl auch das Thema Sex vorerst abgehakt. Entspannter Urlaub, den Klauen der Lust entkommen, wohltuende Gelassenheit im Unterleib und ebenso im Kopf. Kein erniedrigendes Masturbieren auf Kneipenklos oder vor verrußten Waschbecken, mit einer wackligen Stirnlampe auf dem Kopf – und vorbei auch die Verknüpfung des Selbstbewusstseins mit der schwindenden Chance auf paarungsbereite und überdies attraktiv gebliebene Frauen. Und wenn ich dann in etwa einem Jahr in die Pubertät kommen sollte – gemeinsam mit Arno –, werde ich mich der feuchten Angelegenheit entsprechend locker zu nähern wissen. Wieder ganz von vorne beginnen. Aber nein – das eigenartige Vergnügen läuft wie Kondenswasser an ihm herunter, versickert in der Fußmatte –, nein, es gibt keine zweite Chance, schon gar nicht beim Sex. Die absurde Situation, in die ich hineingestolpert bin, ist noch längst nicht vorbei. Ich habe all die Jahre Grün gewählt, um nun am Steuer einer extrem umweltfeindlichen Stretch zu sitzen. Seit meiner Jugend habe ich Gewalt verabscheut – und plötzlich, mit sechzig, wate ich durch Pfützen von Blut.

Als Sechzigjähriger ist man dem Tod meist schon begegnet. Willi hat gemessenen Schrittes die Särge seiner Eltern, seines Großvaters und einiger Freunde begleitet. Normale Todesfälle – Krankheit, Alter, Drogen, zu schnelle Autos –, mit gedämpftem Lebewohl und getragenen Orgelklängen pflichtgemäß verabschiedet, die Friedhöfe gepflegte Parkanlagen, murmelnde Menschen in Schwarz, nach der Beisetzung Kaffee und Kuchen. Und andererseits der Knall einer Pistole, die Explosion einer Sprengladung, zerfetzte Leiber, eine blutige Messerklinge. Es kommt Willi vor, als sei er durch eine Tür in die andere Welt getreten, in jene metallische Welt, von der man in Hamburg, Weimar oder Regensburg nur Schnipsel mitbekommt, aus Zeitungen, aus dem Fernseher, die Welt der Favelas in Rio, der Townships von Johannesburg, der Gossen von Moskau. Das sind keine kleinen, exotischen Schreckenskammern, denkt Willi, so leben Millionen.

»Well she was just seventeen – you know what I mean …!« *I Saw Her Standing There*. Arno hat die *Best Of The Beatles* eingeschoben, schnippt wie ein überdrehter Hipster mit den Fingern und schreit: »Das ist es, Willi, was uns zusammenschweißt, diese Musik und diese Zeit, scheißegal, wie verschieden wir sind, wir haben beide die *Star-Club*-Atmosphäre erlebt, und ein Teil davon steckt immer noch in uns. So ist es doch, oder?, ich meine, jetzt mal im Ernst, das ist doch unsere Kultur. Ich hab dir meine Beatles-Autogramme geschenkt, Alter – weißt du überhaupt, was das bedeutet?«

»Du hast mir die Getränkekarte mit den Beatles-Autogrammen geschenkt, Arno, das weiß ich auch nach vierzig Jahren noch zu würdigen. Statt Ringo, der da noch nicht der Beatles-Drummer war, unterschrieb Pete Best als vierter Mann, was das Dokument nicht etwa abwertet, sondern sogar im historischen Sinn erhöht.« Willi spürt die Last des schlechten Gewissens auf seinen Schultern. 1967, in einer Kneipe neben dem *Star-Club*, *Bei Gretel & Alfons,* in der fünf Jahre zuvor die Beatles zu den Stammgästen gehört hatten, zog der besoffene Arno diesen Schatz unter Tränen aus seiner Jackentasche, um ihn Willi zu vermachen, »zur Erinnerung an all die schönen Stunden, die uns die Beatles und überhaupt der Rock'n'Roll bescherten.« »Und warum ich?« fragte der Student den Schausteller. »Weil ich schon mit den Jungs aus Liverpool gesprochen und ihre Hände geschüttelt habe, was mir keiner mehr nehmen kann, sollst du wenigstens durch dieses Dings, dieses historische …, äh, wie sagt man?, dieses Dokument, ihre Nähe spüren. Wir kennen uns noch nicht lange, aber das eine weiß ich: Wenn einer genug Phantasie besitzt, um sich mit so ner Reliquie oder wie das heißt, in die Situation, du weißt schon, ich und die Beatles, hineinversetzen zu können, dann bist du das. Dieses Stück Papier ist wie ein Orden.« Und dann sagte der ungebildete Schausteller einen klugen Satz: »Vielleicht werden wir in zwanzig Jahren froh sein, über so schöne Gemeinsamkeiten reden zu können, anders als unsere Väter, die bis zu ihrem Tod nur über die gemeinsame Zeit in Schützengräben, Bunkern und Gefangenenlagern gelabert haben, weil sie um ihre Jugend beschissen worden sind und kein besseres Thema zur Verfügung haben.«

Und damit lag Arno vollkommen richtig. Nur schade, dass diese unbezahlbare Getränkekarte vor einigen Tagen den Flammen zum Opfer gefallen ist.

»Du hast recht«, sagt Willi, ohne den Kopf zu wenden. »Diese Musik hat uns geprägt. Und wenn ich's mir recht überlege, hab ich auf St. Pauli an dieselben Hauswände gepisst, an denen schon John Lennon seine Blase entleerte.«

Arno grinst zufrieden. »Guter Spruch, Alter, genau so ist es nämlich. Wir alle haben unsere Pisse mit der von John Lennon vermischt. Geile Vorstellung, ey. In einer guten halben Stunde sind wir in Italien, Alter. Dann suchen wir uns ein Hotel, fressen und saufen, als hätten wir die Sahara durchquert, und danach, auf unserem Zimmer, unterhalten wir uns über die Fickkultur der alten Griechen.« Er meckert los, bis ihm die Tränen kommen.

Willi lacht zwar mit, aber ihm gefällt Arnos Lachen nicht. Es klingt überdreht. Wie das Gelächter eines Irren.

Für Jonathan Doe sind die Momente der Zufriedenheit ein zwar erstrebenswerter, aber selten erreichbarer Luxus. Das Geschäft läuft nicht nur schlecht, sondern so gut wie gar nicht, das Wetter ist so feindlich wie alles in diesem Land, er bräuchte unbedingt neue Schuhe, einer seiner Mitbewohner hat sich neulich aus dem Fenster gestürzt, ohne einen Abschiedsbrief zu hinterlassen, einfach so, mit einem Achselzucken.

Und doch ist Jonathan Doe heute zufrieden, oder der Zufriedenheit zumindest ein Stück nähergekommen, denn endlich, nach tagelangem konsequenten Beharren, hat er auch den letzten dieser Spinner hier dazu gebracht, seinen neuen Namen zu akzeptieren. Bazooka. Ein einprägsamer Name, der zudem Power ausdrückt. Bazooka. Und er, Johnathan Doe, der von nun an Bazooka heißt, weiß im Gegensatz zu den anderen mit einer Bazooka umzugehen. Er hat schon mit Bazookas auf Autos, Straßensperren und Häuser geschossen.

Hellgraues Gewölk, die Luft ist milchig und scheint der Welt alle Farbe zu entziehen. Es hat den ganzen Vormittag genieselt, der Strand, grau und leer, verschmilzt mit der ebenfalls grauen Adria. Immerhin friert man sich nicht mehr den Arsch ab, wie im Winter, oh Gott, dieser europäische Winter. Auf so etwas war er nicht vorbereitet. Er hatte natürlich von Kälte und Schnee gehört, aber in dieser eisigen Tristesse fragte er sich nun, ob er, ohne es gemerkt zu haben, in der Unterwelt gelandet sei. Der Winter hier in Rimini sei noch gar nichts, haben Leute gesagt, die noch weiter nördlich, jenseits der Alpen, waren. Da oben gefriere einem der Atem zu Eis. Na, vielen Dank. Andererseits soll sich der richtige Wohlstand ja ausgerechnet in diesen eiskalten Ländern breitmachen.

Vor etwa einem Jahr kam Bazooka nach Italien. Sie setzten ihn und achtzig andere, darunter schwangere Frauen und Kinder, irgendwo an der Küste Siziliens ab. Er besaß noch ein paar Dollar und eine Adresse in Rimini. Ein entfernter Cousin wohnte dort seit ungefähr zwei Jahren und schien das große Los gezogen zu haben. So jedenfalls hatte er am Telefon seine Lage geschildert, und Bazooka hatte überlegt, dass sich der

Weg dorthin selbst dann lohnen würde, wenn von den Schilderungen die Hälfte gelogen sei.

Das Paradies sieht vermutlich anders aus. Mit elf Schicksalsgenossen haust Bazooka über einer Lagerhalle in einer Vierzimmerwohnung ohne Heizung. Das Haus, schon seit Ewigkeiten verkommen, gehört einer unglaublich fetten Nigerianerin, die sich Lady Sunshine nennen lässt, und in der Lagerhalle stapelt sich der ganze Krempel, den die zwölf Mieter für die Lady verhökern: Sonnenbrillen, afrikanische Holzschnitzereien und Tücher, Armbanduhren, Ledergürtel, Handtaschen, Modeschmuck, Sandalen. Bazooka verkauft Sonnenbrillen und braucht dringend das dazu geeignete Wetter. Samstags arbeitet er abends als Topfspüler in einem Restaurant. Zum Leben bleibt ihm nicht viel. Die Waren in den verschwenderisch erleuchteten Schaufenstern sind nicht für ihn bestimmt. An jedem Monatsersten fährt Lady Sunshine mit ihrem zwei Jahre alten Mercedes vor, stampft in Begleitung ihrer Bodyguards durch alle Zimmer und kassiert die Miete. Sie ist gütig wie ein Krokodil und verständnisvoll wie ein Stein. Man munkelt, sie verkaufe nigerianische Mädchen an Bordelle in Rom und Mailand.

Manchmal schickt Bazooka kleine Geldbeträge nach Hause, einmal im Monat telefoniert er mit seiner Familie, erzählt Lügen vom guten Leben in der Fremde, von der Aussicht auf einen Traumjob und fühlt sich danach stets beschmutzt. Mit den Vorstellungen, die er in Sierra Leone jeden Tag wie einen Werbespot in seinem Kopf ablaufen ließ, hat das Leben hier, in diesem Europa der überquellenden Warenhäuser, der Millionen Restaurants, sauberen Toiletten, des geordneten Straßenverkehrs und der tausend Fernsehkanäle, so gut wie nichts zu tun, denn Menschen wie

Bazooka – das lernte er schon in der ersten Woche – sind im Reich der Weißen nur Schattenwesen, die an Elend, Aids und Kriminalität erinnern, der Müll aus zerstörten Ländern, die Vorhut einer Armee in Lumpen.

In einigen Städten sei es besser, behaupten manche, und dann fallen Namen wie Hamburg, Stockholm, Oberholzklau. Oberholzklau? Ein Gambier erzählt, sein Bruder wohne seit fünf Jahren in diesem Ort irgendwo in Deutschland und werde von der dortigen Bevölkerung verehrt, bekomme ein ordentliches Salär als außenpolitischer Berater, sei erster Vorsitzender des Männergesangsvereins und trage sich mit dem Gedanken, für das Amt des Bürgermeisters zu kandidieren.

Aus welchem Grund sollte Bazooka solchen Storys Glauben schenken. Er weiß doch, dass alle lügen, so wie sein Cousin, so wie er selbst lügt, wenn er am Telefon seinem jüngeren Bruder vom leichten Leben erzählt und damit Wünsche weckt, da unten in Sierra Leone, wo es immer heiß ist, wo aus den immer noch offenen Wunden des Krieges der Eiter fließt, wo die Städte – im Vergleich zu Rimini – verwesende Kadaver sind. Der Krieg. Als Vierzehnjähriger wurde Jonathan Doe von einer Horde Bewaffneter, die sich Rebellen nannten, in ihre Reihen gezwungen. Er bekam eine Kalaschnikow und einen etwa gleichaltrigen »Bruder«, der zu ihm sagte: »Wir beide gehören jetzt zusammen, wir sind unzertrennlich, und wenn ich auch nur ahnen sollte, dass du abhauen willst, erschieß ich dich. Denn wenn es dir gelingt abzuhauen, werde ich erschossen.«

Drei Jahre später, nach dem Überfall auf ein Dorf, als alle betrunken, bekifft, erschöpft vom Töten und Plündern waren und weit entfernt von jeglichem

Glauben, ging Jonathan Doe das größte Risiko seines Lebens ein, stahl sich in das Haus des schnarchenden Commanders, öffnete dessen Alukoffer, entnahm ihm ein Bündel Dollarnoten, schob ein Motorrad in die Dunkelheit, und als er glaubte, außer Hörweite zu sein, startete er den Motor, gab Gas und fühlte sich nach einigen Kilometern auf der holprigen Piste wie neu geboren. Er jubelte, sang und hoffte, dass im Tank noch genug Benzin sei. Gott hatte ihm eine zweite Chance gegeben. In Freetown beteiligte er sich mit 1000 Dollar an der Tankstelle seines Onkels, 2 000 Dollar legte er zurück – für ein eigenes Geschäft irgendwann. Doch er merkte mit jedem neuen Tag, dass die Zeit der Prüfungen noch nicht vorbei war. Es kam ihm vor, als habe Gott diesem Land den Rücken zugekehrt, weil hier eine Krankheit wüte, die selbst IHN befallen könne. Fünf Jahre hielt Bazooka durch, doch als die Tankstelle zum zweiten Mal überfallen wurde, holte er das Geld aus seinem Versteck und machte sich auf den Weg nach Norden. In Libyen bezahlte er 1 000 Dollar für einen Stehplatz auf einem Schiff, das aussah, als hätte es die letzten zwanzig Jahre auf dem Meeresboden verbracht und wolle möglichst bald wieder dorthin zurück.

Jetzt, um die Mittagszeit, sitzen die meisten Touristen in Restaurants oder in ihren Appartements vor riesigen Pasta-Bergen und unterhalten sich über das beschissene Wetter. Bazooka und seine Kollegen arbeiten und wohnen nicht direkt in Rimini, sondern in einem der gesichtslosen Vororte, die sich seit den 50er Jahren an der Küste ausgebreitet haben wie unkontrolliert wuchernde Organismen, vollgestopft mit Billighotels, schlechten Restaurants, Ramschläden, Eisdielen, Diskotheken, Apartmenthäusern, Supermärkten, Spielhallen – ein endloses Geschwür aus Stein und Beton.

Die Afrikaner treffen sich täglich zu dieser Stunde an einer bestimmten Stelle am Lungomare, vor den drei dicht zusammenstehenden Sitzbänken, stellen ihre Körbe, Bauchläden, Taschen und Klapptische ab, trinken Leitungswasser aus Plastikflaschen, einige rauchen, löffeln Reis oder Bohnen aus ihren Plastikdosen, vor allem aber reden sie. Die meisten unterhalten sich auf Französisch, denn sie kommen aus Mali, Senegal, Niger und Guinea. Bazooka und sein Cousin müssen ihr dürftiges Italienisch bemühen, um mit ihnen kommunizieren zu können, da die frankophonen Tölpel die englische Sprache nicht beherrschen. Als Bazooka auf dem Weg nach Norden Mali und Niger durchquert hatte, wunderte er sich, dass die Menschen dort in dieser leeren, nur aus Sand bestehenden Gegend ein Gefühl für Heimat entwickeln konnten. Sein Mitteilungsbedürfnis ist ohnehin nicht sehr ausgeprägt. Keiner von seinen Kollegen hat jemals mit einer AK 47 Menschen und Haustiere zersiebt, mit Handgranaten Häuser verwüstet, mit schnellen Fingern die Taschen der Toten durchwühlt. Er trägt die Bilder mit sich wie eine Krankheit. Selbst in betrunkenem Zustand sieht er die aufgeblähten Leiber der Toten, die brennenden Hütten, das Entsetzen in den Augen der Überlebenden – doch darüber spricht er nur mit Gott, obwohl oder weil ER auch ein recht wortkarger Typ ist. In Gedanken weilt Bazooka oft in der Bibel, stellt Gott schwierige Fragen und wartet auf Antworten, so verschlüsselt sie auch sein mögen. Im Moment interessiert ihn jedoch diese cremefarbene Stretch-Limousine vor dem Hotel *Cicero*. Er sitzt auf der Rückenlehne einer Bank, das Geplauder der anderen umsummt ihn so bedeutungslos wie das Meeresrauschen. Was haben die schon groß zu erzählen. Jeden Tag reden sie über Erlebnisse mit dumpfen Bleichgesichtern, die miesen Umsätze, das Heimweh – und warum? Um sich und den anderen damit zu beweisen, dass sie noch am Leben sind? Bazooka blickt über die Schulter auf dieses Auto, in dem man sogar wohnen könnte. Ein Cadillac. Die beiden alten Knacker hat er schon ein paarmal gesehen. Anfangs dachte er, der Größere sei der Chauffeur des kleinen Hageren mit den langen Armen, doch sie verkehren auf gleicher Höhe miteinander, nicht wie Chef und Fahrer. Es sind Deutsche. Vielleicht, überlegt Bazooka, haben sie ihren Chauffeur gefeuert und suchen dringend einen Ersatz. Er, Bazooka, ist ein guter Autofahrer, hat aber nicht die Papiere, die man hier in Europa braucht. Ohne Papiere ist man in dieser Gegend so gut wie schon gestorben. Selbst die Rassehunde der Touristen haben Papiere. Die Touristen. Wieso fahren diese Leute jedes Jahr für zwei, drei Wochen hierher, um viel Geld auszugeben, bei schönem Wetter im Sand zu liegen und bei schlechtem Wetter über das schlechte Wetter zu fluchen? Wie beschissen muss wohl ihre Heimat sein, wenn sie jeden Urlaub dazu nutzen, ausgerechnet hierher zu entfliehen? Das hier ist nämlich auch für die Weißen nicht gerade das Paradies – so viel steht schon mal fest.

Er hebt blinzelnd den Kopf. Da oben tut sich was. Die Wolkendecke reißt auf, durch die Wunden dringt Himmelsblau, Sonnenstrahlen zwängen sich durch die Lücken, machen sich breit, zeigen ihre Kraft. Na endlich.

Bazooka steckt sich eine Zigarette an. Er raucht mehr als die anderen. Einige rauchen aus Prinzip nicht. Die drei aus Mali zum Beispiel. Hat wohl was mit dem Islam zu tun. Sie trinken keinen Alkohol und machen stattdessen fünfmal am Tag ihre Turnübungen auf der Matte. Bazooka leert seine Wasserflasche und fragt sich, warum die beiden Typen, die so ein Auto besitzen, in diesem billigen Hotel abgestiegen sind. So weit ihm bekannt ist, gibt es in den Zimmern keine Safes. Wo also bewahren sie ihr Geld auf, ihre Papiere und Kreditkarten? Was haben sie sonst noch aus ihrer Heimat mitgeschleppt? Digitalkamera, Musikanlage, Laptop, DVD-Spieler, goldenes Feuerzeug? Auf ihre Kleidung scheinen sie keinen großen Wert zu legen, denn seit drei Tagen laufen sie in denselben Klamotten herum – in Bermudas, Hawaii-Hemd und Sneakers der Kleine, in hellem Jackett, schwarzem T-Shirt, Bluejeans und rötlichbraunen Stiefeletten der Größere. Bazooka beschließt, den Senegalesen, der im Restaurant des Hotels arbeitet, heute Abend ein wenig auszuhorchen, auch wenn er ihn nur flüchtig kennt. Noch ist ihm nicht ganz klar, was sich da in seinem Hinterkopf zusammenbraut. Vage Visionen wetterleuchten in ihm, ergeben aber kein vollständiges Bild. Nachdem er die Rebellen in Sierra Leone verlassen hatte, nahm er sich vor – und das teilte er auch seinem Gott mit –, nie wieder jemanden zu verletzen, zu bedrohen und zu berauben. Aber dieses eine Mal, flüstert es in ihm, könnte Gott es sogar wollen, könnte ER ihm die beiden reichen Alten zugeführt haben, um ihn mit einem kleinen Teil ihres Vermögens für die schweren Prüfungen zu entschädigen. Zwei alte Müßiggänger, die viel mehr besitzen, als sie zum Leben brauchen, die in Deutschland wahrscheinlich BMWs, Aktienpakete, Häuser und turmhohe Kühlschränke besitzen, Flachbildfernseher in jedem Zimmer und goldene Armaturen im Bad …

»Hey, Jonathan, hast du dich in das lange Auto verliebt?« Sein Cousin zweiten oder dritten Grads legt lachend eine Hand auf sein Knie.

Zorn durchfährt Bazooka wie ein Stromschlag. Er stößt die Hand beiseite und faucht, selbst überrascht von der Heftigkeit seiner Wut: »Was muss ich tun, damit du meinen neuen Namen behältst? Soll ich ihn dir in den Kopf hämmern?«

Als habe ihn eine Schwarze Mamba angezischt, schreckt der Cousin zurück, auch die anderen erstarren für einen Moment. Der Typ, dieser Bazooka, ist unberechenbar, das wissen sie, hat schreckliche Dinge erlebt, aber spricht nicht drüber. Als wär er der einzige, der das Gesicht des Teufels gesehen hat.

Arno trinkt zu viel. Mit schmalen Augen beobachtet Willi, wie sein Freund den Rest des Weißweins in sich hineinkippt, achtlos, als wäre es Wasser. Das Mittagessen war, wie an den Vortagen, eine einzige Beleidigung, der übliche Fraß, den nur Engländer, Holländer und Russen klaglos vertilgen. Na ja, denkt Willi, die Deutschen hier sind auch nicht als Gourmets bekannt. Siehe Arno: Dem schmeckt's hier besser als bei Elfi. Im eigentlichen Rimini soll es ja gute Restaurants geben, aber die sind wiederum richtig teuer und zehn Kilometer entfernt. Er hat sich soeben mit einem Zahnstocher ins Zahnfleisch gestochen, und dieser auf einen winzigen Punkt konzentrierte Schmerz kommt ihm gerade recht, um seinen Groll zu befeuern, diesen Groll, den er momentan braucht, aus dem er eine Höhle gebaut hat, in die er sich zurückzieht, denn diese Höhle ist außer dem Badezimmer ihres Apartments der einzige Ort, an dem er vor Arno Ruhe hat. Diese Schnapsidee! Ein Autohändler namens Alberto, mit dem Arno vor vielen Jahren Brüderschaft getrunken hatte, war der Grund, weshalb sie in diese architektonische Geisterbahn fuhren. Alberto, behauptete Arno, werde für die Stretch einen akzeptablen Betrag auf den Tisch legen, da sei er sich mehr als total sicher. Alberto sei von Haus aus ein Halsabschneider, okay, aber seinen Freunden gegenüber ein Engel. Dummerweise weilt Alberto seit ein paar Jahren nicht mehr unter den Lebenden. Leberzirrhose. Am ersten Abend besuchten sie die Bar, in der Arno sich damals »total wohlgefühlt« hatte, und der Wirt, der gute alte Paolo, der eine seltsame Geruchsmelange aus Grappa und ungewässerten Schweinenieren verströmte, erinnerte sich an Arno oder tat zumindest so, als erinnere er sich, umarmte und küsste ihn, umarmte und küsste Willi, umarmte und küsste einen Rosenverkäufer, der zufällig mit ihnen die Bar betrat. Selbstverständlich fielen Paolo nach einigen Schnäpsen diverse Interessenten für das Auto ein. Er sagte, er könne jeden Tag ein paar seriöse Leute zu ihnen ins Hotel schicken, und einer davon werde den Wagen bestimmt zu einem fairen Preis nehmen, keine Frage. Der Bedarf an Stretch-Limousinen sei in Rimini und Umgebung enorm gestiegen.

Seit diesem feuchten Abend melden sich tatsächlich täglich Leute im Hotel *Cicero* – einheimische Alkoholiker, rumänische Hütchenspieler, ein serbischer Zuhälter, sogar ein deutscher Schlagersänger mit durchgesessenem Toupet, dessen Karriere angeblich 1972 von »den Kommunisten im Bundeskanzleramt« zerstört worden sei, der aber hier an der Adria seit dreißig Jahren jeden Abend Säle fülle.

Willi zerknickt den Zahnstocher und sagt, den Kopf aus seiner Höhle streckend: »Wenn morgen wieder nur psychisch zerrüttete Schaumschläger aufkreuzen, hauen wir ab. Das ist ja das nackte Grauen hier, Mann, ich wäre ja fast geneigt zu sagen, dass ich nach drei weiteren Tagen in diesem barbarischen Ort freiwillig und von Herzen gern zurück zu Tony Ling fahren würde. – Übrigens, was ich noch sagen wollte: Du säufst zu viel.«

Arno hat soeben zu seinem Espresso einen doppelten Grappa bestellt. Nun hebt er die Augenbrauen und schlägt einen scharfen Ton an: »Geh mir bloß nicht auf'n Sack, Alter. Dieses ständige Genörgel. Allmählich kommst du mir vor wie meine erste Frau, die Mutter von Max. Ich hab mir unser Zusammenleben echt harmonischer vorgestellt. Hätt ich mir allerdings denken können, dass du ein ungeselliger Typ bist – geworden bist. Früher warst du besser drauf.« Sein Ton wird milder: »Aber meinetwegen können wir uns übermorgen von hier verpissen. Früher war es hier supergemütlich.«

Willi legt offenbar keinen Wert auf Harmonie: »Früher war es hier garantiert genauso beschissen.«

»War es nicht. Was glaubst du Klugscheißer, weshalb ich hier so oft war?«

»Weil es hier so schön war?«

»Erraten …«

»Du spinnst doch. Die ganzen Straßen und die hunderttausend hässlichen Häuser wurden bereits in den 60er und 70er Jahren gebaut – oder besser: hingekotzt. Du hast hier Urlaub gemacht, weil es mit Alberto und Paolo so gemütlich war. Zusammen mit zwei lustigen Saufkumpanen hättest du es auch auf dem Busbahnhof von Pjöngjang gemütlich gefunden.«

»Bist du auf Streit aus? Seit Tagen habe ich diesen Verdacht. Ständig nörgelst du an mir rum. Habe ich mich seit Hamburg verändert? Nein, hab ich nicht.

Aber du hast dich verändert. Weil du dauernd fürchtest, die Bullen könnten europaweit nach uns fahnden. So schnell mahlen die bürokratischen Mühlen aber nicht; das ist doch ne Binsenweisheit. Die deutschen Bullen warten schon seit zehn Jahren auf den digitalen Polizeifunk. Warum bist du nicht einfach locker, ey? Ist doch ein geiles Gefühl, die Angst vor den Bullen und Killern und dem damit verbundenen Stress in Hamburg gelassen zu haben, Mann, wir können uns frei bewegen, müssen uns nicht ständig umsehen … Dass diese Scheißangst verschwunden ist, Alter, das kommt mir vor, als hätte ich in einem abstürzenden Flugzeug gesessen, schon mit dem Leben abgeschlossen – und dann hätte der Pilot die Maschine hundert Meter über der Erde doch noch in den Griff gekriegt. In einigen Tagen bekommen wir in Athen die neuen Pässe, dann sind wir Holländer, und die Bullen stehen fahndungstechnisch vor einer Mauer. Die Connection mit den griechischen Passfälschern habe *ich* in Hamburg eingefädelt, vergiss das nicht. Also ohne mich wärst du jetzt aufgeschmissen.«

Willi trinkt seinen Espresso mit einem Schluck. Bloß raus hier! Solche Lokale, in denen nicht nur die Einrichtung und der Geruch, sondern buchstäblich jedes Detail die Menschenverachtung der Betreiber bezeugen, sind für ihn schon immer Räume gewesen, in denen die Schwermut lauert. Und dann noch Rauchverbot! Die Stühle und Tische auf den Terrassen sind nass und kalt. Willi gibt sich versöhnlich. Er sucht eigentlich keinen Streit. Die Substanz seines Grolls besteht ja aus einer Anklage gegen ihn selbst, und das weiß er, obwohl die Anklageschrift noch verschwommen und der Grund nicht erkennbar ist.

»Arno, ich bin doch auch erleichtert. Der Druck hat nachgelassen, ganz klar. Aber wir befinden uns in Europa und nicht in einem abgelegen Himalaya-Tal. Jeder zweitklassige Schnüffler könnte uns in den nächsten Tagen noch mühelos aufstöbern. Es war ein Fehler, dieses Auto mitzunehmen. Zwei ältere Herren in einer alten Stretch-Limousine mit Hamburger Kennzeichen. Das ist doch ein Witz. Aber was soll's. Ich schlage vor, wir nehmen übermorgen in Ancona die Fähre nach Patras. Von Athen fliegen wir dann nach, was weiß ich, dahin wo's billig ist und wo wir in Ruhe überlegen können, wie's weitergehen soll, vielleicht nach Kambodscha oder Vietnam. Vielleicht können wir dort sogar ein Geschäft aufmachen, eine Strandbar, einen Fahrradverleih ... Ich hab gehört, es sei für Ausländer ziemlich easy, ein Gewerbe zu betreiben«

In Arnos Augen flammt die Festbeleuchtung auf. Er nickt mit breitem Grinsen. »Scheint echt ein ausgeklügelter Plan zu sein. Ohne dich wäre ich wahrscheinlich wieder nach Thailand geflogen und hätte mich da an den Strand gelegt und von ner Thai-Maus massieren lassen.«

Willi war auch schon in Thailand, auf Ko Samui, der einstigen Trauminsel, seit dem Bau des Flughafens ein typisches Beispiel touristischen Wahnsinns. Kurz nach seiner Ankunft spazierte er über den Chaweng Beach, dessen Atmosphäre ihn an den Strand von Torremolinos im Hochsommer erinnerte. Ein junger Mann schlenderte ihm entgegen und murmelte, als sie auf gleicher Höhe waren, mit bemüht amerikanischem Akzent: »Hashish, grass, opium, cocaine?«

Willi blieb abrupt stehen, automatisch und lange bevor sich sein Bewusstsein einschaltete, bevor auch nur der Ansatz einer überlegten Entscheidung in Sicht war. Wenn ihm jemand im Vorübergehen solche Reizworte zuraunt, stoppt Willi automatisch. Er dreht sich um, doch mit dem Interesse erwacht auch das Misstrauen, der treue Begleiter. Fiese Gestalt, sagt die Skepsis, oh ja, ein Gesicht, so vertrauenerweckend wie die Visage eines Vampirs. Erledigt, sagt er sich, dreht sich abermals um und setzt den Spaziergang fort. Doch der coole Thai schlängelt sich an seine Seite, murmelt vertraulich: »Need something?«

»Oh no, thanks.«

»But you stop and look at me. So you are interested.«

»Pardon? Oh no! I stopped because I thought you were saying something else.«

»Heroin, crack.«

»No, No, my God, I thought, you said Hadschi Halef Omar.«

»Hadschi Halef Omar? What kind of drug is that?«

»That's my brother's name. In fact he's just my step-brother, the son of my father's third wife ...«

»I have Thai-grass, opium from Laos ...«

»Sorry man, I don't use drugs – I'm looking for my brother.«

»Ah, brother. I know what you mean. You wanna make love with a boy. Very young boy?«

»I don't feel good, man, I just wanna go home and relax in my own apartment where nobody bothers me.«

»So you're not interested?«

»Not at all.«

»Maybe later?«

»Maybe.«

»At what time?«

»Sometimes I think, I'm too sensitive for this world.«

»Okay, I got the message: You want Thai-massage.«

Schon rückten ihm zehn, zwanzig weitere junge Männer auf die Pelle, ignorierten seine Abwehrhaltung, redeten auf ihn ein und lachten, als er flüchtete.

Willi blieb nicht lange auf Ko Samui.

Und draußen wird es hell, als habe jemand den entscheidenden Stecker eingestöpselt. Jenseits der Fenster fließt Farbe über die Terrasse, die Hauswände, Pflanzen und Reklameschilder – von Willi mit Staunen registriert. Es sieht für ihn aus wie damals, am 25. August 1967, als Willy Brandt auf der Funkausstellung in Berlin einen faustgroßen roten Knopf drückte und damit den Westdeutschen das Farbfernsehen bescherte.

»Die Sonne!«, ruft Arno. Sein Blick vermittelt den Eindruck spiritueller Erleuchtung.

Um neunzehn Uhr macht Bazooka Feierabend. Er hat am Nachmittag, als die Touristen, ihrem Touristentrieb folgend, aus den Spielhallen, Hotels und Kneipen eilten, um ihre bleichen Gesichter geradezu inbrünstig, wie Angehörige einer Sonnenanbeter-Sekte, der Sonne entgegenzurecken, vier Sonnenbrillen verkauft, obwohl er seiner Arbeit noch widerwilliger als sonst nachgegangen ist. Mit ausholenden Schritten durchmisst er nun die zwei Kilometer bis zur Wohnung. Er hätte gerne eine Armbanduhr, eine richtig gute mit allen Schikanen, nicht diesen chinesischen Rolex-Müll, den sein Cousin verkauft. Die anderen arbeiten noch, also ist die Dusche frei. Frei aber verdreckt. Bazooka flucht gotteslästerlich und entschuldigt sich sofort dafür. Ihm ist bekannt, wer die Dusche nie säubert, wer Sachen aus dem Kühlschrank nimmt, die den anderen gehören: der Arsch aus Guinea, der faulste Sack unter der Sonne, der stolz darauf ist, ein Fulbe zu sein, als beinhalte die bloße Abstammung automatisch besondere Privilegien – aber das befreit ihn nicht von den Schulden, die er bei jedem, Bazooka eingeschlossen, hat. Am Monatsersten wird Lady Sunshine ihn, wie es aussieht, vor die Tür setzen, denn ihr ist es scheißegal, ob einer Fulbe, Ibo oder Eskimo ist.

Nach dem Duschen schlägt Bazooka lieblos drei Eier in die Pfanne, wartet nicht einmal, bis das Eiweiß richtig fest ist, stippt Brot in die Dotter und schlingt alles wie eine lästige Notwendigkeit hinunter.

Kurz darauf sitzt er in einer Eisdiele Amadou, dem senegalesischen Küchenhelfer, gegenüber. Er hat ihm einen Eisbecher spendiert und beginnt allmählich am Nutzen dieser Investition zu zweifeln. Einen Eisbecher für sechs Euro würde er sich selbst niemals gönnen. Amadou schabt mit dem Löffel breite Streifen vom Pistazieneis. Er genießt das Eis mit geradezu religiöser Andacht. Bazooka, der für sich nur eine Tasse Kaffee bestellt hat, beobachtet sein Gegenüber teils grimmig, teils verwundert. Noch nie hat er jemanden so lange in einem Eisbecher herumlöffeln gesehen. Am liebsten würde er diesem bedächtig schmatzenden Typ mit dem Schlafzimmerblick und dem sinnlichen Mund den blumentopfgroßen, von außen beschlagenen Becher entreißen. Der Geschmack von Pistazieneis fließt von Bazookas Geschmacks-Gedächtnis sofort in die Mundhöhle, breitet sich darin aus, wird aber sogleich verdrängt von der Erinnerung an Vanilleeis, an dem der Löffel nun herumschabt.

»Die beiden älteren Deutschen?« Amadou erspart sich die Mühe, seinen Blick vom Eis zu lösen. Er schiebt sich die Erdbeere in den Mund und scheint sie auszusaugen. »Viel Gepäck haben sie nicht, so viel weiß ich, weil ich ihre Sachen hochgetragen habe. Sie werfen auch nicht mit Geld um sich, geben aber gutes Trinkgeld.«

»Warum haben sie keinen Chauffeur?«

Amadou beschäftigt sich mit den Schokostreuseln, ganz in sich versunken. Mit gezwungener Freundlichkeit wiederholt Bazooka die Frage und erntet ein weiteres »Weiß ich nicht.«

Weiß er also nicht. Er weiß gar nichts. Und die wirklich wichtigen Fragen wagt Bazooka gar nicht zu stellen – die Fragen nach dem Türschloss, der Zimmernummer, der eventuellen Bewaffnung seiner potentiellen Opfer und so weiter –, denn das würde selbst den bedächtigen Senegalesen mit dem Schlafzimmerblick stutzig machen. Das ist doch alles Blödsinn, sagt er sich. Er hätte seine Spiegeleier in Ruhe essen sollen, mit angebratenem Speck und einer Flasche Bier dazu. Stattdessen glotzt er auf diesen Eis löffelnden Wolof. Für sechs Euro darf ich dem Kerl, den ich kaum kenne, der nicht einmal fragt, warum ich ihn eingeladen habe, beim Eisessen zusehen. Ganz dämlich kann dieser Amadou allerdings nicht sein, denn er hatte schon zwei weiße Freundinnen – eine Dänin und eine Deutsche. Seitdem erzählt er jedem, selbst der taubstummen Putzfrau des Hotels, er wisse genau, wie die weißen Frauen ticken, und diesen Sommer werde er sich in eine Deutsche verlieben und sie heiraten.

»Weißt du, wie lange die beiden bleiben?«

»Keine Ahnung.«

»Du kriegst in deiner Küche gar nichts mit, was?«

»Ich weiß nur, dass sie kein Doppelzimmer, sondern eines der beiden Apartments bewohnen. Zwei

Zimmer, Kochnische, Bad. Sie essen auch nicht im Restaurant des Hotels, was ich gut verstehen kann. Aber was willst du eigentlich von denen? Glaubst du, sie suchen einen Chauffeur?«

»Vielleicht.«

»Du wohnst doch bei der Nigerianerin. Also hast du keine Papiere. Oder?« Amadou trinkt den flüssiggewordenen Rest aus dem Edelstahlbecher und lächelt wie ein glückliches Kind. Grinst wie ein verhexter Idiot, denkt Bazooka und spürt das alte Hassgespenst in sich. Oh ja, es haust noch immer in ihm – weder Gebete noch Beichten haben es bisher verjagen können. Sie glauben alle, etwas Besseres zu sein, denkt er, die Fulbe, die Wolof, die Mandingo. Aber sie sind alle nur sterbliche Arschlöcher. Mit aufgeschlitzter Kehle und zwanzig Kugeln im Leib sehen sie alle gleich aus. Die Moslems sind beschnitten, die anderen nicht – aber wen sollte das groß interessieren? Bazooka erhebt sich abrupt und gibt sich locker. »Ich muss los, Amadou. Gut, dass wir uns mal richtig unterhalten haben.«

Der Senegalese lacht. Er reicht eine schlaffe Hand über den Tisch und sagt: »Oh ja, es war eine gute Unterhaltung. Eine Tages werde ich mich für das Eis revanchieren.«

Bazooka beschließt, ebenso gelassen und freundlich zu sein. Auf der Straße zündet er sich eine Zigarette an. Er würde gern mit einem iPod und großen Kopfhörern herumlaufen. HipHop. Im Gegensatz zu den frankophonen Bauern versteht er jedes Wort dieser coolen amerikanischen Rapper. Die Typen sind auch im Krieg, illegale Soldaten wie er, Kämpfer im Dickicht der Städte. Er stellt sich vor, wie er, Bazooka, den abgebrühten Jungs in Brooklyn auf gleicher Augenhöhe begegnet.

Herr Blaschek sieht nicht nur aus wie ein dekadenter Wiener aus besseren Kreisen, er spricht auch so. Für seine achtzig Lenze hat er sich prima gehalten, er hält den hageren, hochgewachsenen Körper gerade, die Faltenlandschaft verleiht dem feingeschnittenen Gesicht einen Hauch von Abgeklärtheit, während die Augen sepiafarbene Melancholie verströmen, die sich im ganzen Apartment verteilt, als gäbe es hinter diesen Augen Ventilatoren, die diese sepiafarbene Melancholie in den Raum blasen, eine unfassbare Menge dunkler Melancholie, die offenbar unermüdlich in dem alten Schädel produziert wird.

Herr Blaschek sitzt kerzengerade auf dem Sofa und redet – schleppend, mit cremigem Wiener Akzent und ohne Pause. Noch so einer, der Willis Gehörgänge rücksichtslos, wenn auch mit sanfter Rücksichtslosigkeit, verkleistert. Arno – wer sonst? – hatte den alten Herrn in einer Bar aufgegabelt und ihn just in dem Moment ins Apartment geschoben, als Willi, wieder einmal von den Erinnerungen an früher überwältigt, auf dem Bett lag, um sich einen runterzuholen – die erste Nacht mit Wibke, sie war verklemmt, konnte es aber kaum erwarten, ihn in sich zu spüren, Wibke, vibrierend und geil auf ihn, er sah ihren Arsch gestochen scharf vor sich, fühlte die Konsistenz ihrer Brüste, sie atmete keuchend und rief …

»Das ist Herr Blaschek«, sagte Arno strahlend, als sei Herr Blaschek ein zweiter Moses, der Führer ins gelobte Land. »Ein Kokser von der alten Garde. Er hat mir von den alten Zeiten erzählt, als die Kokainschnupfer ein Dings, ein exklusiver Klub waren. Außerdem ist Herr Blaschek Beatles-Fan und, du wirst es nicht glauben, war damals des öfteren nicht nur in Hamburg, sondern auch im *Star-Club*. Na, da glotzt du, was?«

Willi hatte gerade noch rechtzeitig den Reißverschluss hochziehen und die Wölbung mit einer Zeitung bedecken können.

Anfangs verhielt sich der Alte wortkarg und ein wenig distanziert. Von seiner Linie zog er sich erst mal nur die Hälfte in die Nase, da er, wie er es formulierte, »dem Alter tributpflichtig« sei.

Seitdem die anregenden Substanzen des weißen Pulvers Herrn Blaschek's Hirn erreicht haben, drängt der Redefluss plätschernd aus seinem Mund wie aus einer soeben freigelegten Quelle. Außer der hochtourig arbeitenden Melancholieerzeugungsmaschine gibt es in seinem Kopf also auch noch eine beachtenswerte Sätzeherstellungsanlage, eine unaufhörlich ratternde Wörterstanze. Dazu raucht der Wiener Zigarillos von Davidoff, streicht ab und zu mit natürlicher Selbstverständlichkeit den Nadelstreifenanzug glatt, nippt am Wein, fährt mit zwei Fingern über das Menjoubärtchen. Nachdem er sich ausführlich für die Gastfreundschaft bedankt hat, gesteht er, das Apartment in Begleitung einiger Vorurteile betreten zu haben. Erstens habe er Herrn Schusters Loblied auf das Kokain im Stillen belächelt, denn den letzten wirklich erwähnenswerten Stoff habe er vor zehn Jahren auf Aruba genießen dürfen, zweitens habe er felsenfest damit gerechnet, einen widerlichen Wein, wie er unten in dem geradezu säuischen Restaurant ausgeschenkt werde, vorgesetzt zu bekommen, und drittens habe er sich, Herrn Schusters Ansichten über Herrn Windhorst für bare Münze nehmend, darauf eingestellt, in diesem Apartment auf ein weiteres, vermutlich masturbierendes Exemplar des weit verbreiteten bornierten Ignoranten zu stoßen. Doch glücklicherweise habe sich jedes dieser Ressentiments flugs in Luft aufgelöst.

Willis Frage nach weiteren Details der Schusterschen Ansichten wischt Herr Blaschek mit graziler Handbewegung beiseite. Darauf komme er später noch zurück, sagt er, um dann ausufernd von den wunderbaren 50er Jahren in Wien zu erzählen. »Wir waren damals ein höchst exklusiver Klub«, betont er mehrfach. »Natürlich gab es auch die vulgären Kokainschnupfer – Zuhälter, Spieler, Nutten –, aber die waren eine Minderheit, mit denen verkehrte man nicht. Es gab eh nicht so viele Kokainliebhaber, was ja ganz in unserem Sinne war, denn wir verstanden das Pülverchen als intellektuelle Droge.« Er bohrt seinen Blick in Willis Augen. »Verstehen Sie mich überhaupt, Sie junger Mensch? Es gab damals überwiegend reines Kokain. Schnee. Der Transport von Südamerika nach Europa war völlig problemlos. Warum wohl, Herr Schuster?« Ein dürrer Finger sticht in Arnos Richtung. »Sie wissen's net, weil Sie ein einfacher Mensch sind, der in unserem Klub zu meinem Bedauern, denn ich mag Sie, keine Aufnahme gefunden hätte, aber ich sag's Ihnen: Es ging um relativ kleine Mengen, um jeweils zwei, drei Kilo – und wenn mal eine größere Menge auf den Markt kam, wurde auch für längere Zeit nicht geschmuggelt. Der Zoll und die Polizei hatten keine Ahnung, sie waren ja auch im Vergleich zu heute steinzeitlich ausgerüstet. Es gab auch keine Hunde, die zum Drogenschnüffeln missbraucht wurden. So ein Drogenhund macht ja, im Vertrauen auf die Weisheit seines Herrchens, nur seine Arbeit. Er weiß ja gar nicht, dass es moralisch sehr zweifelhaft ist, einem aus Indien zurückkehrenden Hippie seine fünf Gramm Haschisch wegzunehmen und ihn obendrein seiner Freiheit zu berauben. Und irgendwann hat dieser Hund dann die Beamtenmentalität seines Herrchens übernommen, so wie das Herrchen irgendwann den Hundeblick übernimmt. Der Hund wird ja auch verbeamtet, kann natürlich nicht die Eidesformel nachsprechen, weil er weder Mensch noch Papagei ist, gehört aber dennoch zur Kaste der Staatsdiener, fühlt sich allen anderen Hunden überlegen, wird gemeinsam mit seiner menschlichen Bezugsperson pensioniert, die beiden haben sozusagen eine symbiotische Beziehung, verbringen den Rest ihres Lebens gemeinsam vor dem Fernsehgerät, nehmen die gleiche Nahrung zu sich, trinken das gleiche Bier – und wenn einer der beiden stirbt, folgt ihm der andere kurz darauf nach. Das Wort Rauschgift klang damals – ich erinnere mich genau – in den Ohren des Normalbürgers so grauenvoll wie Kommunismus oder Syphilis. Es hieß ja damals immerzu, *nimm dich in Acht vor den Drogen*, mein Gott, natürlich muss man sich auch im Umgang mit Kokain in Acht nehmen, ja, man muss sich vor tausend Dingen in Acht nehmen, nicht wahr, vor den Autos, vor der Sachertorte, vor den Politikern und bei Glatteis. Aber es ist alles eine Sache der Gewöhnung. Und eines Tages, in den 70er Jahren, stehe ich im Laden des Metzgermeisters Schönbichl, um mein bestelltes Kalbsbries abzuholen, und höre, wie Frau Schönbichl, die immer hinter der Theke steht, weil sie zu geizig ist, eine Verkäuferin einzustellen, zu der Kundin vor mir, der Frau vom Herrn Hofrat Kovacek, sagt, ihr Mann, der Herr Metzgermeister, sei heuer sehr grantig, weil ihm der Sohn, der Wolfi, das Früchtchen, den ganzen Kokainvorrat geklaut habe. Und wissen's, was die Frau Kovacek geantwortet hat? Die hat sich überhaupt nicht an dem Wort Kokain gestoßen, es hat sie weder geschockt noch irritiert. Sie hat gesagt, so was komme in den besten Familien vor. Ja, und da wusste ich, da konnte ich plötzlich, mitten in der Metzgerei Schönbichl, die Zukunft voraussagen. Ich sah, wie das Kokain immer mehr gestreckt wurde, ich sah schreckliche Dinge auf uns zukommen: Ronald Reagan im Weißen Haus, Tschernobyl, Aids, George W. Bush, Jörg Haider ...« Herr Blaschek redet und redet, als hätte er Wochen mutterseelenallein in einem Schlauchboot auf dem Pazifik verbracht, und dieses Apartment wäre der rettende Bananendampfer. Gelegentlich nippt er am Wein und streicht seinen Anzug glatt, sagt so mysteriöse Sätze wie: »Hin und wieder, meine Herren, in den Momenten der Wahrheit, üblicherweise kurz vor dem Morgengrauen, drängen in jedem Ritter der Nacht die uralten Fragen – *woher komme ich, wohin gehe ich, wo ist der Ausgang, wie spät ist es?* – ans Licht des Bewusstseins. Und in den seltensten Fällen ist jemand da, um diese Fragen leicht verständlich und kompetent zu beantworten ...«

Willi lässt den Blick ziellos durchs Zimmer schweifen. In ihm drängen ganz andere Fragen ans Licht des Bewusstseins. Zum Beispiel die Frage nach Arnos Geisteszustand. Vor allem fühlt er sich von dem gleichförmigen Redefluss bedrängt. Wie Flugsand scheinen die Silben aus dem Mund des Wieners zu wehen, auf das Mobiliar, auf die Köpfe, Schultern und Schuhe zu rieseln. Arno ist das größte Arschloch im Umkreis von zwanzig Astronomischen Einheiten, denkt Willi erbittert. Seit Stunden liegt ihm der Groll auf seinen Schicksalsgefährten im Magen wie ein Sodbrennen verursachender Erbseneintopf. Es beunruhigt ihn irgendwie, täglich neue Fehler an Arno feststellen zu müssen. Ich habe mir bisher nicht vorstellen können, denkt er, dass ein einzelner, und dazu noch so kleiner Mann so viele kleine unangenehme Eigenschaften mit sich herumschleppen kann

– ja, es kommt mir vor, als wäre er eine mit unangenehmen Eigenschaften prall gefüllte Wundertüte, ein aus dem Zirkus verstoßener Clown, der zu viel trinkt, der schnarcht und um sich schlägt, wenn man ihn weckt.

Und wie dieser Gibbon den Kühlschrank öffnet und mit seinen Affenfingern darin herumwühlt. Willis Vater hatte ein ähnliches Verhältnis zum Kühlschrank – wie ein Angreifer, der die feindliche Festung erobert. Er riss die Bierflaschen, den Schinken, die Gewürzgurken an sich wie Beutestücke, so wie er alles an sich zu reißen versuchte und als Beute betrachtete, geschäftlich wie privat. Despotisch beherrschte er die Familie, den Gebrauchtwagen-Salon und selbst seinen Stammtisch. Er wollte alles an sich reißen: die Liebe seiner Frau, den gesamten westdeutschen Gebrauchtwagen-Markt – und schließlich sogar die Regierung. Aber da war er schon verrückt. Er war so verrückt wie Arno, wenn auch auf eine muffig-spießige, parvenühafte Art. Seine Posen durchschaute man ohne Mühe, man ahnte, dass hinter der Fassade fröstelnd die Einsamkeit kauerte.

»Es gibt hier zu viele Russen«, sagt der Wiener, nachdem der Rest der Linie in seiner Nase verschwunden ist, was eine dichtere und vor allem schnellere Sprechweise zur Folge hat. »Ich kenne die Russen gut. Wir hatten sie ja bis 1956 in Wien. Ich kann Ihnen sagen … Der Russe ist ja an sich ein umgänglicher Mensch. In besoffenem Zustand lacht, singt und weint er gern und freut sich, wenn er möglichst viel Glas zerschmettern kann. Aber diese Horden! Tausende von unkultivierten Säufern. Seit dem Untergang des Sowjet-Imperiums trifft man sie überall. Sie besitzen keinerlei Urlaubskultur, also noch weniger Urlaubskultur als die Deutschen und die

Engländer, von denen immerhin die oberen Klassen eine solche Kultur besitzen, was man von den wohlhabenden Russen leider nicht behaupten kann. Das sind alles schnell zu Reichtum gekommene Proleten, die das von gegenseitigem Respekt geprägte Verhältnis zwischen Gast und Dienstleistungsgewerbe in der Gastronomie zerstören. In Venedig laufen sie massenweise herum und schimpfen, weil dort alles unter Wasser steht, in Wien sind sie, in Baden-Baden, Nizza. Von Istanbul gar nicht zu reden. Der Eiserne Vorhang besaß zweifellos bestechende Vorteile, wenn Sie mich fragen. Man öffnet ja auch im Zoo nicht alle Käfige im Namen der Freiheit. Ach, Sie glauben, ich hätte mich mit Vorurteilen gepanzert? Dann empfehle ich Ihnen, die guten Hotels in Karlsbad und Baden-Baden zu besuchen. Wenn Sie nicht zu den abgeklärten Weisen gehören, werden sie diese einst so angenehmen Orte fluchtartig verlassen und einen Friedhof bewohnbarer finden. Waren Sie, meine Herren, schon mal auf dem Wiener Zentralfriedhof? Dort saßen früher die Morphinisten auf den Bänken herum, was ja auch naheliegend ist, und sprachen mit den Toten, denen sie schon näher waren als den Lebenden. Zu meiner Zeit waren viele Ärzte morphiumsüchtig, was zu einem Teil am relativ leichten Zugang zu Opiaten lag, zum anderen Teil eine Reaktion auf den täglichen Anblick von Eiter und Blut, offenen Wunden, Fettwülsten, Hautausschlägen, Rotz und fremden Exkrementen war. Später, Ende der 60er Jahre, wurde der Zentralfriedhof zu einem Tummelplatz der gespensterhaft durch die Grabreihen schwebenden LSD-Liebhaber …«

Willi erhebt sich mit einem Ruck. Man hört die unterdrückte Erregung in seiner Stimme. »Ich setz mich jetzt unten hin, um bei einem Gin-Tonic meine grundsätzliche Einsamkeit zu feiern.« Arno sieht ihn schuldbewusst an, mit dem alten Stan-Laurel-Blick, was ihn wiederum sympathisch macht.

Vor dem Restaurant stehen acht Plastiktische und zweiunddreißig Plastikstühle. Außer dem Ehepaar Braatz aus Olpe kein Gast. Willi grüßt distanziert und wählt einen Tisch außerhalb der Braatzschen Gravitationszone, denn käme er dem Ehepaar zu nahe, würde er sofort mit absoluter Rücksichtslosigkeit angesprochen und in ein völlig sinnloses, Hass erzeugendes Gespräch über die Vor- und Nachteile koreanischer Autos verwickelt werden, wie er gestern wieder erfahren musste. Der Plastikstuhl unter ihm ist nicht nur instabil, sondern auch so unbequem, wie er aussieht, aber man kann wieder im Freien sitzen, ohne gleich an Krankheit, Verfall und Tod denken zu müssen. Willi gießt Tonic-Water auf das Eis und den Gin und erfreut sich am leisen Knacken der Eiswürfel. Er raucht eine Zigarette, streckt die Beine aus, legt den Kopf zurück, schließt die Augen, spürt die Stuhllehne im Kreuz, das billige Plastikteil, das sich, jede Entspannung verhindernd, unter seine Schulterblätter schiebt. Einfach nur entspannen, denkt er, ist das zu viel verlangt? Ich weiß ja gar nicht mehr, wie das ist. Aber wenn ich nicht mehr weiß, wie das ist, bin ich dann überhaupt in der Lage festzustellen, ob ich entspannt bin, wenn ich entspannt bin, oder zu erkennen, wie nahe ich an der Entspannung dran bin. Ist aber sowieso alles Quatsch, weil ich die kindliche Unschuld ebenso wenig wiedererlangen werde wie den heiß begehrten Seelenfrieden, da mache ich mir nichts vor. Ich brauche auch keinen, der mich in den Arm nimmt und streichelt – nein, ungetröstet bin ich seit langer Zeit, damit habe ich mich arrangiert. Was ich suche – und möglicherweise auch gefunden hätte, wenn ich nicht ausgerechnet mit Arno Schuster on the road wäre –, ist Entspannung, innere Schwerelosigkeit, Gelassenheit … Ach du Scheiße, Arno und Herr Blaschek im Anmarsch. Auch nicht viel besser als das Ehepaar Braatz.

»Jetzt hör dir mal an, was Herr Blaschek über den *Star-Club* zu erzählen hat, Willi!«, schreit Arno aufgeregt über die Terrasse. »Der Mann hat damals einen Auftritt der Beatles erlebt und anschließend mit den Jungs gesoffen! Stimmt's, Herr Blaschek?«

Die beiden setzen sich zu Willi, obwohl Herr Braatz sie mit einem geflöteten »Sie haben mit den Beatles gesoffen? Darüber würde ich gerne mehr erfahren!« an seinen Tisch zu locken versucht.

Herr Blaschek ruft zu Braatzens hinüber: «Ach, so viel gibt's da gar net zu erzählen, weil, ich war ja völlig besoffen. Ich weiß nur noch, dass ich zusammen mit dem John Lennon an eine Hauswand gepinkelt hab.«

»Na, merkst du was?«, raunt Arno verschwörerisch. »Die Hauswand. Er weiß leider nicht mehr, welche Hauswand.«

Im Moment fehlt Willi jedes Interesse an den Urinspuren der Beatles an Hamburger Hauswänden. Von Arno und dem Wiener in die Zange genommen und von der Horrorvision, die Braatzens könnten sich zu ihnen setzen, geschüttelt, winkt er stumm ab.

»Herr Blaschek und ich haben dir einen Vorschlag zu machen«, sagt Arno, seine Enttäuschung mannhaft verbergend. Sein Atem riecht wie jeden Tag nach Alkohol.

Der Sand ist feucht und kalt und klebt an ihm, vom Meer weht ein frischer Wind, der salzig schmeckt und nördlich riecht und ihn auffordert, sich zu erheben. Der Wind ist mit den Weißen verbündet, er ist den Afrikanern ebenso feindlich gesinnt wie die hier lebenden Menschen und die Häuser, die Straßen, das Meer.

Bazooka steht auf, klopft den Sand von der Hose und den Ellenbogen, zertritt die Zigarettenkippe und wirft die leere Bierdose in einen Abfalleimer.

Die anderen Afrikaner – das fällt ihm plötzlich ein – sparen bedeutend mehr Geld, weil sie kaum rauchen, keinen Alkohol trinken und in einem Lokal stundenlang vor einem Glas Tee sitzen können und sich dabei prächtig unterhalten. Bazooka raucht, kifft und säuft seit dem Tag, an dem er zum ersten Mal den Abzug einer AK47 durchgedrückt hat. Er geht mit den Händen in den Taschen an den erleuchteten Shops und Restaurants vorbei. Das meiste hinter den Glasscheiben ist für Leute bestimmt, die von Kindheit an versorgt sind. Er erkennt den Tand mit sicherem Blick. Noch ist es ruhig hier, aber in wenigen Wochen werden die bleichen Heerscharen aus dem Norden einfallen, die Kassen werden überquellen, es wird wieder laut und unruhig werden – und Millionen weiße Maden werden freiwillig von morgens bis abends im Sand liegen, um sich von der Sonne grillen zu lassen.

Bazooka hat einen Entschluss gefasst. Er wird nicht wie ein Dieb in das Apartment schleichen, das liegt ihm nicht, er ist ein Kämpfer; er wird die beiden Deutschen berauben, ihnen sein Messer zeigen, sie um ihre Wertsachen und den Autoschlüssel erleichtern, das Auto zu Lady Sunshine fahren und es ihr zum Kauf anbieten. Es muss sein. Noch besitzt er, anders als sein Cousin, die Energie, sein Leben in eine bessere Richtung zu lenken. Zwar hat er noch nicht herausgefunden, ob Gott ihn abermals prüfen will, oder ob ER ihm dieses Fahrzeug zugedacht hat, aber wie auch immer: Entweder handelt er gegen Gottes Willen, dann wird der Herr ein Auge zudrücken, denn er, Bazooka, denkt dabei vor allem an das Wohl seiner Familie in Sierra Leone, und Gott weiß genau, wie beschissen es in Sierra Leone aussieht. Oder Gott ist damit einverstanden, und dafür sprechen mehrere Indizien – denn ist es nicht so, dass dieses Auto seit seiner Ankunft in Bazookas Kopf herumfährt, als habe ihm jemand diese Vorstellung injiziert? Die Hartnäckigkeit, mit der dieser Gedanke von morgens bis abends seine Aufmerksamkeit fordert, wird zweifellos von außen, von einer höheren Macht genährt. Muss es einen nicht nachdenklich stimmen, dass die beiden Deutschen von tausend Hotels exakt das Hotel *Cicero* ausgewählt haben, vor dem sich die afrikanischen Händler zum Mittagsplausch treffen? Sieh an, da sitzen die beiden ja vor ihrem Hotel. Sollte auch das nur ein Zufall sein? Seit langer Zeit der erste trockene und milde Abend, genau der Abend, an dem es passieren soll – alles Zufall? Mit verhärteten Gesichtern sitzen sie da. Ob sie Streit haben?

Kurz entschlossen überquert der Sonnenbrillenverkäufer die Fahrbahn. Er wird improvisieren müssen. Auf jeden Fall wird er sie nun ansprechen, er wird den neugierigen Naiven spielen. Englisch verstehen die meisten Deutschen.

Der Kleine mit den langen Armen hebt den Kopf und sagt: »Wir kaufen nichts.«

»Ich möchte nur ein paar Auskünfte über das Auto. Das ist doch Ihr Auto? Ich will Ihnen nichts verkaufen.«

Der Größere schwenkt einladend eine Hand. »Setzen Sie sich. Möchten Sie etwas trinken?«

Überraschung, denkt Bazooka, und: Hoffentlich sind sie nicht zu nett. Er sagt, gegen ein Bier sei nichts einzuwenden. Vorsichtig, als könne eine hastige Bewegung alles zerstören, lässt er sich auf einem der Plastikstühle nieder. Die beiden Alten scheinen betrunken zu sein. Sie widmen sich ihm mit einer Hingabe, die vermuten lässt, dass sie seine Anwesenheit als willkommene Unterbrechung ihres Streits betrachten. Eine possierlich auf der Terrasse nach Essensresten suchende Ratte hätte vermutlich den gleichen Zweck erfüllt, aber egal, Bazooka hat angedockt.

Allmählich wird die Unterhaltung lockerer, die Glieder entspannen sich, Arno furzt geräuschvoll und stößt dazu ein meckerndes Lachen aus, der Kellner ist guter Dinge, denn er darf unablässig neue Getränke anschleppen, zunehmend härtere Sachen, und Bazooka breitet seine Lebensgeschichte aus, erzählt von den schlimmen Jahren und von der Familie, die alle Hoffnung auf ihn konzentriert und gar nicht ahnt, wie schwer das Leben in Europa für ungebetene Afrikaner ist. Nach zwei weiteren Grappa-Runden rollen Tränen über die Wangen des Kleinen, der Arno heißt. Der andere, Willi, reicht seinem Freund oder Verwandten diskret ein Taschentuch. Arno schneuzt sich die Nase, nimmt einen Schluck Grappa und sagt, mit forschem Ton die Rührung kaschierend: »Dieses Auto gefällt dir also?«

»Oh ja, sehr.«

»Ich schenke es dir.«

»Wie bitte?« Bazooka richtet den Oberkörper auf. Sollte er sich verhört haben? Sollte ihm sein Unterbewusstsein einen Streich spielen, weil er zu sehr auf diesen Wagen fixiert ist? Der Satz war aber klar und deutlich zu verstehen. Oder will der Alte ihn verarschen? Mit höchster Aufmerksamkeit lässt er den Blick von Arno zu Willi springen. Bazooka wird in angetrunkenem Zustand schnell ungemütlich, das weiss er, das gefällt ihm auch nicht, denn er kann sich nur bis zu dem Moment, in dem etwas in ihm zu zerplatzen scheint, kontrollieren.

»Ich schenke dir das Auto, die Papiere, den Schlüssel. Mein voller Ernst. Ich brauche es nicht mehr.« Arno scheint von seinen eigenen Worten bewegt zu sein.

»Du schenkst mir dein Auto?«

Arno legt mit theatralischen Gesten den Schlüssel und den Kfz-Schein auf den Tisch, dann springt er auf, holt den Kfz-Brief aus dem Zimmer, lässt sich vom Kellner ein Blatt Papier und einen Kugelschreiber geben und formuliert die Schenkungsurkunde, mit Datum, knallt seine Unterschrift darunter, Willi und der verblüffte Kellner unterschreiben als Zeugen, das Dokument wird gefaltet und in einen Umschlag gesteckt.

»So, bitte, Jonathan Doe.« Arno reicht dem verwirrten Afrikaner alle Gegenstände, die Herrn Jonathan Doe als neuen Besitzer der cremefarbenen Stretch-Limousine ausweisen. »Im Tank ist noch einiges an Benzin. Du musst Super tanken, hörst du?«

»Super. Verstehe.« Das Rauschen in Bazookas Ohren klingt nach einem startenden Flugzeug, während sich der Deutsche anhört, als sitze er in einem Karton. Kein Zweifel: Gott ist nicht nur allgegenwärtig, sondern offenbar auch ziemlich verspielt und scheint dort oben verdammt gutes Gras zu rauchen. Aber Bazooka darf jetzt nicht abheben. Er bohrt seinen Blick durch den Alkoholnebel, bis er den Weg klar vor sich sieht: Die Idee, mit dem Wagen nach Deutschland oder Afrika zu fahren, wird daraufhin gestrichen. Lady Sunshine wird ihm das Auto für ein paar Bananen und eine ihrer Scheißuhren abschwatzen wollen – aber keine Chance. Er wird 15 000 Euro verlangen und notfalls bis 10000 runtergehen. Keine weitere Diskussion. Es gibt noch andere Interessenten. Zum Beispiel den Tunesier Rafik. Die Schwuchtel besitzt eine Diskothek in Rimini, ist großzügig und behandelt ihre afrikanischen Angestellten korrekt. – Ah, da kommt Amadou, auf dem Weg zu seinem Verschlag hinter der Küche. Wo mag der wohl gewesen sein? Er wird doch nicht bis jetzt vor dem Eisbecher gesessen haben. Bei einer Frau? Das hätte er längst ausposaunt, wenn ihm wieder eine Weiße ins Netz gegangen wäre. »Hey, Amadou, darf ich dir Arno, Willi und mein Auto vorstellen? Da staunst du, was? Mein Auto! Frag die beiden Deutschen! Sie haben mir das Auto geschenkt!«

Bis zu diesem Augenblick war Amadou davon überzeugt, nicht nur die weißen Frauen, sondern überhaupt die ganze Welt mit ihren unumstößlichen Gesetzen, ihren Eigenarten und Widerhaken zu verstehen. Aber das hier passt in kein Schema. Es ist gegen jegliches Naturgesetz. Weiße alte Männer schenken armen Schwarzen eine Cola oder ihre ausgebleichten T-Shirts, aber kein acht Meter langes Auto. Wie geblendet lässt er sich von Bazooka zu dem alle anderen Autos überstrahlenden Fahrzeug führen und in den Fond schieben. »Was willst du denn damit anfangen?« fragt er. Eine bessere Frage ist ihm nicht eingefallen, und er bezweifelt, dass es eine bessere Frage gibt.

Bazooka lacht glucksend, streicht mit beiden Händen über das Holz, das Leder und die dunklen Fensterscheiben. Sie sitzen sich gegenüber wie in der Nische einer edlen Bar. »Frauen erobern«, sagt er.

»Das ist eine gute Idee. Ich würde, mit deiner Erlaubnis, gern mitmachen, und du könntest von meinen Kenntnissen profitieren. Du weißt ja, ich kenne die weißen Frauen. Ich habe Pläne …« Dann verspürt Amadou leichten Schwindel, er steigt vorsichtig, um möglichst wenige Spuren zu hinterlassen, aus dem Wagen, drückt behutsam die Tür ins Schloss, überquert die Straße, geht wie betäubt an den beiden Deutschen vorbei, durch den Gastraum und die Küche, schließt seinen Verschlag auf und entrollt den Gebetsteppich.

Draußen wird gnadenlos weitergesoffen, Arno legt eine unterarmlange weiße Linie auf die Tischplatte, lädt natürlich auch Bazooka und den Kellner zu ner Nase ein, doch der Kellner, der Salvatore heißt und längst mit allen per du ist, der Kellner ziert sich – er habe Familie und kalte Ohren, behauptet er, und alle wundern sich über diese absurde Entschuldigung, aber es ist ihnen sowieso scheißegal, ob der Kellner kokst oder nicht.

Später holt Willi die CDs aus dem Auto, alle außer James Brown – *›Live‹ At The Apollo*.

»James Brown ist cool«, sagt Bazooka grinsend, und sein Gesichtsausdruck verrät zu Willis Befriedigung, dass er weiß, wovon er spricht.

Schließlich umarmen sie sich, die Augen schimmern feucht, dann steigt Bazooka lachend in den Cadillac, lässt mehrmals die Trennscheibe zwischen Fond und Fahrersitz hoch- und runtersurren, legt James Brown auf, inspiziert den Kühlschrank, die Ablagefächer, den Fernseher. Er darf alles anfassen, benutzen, sogar beschmutzen und zerstören – aber nein, das natürlich nicht, das verbietet er sich. Eigentlich sollte er die Schuhe ausziehen und vor die Tür stellen. Macht er natürlich nicht, weil er nicht möchte, dass jemand damit Fußball spielt.

»I break out in a cold sweat …!«, singt James Brown. Bazooka kuschelt sich in den Rücksitz. Noch mal ganz scharf über alles nachdenken, sagt er sich – und schon schläft er ein.

Der Kellner Salvatore präsentiert die Rechnung

zusammen mit drei Cognacs. »Salute, die Herre. Da habe Sie dem Afrikaner Ihre Auto geschenkte. Habe Sie gute Herze. Das iste gute für Televisione, verstehe Sie. Iste bissele verrückte.«

»Warum sprecht ihr Italiener alle so wie im Film?«, fragt Arno ohne große Hoffnung auf eine zufriedenstellende Erklärung. Willi legt einige Scheine auf die Rechnung, kippt den Cognac achtlos in sich hinein und wankt in Richtung Bett, dreht sich aber noch einmal um und ruft: »Morgen früh nach Ancona, Arno, denk dran!« Er ist unsagbar müde, ein zerschundener Ritter, der nach tagelanger Schlacht in seinem Palas Ruhe sucht. Er weiß bloß nicht, ob er diese Schlacht gewonnen oder verloren hat, und er befürchtet nun, da er mit sich allein auf dem Sofa sitzt, da, wo vorhin Herr Blaschek saß, als wisse er generell nicht sehr viel – ein belesener Kokser in einem Vorort von Rimini, eine Ameise aus der Perspektive eines Beobachtungssatelliten, ein Flüchtling, dessen Freund einem anderen Flüchtling ein Auto geschenkt hat, als besitze er eine ganze Stretch-Limo-Flotte. Willi würde einem Afrikaner auch gerne etwas schenken – einen verchromten Toaster, einen Rasenmäher, die *Edgar-Hilsenrath-Gesamtausgabe*, warum nicht. Doch dummerweise hat er in letzter Zeit nur abbröckelnde Mauern vor Augen, er sieht überall zerbröselnde Straßenpflaster, wegbrechende Klippen, überflutete Felder, verbrannte Wohnungen …

Von der Terrasse dringen Arnos und Salvatores besoffene Stimmen ins Zimmer, Gläser klirren zum Salute – eine dritte Stimme mischt sich ein: Herr Blaschek, der wieder aus seinem Bett gekrochen ist, brüllt lallend oder lallt brüllend, auf jeden Fall mit Wiener Akzent, nach einem Schnaps, wegen der Kameradschaft, fordert den Kellner auf, am nächsten

Tag mitzukommen, aber der lehnt strickt ab – wegen der Familie und seiner kalten Ohren –, und Willi fällt ein Stein vom Herzen.

Morgen früh werden sie in Herrn Blascheks dunkelblauen Audi steigen und nach Ancona fahren, auf die Fähre nach Patras, dann nach Athen. Und Herr Blaschek wird immer dabei sein. Er will, Arnos durchdachtem Vorschlag folgend, den Audi in Athen verkaufen und mit den beiden Freunden nach Kambodscha fliegen.

Warum in aller Welt habe ich mich darauf eingelassen? Willi forscht in sich nach einer Antwort. Befürchte ich, die beiden würden auch ohne mich fahren, mich allein lassen? In der ganzen Situation liegt eine gewisse Komik, und wenn ich ein wenig gelassener wäre, könnte ich mich glatt zu einem Schmunzeln durchringen. Vielleicht sollte ich einfach nach vorn blicken, obwohl das leichter gesagt als getan ist. Herr Blaschek scheint darin geübter zu sein. Muss man erst achtzig werden, um zur Gelassenheit zu finden?

Den Lebensabend mit Arno und Herrn Blaschek zu verbringen, ist, zumindest im Moment, für Willi eine unerträgliche Vorstellung. Er glaubt auch nicht, sich jemals mit dieser Konstellation anfreunden zu können, obwohl der Österreicher Skat spielen kann und einen tragbaren CD-Player nebst allen John-Lennon-CDs besitzt, was wiederum für ihn spricht.

Aber morgen erst mal nach Ancona. Mit dem Gibbon, Herrn Blaschek und John Lennon.

Roman
ISBN 978-3-937717-96-8
488 Seiten, gebunden,
€ 22,80, SFr. 39,40

»Fast 500 Seiten mit Erlebnissen, Erinnerungen und vor allem einer Lebenshaltung der Hippiegeneration. Ein verspäteter Roman der 68er. Eine Ich-Erzählung mit weitestgehend autobiografischen Zügen. […] In dem Buch ist alles drin, was man sich nur vorstellen kann […] Ein Roman, der mit Woodstock genau diese Sehnsucht nach Freiheit dokumentieren möchte, die erste Berührung mit Musik, die vierzig Jahre später immer noch Gefühle auslöst, die für das Leben ganz, ganz wichtig waren und auch noch sind.«
WDR 2
zu 40 Jahre Woodstock

Roman
ISBN 978-3-937717-34-0
384 Seiten, gebunden
€ 19,80, SFr. 34,60

»Georg Meier schreibt flott und spannend und nimmt nie ein Blatt vor den Mund. Er beschreibt die Schwierigkeit, in einer zerbombten Welt wieder zurück zu einer Lebensperspektive zu finden. Darf man den alten Nazis verzeihen oder muss man ihnen ihre Schandtaten weiter vorhalten? Wem gegenüber muss man ehrlich sein auf dem Schwarzmarkt und wen darf man bedenkenlos betrügen? Meier eröffnet einen spannenden Blick auf die Zeit der Schieber und Persilscheinhändler.«
Klaus-J. Frahm
Gießener Anzeiger